BLACK SWAN | 黑天鹅图书

为 人 生 提 供 领 跑 世 界 的 力 量

BLACK SWAN

南极 北极

世界的尽头，一切的开始

POLAR DIARIES

[新西兰] 邓肯·贝奈特 著　　程静 译

中国華僑出版社

序

还是个小男孩的时候，我就梦想着长大后要当一个环游世界的冒险家。早年间，兰开夏郡（Lancashire）的美景对我来说有着莫大的吸引力。后来我做了一份跟车的工作，货车里满载着燕麦和要分配给农民的小牛崽，穿梭在约克郡（Yorkshire）和利物浦（Liverpool）之间的那些英国乡间小道上，那段日子应该是我一生中最快乐的时光了。那时候我才十来岁，但在我心里，旅行和探险根本就是一回事，我现在称之为“生态旅游”。

借着自愿参加英国伞兵团的机会，我见识了中东地区广袤的沙漠地貌。作为一名士兵，我开车逛遍了动乱不断的塞浦路斯（Cyprus）和约旦（Jordan）。

但是，在复员的日子里，我的人生计划发生了变化。我搭乘一艘叫让阿塔内号的客轮到了南半球，并且最终留在了新西兰的首都惠灵顿（Wellington）。我在那里做起了建筑设计的工作，并逐渐打开了局面。随着生意的渐渐稳定，我也成为一名摄影师兼艺术家，摄影与审美——这两项可是一名生态旅行者不可或缺的必备技能。

在20世纪90年代，我每年要出门旅游两次，主要去的是东南亚国家。在这些亚洲国家的所见所闻，让我见识到世界上的人因为在不同的国度生活，生活方式和文化也会如此多样化，如此丰富。但我得到的远不止这些，这些旅游的经历让我对“自由”有了与以往截然不同的看法。经过岁月的沉淀，我认识到内心的自由才是真正的自由。所以在1998年，我关闭了在惠灵顿经营的公司。

随后，我跨越大陆，从新西兰来到爱尔兰。这次旅程耗时18个月，我先是乘火车和汽车沿着澳大利亚的海岸线行进，然后经由达尔文岛（Dawin Island）跨洋来到有“千岛之国”之称的印度尼西亚，并游历了整个东南亚地区。中国西南部的云南省，是我背包旅行到过的四个不可思议的地方之一。我继续一路穿过俄罗斯和欧洲，最后来到爱尔兰最西部的小镇特瑞里（Tralee）。这个地方十分可爱，这里的一切都让人觉得轻松自在！在一个叫帕迪地带（Paddy's Place）的爱尔兰酒吧，我有幸与美丽的当届“特瑞里玫瑰”一道翩翩起舞，以庆祝我的到来。这个位于世界最西端的小镇给予我的那种纯粹的快乐，至今让我难以忘怀。

从伦敦启程返回新西兰时，我加入了一个叫作龙人之旅（Dragonman Tour）的旅行团。我随团从伦敦来到尼泊尔（Nepal）的加德满都（Kathmandu），同行的还有另外7名旅行者。整整16周的时间里，我们一起在尘土飞扬的乡间小道上赶路，晚上一起宿营。不过，到了加德满都后，我便和大家分道扬镳了。我独自一人穿过印度、缅甸、印度尼西亚，渡海到了达尔文岛。接着，我从达尔文岛乘坐长途汽车穿越澳大利亚的炙热沙漠，来到墨尔本（Melbourne），在此搭上了澳大利亚飞往惠灵顿的班机。浪迹天涯19个月，游历了23个国家之后，我终于回到了家里。如今，“快乐”已经成了我的标签。在这一次的旅途中，各种情况层出不穷，每天我都要聚集全身心的力量，全力应对，可谓是一个巨大的挑战。尽管如此，我仍心怀感激，因为我从中体会到了真正的自由，世间能有此体验的人并不多。

不过，在家蛰伏了一段时间后，我的行走之心又开始蠢蠢欲动起来。我将心愿付诸了行动，于是便有了以下4次的“极地之旅”，以及与旅程相关的这些日记与照片。

南极和北极地区

如今，越来越多的游客和生态旅行者前往两极地区进行旅游和探险。真正到了那里之后，他们对于一些正在逐步恶化的全球性问题可能会有新的发现和领悟。不论是环境污染还是过度砍伐；气候变化还是生态食物链，这些同样也是南北两极的自然环境所面临的问题。人类花费数年时间，不懈地探索地球气候变化的原因和影响，直到最近，才开始将这两个广袤的荒原当成关键的着手之处。

科学家们在极地的研究已经揭示了气候对极地附近区域产生影响的原因和机制。对冰盖消融的实证研究和定性分析已经证明，这一切变化都是不可逆的。博物学家集中研究了两极地区的食物链，其结果令人担忧，因此他们呼吁人们着手进行改善，否则后果可能不堪设想。还有来自不同学科的科学家对企鹅和飞禽展开研究，鱼类科学家则将调查重点放在甲壳类动物以及对海水温度相当敏感的迁徙鱼类上。对于两极的哺乳类动物，诸如鲸、海豹、海象和已经持续研究数十年之久的北极熊等，科学家也展开了非常广泛的调查。科学家们开始研究极地环境中的一个微小变化会带来怎样的综合影响，又将怎么进一步影响到整个物种生存。

南北两极的天壤之别

南极是一片陆地，是个岛屿，面积比美国国土面积的1.5倍还要大，四周被汪洋大海包围，这便是“南大洋”名称的由来。北极则不同，北极只是冰封海洋之中的一个中心点。这片冰封海洋位于地球的北端，四周被岛屿和陆地包围，离北极点大约还有800到1000公里的距离。

南极地区生活着鲸、海豹、企鹅以及种类繁多的鸟类。北极圈同样也生活着这些动物，但除此之外，北极还是驯鹿、麋鹿和驼鹿的家园，北极熊是离北极点最近的动物，因为只有它们才会为了活命而竭尽全力跑到浮冰上去觅食。在环绕北极圈的陆地上生活着数目众多的海豹和海狮。

两极地区的人口居住情况也大不相同。在南极每年为期3个月的夏季里，有15000名科学家在麦克默多海峡工作和生活，他们会充分利用白天的每一个小时。但是，一旦长达9个月的漫长极夜来临，留驻的人口会降低到50左右。关于北极居民的故事流传了许多个世纪，已经有数个不同部族的人们在北极建立了永久居住点，并且根据北极的气候，形成了可持续的生活方式。北极居民中，因纽特人（Inuit People，又叫爱斯基摩人）可能是最广为人知的。但实际上，从分布在西伯利亚（Siberia）、俄罗斯和斯堪的纳维亚（Scandinavia）等各个不同部族流传下来的传说来看，早在许许多多年前，人类已经开始生活在北极荒原的深处，并且向更深处探索了。

从政治方面来看，两极地区也是毫不相干的。过去几十年来，联合国一直致力于制定处于国际社会的国家都能接受的关于侵占南极的公约。12个国家，经过谈判讨论，已经签订了一份协议，以及与其相关的计划。希望更大范围的国际合作能够确保《南极条约》得到所有国家的尊重。不过，北极地区的问题就更复杂了。随着全球逐渐变暖，北极的海道通航的可能性日益加大，思虑和不安也就随之而来。北极地区在夏天融化的冰越来越多，吸引了商业机构的注意力，因为他们从中看到了巨大的利益和崭新的商机。如果能采用一条更快捷的航道，将货物送往欧洲、亚洲和南美洲的大城市，一定是相当有利可图的。近来已经有部分国家提出新的政治姿态，对北极地区宣称了所有权。2007年，俄罗斯政府挑衅地在北极极点升起了俄罗斯国旗。加拿大政府很快也进行了回击，他们提出了领土声明，指出在北极点附近有很大一部分加拿大永久居民的定居点。此外，由于北极水下油田的发现，直接导致美国对北极海床提出行使主权。由于缺少国际统一的条约，这些悬而未决的争端目前还无法通过和平手段得到妥善的解决。看来，确保两极地区的人和平的重担要落到未来的国际政治家们的肩上了。

目录

一时间，我在这美妙绝伦的景象之中，仿佛重新变成了一个孩子。看着这般摄人心魄的美，沉浸在这富有生命力的大自然的宁静之中，我的梦想之眼睁开了，而且，有可能永远都不会再闭上。

雪是陈雪，寒冷的荒原像是有着不可思议的魔力，如此宽广，如此狂野——它攫住了我的心，在里面填满了渴望，我已无法用语言来表达。

地球这么大，我们要去的地方在哪里

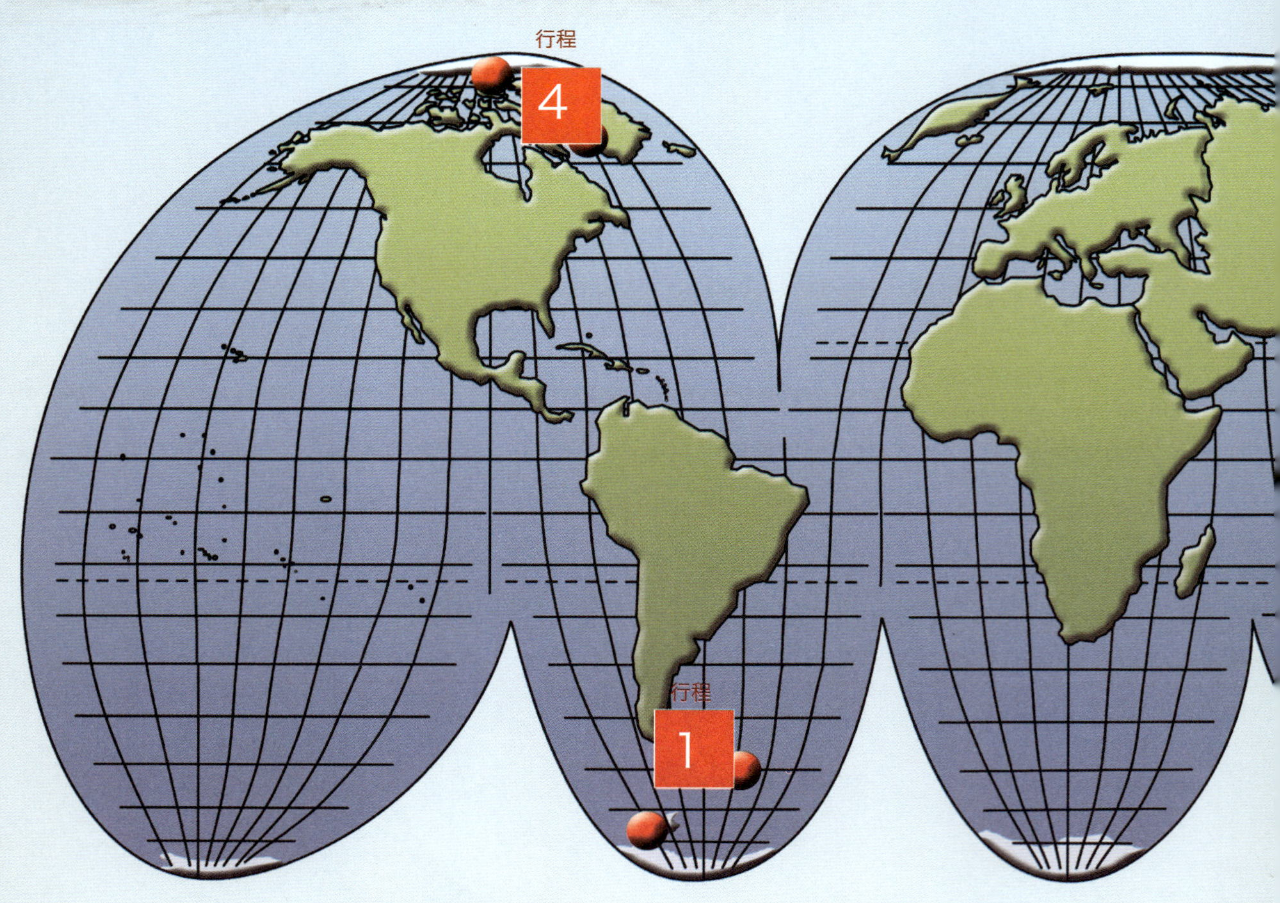

我们的第一次极地之旅开始于火地岛省（阿根廷）的乌斯怀亚，一艘名为“伊奥芙院士号”，后来更名为“游隼水手号”（Peregrine Mariner）的俄罗斯船载着我们向东航行，沿着比格尔海峡来到南大西洋……

我在这本极地日记中，记录下了这4次探险之旅的过程，诚邀您打开书，跟我一起前往两极地区，一步步地朝着地球上最为遥远且彼此相对的极地进行探访。我的第一次南极之旅从阿根廷开始，穿过巴塔哥尼亚（Patagonia）地区，马尔维纳斯群岛，然后到达南乔治亚岛，最后到达南极半岛。

第二次旅程从新西兰开始，向南经由新西兰的次南极洲岛屿，到达南极洲东部的联邦湾。

在第三次旅程中，我拜访了分布在新西兰境内各地的南极岛屿。

最后，如同北极燕鸥一般，我飞去了加拿大北部的开阔地带，并且再次登上了“游隼水手号”，横穿

行程 3

行程 2

巴芬湾（Baffin Bay）来到世界上最大的岛屿——格陵兰岛，然后乘船前往加拿大北部的北极区，进入西北航道上的兰开斯特海峡（Lancaster Sound）。我的海上之旅终止在位于偏远的康沃利斯岛（Cornwallis Island）上的雷索卢特小镇。

花点时间，与我一起享受这一旅程吧，在书页中旅行，感受风的吹拂，呼吸大海的咸气，让皮肤因为寒冷而战栗，倾听自然的寂静之声——极地充满了这样不可思议的安静。你一定会被震撼的！这将会是你自己的旅程，准备好迎接挑战吧！

想一想那些早早就冒着生命危险奔赴极地的探险家，他们有的活了下来，获得了英雄的赞誉，有的却不幸死去。

想象一下企鹅们的聒噪，海豹的吠声，鸟儿的鸣叫，以及鲸那听不见的精神召唤。

我们所到的每一个地方，都有其独到的地方。恶劣的天气塑造了不同的颜色、声音和气味，刺激着我们，每一种感官都会因兴奋而敏感起来。

在极地看到的每一种风景，遇到的每一件事，都将丰盈我们的生命，并且让我们对于怎样保护我们生活的环境和整个地球带来新的理解。

南极——
与世隔绝的天地
让人叹为观止的
地球边界
超出旅人的期待与
想象的地方

0°
南非
South Africa
南极辐合带
Antarctic Convergence
南乔治亚岛
South Georgia
阿根廷
Argentina
马尔维纳斯群岛
Falkland Islands
大象岛
Elephant Island
乌斯怀亚
Ushuaia
威德尔海
Weddell Sea
南极洲
Antarctica
设得兰群岛
Shetlands Island
南极点
South Pole
90° W
90° E
麦克默多海峡
McMurdo Sound
罗斯海
Ross Sea
默茨冰川Mertz Glacier
联邦湾Commonwealth Bay
法国南极科考站French Base
迪蒙·迪维尔Dumont D' Urville
麦夸里岛Macquarie Island
坎贝尔岛
Campbell Island
奥克兰群岛
Auckland Islands
霍巴特 - 塔斯马尼亚
Hobart-Tasmania
南太平洋
South Pacific Ocean
达尼丁
Dunedin
斯奈尔斯群岛
Snares Islands
克赖斯特彻奇
Christchurch
新西兰New Zealand
澳大利亚
Australia
惠灵顿
Wellington
奥克兰Auckland
悉尼Sydney
180°
塔斯曼海Tasman Sea

惠灵顿 | 新西兰

惠灵顿，我在新西兰的家

惠灵顿是新西兰的首都，是一个非常现代化的城市。它为青山所环绕，并且处于天然海港深蓝色的怀抱之中。

我在这里生活了50年，我爱在这里度过的每一天，安然享受这个城市提供的各种各样的便利。惠灵顿有着国际化都市的氛围：政治稳定，经济发达，并且有着创造性的精神内核。这里生活着欧洲移民后裔、毛利人后裔以及其他30个不同的族群，不同的家庭模式、语言和文化活动在这个城市各行其是，又融汇交合。

我再次和志趣相投的旅行者一起，从这里出发了。

我们在机场会合，然后一路向南，向南，去奔赴一场极地之约。

生命中最快乐的时刻，我想，就是一场旅程刚刚开始，朝着遥远的未知之地启程的时刻。

用力挣开积习的枷锁，抛去程式化生活的重压和家庭的牵绊，把平日在意的各种事情统统扔到脑后，才能再次体验幸福的感觉。

血液快速奔流，像个孩童一般，仿佛重新回到生命初始的黎明。

——理查德·法兰西斯·伯顿爵士（1821—1890，Sir Richard Francis Burton，学者，军人，作家，探险家）

创意四射的首府

阿根廷共和国

奥克兰群岛Auckland
新西兰New Zealand
惠灵顿Wellington

从新西兰的惠灵顿飞往阿根廷的旅程漫长乏味，到达布宜诺斯艾利斯后，我顿感解脱。

所以当我和3位前往南极的同伴碰头后，就一起喝了些拉丁啤酒，让心情愉悦起来。随后，我们就开始在阿根廷的鹅卵石街道上闲逛起来。狭窄的街道两旁摆满了生气勃勃的拉丁风味的小玩意儿，在它们中间，夹杂着零零碎碎的西式零售商品，这些乏人问津的商品是在阿根廷经济萧条时期，从开设在这里的哈罗兹（Harrods）百货公司分店中抢救出来的。拉丁风格的商店生意很红火，总有衣着光鲜的游客和当地消费者在讨价还价。阿根廷的街头小贩兜售的商品和服务非常庞杂：擦鞋的，教探戈的，卖皮革服饰的，售卖宗教纪念品的，还有提供深夜音乐酒吧或色情酒吧的优惠券的。小贩数量足足有成百上千个，个个都又大胆又有魄力，一个五花八门的市场就这样形成了。不过，对于第一天到达此地的我们来说，当下最需要的，还是一顿下午餐，最好有烤牛排和蘸着田园酱和芥末的玉米棒子。

在布宜诺斯艾利斯的第二天，因为急于发掘这个繁华首府的更多有趣之处，一大早，我们就精神奕奕地出门了。这个城市是去往南极探险的出发地。佩特罗是我们的长途车司机，同时也兼任当地导游。他领着我们领略了新旧城区里不同建筑的魅力。我们参观了大教堂前历史悠久的五月广场（Plaza de Mayo）和庄重美观的市政厅。商店、街头小贩和购物者无处不在，是他们构成了布宜诺斯艾利斯街头生活那五光

十色的街景。

博卡区（La Bocca Barrio）是从意大利的热那亚（Genoa）移民过来的人们最初定居的地方。如今，这个地区满是浓郁的欧洲风味，众多富有创意的艺术家被吸引到此，在色彩斑斓的意大利式房子里生活和工作。街道上随处可见敲着鼓的游行者、探戈舞者、杂耍艺人、画家和艺术家。作为一名摄影师兼画家，我被这里深深地迷住了！这里的咖啡馆、酒吧、画廊和街头小亭子，我们都想去坐一坐，但最后只是喝了些凉啤酒，好好地休息了一阵。

布宜诺斯艾利斯近景

阿根廷是个文化和历史都很丰富的国家。有化石显示，从公元前11000年开始，这里就有早期人类活动的迹象。欧洲探险家们直到14世纪早期才来到这里，西班牙于1580年在今天的布宜诺斯艾利斯建立起永久性殖民地。从那时起，一拨拨欧洲移民涌来，与土生土长的当地土著居民以及非洲奴隶一起，世世代代在此繁衍生息，形成了丰富多彩且生气勃勃的民族大融合文化。1816年7月9日，阿根廷宣布独立，不再受西班牙统治。

布宜诺斯艾利斯是一个肆意伸展的港口城市，原本按照天主教教区被划分为48个行政区。如今的布宜诺斯艾利斯人口达到将近3百万。

布宜诺斯艾利斯的每个街角和街区都堆积着小贩的临时摊位，售卖各种各样五花八门的商品，颜色更是五彩缤纷。很多街道经常因为集日或是季节性的节日而禁止汽车通行。整个布宜诺斯艾利斯就像一个大剧院，上演着拉丁美洲风情的街头剧目，却有着威严的欧洲古典风格建筑为背景。

博卡区在全世界都赫赫有名，它是著名的足球俱乐部所在地。许多世界级别的足球运动员都是在这里开始了他们的运动生涯，传奇球星迭戈·马拉多纳（Diego Maradona）就是从这里登上世界足球舞台的。当地居民对自己足球队的支持显而易见，许多民居和小汽车都仿照博卡足球俱乐部的配色，刷上了蓝色和金色的油漆。

穿城而过，来到雷科莱塔（Recoleta），这个地区的艺术氛围更为浓厚。这是

这座都城中最时尚也最为高档雅致的地区，为布宜诺斯艾利斯带来“南美巴黎”的美誉。起初，人民为了逃避1871年爆发的致命的黄热病而迁移到此定居。今天，这里的林荫大道两侧林立的都是特权阶级的住所，比如，奢侈品零售商人以及玻璃幕墙大厦里的商业巨鳄们。我见到许多遛狗师，在人行步道上穿梭着，看上去很好玩。有的遛狗师甚至照料着十来只挂牌的纯种狗，而且每只狗都知道自己在狗群中的位置！

夜幕降临的时候，我们来到一家传统餐馆，坐在4人桌旁，桌上铺着朴素的亚麻桌布。我们要了一份西班牙风味的、柔嫩多汁的五成熟牛排，还有上好的葡萄酒。从我们的位置往外看去，夜幕下的街道上，人们的举动尽收眼底。拉丁美女和帅哥在表演激情四射的探戈——那黝黑迷人的双眸仿佛能够穿透人心，裹着网眼丝袜的双腿和细高跟鞋踩着地面，不时从裙下闪现，空气中烟尘弥漫。我们已经醉了，醉在阿根廷迷人的夜里……

大约10000年以前，火地群岛的主岛上出现了最初的人类原住民。1520年，西班牙探险家费南多·德·麦哲伦航行到此，他站在甲板上，看到许多当地人点燃的篝火，于是率领船队穿越海峡（正是后来以其名字命名的“麦哲伦海峡”）来到岛上，并用西班牙语称这个岛为Tierra del Fuego，即“火地”的意思。

欧洲人初登火地岛时，岛上主要生活着两个部族：雅马纳族（Yamana）居住在沿海岸一带，塞尔克纳姆人（Selknam）则主要生活在岛的中部。这两个部族都过着四处迁移的生活，遇到食物丰富之处，便搭起帐篷过活，一旦食物耗尽，便会离开，另寻他处。火地岛上寒冷多雨，他们依靠临时搭建的圆顶帐篷和兽皮制作的披风来抵御严寒。岛上的人信奉萨满教，其影响渗透到他们生活的方方面面。在遭遇疾病、恶劣天气以及部落之间的战争时，人们也会寻求萨满教的指引。

但是，随着与欧洲人的接触，这些土生土长的部族却几乎遭遇了灭顶之灾。在疾病和杀戮的双重迫害之下，当地人大批死去。今天的火地岛上，只剩下寥寥可数的塞尔克纳姆人，多以在牧场帮工或从事其他体力劳动为生，而雅马纳人则日渐凋零，以致完全消失了。

从19世纪下半期开始，阿根廷政府和智利政府开始留意起南美洲南部的这个地区来。19世纪中期，智利开始将蓬塔阿雷纳斯（Punta Arenas）用作犯人流放地以及隔离行为不轨的军人的驻军地。而阿根廷则在1884年到1947年期间，将其最为恶名昭著的罪犯和政治犯监禁在火地岛和艾斯塔多岛（Isla de los Estados）。不过，由于距南极半岛极近，从1950年开始，乌斯怀亚和火地岛逐渐成为旅游热点地区。

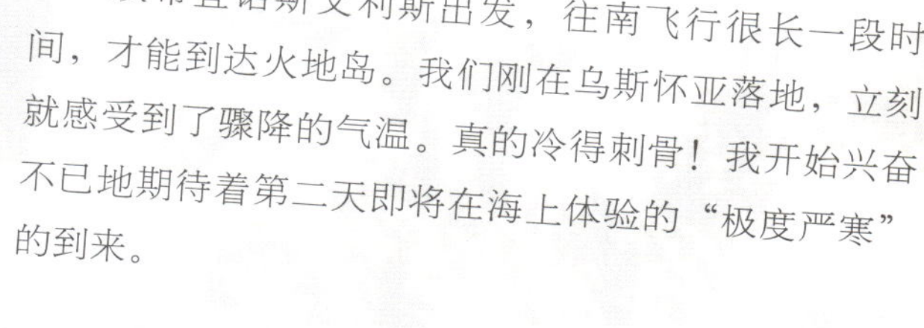

从布宜诺斯艾利斯出发，往南飞行很长一段时间，才能到达火地岛。我们刚在乌斯怀亚落地，立刻就感受到了骤降的气温。真的冷得刺骨！我开始兴奋不已地期待着第二天即将在海上体验的“极度严寒”的到来。

我的第一次南极大探险拉开了序幕

早上7点，我最后一次探索这个世界最南端的城市——乌斯怀亚。这是个边境城市，由于没有严格的建筑违章管理条例限制，房屋都修建得无拘无束。四周有许多民居和商用建筑依山而建，它们用材不一，风格迥异，远远看去，整个乌斯怀亚仿佛是一个童话中的玩具王国，让人向往不已。高街（High Street）聚集了许多商店和咖啡馆，店铺之间毫不顾忌风格是否协调一致，各自用丰富的色彩肆意张扬着独特的个性。地处南大洋中这个偏远难行的岛屿上，乌斯怀亚散发着一种朴素简单的快乐，整个边陲小城中都涌动着一种宁静而满足的气氛。

起航的港口：乌斯怀亚

我们乘坐的公共汽车驶离乌斯怀亚后，沿着碎石路一路颠簸，来到了国家森林公园的中心地带。这条路便是著名的3号公路，它从阿拉斯加北部出发，蜿蜒向南穿过北美洲和南美洲，最后变成一条海边小径，终止于比格尔海峡（Beagle Channel）旁。森林公园里，古老而高大的山毛榉矗立成林，任凭太阳在身上洒下斑驳的光影。智利南部的安第斯山脉的这片险山密林，出自于古老冰川的鬼斧神工：冰川在这里将延绵的山脉切割开来，形成深谷，谷中逐渐生长出茂密的森林，而寒冷的高海拔地区则覆盖着稀疏的冻原草地。到了路的尽头，我们将车停在突出于比格尔水道的趸船码头边，这个码头正好位于阿根廷和智利的国界上。午间的阳光照在内海平静的海面上，泛起粼粼波光。

我们一路不断地穿过高大的森林和开阔地带。经过一条水流湍急的小河时，我一眼看见了河中有一道海狸坝正将水流改道，场面蔚为壮观。林间栖息着各种本地的鸟儿，大群的灰头鹅挤挤挨挨，石头小径上有黄颈鹮在啄食，鸬鹚在高处端坐，静静地观望。但是最让我印象深刻的，还是一只独坐空巢的啄木鸟，它端详着这个世界，一脸的宁静安然。我真希望能在林地里尽情徜徉，但无奈时间有限：再有3个小时，我就得搭乘游隼水手号离开这片“火地”，奔赴下一个目的地——“冰雪之地”南极洲。

查尔斯·达尔文二度光临

19世纪30年代，当达尔文乘坐英国皇家海军的军舰“小猎犬号”第二次来到这里时，他宣称这里是地球上最具意义的生态地区之一。在这之后，他继续造访了加拉帕戈斯群岛（Galapagos Islands），并提出进化论和物种的自然选择理论。

冈瓦纳古陆

1885年，爱德华·修斯最先提出冈瓦纳古陆假说，即在南半球曾经存在过一个统一的陆地——冈瓦纳古陆。也有人发现，火地群岛上的山毛榉以及别的一些植物，和组成冈瓦纳古陆的其他陆地上的植物极为相似。这个现象颇为奇特，直到20世纪初大陆漂移的设想被提出后，这个奇怪的现象才得到了可信的解释。

在所有和南极相关的人与故事里，最能打动我的，当属欧内斯特·沙克尔顿爵士，他面对逆境时表现出来的超凡勇气实在让人动容。1914年到1916年，他带领自己的船员，乘“坚毅号”（Endurance）进行南极探险，其间，遭遇的种种挫折与困难，以及内心的恐惧，没有同样经历的人难有切身体会——每当我想起这些，想到这些人在黑暗冰冻的南大洋，在冰天雪地里被困的景象，眼眶总会湿润。

沙克尔顿爵士的墓地已经成为他探险生涯永久的证明，看到它，我们就会想起这位具有超凡勇气和力量的伟大领导者和探险家。

第一次南极探险：深入走进企鹅的世界

行程

马尔维纳斯群岛：西点岛、桑德斯岛、斯坦利港
南大洋
南乔治亚岛
金港湾
大象岛
椎伽尔斯基峡湾
南极半岛
奇幻岛
南极海峡

出发了

“游隼水手号”考察船（又名“伊奥芙院士号”）于1989年诞生于荷兰，是专为俄罗斯科学院海洋研究所造的科学考察船。船名得自于伊奥芙院士，一位在彼得堡领导某项研究的俄罗斯科学院核物理学家。这艘船经过特别设计和建造，可以进行声音的水下传输和接收，并可以进行无声航行，以配合声学研究。“游隼水手号”通常与她的姐妹船“瓦维诺夫院士号”成对进行科考工作。这艘考察船目前归属俄罗斯最主要的海洋科学研究机构——谢尔绍夫海洋研究所所有和管理。

终于，所有人登船完毕，缆绳解开了，汽笛发出长鸣！考察船发出信号，示意我们要离开乌斯怀亚，经由比格尔海峡（Beagle Channel）出发了！我们将在南大西洋的海水中航行一整晚，朝着东北方向，朝着马尔维纳斯群岛驶去。

我们的外联船长对乘客们致欢迎辞时说道：“你们要进行的，是一次将会延续一生的航行！”我分到的客舱是个双人舱，舱里的同伴叫莫里·亨德森——一个年近80岁的“小伙子”。 莫里来自惠灵顿，是个不折不扣的新西兰绅士。在床铺上安顿下来后，他告诉我，他这辈子大部分时间都在海上旅行。我想这还挺不错的，看来我们能在船上成为好朋友。但是，莫里接着说：“哦，很抱歉啊，邓肯，我会打一整晚的呼噜！”

我真的有好一会儿没反应过来，然后我回答：“好吧，让你的呼噜来得更猛烈些吧！”我向他保证了我一定能挺过来的，“没问题！太好了！老兄！”我说道。其实我的心里在惨呼：我的天哪！

船上的90多名乘客很快进行了救生艇演习；所有的安全预防措施都被解释得很清楚；我们的救生衣就存放在各自的客舱里，随手就能取到。

趁着暮色未浓，我到船的外甲板上走了一圈，四处看了看。船正航行在比格尔海峡中，左侧可以看到冰雪覆盖的火地群岛的山峰，以及倾泻至海岸线的森林和荒野；右侧是我们正驶经的威廉斯港（Puerto Williams）。实际上，这里更像是智利军方和海军一处驻军营地，而不太像一个小镇。我梦想着能够拍下这些气势磅礴的延绵山峰，也许以后可以再来一次。

在船上发现的阅览室使我喜出望外。这里的藏书很丰富，有很多专门介绍南极的书刊。

最后，我在酒吧里找到了宾至如归的感觉。这里很快就被挤得满满的，都是些赶在晚饭前来喝几杯的人。遇到兴趣相投的人，总是会有很多话题可聊。谈谈视线中出现的第一只信天翁，猜猜“今天晚饭会吃什么”，或是讨论讨论船上还有哪些不错的去处，都不失为开启话题的好办法。喝完我的睡前饮料——威士忌，又听莫里讲述了一段引人入胜的旅行轶闻，这一天就这样心满意足地结束了。

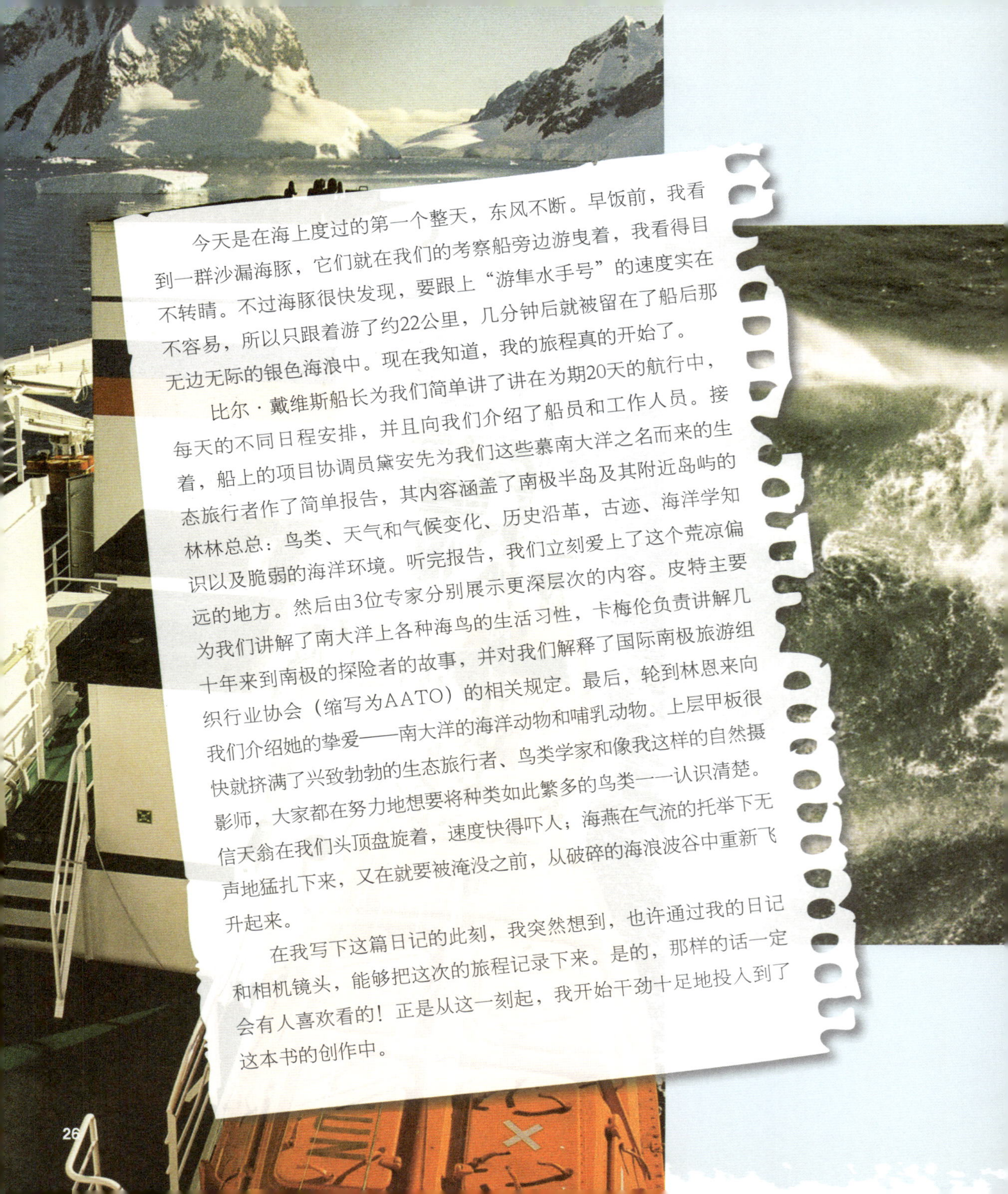

今天是在海上度过的第一个整天，东风不断。早饭前，我看到一群沙漏海豚，它们就在我们的考察船旁边游曳着，我看得目不转睛。不过海豚很快发现，要跟上“游隼水手号”的速度实在不容易，所以只跟着游了约22公里，几分钟后就被留在了船后那无边无际的银色海浪中。现在我知道，我的旅程真的开始了。

比尔·戴维斯船长为我们简单讲了讲在为期20天的航行中，每天的不同日程安排，并且向我们介绍了船员和工作人员。接着，船上的项目协调员黛安先为我们这些慕南大洋之名而来的生态旅行者作了简单报告，其内容涵盖了南极半岛及其附近岛屿的林林总总：鸟类、天气和气候变化、历史沿革，古迹、海洋学知识以及脆弱的海洋环境。听完报告，我们立刻爱上了这个荒凉偏远的地方。然后由3位专家分别展示更深层次的内容。皮特主要为我们讲解了南大洋上各种海鸟的生活习性，卡梅伦负责讲解几十年来到南极的探险者的故事，并对我们解释了国际南极旅游组织行业协会（缩写为AATO）的相关规定。最后，轮到林恩来向我们介绍她的挚爱——南大洋的海洋动物和哺乳动物。上层甲板很快就挤满了兴致勃勃的生态旅行者、鸟类学家和像我这样的自然摄影师，大家都在努力地想要将种类如此繁多的鸟类一一认识清楚。信天翁在我们头顶盘旋着，速度快得吓人；海燕在气流的托举下无声地猛扎下来，又在就要被淹没之前，从破碎的海浪波谷中重新飞升起来。

在我写下这篇日记的此刻，我突然想到，也许通过我的日记和相机镜头，能够把这次的旅程记录下来。是的，那样的话一定会有人喜欢看的！正是从这一刻起，我开始干劲十足地投入到了这本书的创作中。

YAMAHA
60

马尔维纳斯群岛

马尔维纳斯群岛是南大西洋中孤立的一个群岛（拉美国家和中国大陆称之为马尔维纳斯群岛，其他国家称为福克兰群岛），西距阿根廷483公里，南极往北940公里。群岛由两个主要岛屿——东马尔维纳斯岛和西马尔维纳斯岛，以及其他750多个小岛组成。总面积为12173平方公里，与北爱尔兰面积相仿。

马尔维纳斯群岛的常住人口将近2800，其中70%为英国人后裔。大部分居民都生活在首府斯坦利港（Stanley），但是其他岛屿也有居民散居，多以捕鱼和牧羊为生。斯坦利港的规模比一个村庄大不了多少，有着世界上最为独特的野生环境。在这里，人们的生活方式很现代，却又非常悠游自在。这里是许多鸟类栖息和繁衍的地方，包括世界上最大的黑眉信天翁群，还有5个不同种类的企鹅。在鸟类学家的眼中，这里就是天堂。

1982年4月2日之前，在地图上找到马尔维纳斯群岛不是件容易的事。1982年，阿根廷占领该群岛，将其命名为马尔维纳斯。而英国军队反应迅速，于1982年6月14日击退了阿根廷的军事力量，重新将群岛置于自己的管辖之下。正是拜这次的冲突所赐，这些岛屿摆脱了默默无名的状态，引起了世人的瞩目。

从政治上说，马尔维纳斯群岛实行的是英国主权下的岛民自治，但外交和防卫事务仍由英国政府从伦敦直接管理。1985年，快活岭空军基地机场（RAF Mount Pleasant）正式开放，成为英国在马尔维纳斯群岛的军事中心。岛上驻扎的英国海军、空军及陆军将近1500人。

今天，阿根廷和英国仍分别向联合国提出申请，宣布对该群岛拥有主权，因此马尔维纳斯群岛的归属问题依然存有争议。

一个自然的王国

桑德斯岛
Saunders Is
东马尔维纳斯岛
East Falkland
斯坦利港
Port Stanley
西马尔维纳斯岛
West Falkland

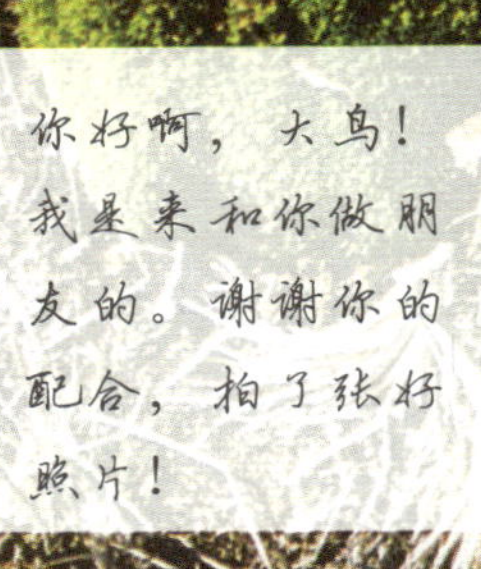

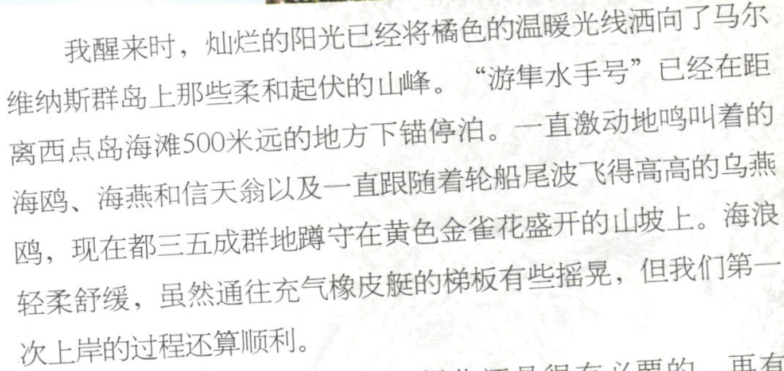

我醒来时，灿烂的阳光已经将橘色的温暖光线洒向了马尔维纳斯群岛上那些柔和起伏的山峰。“游隼水手号”已经在距离西点岛海滩500米远的地方下锚停泊。一直激动地鸣叫着的海鸥、海燕和信天翁以及一直跟随着轮船尾波飞得高高的乌燕鸥，现在都三五成群地蹲守在黄色金雀花盛开的山坡上。海浪轻柔舒缓，虽然通往充气橡皮艇的梯板有些摇晃，但我们第一次上岸的过程还算顺利。

严格按照安全条例一步步操作还是很有必要的。再有本事的人，到了海上，也会感觉笨拙和不协调。很快，我们所有人都安全上岸，并且将脱下的救生衣井然有序地堆放起来。

我们沿着杂草丛生的小路向上走，穿过一个小牧场，来到绿草如茵的山坡，小型飞鸟在这里到处飞来飞去。我本想要稍事休息，但是刚要停下，就听到一阵翅膀拍打的声音。哇哦，原来是有客来访！一只身型硕大的猛禽，长着黄色弯曲的喙和一双大大的锐利的眼睛，它落在了离我仅有两米远的篱笆桩上！我简直看得呆住了。这只鸟似乎很信任我——“来吧，坐下来！”我快速用相机拍下了这不期而遇的一刻。后来我才知道，这位新朋友是一只年幼的红背鹭。

西点岛

黑眉信天翁栖息地

爬到山顶后，我们发现在一个叫“魔鬼鼻子”(Devil's Nose)的悬崖处有一个信天翁的栖息地。我再次被眼前的情景惊呆了！鸟巢一个紧挨着一个，没过多长时间我就拍完了整整36卷胶卷。这些美丽的信天翁与像是涂了一脸狂欢节油彩的跳岩企鹅在此混居，愉快共处。这里要比海滩高出50米，这些腿又短，又没有翅膀的鸟类（跳岩企鹅）是怎样爬上这么高的悬崖的？明天我得在船上的阅览室查查有关这些鸟儿的知识。

返程时，我们经过罗德尼（Rodney）和莉莉·内皮尔（Lilly Napier）夫妇的农场，并且应邀到那里喝茶小憩。这个安排我喜欢！一进到他们的家，一股刚刚出炉的蛋糕和小甜饼的香味扑鼻而来，还有我最喜欢的拉明顿蛋糕。衷心感谢他们的款待。

桑德斯岛

每走一步都能发现不同的野生动物

回到“游隼水手号”上待了两三个小时后，科考船把我们带到下午要拜访的桑德斯岛附近。我们悠闲地享用了午餐，一组组地乘坐救生艇出发，最后在沙滩上登陆了。

马尔维纳斯群岛的金色沙滩上满是鸟儿和海豹，海象三三两两地在附近趴着，还有至少3种不同种类的企鹅：犹如身着优雅礼服的国王企鹅；身材不高，活泼好动的麦哲伦企鹅；长着黄色翎毛的跳岩企鹅。在南极，这样炎热的夏日午间可不多见，企鹅们在海浪里钻出钻进，这样能让身体降温。我拍摄了很多风景照。可是距我们登岸还不到两个小时的时候，就开始变天了。乌云慢慢地在天空中聚集、翻滚，风力也渐渐变大了。因为风云突变的天气，我们乘坐救生艇回到科考船的那段路途变得格外惊心动魄，特别是还有一群康氏矮海豚在船尾波里追逐嬉戏。在这片潮湿多风的偏远海滩度过的这个下午已经深深地印在了我的脑海里。

斯坦利港

我们的船连夜驶向马尔维纳斯的首府——斯坦利港。早上，有一队特殊的访客——划皮艇的格雷厄姆和他的队员们，他们应邀上船与我们共进早餐。他们给我们讲述了环南乔治亚岛划行的那段激动人心的经历。这些勇士花了18天时间，用了3艘皮艇和1艘快艇完成了这一壮举，他们开创了划乘皮艇环行这片岛屿的先河，他们的勇气和高超技艺会被人们永远铭记。我也跟着激动起来。

我们的船上也有一小群玩皮艇的人，受到格雷厄姆事迹的鼓舞，早饭后不久，他们也划着自己的皮艇到斯坦利的内港去了。我很有几分羡慕，曾几何时，划皮艇也是我最喜爱的运动之一。但现在我却不得不接受这个现实：我的膝盖已经不适合这项运动了！救生艇才是我的渡海新宠。

斯坦利港是个很小的小镇，透着独特的殖民地风情。街道两侧的房屋十分朴素，小屋的框架是木质的，由一片片的锡皮或是木头的挡风板组成墙壁，屋顶盖着波浪状的铁皮。起初人们在房屋外表面涂上颜料，是为了抵御大西洋的海风侵蚀，但如今完全是为了将这些可爱的小房子装饰得更漂亮。浓烈而纯朴的色彩给小镇带来独特的味道，让整个小镇都生动活泼起来。对了，我还特别注意到斯坦利港有一个1892年圣化的基督大教堂！

西点岛的自然生物

庆典别墅

我想多看看这里的野生动物，所以花了15分钟时间，乘公共汽车来到吉普赛湾。这片荒无人烟的海边主要生活着的还是鸟类。小个子的麦哲伦企鹅躲在沙地上的巢穴里，一不注意就会被踩到，所以我们每一步都走得小心翼翼的。野花丛生，长草摇曳，但在它们掩映之下的，却是一片自1982年马尔维纳斯战争之后就变得危险四伏的雷区。

我又抓紧时间参观了斯坦利港的博物馆，这里历史记录完备、纪念品保存良好，值得细细观摩一番，可惜我没那个时间。

斯坦利港的庆典别墅看起来跟英国那种海边排屋有几分相似，不过我更喜欢那些有着150年历史的殖民地小屋。不过，3点钟的“全球酒吧”才是最棒的。我非常想来一品脱啤酒，一个浅盘馅饼，配上煮得软塌塌的豌豆。酒吧里有当地人、英国士兵，还有美丽的金发女侍者，在这里待了1个小时，我仿佛是穿越回了英国。我受邀玩了飞镖，最后一投还投中了，真是走运！在大家的起哄之下，我又喝了1/3品脱的吉尼斯牌黑啤酒。最后，我们乘着救生艇，穿过波涛滚滚的海浪回到了船上。

马尔维纳斯群岛的雷区

斯坦利港有着新月形的海滩，沙粒洁白晶莹，看起来恬静平和，一派田园风光，但实际并非如此。一群群巴布亚企鹅列着队，庄严地在沙地和草丛中闲庭信步，它们不知道的是，有一块警告牌就立在自己旁边，上面写着：雷区危险，请勿靠近！

斯坦利港的很多海滩下面仍埋有反坦克地雷和杀伤性地雷，这里就是其中之一。在1982年的争端中，阿根廷军队为阻止英国士兵从这里登陆，埋下了这些地雷。他们一共制造了140个雷区，埋有25000颗地雷。今天，其中117个雷区的地雷仍未拆除。

尽管战争结束后，已经有部分地雷被移走，但仍有数千颗埋藏于地下，位置不明。这其中大部分都是塑料制成的，因此金属探测器对它们无能为力，很难定位，要排除起来也很危险。争端已经过去了这么多年，如今人们已经放弃了定位和拆除这些地雷的努力。

这是一项可怕的“遗产”，对当地人和动物来说都是很危险的——但这却是武装冲突最屡见不鲜的后果之一。很显然，阿根廷和英国政府都对此负有责任，它们应该合作起来，清除这些地雷，保障当地所有居民的人身安全，确保这片美丽的野生岛屿有一个光明的未来。

南大洋

南大洋位于南纬60度以上，洋面开阔，气象宏大。这是一片没有被大陆分隔的海域，海浪此起彼伏，不断翻滚，洋面上终年盛行西风。又到了要认真学习和思考的时候了——船上的4位专家给我们作了发人深省的讲座，好让我们对南大洋的自然环境有一定的了解。

然后，我们便急切地期待着科考船通过大西洋辐合带的那一刻——从南极地区流过来的冷且淡的洋流，在这里和较暖的亚南极海水交汇，这种交汇带来的影响我们立刻感受到了：气温很快下降了5摄氏度（按照华氏温度计算，则是下降了41华氏度），水温骤降10摄氏度（即50华氏度）。由洋流交汇产生的乱流通常会杀死大量漂浮在水面的浮游生物，于是南极磷虾闻风而来——这种无脊椎虾类以浮游生物为食。我们还注意到，上百只各种各样的海鸟都朝这片食物丰富的地区聚集过来。海燕、南极鹱和信天翁在头顶盘旋着、鸣叫着，然后一头扎进水中捕食。

船上为我们放映着和沙克尔顿爵士的故事有关的电影，分3次播出，想必将来我一看到这部电影，就会回想起这次旅行。和大家打成一片的卡洛琳拿出很多爆米花请我们吃，一边吃着爆米花一边看电影真是种享受。

早上，轮船的桥楼里传来的“船头右侧有冰山”的喊声，我被吵醒了。通过舷窗向外看，我觉得更准确的说法应该是“快看啊，有大冰块！”海上很快就弥漫起大雾来，远远地，隐约能看到两个高高的白色塔状物，别的根本看不清。

今天的4场讲座很快开始了。皮特的解说为我们开启了南极哺乳动物世界的大门；林恩详尽讲解了南大洋海象的生活习

性，雄性海象都有三妻四妾，据说要管理好这群后宫是件不容易的事；比尔回顾了大家在最近旅程中接触到的新鲜事物；史蒂芬的讲座则提醒我们要注意，要在这片苛刻、贫瘠的荒原上生存，需要作出多大的调整和适应。

从翻腾的海水中伸出的沙格岩非常壮观，不过，在导航员们看来，它们可是种潜在的威胁，稍不小心就会一头撞上。成千上万只鸟儿和好几百头海豹像是受磁力吸引一般聚集在此。正是在这里，我第一次见到了大群的鲸在远处的海水里游动。

今天以观看关于沙克尔顿爵士电影第三部分圆满结束。

早晨醒来时是一个光线暗淡的黎明，海天在南乔治亚岛的北部边缘交融，弯弯曲曲的海岸线被从天际缓缓升起的雾气盖住了。

沙格岩
Swag Rocks

南大西洋
South Atlantic Ocean

南乔治亚岛东海岸的巡游

伯德岛像是大海中的一颗珍珠，“游隼水手号”停靠在埃尔森赫湾的时候，凌空飞翔着成千上万的鸟儿，遮了天蔽了日，而海拔862米的雪峰山为这一幕充当了壮观的背景。上午没有登陆的安排，但是按计划，我们要沿着这个小海湾那具有天然屏障的海岸线巡游一番，作为下午将要登陆索尔兹伯里平原的热身。

救生艇的马达慢慢转动着，带着我们沿着海岸，绕过嶙峋的岩架进行巡游，观赏海狗和马卡龙企鹅。巨大的海藻叶在潮汐中摆动，姿态柔软，但实际上它们的根牢牢地扎在下方的岩石海床上。乘小船的感觉很不错，驾驶员将马达也关掉，这就更妙了！那种原始的寂静包围了我们。海水拍打着海岸，企鹅吵吵嚷嚷，飞翔的海鸟鸣叫着，雄海豹一会儿叫唤，一会儿喷着鼻气，还有相机快门声不时地响起，周围高耸的岩架上，信天翁一边凌空飞起，一边发出叫声。我沉浸在这个自然的世界里，简直是如痴如醉了！

当我们回到“游隼水手号”，愉快地享用自助餐时，科考船开始沿着南乔治亚岛的东海岸，缓缓朝新的停泊点——索尔兹伯里平原驶去。

37°W
德岛Bird Island
一次靠岸，但
允许登陆
Call No Landing
索尔兹伯里平原
Salisbury Plain
幸运湾
Fortuna Bay
斯特洛姆内斯湾
Stromness
格瑞特威肯捕鲸基地
Grytviken Whaling Station
哈康王湾
King Haakon Bay
糖顶山Mt Sugartop 2325m
爱德华亲王点King Edward Point
欧内斯特 沙克尔顿爵士的墓地
Sir Ernest Shackleton's Grave
佩吉特山Mt Paget
2934m
金港湾
Gold Harbour
萨尔韦森山脉
Salvesen Mt Range
瑞斯厅冰川
Risting Glacier
椎伽尔斯基峡湾
Drygalski Fiord

探访南乔治亚岛

南乔治亚岛无疑是亚南极岛屿中最引人注目的一个岛屿，这里山峰林立，峰顶均覆盖着美丽的永久性冰帽，有的冰山海拔高达3000米。160多个冰川蚀刻着山体，有的一路向下延伸到了海面。这座新月形岛屿有170公里长，最宽处为40公里。

第一个看到这片荒凉险峻的陆地的，当属出生在伦敦的商人安托万·德·拉罗切（Antoine de la Roche）。1675年他的船绕行过和恩角后，被大风向南吹到此地。第一次有史可查的登陆则发生在那100年之后——1775年，著名探险家詹姆斯·库克船长登上岛屿，并宣布这块土地属乔治三世国王所有。直到1908年，这个岛屿确定为马尔维纳斯群岛属地，才正式确定它归属为大英帝国。但是，在发现这个岛屿时，库克船长似乎对它并不满意：

“这里终年阴郁，根本感受不到阳光的温暖，而且其恐怖和荒凉更是超出文字所能描述的范畴。”

不过，库克还是注意到这里有数量众多的海豹，而当时是皮毛业方兴未艾的时代。到1786年，南大洋里为获取皮毛和象海豹的油脂的船只已经超过了100艘，有记录显示，那个时候，一艘船远航到南乔治亚岛一次，就能收获5700张海豹皮。

捕鲸人也来到了南大洋，并且大获丰收。1904年，一家挪威公司在格瑞特威肯（Grytviken）建立了第一个南极捕鲸基地。到1965年为止，以南乔治亚岛为基地，有175250头鲸，其中包括40000头蓝鲸和27000头驼背鲸被捕鲸人捕获并被加工处理。如今，这里已经成为一处南大洋的鲸避难所，是受保护的地区。

南乔治亚岛现在是英国领土，由南乔治亚政府和南桑威奇群岛（缩写为GSGSSI）进行管理。管理费用主要来自于渔业和旅游业的收入，售卖在南乔治亚海域捕鱼的证书的收入，占了总收入的大约80%。这片海域的范围包括了从南乔治亚岛和三明治群岛向外辐射的近322千米之内。捕鱼业在这里受到严格的管理，由南极海洋生物资源养护委员会（缩写为CCAMLR），监管和控制这个行业。每年4000到5000名游客缴纳的登陆费也对维护和保持岛上的遗址与生态环境有所帮助。

即便地处偏远，环境恶劣，南乔治亚岛一样逃不过地缘政治冲突的打扰。1982年的马尔维纳斯冲突期间，阿根廷军队占领了南乔治亚群岛，英国海军和爱德华国王点（位于格瑞特威肯捕鲸基地附近）的英国科学家沦为战俘。英国自然不会放任不管，它们派出6艘皇家海军战舰，搭载着军队，夺回了岛屿，将阿根廷人驱逐出岛。英国军队还在爱德华国王湾设立了驻防区，后于2001年撤走。

在索尔兹伯里平原的海滩登陆

刚从救生艇爬上索尔兹伯里平原的海滩，我就被这里的景观震撼得说不出话来。我们眼前有成千上万只国王企鹅——它们正在挤挤挨挨着跨过浅浅的水流和卵石地。我被这一幕惊得目瞪口呆！除了企鹅之外，这里还有海狗和整群整群的象海豹。在象海豹群中，有占领导地位的雄性象海豹，体长可达到6米，是这里的“海滩霸主”！假寐的象海豹对我们的出现仍旧保持着警觉，它们发出“咕噜咕噜”的声音和喷鼻气的声音表达对我们的热烈欢迎。

年幼的象海豹为了将来能得到雄霸后宫的霸主地位而彼此较量着，家族其他成员则在沐浴着温暖的阳光……

上千只国王企鹅围绕在我们身边。“哇哦！”我不由得感叹起来，这些庄严的“王者”真是太漂亮了：身材修长，脚掌也长，胸前黄色的绒毛就像是黄色的“领结”，耳朵处也罩着黄色的“耳罩”。那些不到1岁的毛茸茸的浅棕色企鹅宝宝仍在“托儿所”接受看护，企鹅幼崽们必须下一次水，才能真正开始海里的生活。

我们由博物学者皮特带领着，在海滩上走动。他要求我们保持离这里的野生动物几米远的距离，因为此处生态环境很脆弱，必须把人类带来的影响降到最低。我们当然会尽量做到，但这些土著动物有的实在是过于好奇，为了把我们这些人类看个清楚，它们非要凑到我们身边来不可。

这里的国王企鹅在陆地上没有天敌，对我们的出现也表现得很漠然。我实在是不能想象，在上上个世纪，猎人们因为受到贪念的驱使，出于对鲸油和海豹皮的需求，几乎将这个物种赶尽杀绝。

这片平原是地球上具有标志性的野生动物海滩之一。这里一年中有6个月都是夜晚，恶劣的气候成了这片大地上的主宰。从这一页的照片中，无法闻到刺鼻的臭味，无法听到无休止的噪声和幼年国王企鹅换毛时发出的痛苦叫喊，照片上也看不到企鹅的粪便、齐膝深的泥坑、棕色的泥潭。同样，诸如海鸥和贼鸥这些盘踞在空中的食腐鸟类紧张地看着我们这些游客时发出的叫声，仅凭看照片也是无从得知的。

从陆地和海洋捕食者口中赢得生机是首要任务，小心谨慎是其生存之道，只有幸运者才能活下去！

永恒的奇迹

金港湾

今天变天了，海风吹得猛烈，海面上白浪翻滚。我们的船长制订了一个新计划，要带领我们探访更为隐蔽的金港湾，这是个隐蔽得很好的小海湾。

登陆海滩的过程和昨天类似。一双淡额黑信天翁在我们的头顶上方鸣叫着，表达着对我们这些穿着红外套的人类入侵的紧张情绪。海岸弯曲着，还有些倾斜，约有一公里长，铺满沙粒大小的小石子，长着密密的草丛。海滩上，到处都卧着象海豹，它们身体闪烁着的金棕色很是显眼。海狗和一些忙忙叨叨的巴布亚企鹅非常急切地前来迎接上岸的我们。其他巴布亚企鹅和50000多只国王企鹅混在一起，将环绕山脚的海岸斜坡的下半部分填得满满当当。金港湾像是一个巨大的圆形露天剧场：雄伟的山峰上，有冰蓝色的冰川一泻而下，将险峻的黑色石头山峰切断。我们的小划艇启程了，穿过海湾朝对面划去。

威德尔海豹

威德尔海豹是以一位多年前的海豹猎手詹姆斯·威德尔命名的。这些海豹生活在位于南极半岛和罗斯海附近的威德尔海，它们是居住在南极洲最南端的哺乳动物。

在漫长黑暗的寒冬里，威德尔海豹会藏身在薄薄的海冰下面，靠锋利的牙齿啃冰钻洞，伸出头来进行呼吸。夏季，它们则跑到半融化状态的冰面上。这些大眼睛、胖乎乎的动物很喜欢小群小群地聚集在一起打发时间，有时它们也能够独自栖息。这头海豹对我打扰了它午休并没有很在意。它只是闭着一只眼，叹了口气，然后展露笑容说道："想给我拍照吗？那就照吧！"

位于爱德华国王湾的捕鲸基地遗址

坎伯兰湾是一个位于爱德华国王岬角处的隐蔽海湾，这里曾经是世界上运作最为成功的捕鲸基地。格瑞特威肯是南极第一个以海岸为基地的捕鲸基地。

捕鲸基地

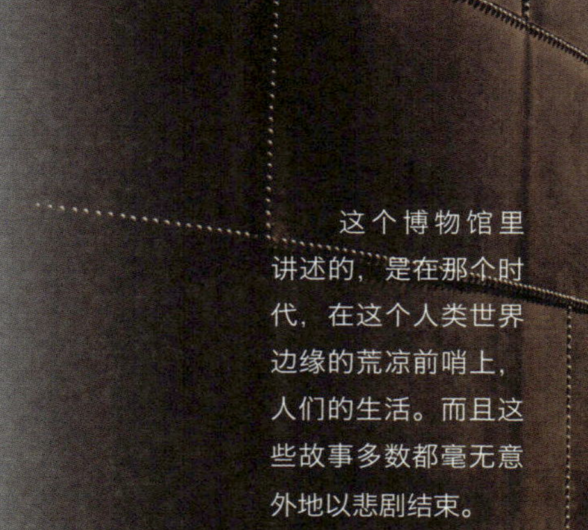

这个博物馆里讲述的，是在那个时代，在这个人类世界边缘的荒凉前哨上，人们的生活。而且这些故事多数都毫无意外地以悲剧结束。

格瑞特威肯为“锅之港”之意，是由一位瑞典勘探家命名的。这个瑞典人发现了古老的英国“炼油锅”（try pots），那是一个炼取海豹油的地方。格瑞特威肯的第一个正式捕鲸站是由挪威船长卡尔·拉尔森为他的公司（阿根廷渔业公司）建立的。拉尔森当年带领一艘蒸汽捕鲸船和两艘帆船来到这里。他和下属们花了5个星期，建立了一个滑台，一家工厂，并且开始对鲸进行加工，获取鱼油和鱼肉。这个行业利润非常可观，在接下来的6年里，有数十万只鲸在这里被加工。在工厂的鼎盛时期，有300名工人在这里工作和生活，但是到1965年，鲸几乎被捕杀殆尽，工厂也就随之遭到废弃。

今天，这家在历史上留下过重重一笔的捕鲸基地已经成为一处特色观光点，对游客开放，前来南极的船只也喜欢到此一游。从2003年到2005年夏天，为了确保游客安全，当地对这里作了很多修复。像石棉、燃油一类的有害物质全部被清走，工厂建筑物的波浪状铁皮覆盖物也都一一拆除了，因为在大风天，它们容易松动并被吹走，是个隐患。如今，这些建筑的外墙也被拆掉，那些用来处理鲸肉的内部设备——诸如离心机和压力炊具等全都暴露在外。

这里还有一些游客会感兴趣的地方，比如博物馆、邮局、教堂和墓地。博物馆建于1991年，记录并展示着了人类对这里的岛屿进行探索的过程和捕鲸业的历史，以及野生动物的生存状况。另外，欧内斯特·沙克尔顿爵士那史诗般惊心动魄的探险历程也清楚地记录在案。沙克尔顿的墓地也是游客们爱去的景点之一。1928年，一块花岗岩的墓碑在这里竖立起来，上面刻着沙克尔顿最喜欢的一句话，那是罗伯特·勃朗宁的诗句：我坚持认为，只有奋斗到最后一息的人才能得到生活的奖赏。

捕鲸人的教堂是这里唯一一栋仍保留原有功能的建筑。教堂是在挪威预制好后由船运到南乔治亚岛的，于1913年的圣诞节开始使用。虽然当时的教堂里偶尔也会举行婚礼和洗礼，但根据记录显示，更多的用途还是为捕鲸人进行葬礼。如今，教堂里还会不时举行礼拜。

被弃置的野蛮之物，现已锈迹斑斑

鲸是大海的象征……但它们长久以来一直在遭受虐待。

用文字和照片留住记忆

这次旅程刚开始时，我就意识到，相机实际上是我感官的延伸。它帮我留住了每天看到的影像，收藏了我的记忆。我还是一如既往地用我的佳能IX-APS和它配备的28-300mm镜头，使用的胶卷则是24毫米的200ASA Fuji' Nexia。这架相机一直表现出色，这是我的首次南极之旅，我希望在更为寒冷的地方它还是一样能胜任。

这里的环境原始而质朴，要捕捉到稍纵即逝的某个画面，必须传达出完整性和真实性。对于处在这种寒冷地区的生态摄影师和记者来说，挑战总是会不时出现。每当我要进行写作时，都会十指交叉，做个深呼吸，我要让自己相信：关于记录下来的这些想法和情节，我所拍摄的照片会很给力地给出视觉上的证明，证明它们的确所言不虚。

本书挑选的照片，都是能够捕捉到在某个特殊时刻，我对一个客观事物的所见和所感。这些照片仿佛在说，“我记忆里的这个地方就是这样的”或是“这里的野生动物就是这样的……”

所以这本书中承载的不仅仅是我写下的记忆，更表达了我作为一个艺术家的视觉印象以及我作为报告者的所思所想。这本书结合了影像和文字，表达了“真实的我是怎么样的”。实际上，正是我的相机和文字的结合，催生了这样一本书。

欧内斯特·沙克尔顿爵士在南极的坚强求生（上）

欧内斯特·沙克尔顿爵士(1874—1922)第一次到达南极是在1901年。当时，他跟随罗伯特·福尔肯·斯科特的国际南极探险队进行为期3年的南极探险，这支探险队搭乘的船只叫“发现号”，因此这次的任务也随之命名为“发现”。他们的目标是到达南极点，但是在离目的地还有1609公里时就不得不返回。沙克尔顿在撤回的途中患上了坏死病，于1903年乘坐救援船“早晨号”回到英格兰。

1908年，沙克尔顿率领自己的探险队重返南极冰川（他离开英格兰的时间是1907年8月），搭乘的船是“猎手号”。探险队再次功败垂成，没能到达南极点，但与上一次相比，这次他们离南极点只有180公里。探险队最终于1909年返回英格兰。1911年12月14日，挪威探险家罗尔德·阿孟森在南极将挪威国旗举起，宣布自己成为到达南极点的第一人。

对于沙克尔顿而言，直到他率领皇家南极穿越探险队，于1914年乘坐“坚毅号”奔赴南极，才成就他个人的南极神话。1914年8月8日离开英格兰后，探险队乘船驶往火地群岛，在那里将一群雪橇犬接上船，并且补充了物资，然后就开始朝南极挺进。就在这一年年末，仲夏时分，“坚毅号”在南极圈遭遇坚冰和冰山。1915年1月17日，探险船深陷冰川之中动弹不得。沙克尔顿命令船员们作好应付9个月漫长冬天的准备，因为直到来年春天冰川融化，也许才能继续向南航行。

但“坚毅号”船体最终承受不住消融的碎冰和冰流的碰撞而裂开，并且无法修复，情况更加恶劣了。1915年10月27日，沙克尔顿命令船员弃船，11月21日，船沉没到冰面之下。

带着抢救出来的救生艇，沙克尔顿和船员们度过了接下来的5个半月，他们试图乘雪橇去到将近400公里远的保利特岛寻求援助。但是沙克尔顿发现队伍行进非常缓慢，而物资消耗过快，因此他决定让探险队进入救生艇，朝离此地320公里的奇幻岛驶去。航行数天后，他们意识到携带的物资不够维持如此长的时间，沙克尔顿便决定改去距离更近一些的大象岛。经过7天艰苦的海上旅程，他们终于安全到达大象岛。

尽管船员们再次踏上了坚实的土地，情况暂时得到了缓解，但沙克尔顿知道，大象岛是一个远离航道的无人岛屿，留在那里只有死路一条。这时，他作出了一个重大决定：他命令船员中的5名和自己一起，横渡约1500公里波浪滔天的大海，到设有捕鲸站的南乔治亚岛求救。从那里他可以安排救援，救回大象岛上的其余船员。

去往南乔治亚岛的路途中，沙克尔顿他们遭遇了十分险恶的海上条件：狂风大作，海浪滔天，极度寒冷。在沙克尔顿的书里，他这样写道：

半夜时分，我在操纵舵杆，突然注意到在南面和西南方向之间有一线非常清晰的天空。我大声告诉大家："天空放晴了！"但马上我就意识到，我看到的不是云层的裂缝，而是一个大浪的白色浪峰。在26年海上航行的生涯里，我见过大海所有的突发状况，但这么大的浪头我还从没见过。

这样一个巨浪，不是这些天一直侵扰我们的在海面上翻滚的那种白浪。我喊道："看在上帝的分儿上，抓紧了！它过来了！！"然后便是一瞬间的宁静，这一瞬间似乎延长为数个小时。破散开来的海浪变成白色泡沫在我们的小艇四周翻滚。小船在惊涛骇浪中间像个软木塞一样，一会儿被抛起，一会儿朝前冲去，四周全是隆隆的水声。但是，最终我们的小艇挺过来了，只是里面整整装了半船的水，导致船身不堪重负地下沉，而且在海浪冲击下船身仍在剧烈颤抖。我们爆发出了人类求生的力量，利用手边能够到的任何容器，将艇里的水从侧面舀出去。10分钟之后，我们终于确确实实地感觉到，身下的救生艇又恢复了生机。

欧内斯特·沙克尔顿爵士在南极的坚强求生（下）

从大象岛到南乔治亚岛的斯特罗姆内斯，一段惊心动魄的路程

在7天的海上航行后，沙克尔顿和他的小分队最终在南乔治亚岛的西海岸登陆了，但是问题仍没有解决，因为捕鲸基地位于岛的东北海岸，而他们的救生艇在登陆时遭到严重破坏已经无法使用，又没有别的船可供替换。他们只能徒步攀过险峻的高山冰川，才能找到“救世主”，除此之外别无选择。沙克尔顿将3名船员留在原地，自己则与其他2名船员一起，横切过险峻的高山，经过2天不眠不休的努力，终于在1916年5月20日到达斯特罗姆内斯捕鲸基地。

指挥官弗兰克·阿瑟·沃斯利（Frank Arthur Worsley），获得英国皇家海军优异服务勋章（DSO and Bar，RN），出生于1872年，在新西兰南岛的阿卡罗阿长大，于1943年在英国去世。

1914年到1916年的南极探险中，弗兰克·沃斯利是遭冰块围困并压垮的“坚毅号”的指挥官。

在他的导航下，7米的“詹姆士·凯尔德号”航行了1100公里，穿过惊涛骇浪，到达南乔治亚岛，最终所有留在大象岛上的22名船员全部得救。

阿卡罗阿博物馆展出了弗兰克·沃斯利的成就，以示纪念。

弗兰克·沃斯利——导航员

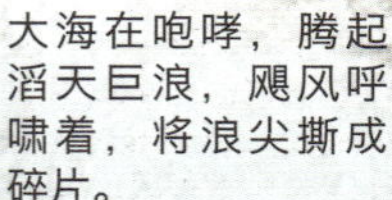

大海在咆哮，腾起滔天巨浪，飓风呼啸着，将浪尖撕成碎片。

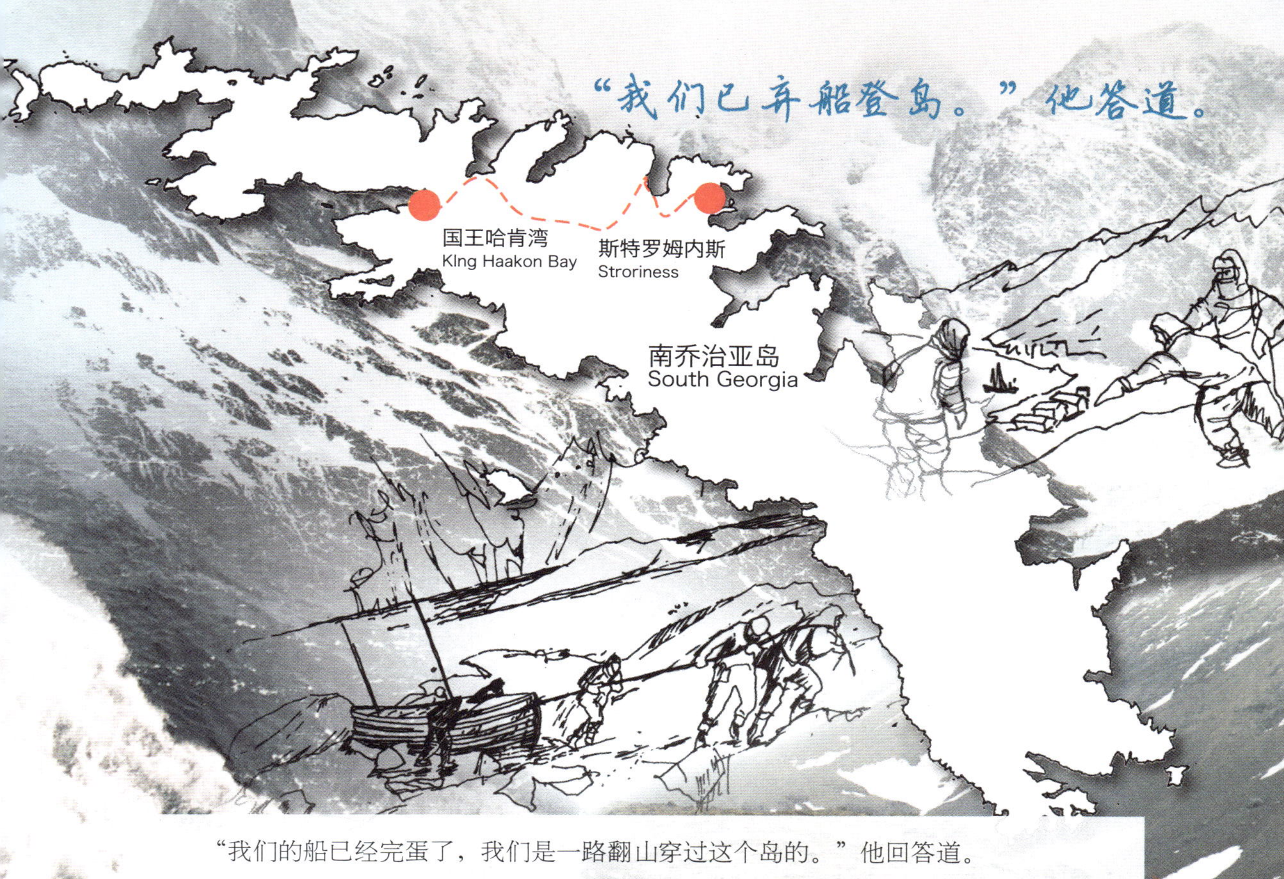

“我们已弃船登岛。”他答道。

“我们的船已经完蛋了，我们是一路翻山穿过这个岛的。”他回答道。

一艘捕鲸船很快就出海了，前去接应那3名在南乔治亚岛西岸等待的船员。同时，沙克尔顿作了安排，让一条蒸汽船前往大象岛营救剩余的22名船员。因为天气原因，前3次的营救均告失败。沙克尔顿在焦急之下向智利海军求助，对方提供了适合远航的拖船——叶尔丘号。沙克尔顿乘坐这艘拖船，最终在8月30日登陆大象岛，很快便将被困在那里105天的22个船员救了回来。

沙克尔顿和“坚毅号”的船员回到英国后，受到国家英雄般的待遇。大部分船员，包括沙克尔顿本人，接着便报名参军，投身到第一次世界大战中去了。

战争结束后，沙克尔顿的探险热情再次高涨，他于1921年再次乘船向南航行来到南大洋。再次在南乔治亚岛下了锚后，沙克尔顿由于心脏病突发离世，最终被葬在这个岛上。沙克尔顿爵士的墓地已经成为他探险生涯的证明，看到它，我们就会想起这位具有超群勇气和力量的伟大领导者和探险家。

愿南极永远平安无扰

我看向这片海岸，怀着怎样的梦想？

谢天谢地，人类不能飞，所以无法糟蹋天空，地球也是一样。

——亨利·大卫·梭罗（Henry David Thoreau，1817—1862）

艺术家眼中的各种风景

在进行绘画和拍摄时，就像是重新爱过了一场。而人生正是因为爱才完满。

——亨利·米勒

能够用我的镜头捕捉这段共同的历史，并与其对话，我觉得责无旁贷。

我想要跟捕食的鸟儿一样凌空鸟瞰，从这样的视角，我就能随心所欲地接近这里的一切，作一次艺术性的近距离观察。

残缺的美

艺术并不是要制造出什么让人们来看，而是提醒人们要懂得去欣赏。

——保罗·克利

我们的船向南来到了椎伽尔斯基峡湾。下午天气冷了些，我的视线里第一次出现了一只雪海燕。航行途中，能看到一些黑色影子在海水下轻快地掠过，那是几只海狗。海岸的下部已经被犁出了好些褶皱。我们进入椎伽尔斯基峡湾的时候，从一些浮冰旁边经过，这些巨大而坚固的冰块被风吹着，在海里漂流。我们进入了椎伽尔斯基峡湾平静的海水中。

这里最引人瞩目的，是白色的冰覆盖在耸立的黑色岩石之上，这样强烈的颜色对比产生了一种冷酷的美感。峡湾很快收窄，不到1公里宽。两岸的风景始终不变，都是白雪向上攀爬，努力要盖上锋利的岩石山顶的样子。

这条风景优美的海道继续变窄，最后我们深入到南乔治亚山脉腹地12公里的地方，高耸的悬崖在海面上投下了暗影。我和大家一起站在船的甲板上，尽管天气很冷，但我们的保温工作做得很到位。我感到有些孤单，但同时又很自由，世界仿佛无边无涯，我仔细体味着这样的感觉。峡湾中看不到什么鸟。

椎伽尔斯基峡湾

当冰川进入峡湾后，便形成了壮观的对峙场面。巨大的冰川表面坍塌，形成了新的冰山。碎裂的冰面四散开来，只有约1/7是露在海面之上。这景象非常震撼，无与伦比。

就在这时，从隐秘的悬崖后面出现了一艘发动机驱动的帆船。“哇哦，这种拍照机会真是可遇而不可求！”我想。那艘船上飘扬着瑞典国旗。通过船上的电台联系后得知，负责我们这次旅行的比尔船长，有瑞典老朋友在那艘船上。那艘帆船来这里的目的，是为了对这个地区进行地理测绘，同时还兼有电影拍摄的任务。我们的船赠送了一箱啤酒给瑞典朋友们。冷风从冰川河面快速吹过来，打在“游隼水手号”的船桥上。我继续拍了不少照片，但是船长警告我，要小心寒风的力度。“你在那儿会感冒的！”他说。说真的，风是越来越猛了，也越来越冷了！我也渐渐感觉到体力不支。

微弱的阳光偶尔穿过高空里散开的云层时，照在冰川上会引起反光。

“游隼水手号”掉过头来，我们沿着峡湾返回。我们一路朝西航行，而海面逐渐涌起了波涛，船头一会儿抬起，一会儿又浸入波谷中。我们与这块永恒的、从来无人涉足的土地告别了。

库克船长的航行记录中，有关于他绘制南乔治亚岛的岬角的记载，当时他希望这里是南极主大陆的一部分。可是后来他意识到自己的想法是错误的，便将南边这块荒凉的半岛命名为“失望角”。

“游隼水手号”船上讨论会

见识过南乔治亚岛那令人叹为观止的美景之后，我花了些时间好好消化这段旅程。我很想加快日记的进度——我拍了大量的照片，视觉资料一多，就容易忘记日记这回事。今天我想到的，不是那乘坐橡皮艇的过程，不是奔腾的海浪，也不是在海滩登陆，我意识到的是，船上各学科的专家和自然科学家教授的那些知识和资料，对于我而言，是非常宝贵的馈赠。

以前我也参加过很多次巡游，以及有组织的集体旅游，但“游隼水手号”的不同之处在于，她还为乘客的旅游提供了非常强大的教育方面的支持。讲座、报告和讨论每天都会举行，而且由最高水准的老师们主持。他们不但知识非常渊博，而且对两极地区有着切身体验。

能得到这些专家的教导，学习到这些知识，我对南极地区，比如这里的鸟类生活习性，比如一路上遇到的海洋哺乳动物，也有了更深的了解。这样一来，每一次看到一些大自然的景象时便不再停留于表面了。比方说，我们学会了，看到冰山时，不仅仅赞美它的壮观，而且会想到，由于空气和海洋温度升高，这座冰山曾经所属的冰架已经开始融解了。

游客们回家后，虽然人不在南极，但脑海里却保存了这些深层次的相关知识，所以更能领悟到自身和环境之间的互动与联系。

许多游客自己本身就是博物学家，或者是对极地环境有着莫大兴趣的人，于是志趣相投的人就有很多机会一起聊天和探讨。这些知识并不局限在船上的同游者们之间传播，它们终将在他们的朋友、家人和熟人间传开来，会有更多的人意识到这里的问题，产生对两极地区的关切之情。

我们讨论过的教育话题：

- 南大洋的非法渔业
- 南极臭氧洞
- 南极哺乳动物
- 北极的气候变化
- 鲸
- 南乔治亚岛的地质背景
- 南极的海鸟
- 南极的条约体系
- 保护南极的野生动物

南极序曲

时光倒流

我渴望见到这些冰山巨人，
它们的头在冰雪中挤靠在一块，
绿色的根却在两百公里的深深地底沉睡。

——威廉·豪伊特

冰山之美

今天，我们航行到南纬60度以上，见识了南极的又一个奇迹——冰山。看到冰山那一刻的激动和欣喜让我浑然忘我，这一次是真正地感受到自然造物者的神奇。一个巨大的冰冻水棱镜从我面前飘过，晶莹剔透，在晨光里闪着超越蓝色的光，仿佛一首对光线的赞美诗。

船长放任了我们的激动，允许我们全方位地欣赏这座汪洋里的雕塑，从每一面捕捉它的夺目光彩。它的光彩刺激了我，使我对自己产生了怀疑——一种类似于谦卑的感觉席卷全身。

冰山从陆地冰架上脱离出来，顺从地向着温暖的水域漂去。这是海天之间一个暂时性的管道，它们能漂浮几天甚至几年，全凭气候和洋流决定。它们向我们人类以及地球上的所有生命展示了一个简单的特性，那就是无常。

南极半岛

南极半岛是地球上最后一块荒野。它的西海岸是险峻的山峰群，两侧排列着古老的冰川和巨大的冰架，被誉为世界上“最美的水道”。

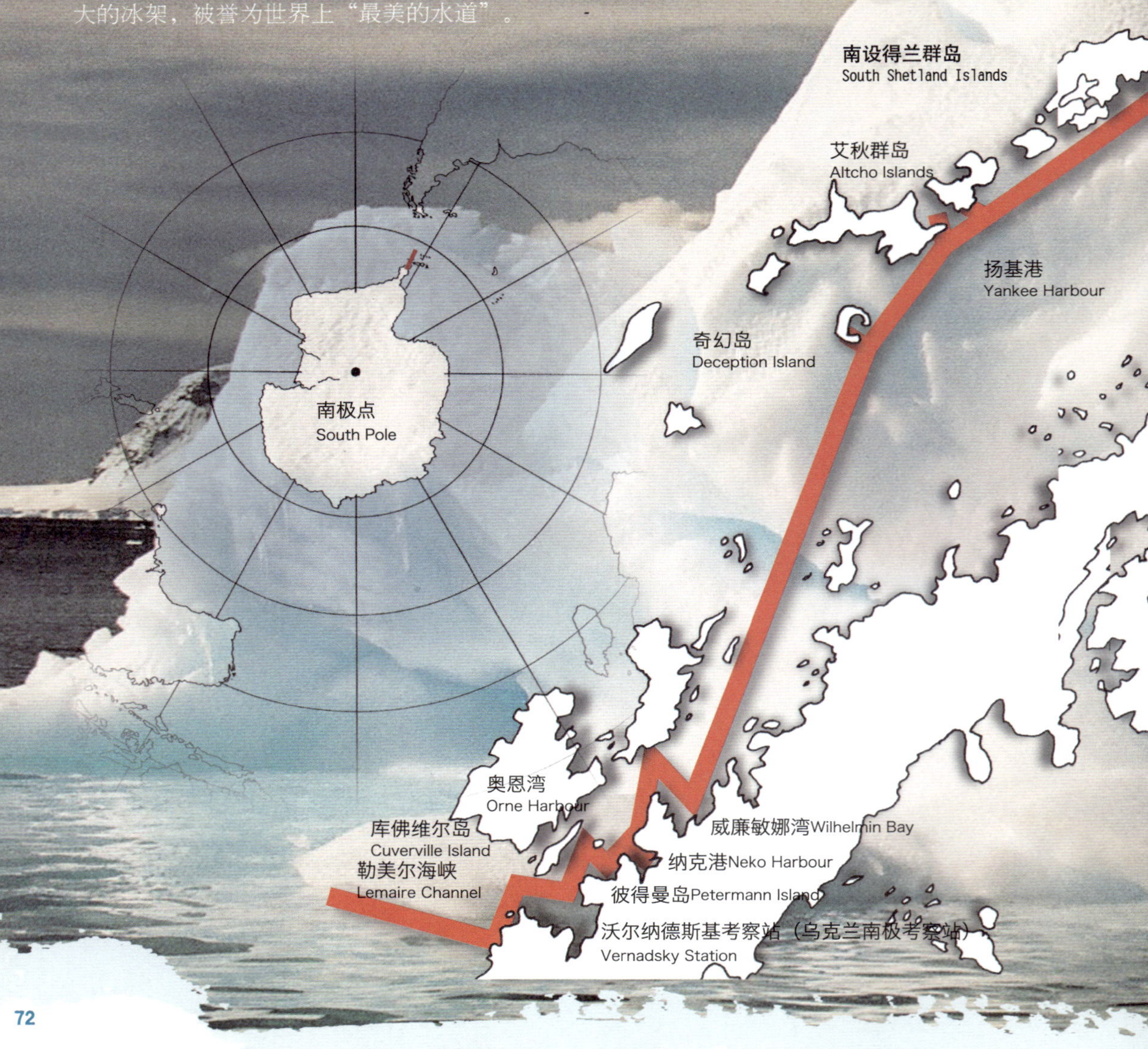

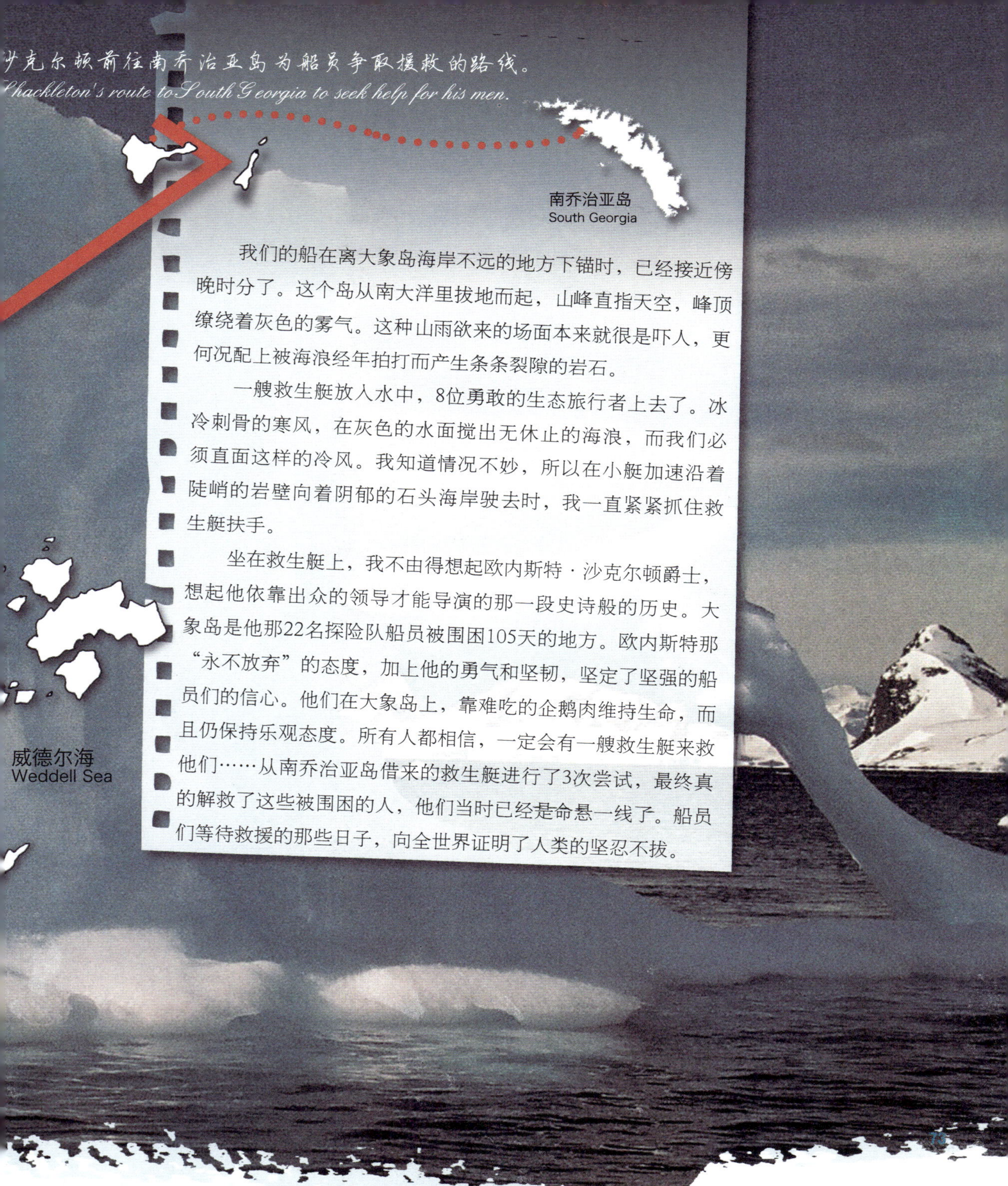

我们的船在离大象岛海岸不远的地方下锚时，已经接近傍晚时分了。这个岛从南大洋里拔地而起，山峰直指天空，峰顶缭绕着灰色的雾气。这种山雨欲来的场面本来就很是吓人，更何况配上被海浪经年拍打而产生条条裂隙的岩石。

一艘救生艇放入水中，8位勇敢的生态旅行者上去了。冰冷刺骨的寒风，在灰色的水面搅出无休止的海浪，而我们必须直面这样的冷风。我知道情况不妙，所以在小艇加速沿着陡峭的岩壁向着阴郁的石头海岸驶去时，我一直紧紧抓住救生艇扶手。

坐在救生艇上，我不由得想起欧内斯特·沙克尔顿爵士，想起他依靠出众的领导才能导演的那一段史诗般的历史。大象岛是他那22名探险队船员被围困105天的地方。欧内斯特那“永不放弃”的态度，加上他的勇气和坚韧，坚定了坚强的船员们的信心。他们在大象岛上，靠难吃的企鹅肉维持生命，而且仍保持乐观态度。所有人都相信，一定会有一艘救生艇来救他们……从南乔治亚岛借来的救生艇进行了3次尝试，最终真的解救了这些被围困的人，他们当时已经是命悬一线了。船员们等待救援的那些日子，向全世界证明了人类的坚忍不拔。

众所周知，整个南极地区气候都非常恶劣。这是一块充满原始之美的荒野，如今驻扎着一些重要的国际科研机构。

南极面积将近1400万平方公里，大约是澳大利亚和美国面积的总和。这片大陆近98%的面积由厚厚的冰层覆盖，最厚的冰层可达4000米。这里的冰加起来，大约有250万立方公里，占全世界冰体的90%，也是72%淡水的发源地。

南极是全世界纬度最高的大陆，这里的平均海拔为2350米。除去陆地面积，周围的永久冰架的面积也已有数百万平方公里。

围绕南极大陆的海冰在不同地区有不同的分布情况。在盛夏时分，冰的面积减少到约300万平方公里，而冬天则最多会达到2000万平方公里。

奇幻岛

整座奇幻岛实际是一座活火山，在过去100年里，在某种内在力量的驱使下，这座火山爆发过4次。火山口位于岛屿内部，呈马蹄铁形状，海水灌入后就成了一个内海。岛屿一侧的山坡上有一个豁口，名字起得十分恰当，叫作“海神的风箱”（Neptune’s bellows）。一大早，我们的“游隼水手号”就从这里驶入了火山口。太阳明晃晃地照着，内海四周由黑色火山岩组成的山坡上覆盖着新鲜的白雪，被阳光一照，反射出炫目而美丽的光芒。船行在水上，平静的水面仿佛一面镜子，金灿灿的阳光洒在上面，看上去波光点点。地面覆盖着一层递变火山岩，在上面走路很是费劲儿。

我们在岛上最先遇到的是15头公海豹，它们一醒来就大声叫唤着，表示被打扰了非常不开心。我们当中的几名队员组成一个小组，打算爬上一个制高点上去，在那里能够将全岛的景观尽收眼底，据说非常壮观。其他人则沿着内海海岸走动，不时停下来看看会不会有什么意外的收获。我参观了废弃的旧捕鲸基地，那里到处都锈迹斑斑，建筑的形状很不规则，看起来很有趣，激发了我的创作欲望。那些渴望在地热温泉里泡澡的游客有福了，因为在奇幻岛的地上可以挖出温泉来。有个勇敢的家伙真的这么干了，他把衣服脱光，放在干燥的岩石上，自己跳到温泉里游了个裸泳。其他人目瞪口呆地欣赏着他的壮举，但他们自己只是用脚指头沾了沾水而已。

回船上吃了午餐，补充了能量，我们又去游览了附近岛上的贝利角。这时候风变大了，我们乘坐的救生艇乘风破浪，穿过泡沫四溅的浪花，这才冲到了海岸边的浅水区。虽然我的靴子里进了不少水，但是幸好我穿着的Gortex牌的外衣很是给力，所以身上并不太湿。岛上的空地里簇拥着大概有10万对繁殖期的帽带企鹅。哇哦！那声音，那气味，那场面！真是让人转不开眼睛！同行的一位自然学家说，帽带企鹅这种有趣的鸟类在这里聚集的数量应该是最多的，在别处我们再也不会遇到更大规模的帽带企鹅群了。

回到船上，洗了个热水澡，我们聚在酒吧里，喝“企鹅便便”（Penguin Poo）鸡尾酒，然后又去甲板上，尽情欣赏这自然纯朴的世界。一群驼背鲸从船边游过，用它们对我们“致敬”作为这难忘一天的结尾，真是再完美不过了。

那些渴望在地热温泉里泡澡的游客有福了，因为在奇幻岛的地上可以挖出温泉来。

南极海峡

我永远也不会忘记威廉敏娜湾，这里山峰耸峙，山顶云雾缭绕，冰川入海，有一种宁静的美感。我们又坐上了救生艇，打算上岸，这次我的兴致特别高。冰山和岩石在水面上神出鬼没，毫无规律可循，导航时必须十分谨慎。两头豹型海豹轻轻吼叫着发出啸声，追逐着我们的小艇。

突然，我们听到一阵不祥的“嘎吱”声，是那种摩擦时发出的声音，听声音似乎是从一堵冰墙的深处传出来的。有什么在裂开、折断、粉碎，整个海湾都能听到这个声音。“隆隆”的轰鸣声在海湾里引起一阵回响。一大块冰从冰川表面坍塌下来，形成了一座新的冰山。海面随之起伏，我们的小艇被波浪轻轻托举起来，像坐过山车一样。还好我们的救生艇离冰川崩塌的位置不算近，否则后果不堪设想。

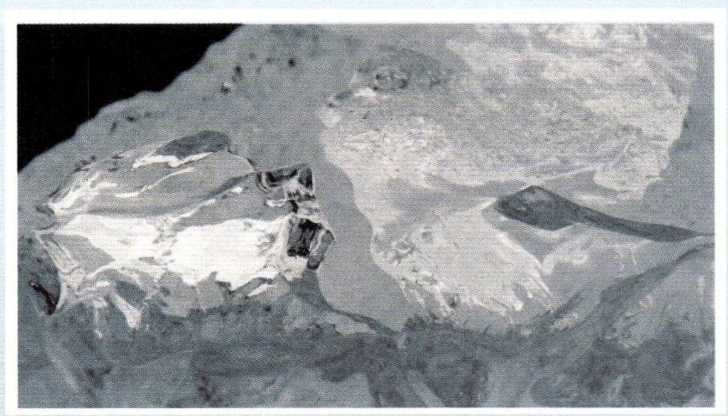

它们如此骇人，却又如此美丽，这是一种极致之美。

——理查德·E.伯德（1888—1957，美国探险家），
1930年于“小亚美利加”营地

无与伦比的寒冷造物

冰山的山体只露出一小部分在海面上，其大部分都沉睡在幽暗的海水之下。它们的颜色非常丰富，从最浅淡的祖母绿到最浓重的深蓝，每一种都能在冰山上找到。

每座冰山都独一无二，从无雷同，它们的形状之变化多端，足以与瑰丽的云朵相媲美。

巡游在这座变幻莫测的美丽宫殿里，我苍老的心也变得年轻了，仿佛进入了漂浮的幻境。

一时间，我在这美妙绝伦的景象之中，仿佛重新变成了一个孩子。看着这般摄人心魄的美，沉浸在这富有生命力的大自然的宁静之中，我的梦想之眼睁开了，而且，有可能永远都不会再闭上。

岛上授课

大自然的宝藏

偷蛋的贼鸥

国王企鹅

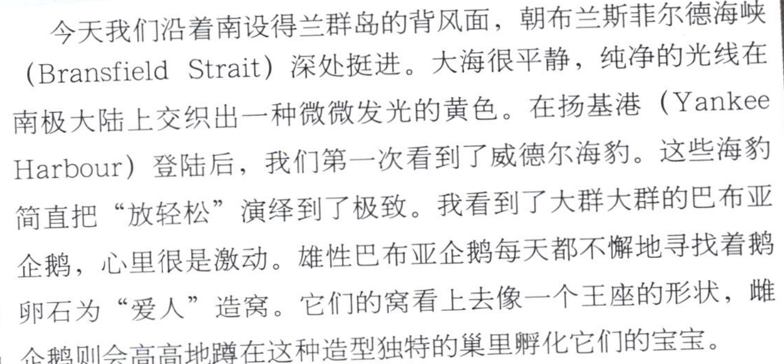

今天我们沿着南设得兰群岛的背风面，朝布兰斯菲尔德海峡（Bransfield Strait）深处挺进。大海很平静，纯净的光线在南极大陆上交织出一种微微发光的黄色。在扬基港（Yankee Harbour）登陆后，我们第一次看到了威德尔海豹。这些海豹简直把“放轻松”演绎到了极致。我看到了大群大群的巴布亚企鹅，心里很是激动。雄性巴布亚企鹅每天都不懈地寻找着鹅卵石为“爱人”造窝。它们的窝看上去像一个王座的形状，雌企鹅则会高高地蹲在这种造型独特的巢里孵化它们的宝宝。

下午，我们拜访的是艾秋岛。我们小心翼翼地从一群非常嘈杂的帽带企鹅旁边经过，岛上成千上万的企鹅似乎对我们这些拍照的人毫不在意，而且似乎还颇有鼓励我们加入到它们之中去的意思。

今天在两个岛上与巴布亚企鹅及帽带企鹅有一些近距离接触。除了多种多样的鸟类，岛上的岩石色彩也十分丰富，我拍摄了不少照片。天气冷多了，到了零下5摄氏度。岸边的水已经结冰，冻得还不太瓷实，我们踩上去时“嘎吱嘎吱”直响。

帽带企鹅

探险之旅
值得用一生去感受的旅程

在南极海域滑行的独木舟

“游隼水手号”在某些航段提供划行独木舟的活动，乘客可以自行决定参加与否。我对自己不能参加抱有几分遗憾，但是做一个专注的听众，让我在船上结交的朋友约翰给我讲讲他在半岛那隐蔽的水道里划行时的经历，也足可以过过瘾了。

约翰和其他6名参加独木舟划行的同伴穿上一层层的保暖衣裤、干燥的外套和外裤，套上救生衣，每一艘独木舟都配好了桨，随时待命。他们和“游隼水手号”上那些陪同的教练一起登上救生艇，到了一个小小的岬角海滩上。然后他们爬进各自的独木舟里，听教练们一丝不苟地简单讲解了一遍安全条例，最后还认真地检查了所有的装备。

接着，大家划着独木舟朝一块硕大的风蚀冰山行进，冰山上方有一大群海鸟在引吭高歌。这时候，在距离打头的独木舟大约30米的水面上，一头驼背鲸毫无预警地冒了出来。大家围绕着驼背鲸兴奋地喊叫起来，打破了早晨的宁静。这时在更远处又出现了3头鲸，轮流地将一股股水雾喷向高处。约翰和伙伴们看着围绕着独木舟游动的鲸出了神。最后这些鲸深深地吸了一口气，然后高高摆动着它们带凹槽的尾巴，一头扎入深深的海里去了。

约翰说，有一头鲸离他的独木舟特别近。他承认当鲸那25米长的身躯无声地从身边滑过时，他多少是有点担心的。跟鲸相比，大家对围绕着独木舟游出游进的企鹅和海豹反应就平淡了些，毕竟，看到鲸的经历还是最棒的。

BIG FREEZE
15168
LONDON
ODESSA-15010
Mc Murdo - 3641
PARTY FUN
SIDNEY-8624
ROTHERA
RIVNE 15004 km
KARADAG 14806km
TOKYO-16411
UMAN' 15003
SEVASTOPOL 14750

"游隼水手号"顶层甲板上的烤肉野餐

谨代表全体居民向你致以热烈欢迎！

南极的仲夏之夜

昨天的暮光徘徊不去，一直延续到今天凌晨，有几个浪漫的家伙清醒地在甲板上待到了凌晨2点30分。晨光开始透过远处蓝色的冰冻地平线照过来，金色的光线照亮了冰山的顶峰。我这才发现，顶层甲板上就剩下我自己一个人了。虽然顶着一直没有停歇过的刺骨寒风，但我的心里充满了无限的快乐，仿佛内心深处有什么正在喷涌而出，我大声喊起来："南极，你太美了！"

早上，同舱那极具杀伤力的呼噜声把我震得睡意全无。"天哪！邓肯，我们要迟到了！还有10分钟早餐就要开始了！"酥脆的玉米片味道很不错，但我还在回味午夜的那场"光线秀"。

今早的天空蓝得出奇，黎明时分那红与黄交织的暗影消失得干干净净，仿佛从来没有存在过：白天的天空是由蓝色主宰的。

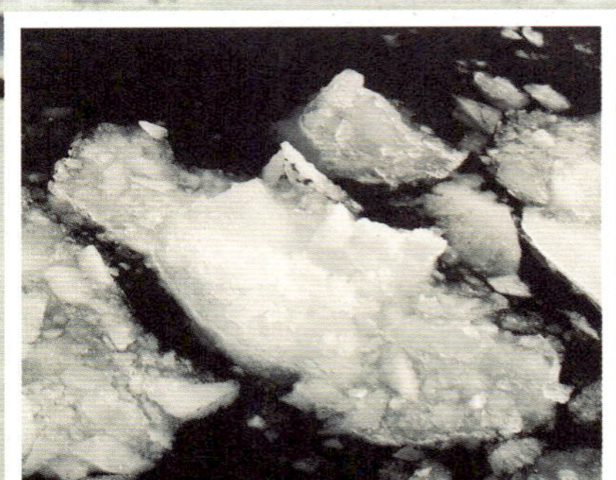

乌克兰南极考察站

欢迎所有游客的到来！

这是一段惊喜不断的旅程。风光美得摄人心魄，大自然却以那样宁静平和的方式呈现在我们眼前。

今天早上，当我们的橡皮艇加速冲向彼得曼岛时，我觉得自己好像变成了一个兴冲冲的小男生。这个岛上住着很多巴布亚企鹅。驻扎此地的科学家们，已经围绕着被积雪半掩的一间红色小屋，将帐篷搭了起来。

我们的出现引起了附近两头象海豹的注意。“游隼水手号”的小艇们避开了其中一头象海豹好奇的探究。要知道它们可是鼎鼎有名的“南极鲨鱼”，会吃鸟儿和其他种类的海豹。

下午，“游隼水手号”继续向南航行，在沃尔纳德斯基考察站（Vernadsky Reasearch Station，即乌克兰南极考察站）附近下了锚。这个考察站是由乌克兰的科学家和工程师们管理的。考察站工作人员愿意尽地主之谊，邀请我们对他们的科考工作进行一番实地体验。于是，我们分成两组，在站里参观了一个小时。最后，在考察站的“游隼水手号”酒吧里，宾主一道品尝着伏特加酒，分享各自的逸闻趣事，相谈甚欢。

返回“游隼水手号”的途中，我们意外地看到，在一块厚厚的海冰上，聚集着整整17头海豹，而其中一头海豹旁边的浮冰上，还有更多的巴布亚企鹅以及阿德利企鹅（Adelie penguin）。我们的旅程几近尾声。所有救生艇都已运上考察船固定好，今晚我们就要穿过德雷克海峡（Drake Passage）返回乌斯怀亚。

海滩就是生活的全部！

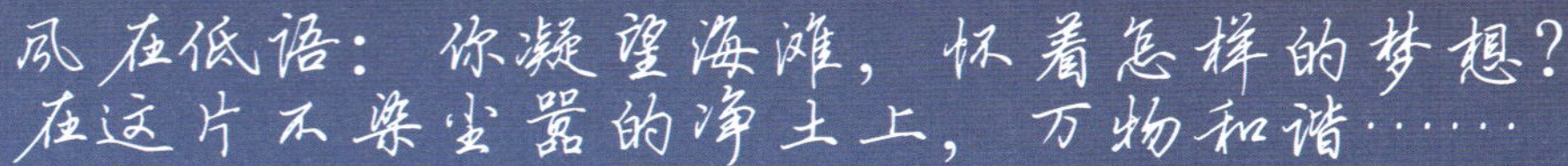

风在低语：你凝望海滩，怀着怎样的梦想？
在这片不染尘嚣的净土上，万物和谐……

南极永远安宁无扰

如果足够多的人类能够意识到，我们这个种族的未来岌岌可危，那么一切都还来得及。

再见，帕米尔号！

“帕米尔号”于1905年建造于德国汉堡（Hamburg），是一艘对于新西兰和合恩角的海事历史都具有特殊意义的帆船。船壳为钢铁所造，具有4根桅杆，其桅杆特征显著，使其区别于任何一艘其他帆船。“帕米尔号”有近100米长，净重2796吨。她共出海32次，航行覆盖面积达3344平方公里。

1941年，“帕米尔号”挂着芬兰（Finland）国旗远航，在惠灵顿港口停泊时，被新西兰政府捕获，成为战利品，受到新西兰汽船公司（New Zealand Steamship Company）的精心打理。在接下来的7年里，这艘船多次往返于美国、加拿大及欧洲各港口。但是，随着第二次世界大战后的经济日益萧条，对一艘如此规模的深海帆船的运行及保养耗费的成本变成了沉重的包袱，因此新西兰摆出一个友好的姿态，将其正式返还给芬兰政府。很快，“帕米尔号”就离开了新西兰，最后一次从这里驶往欧洲。

我是在世界尽头等待你的信天翁，
我是水手们那被遗忘的灵魂，
他们来自每一片海洋，绕过了合恩角。
但水手们并没有消失在狂暴的浪涛里，
今天，从南极风卷起的最后一道波谷中，
他们鼓起我的双翅，飞向永恒。

——诗人萨拉·比亚尔以此诗描绘位于合恩角的信天翁纪念碑

合恩角，一个“超自然的地方”，众所周知的世界上最为变幻莫测的水域之一。

“帕米尔号”在惠灵顿被俘虏之前，弗纳·比约肯船长曾是船上的舵手，1949年，在芬兰的他受到邀请，再次为“帕米尔号”掌舵，将她送归故里。当时还挑选了3名甲板水手上船工作，莫里·亨德森就是其中之一。莫里曾在当地海岸边从事船运及驾驶拖船的工作，积累了丰富的海事经验。莫里说，这艘壮观的帆船返乡是一件意义重大的事，自己能被选中送她一程，备感荣幸。

“帕米尔号”先是航行到澳大利亚的阿德莱德，然后从维多利亚港出发，朝着合恩角驶去。离开澳大利亚128天后，帆船在英格兰的法尔茅斯下锚停靠，她是最后一艘绕过合恩角的商用帆船。8年后，1957年9月21日，在亚述尔群岛西南1000多公里的洋面上，“帕米尔号”遭遇了狂暴的飓风，不幸沉没了。80名水手遇难，其中包括52名学员。

会把“帕米尔号”的故事写进日记，我事前并没有料到，只是这个故事太令人唏嘘了。莫里·亨德森是我在“游隼水手号”上的同舱“室友”，他和大部分水手一样，讲起故事来非常深沉。他对我讲述了自己在“帕米尔号”上的最后一次航行。我将记得的一些原话记录在此。莫里说：

·“帕米尔号”在取道合恩角去往英格兰的路途中，经历了非常剧烈的风暴；

·突然西南方向一声巨响：船的尾桅下帆被吹裂了；

·在磷光点点的浩瀚海面上，“帕米尔号”周身裹着积雪，一头冲进了夜色之中；

·尽管我们在海上航行的时间非常长，但船员们之间相处十分和谐，大家都很幽默，而且情绪十分高涨……

莫里的故事提醒了我，如果碰上了坏运气，海上航行有可能是非常残酷的。可是，当离开南极半岛平静的海面，要经由德雷克海峡返回的时候，我们这些自以为算是“初级水手”的探险客，仍希望能在通过海峡时见识一下大海狂暴的一面。但最终事与愿违。没能见识飓风肆虐和海浪滔天的场面，我们带着一丝遗憾，穿越了平静无风的灰色峡谷水域，南极随之滑落到了地平线以下，消失在我们的视线之外。

这是在海上的最后一天，30节的风速在海面掀起不间断的5米海浪。这么大的浪一波接着一波，大家必须想办法“抗晕”才行，否则会吐得吃不消。我的方法和大多数人差不多——稍微吃一点东西，然后不停地打盹儿，在探视大海风光之前抓牢一个东西。看着大海，我的脑海里就开始不由自主地回想刚刚过去的17天旅程。今天波浪翻涌的大海让我有了充足的时间来完成最后几篇日记，顺便再检查一下我那30卷已经曝光的胶卷是不是收拾稳妥了。

“船长的晚餐”(Captain’s Dinner)简直可以和电影《芭贝特的盛宴》里的晚宴媲美！精致的菜式由俄罗斯大厨和女侍者一道道地呈上来，美味的晚餐，轻松的告别演讲，到处都是欢声笑语。最后大家来到酒吧饮酒聊天，我们彼此许诺保持联络。时间不知不觉地过去了，我们开始互道“晚安”，因为很快我们就要到达乌斯怀亚，那时候就该说“早上好”了。

全球变暖，
无限深蓝怀抱着这份宁静。
——诗人欧内斯特·巴瑞斯

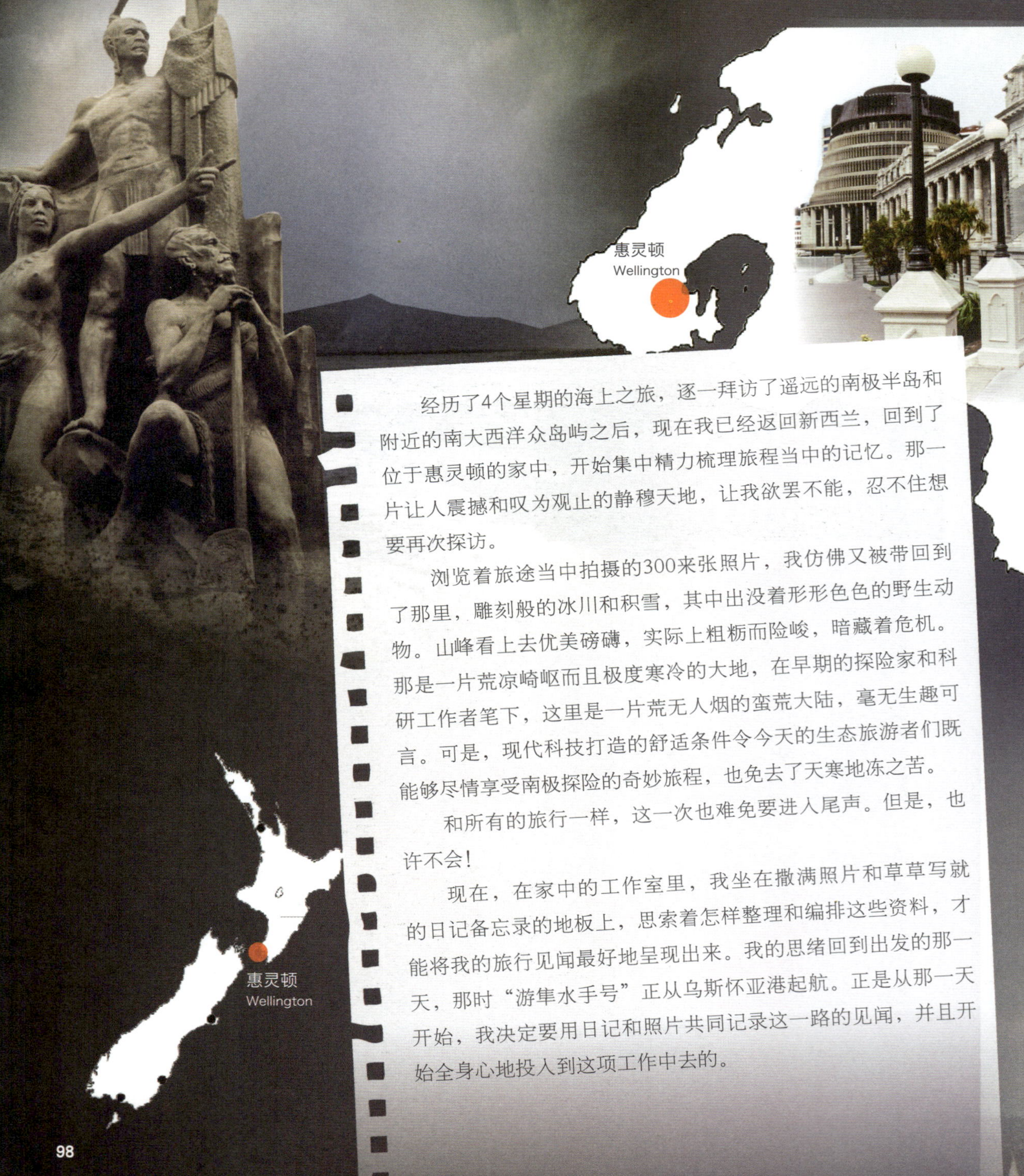

经历了4个星期的海上之旅，逐一拜访了遥远的南极半岛和附近的南大西洋众岛屿之后，现在我已经返回新西兰，回到了位于惠灵顿的家中，开始集中精力梳理旅程当中的记忆。那一片让人震撼和叹为观止的静穆天地，让我欲罢不能，忍不住想要再次探访。

浏览着旅途当中拍摄的300来张照片，我仿佛又被带回到了那里，雕刻般的冰川和积雪，其中出没着形形色色的野生动物。山峰看上去优美磅礴，实际上粗粝而险峻，暗藏着危机。那是一片荒凉崎岖而且极度寒冷的大地，在早期的探险家和科研工作者笔下，这里是一片荒无人烟的蛮荒大陆，毫无生趣可言。可是，现代科技打造的舒适条件令今天的生态旅游者们既能够尽情享受南极探险的奇妙旅程，也免去了天寒地冻之苦。

和所有的旅行一样，这一次也难免要进入尾声。但是，也许不会！

现在，在家中的工作室里，我坐在撒满照片和草草写就的日记备忘录的地板上，思索着怎样整理和编排这些资料，才能将我的旅行见闻最好地呈现出来。我的思绪回到出发的那一天，那时“游隼水手号”正从乌斯怀亚港起航。正是从那一天开始，我决定要用日记和照片共同记录这一路的见闻，并且开始全身心地投入到这项工作中去的。

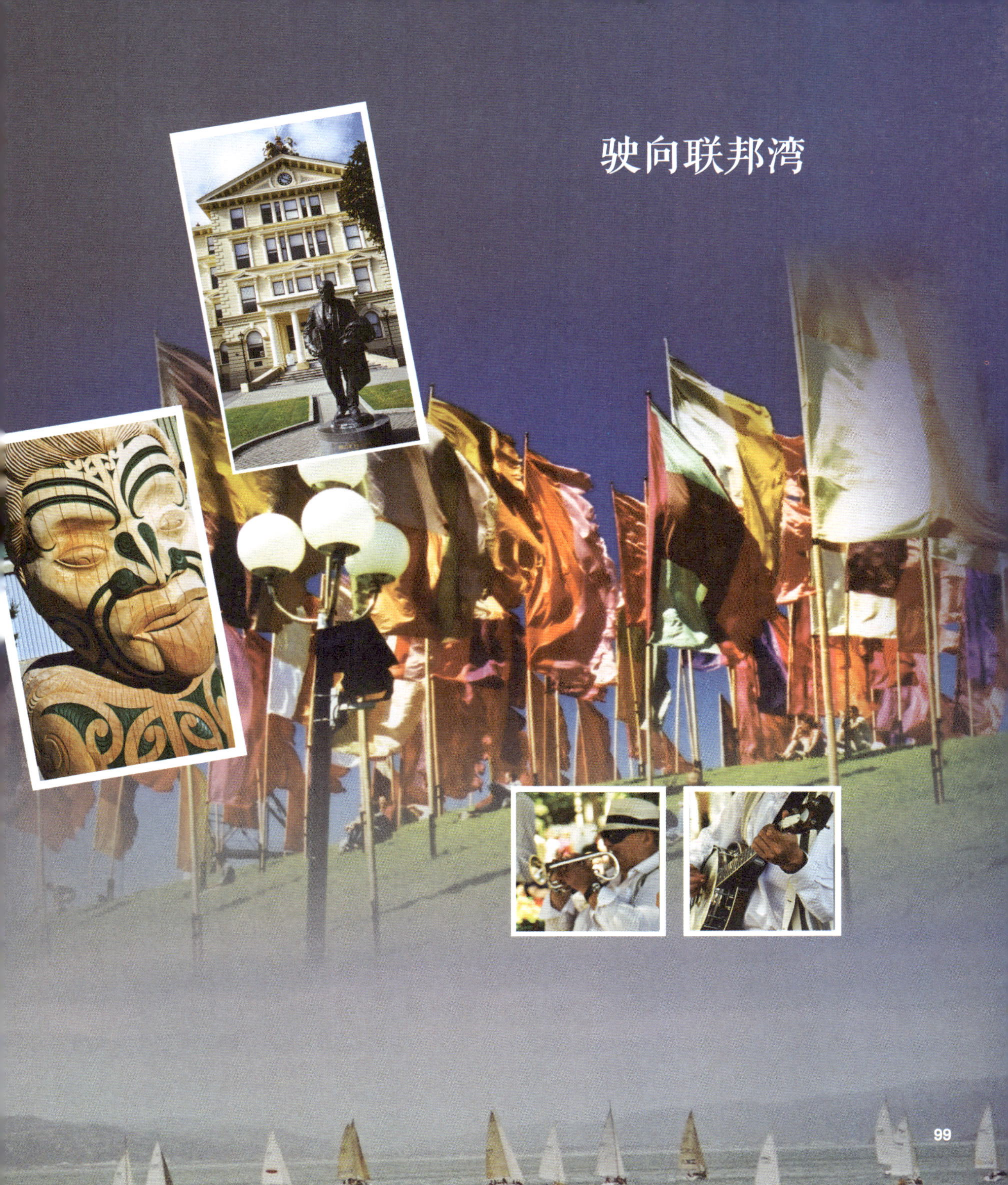

驶向联邦湾

这是个精彩的城市，四处走走吧！

时间一星期一星期地过去了。我仔细思考着接下来的旅行计划，再次返回南大洋是其中重点考虑的方案——非去不可！“世界遗产探险旅游”和“探险旅行”公司共同组织了一场名为“踏着道格拉斯·莫森(Douglas Mawson)爵士的足迹”的旅游营销之夜，我参加了之后决心更坚定了。现在我全身心都惦记着这次新的探险，为了上一次的南极探险，我已经花光了积蓄，所以现在我要开始勤奋工作、开拓生意，好赚够钱去旅游。合约也签好了，保证金也付了。12月初，我终于从达尼丁(Dunedin)的奥塔哥港（Port Otago）动身了。

我想要做的类似“南极艺术行札”的书籍渐渐有了雏形。具体来说，就是把日记、参观过的地点、每一处的自然环境、旅行体验、相关历史，还有拍摄的照片，统统整合成一本书的样子。我自己动手排版设计，做出了一份“行程1”的大致草稿。在沿着路线二，即“来自南极的朝圣：文化遗产探险之旅”这条路线旅行的过程中，本书得到了进一步的补充。这次的旅程从奥塔哥港开始，最终目的地是南极的联邦湾。

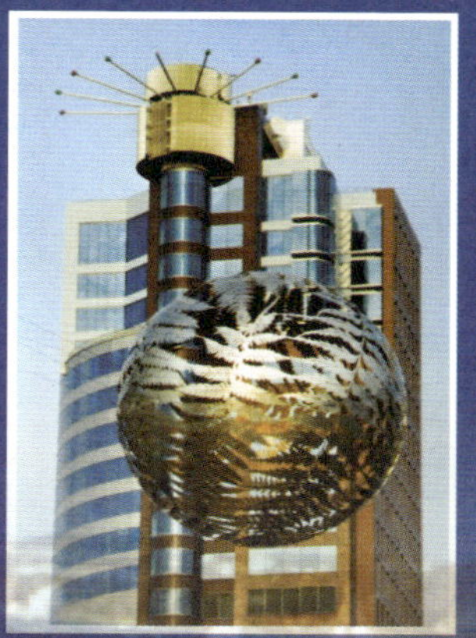

“肆虐的狂风，并且常常是飓风，刮了整整一星期，雪花纷飞。我离临时营地只有2.4公里的距离了。在补给站没有任何生命活动的迹象。可是当我朝远处看，想找到一点人员活动的蛛丝马迹时，却在西北方的地平线上看到一个小点儿，那应该是一艘已经驶往远方的船——肯定是‘极光号’（Aurora）。我的希望顿时泡了汤。”

[节选自道格拉斯·莫森的《暴风之乡》（*Home of the Blizzard*），卷1，1915年写于费城（Philadelphia）。]

来自南极的朝圣：文化遗产探险之旅

行程

2

新西兰的达尼丁市
亚南极岛屿：斯奈尔斯群岛、奥克兰群岛、麦夸里岛
恩德比岛——沙湾
丹尼森角的莫森木屋
南极东岸的联邦湾
迪蒙·迪维尔（法国南极科考站）
新西兰坎贝尔岛

由惠灵顿启程

通过库克海峡，沿海岸公路乘车到达达尼丁，从此地向南，再一次前往南极的探险开始了。

横渡库克海峡

在热切的期待中，我终于迎来了启程的这一天。为这次探索南极海岸的一切安排已经就绪，我一大早就起身了。

我乘坐岛内渡轮，跨过库克海峡来到皮克顿（Picton），再从皮克顿租了一辆汽车，经过将近10小时的驾驶之后，到达达尼丁港。

我先是在达尼丁还了车，然后到南交口酒店登记入住，我们要在这里住一晚上。我见到了其他志趣相投的探险客同伴，此行的导游安已经在此为我们安排好了晚饭，我便跟大家一起享用了一顿轻松随意的游客晚餐。参加这次特色旅行的同伴中，有好多都是游遍了世界各地的旅行者，我与他们一一结识，感觉大有收获。

“恩德比精神号”是我们这次“文化遗产探险”之旅的专用游轮，它已经停靠在码头，静候众位生态旅行者上船，度过为期3周的海上探险之旅。我们计划先奔赴南大洋海域，在其中位于新西兰境内的3个偏远岛屿稍作停留，然后去拜访位于澳大利亚的孤岛——麦夸里岛。

这次是真的要出发了。早餐时大家状态都很好，一个个神采奕奕地谈天说地。将近40人的旅行团乘坐一辆公共汽车，朝着码头，朝着等待我们已久的游轮——“恩德比精神号”驶去。她看起来的的确确是一艘器宇不凡的船！

行李顺利通关，我也找到了分配的客舱。我的室友是个与我年纪相仿的老头儿，来自北美，退休前曾是一位心理学家。

自达尼丁起航

领航员登船，缆绳解开，汽笛拉响，满载乘客的“恩德比精神号”缓缓离开了奥塔哥港，朝深水里驶去。一群本地海鸥与一只高飞的信天翁一起，乘着风在轮船逐渐扬起的尾波上方翻飞，仿佛在祝愿我们此行平安顺利，这是吉利的象征。梦想的船上生活终于成真了。我们先是被召集起来，所有乘客和全体船员一起进行了简短的会面会，会议由领队罗德尼·拉斯特主持。致欢迎词以及一一介绍船员后，领队大致介绍了这次航行的安排，包括各项服务和活动，基本的安全预防措施等。然后我们被鼓励去顶层甲板，从那里可以看到泰瓦罗瓦角（Tararoa Headland），翱翔的信天翁和它们的飞行路线全都清晰可见。一大群斯图尔特岛鸬鹚也出现在视野里，在这出离别的大戏里扮演起了重要的角色。我们的港口领航员在向大家告别，并且向港口东边的灯塔确认，我们的船首转向了西南方向，我们与新西兰渐行渐远。大半个天空都密布着乌云，细雨纷纷，不过今天的海况还算是不错的。

叮咚！午饭时间到了！船上的第一顿饭非常美味！我看到很多新鲜的面孔，不过只记住了其中几个人的名字。下午的项目是全船统一的救生艇演习，以及熟悉橡皮艇的使用。

HERITAGE
EXPEDITIONS

一次永生难忘的野生动物之旅
泰瓦罗瓦角
Talaroa Head
皇家信天翁中心
Royal Albatross Colony
奥塔哥港
Otago Harbour
奥塔哥半岛
Otago Peninsula
达尼丁市
Dunedin
0 1 2 3 4
km

斯奈尔斯群岛

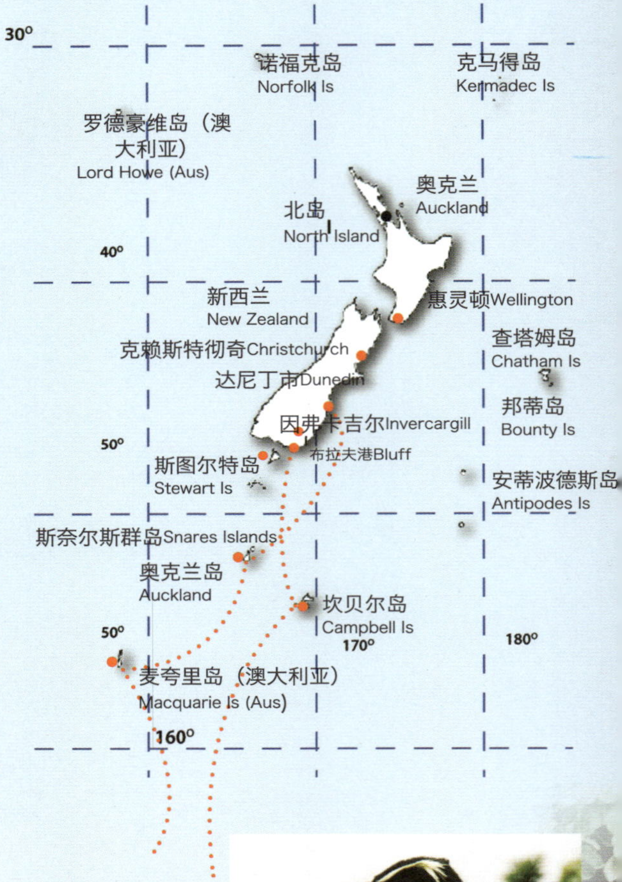

早晨醒来时，天空乌云低垂，毛毛细雨飘落在起伏不停的海面上，看起来我们没法乘橡皮艇去探索岩石嶙峋的海岸了。但是到了上午，海面却平静了下来，斯奈尔斯群岛的身影也渐渐从薄雾中显山露水了。淡黄色的太阳如我们所预期的那样，挣扎着从厚厚的云层后面放射出几束光线来。“恩德比精神号”在离岸600米的地方下锚。3艘橡皮艇被放了下来，每艘上搭载8名乘客和一名驾驶员。大部分人以前都没有乘坐橡皮艇的经历，所以这个过程很有趣，笑料不断。通往岩石海岸的路上，繁密的大型褐藻形成了一条“护带”，将海岸护在中间。这份大自然的慷慨馈赠真是太热情了。但是，我们的橡皮艇还是设法穿过了褐藻设置的障碍，避开了由于海浪年深日久地拍打而仿佛雕塑一般的岩石。最后，驾驶员关闭了橡皮艇的发动机，我们顺流漂进了一个光线暗淡的小海湾，从那里进到一个让人目眩神迷的洞穴。在黑暗中，我们悄无声息地漂流了40米左右，然后进入了一片隐蔽的水域，此处名为站湾。

哇哦！真没想到，这里会有好几十只模样奇特的长冠企鹅，它们在一片生机勃勃的丛林里安营扎寨，快乐地生活着。我们驾着小艇进到洞里，照相机的快门声此起彼伏，没有遭到这里居民的反对。比起我们

30°
诺福克岛
Norfolk Is
克马得岛
Kermadec Is
罗德豪维岛（澳大利亚）
Lord Howe (Aus)
奥克兰
Auckland
北岛
North Island
40°
新西兰
New Zealand
惠灵顿Wellington
克赖斯特彻奇Christchurch
查塔姆岛
Chatham Is
达尼丁市Dunedin
邦蒂岛
Bounty Is
因弗卡吉尔Invercargill
50°
布拉夫港Bluff
斯图尔特岛
Stewart Is
安蒂波德斯岛
Antipodes Is
斯奈尔斯群岛Snares Islands
奥克兰岛
Auckland
坎贝尔岛
Campbell Is
50°
170°
180°
麦夸里岛（澳大利亚）
Macquarie Is (Aus)
160°

这群探险客看到企鹅后激动的样子，这些企鹅见到我们之后，仍然那样悠然自得，表现得淡定多了。它们一会儿扎进水里，一会儿又从水中跃出，然后爬到旁边大树上比较平直的枝条上休息，树上同时还栖息着黑色的小山雀。在花丛和散发出浓郁香味的树丛里，我们还看到几只蕨莺。海狗只是警惕地注视着我们，并没有采取别的什么行动。一头海狮不断朝岩石上爬去，它一边躲闪一边大声吼叫着。大家虽然开始时彼此还很陌生，但是经过一上午的集体活动，都变得熟悉起来了。

神奇的地方

“荒野和对荒野的向往，是人类的精神家园之一。荒野里有答案，只是我们还没学会问问题。”

——南希·温·纽霍尔（*Nancy Wynne Newhall*，生于*1908*年*9*月*5*日，卒于*1974*年*7*月*7*日）

南希是一位美国的摄影评论家，她因为亚当斯（Adams）和爱德华·韦斯顿（Edward Weston）拍摄的照片撰写配图文字而闻名。

用不着像一位鸟类学家那样专业，即使是普通人，也一样能够感觉到，斯奈尔斯群岛是一个神奇的地方。据说，这些小岛上的鸟类数量比整个不列颠群岛（British Isles）上的

鸟类还多。南极燕鸥、白脸燕鸥、红嘴鸥，还有许多其他种类的鸟儿，全都在斯奈尔斯群岛上筑巢安家。据测算，群岛的各个岛屿上共有大概6千万只筑巢鸟类繁衍生息。我们现在明白了，为什么这些岛不允许游客登岸。

“只要这些岛屿一天不被外界打扰，海水总是这样清澈蔚蓝，它们就一定是地球上最生机勃勃、最野性十足的地方。”

（摘自1997年版《世界遗产地区提名》）

奥克兰群岛

奥克兰群岛位于新西兰境内，属于亚南极地区。这些岛屿在大约两百多年前被发现，岛上的海狗曾一度灭绝，数艘海船在此遇难，后来这里建立起了遇难者补给站。新西兰政府有汽船定期进行巡逻，致力于发展畜牧业，并鼓励游客进行科学探险及旅游。今天的奥克兰群岛已被列入《世界遗产名录》，岛上设立了国家自然保护区，未被外界影响的独特植物和生机勃勃的野生动物受到严密的保护，而这片岛屿也成为名副其实的“天下独一份”。

今天我们继续往南航行，到了南纬50度，这里在航海界素有“疯狂五十度”之称——泛着灰绿色的海面翻滚不止。海浪很高，供一头鲸藏在后面也绰绰有余，它们可不是来对闯入的游客表示欢迎的。对于船上那些总也睡不好的乘客来说，这倒是挺有效的。

奥克兰群岛在浩瀚的南大洋中就像是一些小小的点，一大早，这里的天气就好像要下雨的样子。我们的船在恩德比岛（Enderby Island）的沙湾（Sandy Bay）附近平静的海水里下了锚。密布的乌云沉甸甸地压在空中，可是晴雨表却显示今天是个很好的晴天。吃过早饭，领队罗德尼大致讲解了今天供游客们选择的活动。不管是哪项活动，都要求保护生态环境，尽量减少对当地物种的影响。

方案A是沿着整个岛的海岸走一圈——将近8到10公里的路程。

方案B是走到西海岸的悬崖处就返回，只花半天时间。我选择了B，因为我的膝盖很不舒服，路程短些更适合我。

恩德比岛—沙湾

这次登陆沙湾，非常机缘巧合，简直就像是老天赐予我们的一次了解岛上野生动物的机会。交配季结束了，现在正是哺乳季即将开始的时刻。海滩上到处都是公海豹，它们吵吵闹闹地划分并宣布自己的势力范围，好等待自己怀有身孕的配偶返回到这片海滩来。吉姆是我们船上的一位博物学家，据他估计，到下个月，这片海滩上会有400头左右的海豹宝宝降生。我们现在能看到的，就已经有两对海豹母子了。附近的海滩上，有一头雌性海豹的尸体正在被海水一遍遍冲刷着。3位在岛上暂住的新西兰保育部（New Zealand Department of Conservation，缩写为DOC）科学家给尸体进行了解剖，认为这头雌海豹是在遭到强行交配后淹死的，因为她年事已高，不能再怀孕了。我通过相机的镜头，看着她的尸体被长着羽毛的天敌们一点点撕碎、吃掉。我横穿岛屿向西边的海岸走去，那里伫立着一些比海平面高出30到60米（或许还有更高的）的峭壁，站在上面，可以看到格外壮观的海景。

让我们漫步在这片自然奇观中

多亏新西兰保育部在这里搭建了木板人行道，否则要在这些茅草丛和低洼的冻原上行走真是举步维艰。生长于新西兰南部海滩的瑞塔树将枝干扭曲成各种令人称奇的造型，深红色的花朵从树上掉下来，就像一幅华美的背景，而前景则是那一簇簇美丽非凡的稀有的野生花朵，以及在花朵间筑巢的小鸟。怒放的花朵美不胜收。穿行在岛上的森林里，就像置身于有着各种各样植物的植物园中，而这个植物园更像是被放置在一个超大的鸟笼里：信天翁和莫莉鹰鸣啭着、尖啸着，乘着气流自由自在地翱翔于天空；大山雀，钟鸣鸟，还有一种叫小嘴鸻的小鸟，则更喜欢在比较低矮的草丛中活动。这片鸟类荒原有一种神奇的魔力，我被它深深地吸引着，我有多么幸运，才能来到这里，亲眼见到这片鸟儿的天堂。一大群信天翁、黄色眼睛的企鹅，还有一只不请自来的海豹天敌，居然一路向上爬到了林子里，真是太意外了！陡峭的悬崖矗立在海岸边，海浪从远处奔来，拍打在岸上，卷起一层层的浪花。鸟儿们被向上的气流托举着，自由地飞翔，尽情地鸣叫。大自然的神奇力量让我们这番野地里的远足不虚此行，当然了，这其中我们的野餐功劳也不小。

今天一大早，我们就向南航行到了康利港（Carnley），今天的活动还是有两个选项：那些精力充沛而且身体健康的博物学家会被带领着爬上西南角，去参观那里的莫莉鹰栖息地，以及住在那附近浓密的茅草丛里的漂泊信天翁。不过，我更喜欢另一个活动：乘着橡皮艇沿海岸进行参观。我满心想着要研究岸边这些石头的构成——它们的形状非常有创意，甚至可以说得上“很艺术”。迷宫一般的暗礁和岩石被侵蚀成各种奇特的形状，表面覆盖着翠绿或深绿的苔藓。巨藻大得非常壮观，随着海水的节奏摆动着，像是活物。许多海狮坦然地接受我的拍照，不过，对于自然摄影师来说，这些饱经风霜的树木同样也是不可错过的好题材。

地峡（澳大利亚家南极科考站）
Isthmus (Anare Stati
淘金点
The Nuggets
鲍尔湾
Bauer Bay
海滩
Sandy Beach
N
绿峡谷
Green Gorge
图例说明
古迹及现代设施
锅Tey Works
蒸煮器Digesters
临时营房
Field Huts
湖 Lakes
山峰Mountains
路西塔尼亚湾
Lusitania Bay
赫德点
Hurd Point

世界遗产地——麦夸里岛

1991年，道格拉斯·莫森（Douglas Mawson）在进行南极探险时，在麦夸里岛上建立了第一个科学基地。他们在无线山上搭起了一个无线电台，澳大利亚和南极之间终于可以通过无线电进行沟通了。如今，无线山上只有残存的几间小屋和天线杆，可以作为莫森于1911年到1914年进行南极考察的实证。从发表于那个时期的一些研究论文可以看出，人们对麦夸里岛的态度发生了变化，从一开始把这些岛屿视作探险胜地，转变成认为应该对岛上的自然资源进行保护。1913年到1915年期间，联邦湾气象学考察以麦夸里岛为基地展开。1948年，岛上建立了第一个永久的科学考察站：澳大利亚国家南极研究考察站（Australian National Antarctic Research Expeditions，缩写为ANARE）。

1971年，麦夸里岛成为保护区，为塔斯马尼亚国家公园和野生动物保护区（Tasmanian National Parks and Wild Life Service）的一部分，次年又升级为国家自然保护区。1977年，麦夸里岛宣布加入联合国人与自然圈计划（Man and the Biosphere）。1997年，麦夸里岛又因为其对整个人类所具有的重要性，而被列为世界遗产地（World Heritage Site）。

澳大利亚国家南极研究考察站

我们又回到了海上，正在前往麦夸里岛的途中，这个偏远的前哨属于澳大利亚领地。我们的行程总算要真正“踏上莫森的足迹”了。麦夸里岛是个银白的细长岛屿，岛上有着南半球最为密集的野生动物群。按照计划，我们会参观位于沙湾（Sandy Bay）的一处皇家企鹅栖息地，以及路西塔尼亚湾（Lusitania Bay）或沙湾的国王企鹅。澳大利亚国家南极研究考察站就建在路西塔尼亚湾，那里围聚着许多跳岩企鹅。海岸线上散布着数千头象海豹。时间还充足，所以我们还能够参观科学家们工作的澳大利亚科考站。

告别麦夸里岛

"这个小岛是世界奇观之一。"

——道格拉斯·莫森爵士，1919年

一个生机勃勃的岛屿……

清早醒来，和往常一样，今天也要登陆海岛。饱含着冰雨的乌云阴沉沉的，强劲的东北风使我们的海滩登陆变得异常艰难。海岸上遍布着碎石，我的膝盖很痛，走起来很不舒服，不过我还是战胜了疼痛，跟上了队伍。我们由指定的工作人员带领着，在澳大利亚科考站附近漫步。穿过散落着岩石的低矮地峡，我们向哈斯尔伯湾（Hasselburgh bay）走去，一路上见到了很多在这片崎岖粗粝的西部海岸线上生活的野生动物。很多鸟儿在我们头顶高飞，几只贼鸥，一只淡额黑信天翁，一只黑眉信天翁，还有好多老朋友——巨鹱。随后，我们看到了科考站——它由好几栋不同式样的建筑构成，在食堂里喝到了热茶，吃了暖乎乎的烤饼。现在大雾已经弥漫开来，连我们的船也变得模糊不清了。乘坐橡皮艇回到船上时，海浪更高了，我们那可靠的橡皮艇驾驶员费了好大的劲儿，才带着我们安全返回了“恩德比精神号”。

我们即将面对的是一段在波涛汹涌中的航行，舷窗的窗帘已经拉下锁死，橡皮艇也被倒扣过来收好了。我们这么做是尽量减少南航的困难。

狂风中前行

继续向南航行。和我们离开麦夸里岛的那个风高浪急的夜晚相比，现在的海况算是相当不错的。今天过得非常悠闲和愉快，我想，对于所有乘客来说，缓上一天，总结一下近来的情况是有必要的。大家在讨论参观过的岛屿，亚历克斯对岛上的情况很熟悉，包括麦夸里岛的历史，它的管理和岛上的野生动物等。讨论之后，我到阅览室里去把有关的背景知识好好地恶补了一番。

海面刮着西风，我们的船在狂风恶浪之中颠簸着。能见度越来越低，这时我们遇到了一片厚厚的碎冰，它们随着船漂浮了大概1小时之久。狂暴的大海，无边无际的海面上涌动着带着冰块的海浪，乌云翻滚，狂风肆虐，这样的大海我还是第一次看见。寒冷主宰了一切，大自然就是用这样的方式，给我，以及待在甲板上的其他探险客呈现了如此别样的风景。大厨一如既往地为我们准备了美味的午餐，以及配有佐酒小食的葡萄酒。午饭后，我稍微小睡了一会儿。傍晚时分，领队罗德尼为大家简单介绍了《南极条约》（*Antarctic Treaty*），主要讲了讲国际社会为南极所付出的努力，以及游客的行为准则。

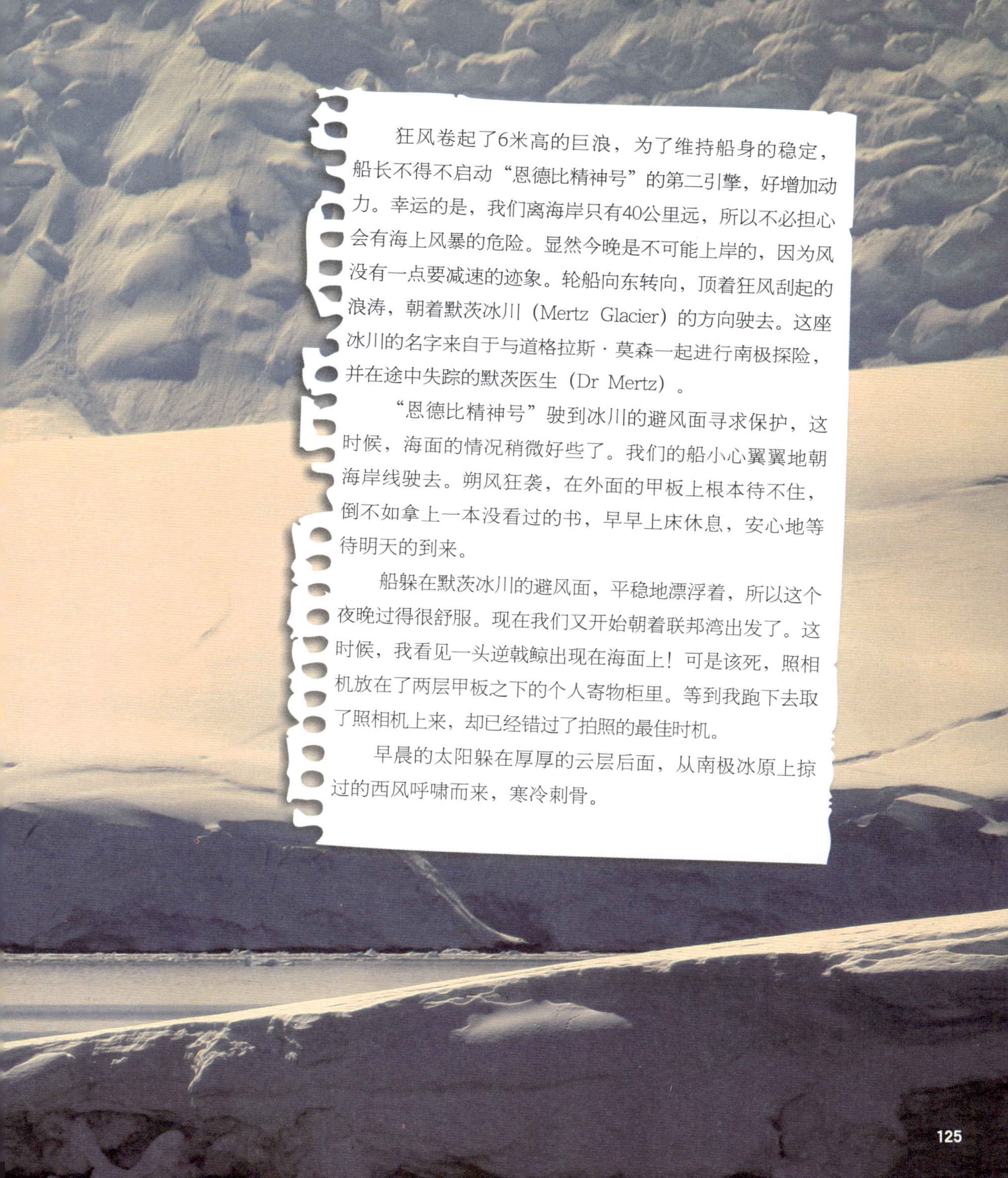

狂风卷起了6米高的巨浪，为了维持船身的稳定，船长不得不启动“恩德比精神号”的第二引擎，好增加动力。幸运的是，我们离海岸只有40公里远，所以不必担心会有海上风暴的危险。显然今晚是不可能上岸的，因为风没有一点要减速的迹象。轮船向东转向，顶着狂风刮起的浪涛，朝着默茨冰川（Mertz Glacier）的方向驶去。这座冰川的名字来自于与道格拉斯·莫森一起进行南极探险，并在途中失踪的默茨医生（Dr Mertz）。

“恩德比精神号”驶到冰川的避风面寻求保护，这时候，海面的情况稍微好些了。我们的船小心翼翼地朝海岸线驶去。朔风狂袭，在外面的甲板上根本待不住，倒不如拿上一本没看过的书，早早上床休息，安心地等待明天的到来。

船躲在默茨冰川的避风面，平稳地漂浮着，所以这个夜晚过得很舒服。现在我们又开始朝着联邦湾出发了。这时候，我看见一头逆戟鲸出现在海面上！可是该死，照相机放在了两层甲板之下的个人寄物柜里。等到我跑下去取了照相机上来，却已经错过了拍照的最佳时机。

早晨的太阳躲在厚厚的云层后面，从南极冰原上掠过的西风呼啸而来，寒冷刺骨。

暴风之乡：丹尼森角

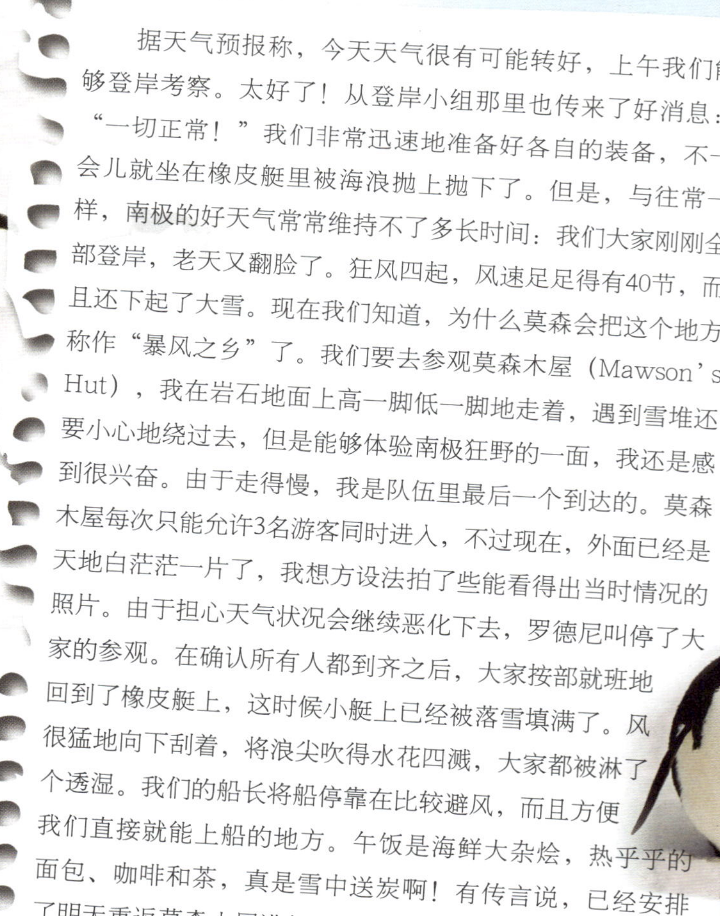

据天气预报称，今天天气很有可能转好，上午我们能够登岸考察。太好了！从登岸小组那里也传来了好消息："一切正常！"我们非常迅速地准备好各自的装备，不一会儿就坐在橡皮艇里被海浪抛上抛下了。但是，与往常一样，南极的好天气常常维持不了多长时间：我们大家刚刚全部登岸，老天又翻脸了。狂风四起，风速足足得有40节，而且还下起了大雪。现在我们知道，为什么莫森会把这个地方称作"暴风之乡"了。我们要去参观莫森木屋（Mawson's Hut），我在岩石地面上高一脚低一脚地走着，遇到雪堆还要小心地绕过去，但是能够体验南极狂野的一面，我还是感到很兴奋。由于走得慢，我是队伍里最后一个到达的。莫森木屋每次只能允许3名游客同时进入，不过现在，外面已经是天地白茫茫一片了，我想方设法拍了些能看得出当时情况的照片。由于担心天气状况会继续恶化下去，罗德尼叫停了大家的参观。在确认所有人都到齐之后，大家按部就班地回到了橡皮艇上，这时候小艇上已经被落雪填满了。风很猛地向下刮着，将浪尖吹得水花四溅，大家都被淋了个透湿。我们的船长将船停靠在比较避风，而且方便我们直接就能上船的地方。午饭是海鲜大杂烩，热乎乎的面包、咖啡和茶，真是雪中送炭啊！有传言说，已经安排了明天重返莫森小屋进行参观。

道格拉斯·莫森爵士探险队的大本营
Sir Dougla Mawson' s site of the explorers base camp.

活泼又好奇的朋友

暴风过后的强烈对比

受到1908年及1909年“猎手号”探险（Nimrod Expedition）的成功，特别是成功到达南磁极（South Magnetic Pole）的鼓励，道格拉斯·莫森计划组织了自己的探险队，前往澳大利亚南边正对面的南极海岸线进行探险。1911年12月2日，这一次的澳大利亚南极探险队从霍巴特（Hobart）启程，在麦夸里岛稍作停顿，搭建了一个无线电台后，接着继续向南，在联邦湾的丹尼森角登陆了。莫森和他的队员们当时并不知道，他们选择登陆的地方是我们这个星球上风最为猛烈的地方，有着“暴风之乡”的名号。随着宁尼斯（Ninnis）和默茨的先后遇难，这次探险的厄运也随之开始。莫森数次死里逃生，并且由于没能在补给船离开前赶到补给点，他不得不独自再次熬过南极的寒冬。

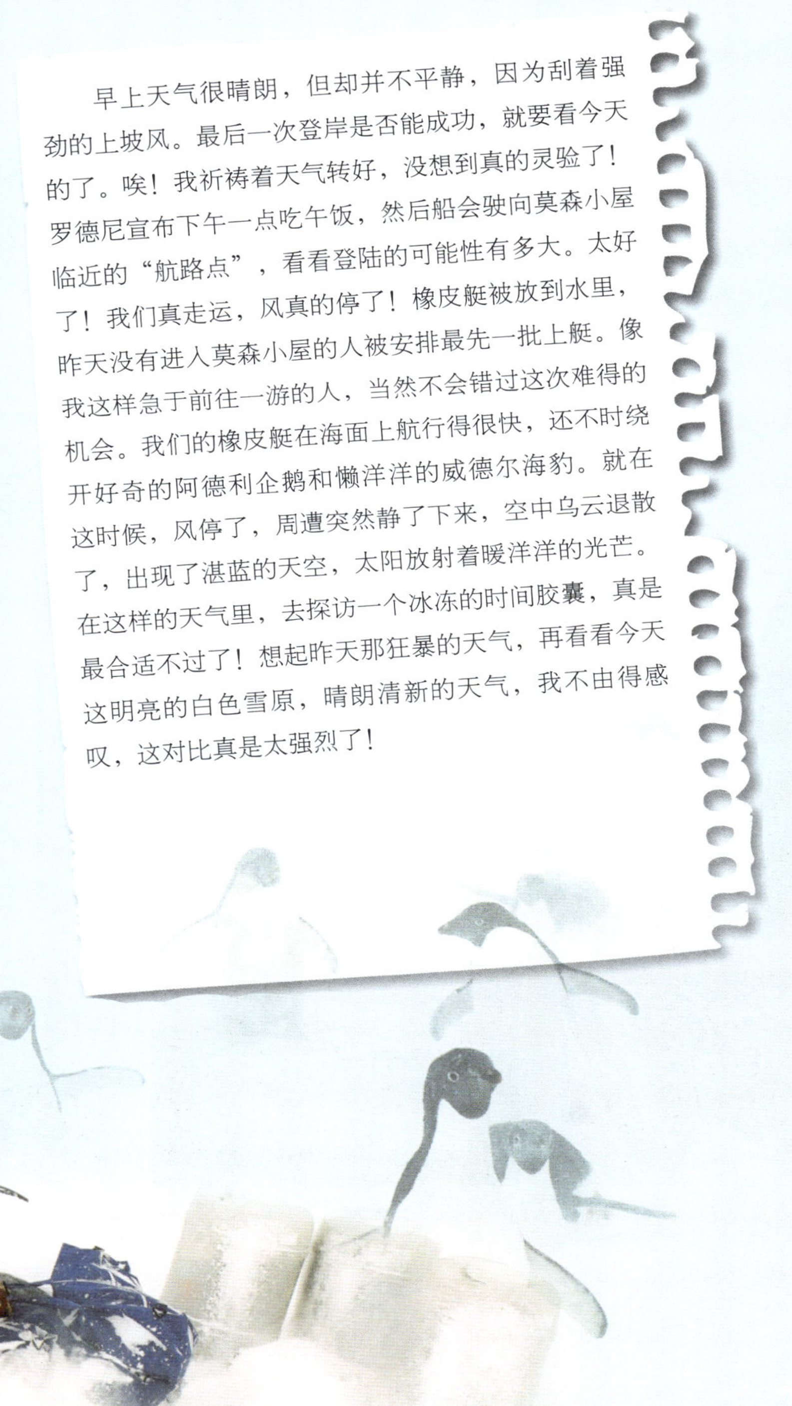

早上天气很晴朗，但却并不平静，因为刮着强劲的上坡风。最后一次登岸是否能成功，就要看今天的了。唉！我祈祷着天气转好，没想到真的灵验了！罗德尼宣布下午一点吃午饭，然后船会驶向莫森小屋临近的“航路点”，看看登陆的可能性有多大。太好了！我们真走运，风真的停了！橡皮艇被放到水里，昨天没有进入莫森小屋的人被安排最先一批上艇。像我这样急于前往一游的人，当然不会错过这次难得的机会。我们的橡皮艇在海面上航行得很快，还不时绕开好奇的阿德利企鹅和懒洋洋的威德尔海豹。就在这时候，风停了，周遭突然静了下来，空中乌云退散了，出现了湛蓝的天空，太阳放射着暖洋洋的光芒。在这样的天气里，去探访一个冰冻的时间胶囊，真是最合适不过了！想起昨天那狂暴的天气，再看看今天这明亮的白色雪原，晴朗清新的天气，我不由得感叹，这对比真是太强烈了！

追寻他的足迹……

位于丹尼森角的莫森木屋

雪是陈雪，寒冷的荒原像是有着不可思议的魔力，如此宽广，如此狂野——它攫住了我的心，在里面填满了渴望，我已无法用语言来表达。

历史宝藏

道格拉斯·莫森爵士

南极探险的真实传说：澳大利亚南极探险，1908—1909年

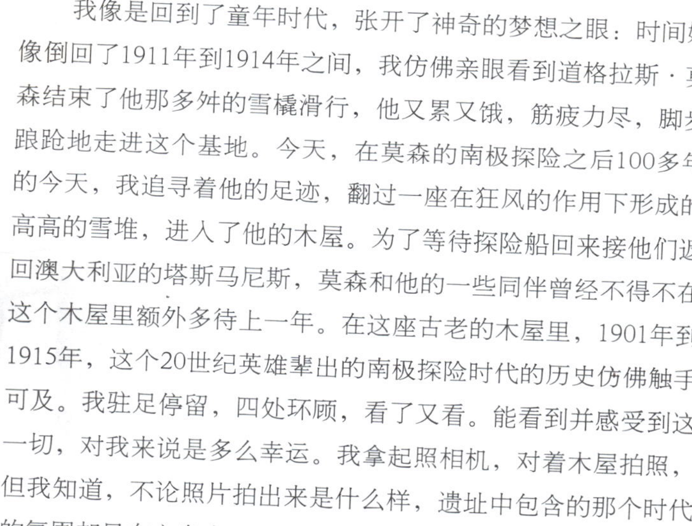

我像是回到了童年时代，张开了神奇的梦想之眼：时间好像倒回了1911年到1914年之间，我仿佛亲眼看到道格拉斯·莫森结束了他那多舛的雪橇滑行，他又累又饿，筋疲力尽，脚步踉跄地走进这个基地。今天，在莫森的南极探险之后100多年的今天，我追寻着他的足迹，翻过一座在狂风的作用下形成的高高的雪堆，进入了他的木屋。为了等待探险船回来接他们返回澳大利亚的塔斯马尼斯，莫森和他的一些同伴曾经不得不在这个木屋里额外多待上一年。在这座古老的木屋里，1901年到1915年，这个20世纪英雄辈出的南极探险时代的历史仿佛触手可及。我驻足停留，四处环顾，看了又看。能看到并感受到这一切，对我来说是多么幸运。我拿起照相机，对着木屋拍照，但我知道，不论照片拍出来是什么样，遗址中包含的那个时代的氛围却只有亲身来到这里的人才能体会。

喝过一杯醇厚的威士忌，我静下心来，打算把满脑子的南极印象梳理压缩成日记里的文字。照片拍得很多，展现了南极的方方面面，丰富了我的旅程。我的文字就用来描写每天发生的逸闻趣事，当然，要写得简明扼要才行。

南极的东海岸

南极的东海岸是个十分特别的地方——这里与世隔绝，却遍布着生命。动植物种类繁多，生机盎然。这里荒凉而粗粝，却又是一个易碎的冰封世界，有着文字难以描述的美。虽然冷风劲吹，脱缰野马一般无法无天，但它却依然如水晶一般灼灼发光。

我们朝西航行了大概100公里，到达了法国南极科考站迪蒙·迪维尔站（Dumont d'Urville Station）。1840年1月，法国探险家迪蒙·迪维尔正是从这里登上联邦湾西部海岸的。我们参观科考站的要求得到了批准，并且还能参观附近的一个帝企鹅栖息地。

法国基地

法国南极科考站，迪蒙·迪维尔站，阿德莱德

橡皮艇以不同的时间间隔出发，分4组将11名乘客带到了法国南极科考站所在的海岸。我们登上一段楼梯后，就走上了一段带悬臂的行人通道，通道下方是一个阿德利企鹅栖息地，能看到许多刚刚破壳而出的小企鹅，还有彼此之间互相拉家常的企鹅爸爸妈妈们。最后，我们来到了耸立在海燕岛（Petrel Island）上的法国站，这是我所走过的最有意思的一段路。根据法国人的估算，大约有36000对企鹅生活在这里，这些阿德利企鹅聚在一起絮絮叨叨，听起来就像是矮小的宫廷小丑在喋喋不休。企鹅在陆地上几乎没有天敌，所以它们不怕人。贼鸥发出长长的哀怨的叫声，这是它们正在试图趁企鹅家长不注意，偷走企鹅蛋和新生的企鹅宝宝。据说，每年夏天，在这片岛屿上有75000只鸟儿筑巢。的确，这里是观赏雪

鸌、海角鸽和暴风海燕的极佳地点，威德尔海豹在远处的太阳下打盹，它们喷鼻气和吼叫的声音清晰可闻。能够看到这样震撼的景观，真是太棒了！

莫森、大卫在麦夸里岛上徒步行走了1609公里后，于1909年1月15日到达南磁极，他们是第一批到达南磁极的人。在100年后的今天，为了怀念他们的成就，我们也打算航行到现在的南磁极——要知道，今天的南磁极据测已经转移到离海岸160公里的地方，不再位于陆地上了。不走运的是，天气实在太糟糕了，再加上时间也有些紧张，我们最终没能找到这个意义重大的位置。想象可以是狂放不羁的。我想象着，我们登上了海岸，岸边是成千上万的企鹅在迎接我们，它们全都郑重地穿上了整洁优雅的黑白相间的正餐礼服。为了方便我们从橡皮艇中走出，对企鹅大军进行近距离的观察，地上还铺上了红色的地毯。不幸的是，红色的地毯实际上臭气熏天，是由滑溜溜的企鹅粪便组成的，因为企鹅吃下去的是红色磷虾，所以粪便也呈现出红色。我们的靴子可能无法适应这样的粪便，所以，我们只能悲伤地拒绝了企鹅们的邀请，而且现在的海况也实在不适合外出探险！

在这片偏远的南极高原上，覆盖着原始纯净的冰雪，空中飘浮着轻柔的丝丝白云，光线变幻微妙莫测。以它为背景，前景是位于海岸边那从主冰架上崩落下来的冰山。这些冰山漂浮在海天之间，庄严肃穆，完全是在海洋暗流、风向及风速的作用下，缓慢地朝温暖的水域漂去，这一漂有可能就是好几年。由于冰山是从冰架上崩裂而产生，因此它们有着如同雕塑般的尖角，它们是大自然鬼斧神工的艺术品，人类的任何作品根本无法与其相媲美。在这片原始的荒原上，冰块就这样不断地迸裂，碎开，融化，又再次冻结。

我们的船在狮航跑道岛（Lion Air Strip Island）的最南端下锚，从这里看整个海燕岛基地，视角很不错。海湾里的许多冰山都是在九月的风暴中形成的，这场风暴之后，很多固定冰消失了，星盘冰山（Astrolabe Glacier）也被缩短了两公里的长度。帝企鹅的宝宝们是不是在这场风暴中全部丧生了呢？天气能决定我们的旅行路线，但却让我们看到一大群的逆戟鲸。也许那也是不错的补偿吧！

拍摄冰山是件很有挑战性的事。拍摄单座冰山和拍摄人像有相似之处——两者都是要抓住拍摄对象的个性特点。可是，由于我无法控制船的位置，所以无法拍出完美的冰山照片，只能对冰山

拍摄快像，这让我很郁闷。

由于天公不作美，我们无法去参观法国南极科考站附近那壮观的帝企鹅栖息地了，不过我还是在脑海中作了一番推测。也许，晚春的一场风暴给位于东部海岸的这个企鹅栖息地带来了毁灭性的影响，因为当风暴来袭时，企鹅妈妈都不在场，而大部分企鹅爸爸则正在孵化宝宝，这些忠贞的雄性帝企鹅为了保护未孵化的企鹅蛋会被饿死。下雪带来的影响并不大，但是过不了几天，天气变暖，陆冰架会迅速破碎，融化的海水便会泛滥。到那时，未经孵化的企鹅蛋，以及新生的企鹅宝宝们将丧生水下。

原初的天堂

住在冰雪覆盖的极寒之地。

——摘自威廉•莎士比亚《针锋相对》

坎贝尔岛

处于新西兰最南端，属亚南极范围

从我们的船开始往北航行起，天气一直没有太大变化，阴暗，寒冷，空中总是乌云密布。从船桥传来的消息是，我们很幸运地从两个低气压中间挤了过来。现在，已经离开坎贝尔岛两天了，天气状况有所改善。有很多海鸟跟着我们的船一路飞行，其中有锯鹱及海燕。一只孤零零的黑信天翁随轻风盘旋着，舒展开宽大的羽翼，迅速地滑翔，之后又猛地扎向海面，如此这般，不断重复自己那如杂耍演员一般的飞行路线。旅途的最后几天过得很轻松，看看书，聊聊天，在顶层甲板上做做关于大海的白日梦，吃了又吃，而且我感觉在两次吃东西之间的间隔时间越来越短。还有听讲座、看电影，既丰富了知识，也拓宽了兴趣。

现在是星期日晚上，12月24号。没错！就是圣诞前夜！今天和昨天的活动类似：在船桥看地图、认识图标，进行了其他一些航海活动；听一位热情的鸟类学家介绍怎样识别在空中飞翔的各种鸟儿。但是，今天对于我们的探险来说，是个特别的日子。船上为大家播放了一场跟欧内斯特·沙克尔顿爵士有关的电影，电影中讲述了“坚毅号”那段不幸的南极探险过程，以及船员们为了生存不放弃的故事。许多观众都对这场史诗般的、具有历史意义的南极探险抱有极大的兴趣。船上的全球酒吧（Global Bar）在圣诞前夜的下午6点开始营业，常常不到6点30分就客满了。沉浸在圣诞节欢庆的节日气氛里，感觉真好！我有点鼻伤风，本来是有点不舒服的，但是3杯麦芽酒下肚，再加上和大家谈笑风生之后，反而什么事也没有了！为了保证能好好再多活一天，晚餐之后我早早地就上床睡觉了。

我们已经在南大洋航行了23天。今天早上，为了方便游客登岸，“恩德比精神号”靠近了坎贝尔岛。4点30分，明亮的晨光涌进了客舱时，我醒了。10分钟之后，我爬上顶层甲板，又一次意识到，我们生活在这个如此美丽的星球上，是何等幸运。天气晴朗，海况也很好。高

飞的鸟儿映衬着灿烂的阳光，在海面上扇起层层波浪，泛起金光。毅力港（Perseverance Harbour）阳光温暖，风平浪静，船在这里下了锚。橡皮艇放到了水中，出征的探险队员们组成了第一支“西北探险队”朝着西北湾（North West Bay）进发了，今天他们有一项额外的活动可以选择，即朝方位山（Mt Azimuth）更深处远足。他们得步行一整天——主要目的还是为了观鸟。我参加的是另外一支队伍的活动，强度没那么大，要去的地方是科尔峰（Col Peak）和莱尔山（Mt Lyall）。整个小岛就是一处稀有而宝贵的自然遗产。通往莱尔山山脊的路是木板搭成的，我们一路上见识了许多有趣的野生动物。与此同时，步行这么长的路程对身体也是一种挑战。南方皇家信天翁聚集在山脊处筑巢，看到在这里野餐的我们（吃的是船上的大厨为我们准备好的午饭），这些鸟儿一点儿也没有大惊小怪的样子。有的信天翁在孵蛋，有的雌鸟与雄鸟用嘴互相整理羽毛，见到这些高贵的信天翁，我非常激动和开心。返回港口的路，我们走得比较慢，所以我能有机会好好拍些照片。

12月28日。海上航行还剩下最后几天，结束的日子一天天朝我们逼近了。今早天气晴朗，只是海湾处刮着强烈的东风。澎湃的海浪使得“恩德比精神号”不得不起锚，朝远离海岸的方向航行了一段，然后在水更深的地方下锚，问题总算解决了。今天又有两个选择：一是步行，朝着坎贝尔岛中心地带更纵深处探索；二是乘坐橡皮艇巡游。第二个计划对我来说更有吸引力。船上一共派出了两艘橡皮艇，我坐上了其中的一艘，开始围绕着海岸进行探索，欣赏着地衣、苔藓和褐藻，岩石尖端的地质构造和潮汐冲刷留下的痕迹。大自然调用它所有的能力和手段，在这里留下了许多鬼斧神工的艺术品。我和那些与我一样对海岸景致有兴趣的同伴一致认为，这最后一次的巡游是为这次南极探险的完美收官。

中午刚过，“恩德比精神号”就起了锚，开始返程，目标是位于新西兰最南端的港口，它远在700公里之外。

30多个小时后，我们到达了布拉夫港（Bluff）的码头，完成了通关手续，对全体船员们道谢，并互道再见。我与朋友们也互道了再会，然后取了行李，乘坐长途车来到了因弗卡吉尔市（Invercargill）。我们真的完成了一次踏着莫森的足迹进行的南极探险！

突然，几只海狗朝我不满地大声嚷嚷起来，把我吓了一跳。五颜六色的野花到处都是，硕大的草本植物这儿一丛、那儿一丛地散布在茅草里。一切生命都在这个夏季绽放得淋漓尽致，一切都是那样的生机勃勃。大自然的这股盎然的生气使我更好地理解了自己的生活。回到船上，正赶上姗姗来迟的圣诞大餐。太棒了！晚餐7点半才开始，堪称一场盛宴！大厨做得好，我们吃得香！

处于亚南极地区的坎贝尔岛

南纬52度30分

“是灵魂与大自然的结合，才产生了智慧之果，才有了想象力。”

——亨利·戴维·梭罗

来自南极的朝圣

寂静广袤的白色荒原深处
起了一阵小风，它一路蛇行
吹过埃里伯斯火山砾石遍布的山坡

这风放肆起来
在冰封大地上席卷而过
顺带舞动天上的云朵
在座座冰山间追逐穿梭

风越发猛烈，越发狂野，
冲过了空寂的亚南极
朝着新西兰降落

它掀起滚滚浪涛
挟带着碎裂岩石的巨力
拍向裸露的海岸，
在这旅途的终点，朝圣圆满地落幕

——比尔·华莱士

我觉得每当自己接近大自然时，总是懵懵懂懂、不够谦恭，也没有灵感，而这两样正是贴近大自然时最应该做到的。直到旅行结束，回到我深爱的新西兰之后，我才有时间来反省这过去的一年。

我很荣幸能够探访处于南大洋的南极和亚南极地区。我知道，在我一生的游历和探险中，这两次旅程肯定会具有相当的分量。过去一年里，我的生活被和南极相关的历史、地理和野生动植物内容填充得满满的。从一开始，我就通过阅读，通过与南极的海洋和陆地，通过与那里的哺乳动物、鸟类和不惧严寒的植物的实际接触，来了解南极。

当两次南极之旅结束之后，我有一种强烈而坚定的信念：南极和亚南极地区保存着独一无二的环境和野生动物，这一点，对于我们人类的生存来说至关重要。我热切地梦想着，为了我们的子孙后代，为了我们孩子的孩子，这些遥远的海岸线能够得到永远的保护。

“与大自然的联系是活着的不可或缺的部分……荒原的滋养。”

——亨利·大卫·梭罗（1817—1862，
美国自然主义者，哲学家）

《南极条约》

《南极条约》由12个国家于1959年12月1日签署，旨在推动和南极相关的科学研究的国际合作。

条约规定“南极洲应只用于和平目的”，规定了南极的非军事化原则，并禁止在南极洲进行任何核爆炸和在该区处理放射性核废料。为了保证科学观察和成果的交流，建立了观察员制度。缔约国有权指派观察员视察南极洲的所有地区，包括在此地区内的一切工作站、设施和设备，以及在南极洲的货物或人员装卸点的一切船只和飞机，应随时接受指派的任何观察员的视察。条约还规定了，在怎样的情况下，出于科学研究和加深国家之间的理解的目的，可以进行国际间的更多合作。到2002年为止，还没有发生过违反《南极条约》的事例。

南极不属于任何国家。曾经有7个国家对南极洲的某个地区提出过领土主权，在各自的地图上有所体现。《南极条约》签订于1959年，又经过长达两年的长期谈判后，才于1961年开始生效。曾经提出领土主权的国家同意无期限地冻结各自对南极地区的领土主权要求，因此这与条约所规定的任何国家不得提出或支

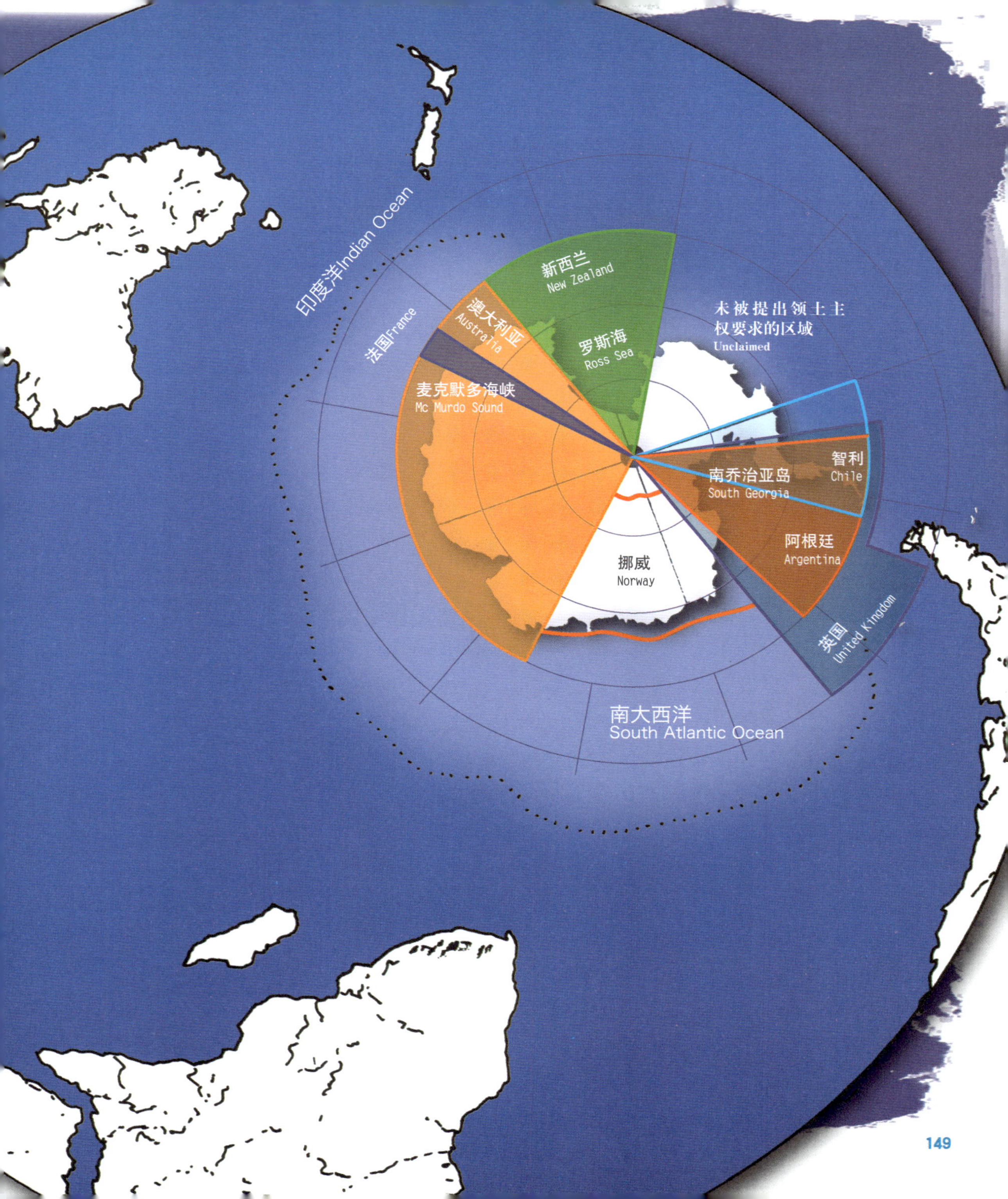

印度洋Indian Ocean
新西兰
New Zealand
澳大利亚
Australia
法国France
罗斯海
Ross Sea
未被提出领土主
权要求的区域
Unclaimed
麦克默多海峡
Mc Murdo Sound
智利
Chile
南乔治亚岛
South Georgia
阿根廷
Argentina
挪威
Norway
英国
United Kingdom
南大西洋
South Atlantic Ocean

持任何对南极的领土主权要求相矛盾，而且也没有任何国家能够否定这一要求。由于条约已经生效，因此保留了1959年的法律现状。

新西兰是《南极条约》的发起国之一，也是原始缔约国之一。

1956年12月，埃德蒙·希拉里爵士（Sir Edmund Hillary）在罗斯岛（Ross island）的普拉姆角（Pram Point）建立起了新西兰的斯科特基地（Scott Base），与美国科考站所在的麦克默多海峡（McMurdo Sound）相距仅有3公里。

南极，地球上最后一块被发现的大陆，当然也会是最后被人类涉足且定居的大陆。南极之魅力无穷，只要对它的了解多一点的人，就会有所体会。我想起一位禅宗说的话：“你知道的越多，懂得的就越少。”再三思索之后，我觉得这句话对南极可能不太适用，因为南极这样一块变化无穷的荒凉大陆，是任何人也无法真正了解的。

再次出发，上路，这已经是我的第三次旅程，这次的主要目的之一，就是大致了解新西兰和南极之间有什么样的纽带关系，即新西兰人在何时何地、以何种方式，与南极产生了关联。当然，新西兰人欢迎来自世界各地的游客以及对南极有兴趣和好奇心的人们。作为地球上的第七块大陆，南极这个寒冷的冰封世界，对于许多人来说还是过于遥远，可能永远都无法到达，永远也只能是个梦想。所以，在这部分内容里，我会推荐一些新西兰的景点，人们可以到这些地方参观和探访，在这里也可以真切地感受到南极。衷心希望你也能亲身体验这块伟大的白色大陆，却不必大费周章地亲身到此一游。你也许不会相信，这次的新西兰之旅与南极探险相比，毫不逊色。新西兰与真正的南极之间，关系真的非常亲密！

我的新西兰露营车之旅分为两段，一段一个星期，第一段主要在南岛，第二段则围绕北岛进行。我的记录中将涉及新西兰与南极探险、南极科学研究和野生动物探险之间的主要关联。

冰原海岸线：探寻与南极的关联

如今南极是一块确实存在的大陆，而在19世纪早期，那里却是一个传奇，通过南极探险，人类一次次突破了旧有的能力极限。

1 2 行程 3 4

克赖斯特彻奇：南极中心

达尼丁市: 历史中心/信天翁中心

福克斯冰川：直升机观光

弗朗茨·约瑟夫冰川

凯库拉: 观赏鲸

惠灵顿：伯德纪念碑

纳皮尔市: 塘鹅栖息地

鲁阿佩胡火山: 群山/滑雪

奥克兰：凯利塔顿地底海洋世界

旺格雷: 鲸/海豚

关 联

新西兰和南极之间的密切关系可以追溯到1773年，当时詹姆斯·库克船长从新西兰向南航行，意图找到当时只在传说中存在的"广袤的南方大陆"。库克率领探险队完成了人类历史上第一次的南极圈（Antarctic Circle）穿越。19世纪早期，来自各个国家的捕鲸船都以围绕班克斯半岛（Banks Peninsula）的各个海湾为基地捕杀鲸，以获得鲸骨和宝贵的鲸油。

地理位置上的接近，引发了新西兰和南极之间的第一次关联。1901年到1904年期间，一支由罗伯特·福尔肯·斯科特（Robert Falcon Scott）率领的英国探险队在克赖斯特彻奇建立了探险基地。1901年，他的探险队乘坐"发现号"（Discovery）航行到了利特尔顿（Lyttelton）。

6年后，沙克尔顿乘坐"猎手号"同样是从利特尔顿起航。但是1910年斯科特乘坐"特拉诺瓦号"（Terra Nova）从南极返回后，又再次出发，继续他那宿命般的追寻——成为到达南极点的第一人。

1923年，英国政府将称为罗斯属地（Ross Dependency）的地区的行政管理权交给了新西兰总督。20世纪50年代，美国的"深冻地动"开始，他们在克赖斯特彻奇建立了作业基地，美国人的飞机、轮船、船员和后勤人员纷纷来到这里，克赖斯特彻奇和美国开发南极的合作沿袭至今。每年有150班夏季返航飞机从克赖斯特彻奇离开，飞往南极。建立在罗斯海的斯科特新西兰南极科学考察站，为加深新西兰和南极之间的合作提供了基地。

首日封·罗斯属地发行　2000年冰上交通工具

国际南极中心（International Antarctic Centre）场地很大，这里入驻的包括新西兰和美国合作的南极航空项目——“深冻行动”以及意大利的南极科研项目。中心提供信息服务，设有研究中心、艺术图书馆和资料图书馆、游客往返接驳巴士、仓库、提供“赫格隆”（Hagglund）南极雪地车骑行服务的游客中心、美国邮局、旅行社、大型服装商店和致力于维护所有南极探险家的小木屋的南极文物信托机构。每年去往南极的游客中，70%都是从克赖斯特彻奇国际机场搭乘飞机前往。克赖斯特彻奇是当之无愧的南极门户。

所以，位于新西兰克赖斯特彻奇的南极中心，是一个绝对不可错过的旅游胜地。它被人们称为世界级的景点，是一个有着有趣的交互项目的博物馆，中心提供丰富的南极相关信息和探险纪念品，向全世界的人们展现着那块冰封大陆的奇观，不论你来自哪里，多大年纪，都能在这里找到最适合的选择。

国际南极中心
奥克兰
Auokland
惠灵顿
Wellington
克赖斯特彻奇
Christchurch
达尼丁
Dunedin
弗卡吉尔
vercargill

国际南极中心的建筑物的设计灵感来自冰川、冰架和冰山等南极的特殊地貌，这里距离克赖斯特彻奇国际机场步行仅不到10分钟的路程。从中心的全地形两用Hagglund雪地车旁经过时，大部分人都会不由自主地被它们所吸引，跃跃欲试，想要上去体验一把乘坐的感觉。走进南极中心宽大的接待前厅，迎面能看到一幅高达7米的极地壁画，似乎在向游客暗示：一段难忘的旅程即将开始。南极中心的游客中心，就像是一个现代化的橱窗，展示着世界尽头那片原始荒原的精华。负责接待的女服务员会非常热情地鼓励游客在此体验一次全浸泡式的南极体验，对南极会有个身临其境的感受。穿上防寒服和套鞋，游客就可以进到冰雪体验区感受南极的冰天雪地了。里面寒风呼啸，刺骨的寒气顺着双腿往上爬，你的脑海里开始浮现出那些已故的南极探险家的鬼魂的絮语，明亮的阳光也变成了南极寒冬那永远不变的阴郁光线。这里会播放实地拍摄的录像，加上寒冷的落雪以及时速40公里的强风，温度也会随之从5摄氏度降低到零下18摄氏度，这一切都塑造了一个如幻似真的南极世界。

The International Antarctic Centre
welcomes President Clinton
to Christchurch, New Zealand
"这座宏伟的南极中心，是我们齐心协力倾注心血的杰作，而且在我看来，它恐怕也是21世纪国际间合作的一项最重要成就。"
"对于地球来说，南极是一个重要的冷却塔，而对于我们科学家来说，它更是一个极有意义的研究对象。南极发生的一切，将对全球气候起到决定性的作用，而且还将影响到在座的孩子们，当然也包括你们的子子孙孙们的生活方式。这里是一座通往未来的桥梁，也是一个回顾从前的窗口。"
September
October
November
Baby
Jane
Congratulation
onths
Show Pony
Front Page Pin up
The Innovator Breaking Boundaries

日常联系

南极中心的企鹅观赏区分为两个不同高度的自然水池，可全方位地观看企鹅在水下和陆地的日常活动，这里还有一条幕后通道，供游客与这种世界体形最小的企鹅进行近距离接触。中心所提供的有关在南极进行活动的讲座，孩子们会非常喜欢。电影《伟大的白色南极》不可不看，最后别忘了再来一次户外的Hagglund雪地车骑行哦！

在接下来的内容中，我会详细地介绍新西兰和南极之间还在不断发展中的纽带关系。首先，我大致了解了克赖斯特彻奇这个城市及其附近地区，然后又去参观南岛上一些与南极探险有关的项目。

纪念1957—1958年第一次成功穿越南极洲
ROSS DEPENDENCY
4d
埃德蒙·希拉里爵士
埃德蒙·希拉里爵士无疑是最为世人所熟知的新西兰人之一。他是登顶珠峰第一人，也是第一个乘坐陆上交通工具到达南极点的人。
1957年到1958年，埃德蒙·希拉里参加了英国组织的那次成功的南极穿越探险，他担任的是新西兰分队的领队。埃德蒙带领队员于1958年1月3日离开斯科特基地，成功开创出一条到达南极点的新路线。
在为“南极风暴仿真馆”进行正式开馆前，埃德蒙与妻子琼一道参观了南极中心，发出了“这里真是太有意思了”的赞叹。埃德蒙说，“南极风暴仿真馆”模仿得“相当逼真”，和他带领队员在南极进行那次著名探险时遭遇的风暴相比毫不逊色。
威德尔海 Weddell Sea
南极 Antarctica
南极点 South Pole
德雷克海峡 Drake Passage
太平洋 Pacific Ocean
塔斯马尼亚 Tasmania
澳大利亚 Australia
斯科特科考站 Scott Base
麦克默多海峡 Mc Murdo Sound
阿代尔角 Cape Adare
巴雷尼群岛 Balleny Island
罗斯海 Ross Sea
冬季大块浮冰区边界 Winter pack ice limit

北路–去往凯库拉观鲸公司
Road North–to Kaikoura whale watch
克赖斯特彻奇
新西兰花园城市
利特尔顿Lyttelton
国际机场International Airport
坎特伯雷博物馆Canterbury Museum
南极中心Antarctic Centre
阿卡罗阿
Akaroa
海岸北路–去往冰川
West Coast Rd–to the Glaciers
空军博物馆
Wigram Air Force Museum: Wigram
班克斯半岛
Banks Peninsula
赫特山–去往滑雪场地
Mt. Hutt–to the skiing fields
南路–去往达尼丁野生动物保护区：观赏鸟类和海豹
Road South–to Dunedin wildlife: birds / seals

坎特伯雷博物馆

坎特伯雷博物馆（Canterbury Museum）有很多与众不同的陈列室，展出的都是新西兰特有且稀有的藏品。我购买了一本巴登·诺里斯（Baden Norris）编撰的《对南极的思考》（*Antarctic Reflections*）一书，这是一本小小的选集，里面收集了许多原本为克赖斯特彻奇出版社（Christchurch Press）供稿的文章。巴登·诺里斯是一位杰出的海事历史学家，与南极颇有渊源，他同时身兼两职，是坎特伯雷博物馆和利特尔顿博物馆（Lyttelton Museum）这两个博物馆的管理者。

博物馆中有罗伯森·斯图尔特（Robertson Stewart）南极大发现展厅，展出的南极文物、文档、新闻报道、日记、书籍和照片举世闻名，其关于南极的藏品之丰富和全面为世界之首。

旁边的展厅中展出的是与南极的自然环境和野生动物有关的内容，譬如早期探险者和科研工作者制作的海豹、企鹅、各种鸟类和雪橇犬的三维模型，都具有相当的历史意义。

库克船长的雕像矗立在维多利亚广场（Victoria Square）上，就在艾芬河（Avon River）的河岸边。库克在勘测新西兰海域时，抱着发现比南极圈更远的大陆的目的，向南航行进入了南大洋。但是，为了躲避恶劣的天气，他的船最终改道，与那块“南方大陆”，也就是今天的南极失之交臂。

同样也在艾芬河的岸边，在伍斯特大街（Worcester Boulevard）上有一座罗伯特·福尔肯·斯科特船长的大理石雕塑。斯科特船长遇难后，他的遗孀凯瑟琳为纪念自己的丈夫而特地请人建造了这座塑像，并于1917年将其赠送给了克赖斯特彻奇的人民。

菲利米德历史公园

菲利米德（Ferrymead）历史公园位于克赖斯特彻奇的利特尔顿公路隧道边，公园里保存着一架新西兰D3型飞机，这架飞机曾经在美国“深冻行动”中执行补给任务，现已经交给菲利米德历史航空协会进行修复和管理。

利特尔顿港曾是早期南极探险的必经港口，镇上的民众经常在街上巡游。1908年元旦那天，“猎手号”出航时，小镇上有50000名居民来到港口欢送。虽然利特尔顿在2012年经历了一场地震，但这个小镇仍然是前往南极的船只补给燃料的海港。

1907年，双驱动桥的蒸汽拖船“利特尔顿号”开始投入使用。她曾经护送“猎手号”和“特拉诺瓦号”开始各自的南极探险旅程。现在利特尔顿号拖船保护协会（Lyttelton Tug Preservation Society）仍然向人们提供乘拖船在港口附近的水域进行巡游的服务。

利特尔顿博物馆（Lyttelton Museum）位于诺维奇码头(Norwich Quay)。在成为历史博物馆之前，这里曾经是海员学校，并且曾热情地接待过许多从南极远道返回的水手。现在，博物馆中展出各类和海事相关的文物、照片、模型以及与斯科特船长1912年那场史诗般的南极探险相关的纪念品。迪克——斯科特的狗，站在那里守护着与库克船长的“奋进号”（Endeavour）相关的纪念品。“特拉诺瓦号”的酒吧座位和沙克尔顿使用过的雪橇都在展出之列。博物馆也有纪念其他从利特尔顿港出海前往南极探险的探险家们的展出。

利特尔顿的报时球台（Time Ball Station）建造于1876年，每天下午1点，圆球会从顶端落下，方便水手们校正他们的航海钟，而准确的计时可以让水手们确定在海上航行时的经度。这对南极探险家们尤为有用，因为计算精度比在经度线上确定出自己所在的精确位置要容易得多。虽然报时球台在2011年的坎特伯雷地震中受到严重的损坏，但报时球本身已经得到了修复，报时球台也已经重建，届时，报时球可能再次升起在新的报时球台上。

利特尔顿港口天桥的内表面上有两块匾额，分别用作纪念早期的南极探险，以及美国的“深冻行动”在南极的不懈探索和科研工作。

鹌鹑岛（Quail Island）位于利特尔顿港口中心，是一座古老火山的火山颈。这个小岛曾用作检疫站，是斯科特和沙克尔顿的探险队训练狗和马匹的地方。“早晨号”救援队带的骡子就是在这里中转的。

南极航线

新西兰皇家空军（RNZAF）航线形成于1956年，以支持1957—1958年的联邦南极穿越探险。这一次探险队完成了南极穿越的任务。飞机对维多利亚地冰川（Victoria Land Glacier）执行了空中侦察，帮助探险队确定在极地高原穿行时最佳的雪橇滑行路线，以及最适合的物资存放地方。飞机还向斯科特基地（Scott Base）和南极极点之间的这些补给站进行了空中支援，例如空中摄影和联络，以及探险队领队提出的所有紧急或特殊要求。为了圆满完成任务，南极航线配备了两架飞机：一架为哈维兰海狸水上飞机（DeHavilland Beaver）号，另一架为奥斯特MK7C（MK7C Auster）型飞机。

从市中心主干道南路出发，走上15分钟，在哈佛大道（Harvard Avenue）左转，就到达了一个重要的航空参观景点，这里曾经是新西兰皇家空军第一个作战基地——威格拉姆（Wigram），现在已成为威格拉姆空军博物馆（Wigram Aire Force Museum）。博物馆的使命是保护和展现新西兰皇家空军的历史，其中展出了许多不同时期的飞机，曾飞往南极的小飞机也在此得到妥善保管和展出，如1957年参与南极穿越探险的DeHavilland Beaver号，和执行空中侦察任务的Auster号。博物馆的工作人员都曾参与新西兰皇家空军的飞行任务，这样的安排使他们能够更好地向游客介绍各种手工制品、个人回忆录和其他相关的文件。

工作人员还能为游客呈现栩栩如生的南极历史事件。在中队长约翰·克莱登(John Claydon)的率领下，新西兰皇家空军满足了埃德蒙·希拉里爵士在罗斯海的小分队提出的所有飞行要求。1957年的那场探险顺利到达了南极点，他们则为一路上建立的每一个补给站空投物资。从反方向穿越南极的卫维恩·福斯爵士（Vivian Fuchs）小分队，同样也可以在这些补给站补充所需物资。克莱登和他的队员们用一架单引擎飞机，为探险队运送了74吨物资。到了新西兰，你就会了解，在世界上最艰难的环境里，人们是怎样飞行、怎么生活和工作的。这片远离喧嚣的土地让人肃然起敬，本身就有着巨大的反差，在这里你能感觉到，那些伟大的探险家竟然离自己如此之近，能够分享这些不寻常的极地体验是多么幸运。

我们驾车从迷人的克赖斯特彻奇离开，开上了公路。清晨时分雾气散开了，阳光照在前方的道路上。我心情很好，因为在克赖斯特彻奇看到并了解到了新西兰和南极洲如此之多的关联。我从中学到了很多的知识，受益匪浅。

我们顺着1号州际公路（SH1）南行了200公里，目的地是达尼丁。不过今天，我们只到达奥马鲁（Oamaru）就停了下来。这是一个让人印象深刻的小城，它有着悠久而丰富的历史，也是许多企鹅、海狗和鸟类的家园。

我一边开车，脑海里一边有隐隐约约的疑问：我是不是唯一一个觉得生活在新西兰这个国家有点不真实的人？因为一切都太愉快太完满了！1号州际公路要穿过一块麦浪起伏的宽阔的方形土地，被防护林带围绕起来的牧场上，散布着成千上万的安逸的杂交绵羊。这个地区有很多农场，以肉类和羊毛制品而闻名。这片土地夹在太平洋和阿尔卑斯雪峰之间，天空显得无限邈远，就像一幅画。从地理划分来说，这里属于坎特伯雷平原（Canterbury Plains），公路宽而平直，向南延伸100公里，深受大部分自驾游游客的欢迎。

就是这样对比鲜明的景象，让我越来越入迷，新西兰如画的风景让我几乎忘记了，我们此行的主要目的是考察新西兰与南极之间的关联。

“来到奥马鲁！情迷奥马鲁！”当地的旅游小册子上是这么写的。是的，我肯定会的！但是开车进入这个历史悠久的维多利亚风格小城之后，我首先还是来到建于1867年的帝国宾馆(Empire Hotel)确认了入住。然后我开始在城里四处随意走走，又参观了遗址，当时真的就完完全全被吸引了。这些修建于19世纪50年代的建筑物，由石灰岩或是由奥马鲁石(Oamaru Stone)为原料建筑而成，原材料的特点得到了充分的发挥，赋予小城一种安稳和永恒的感觉。那个年代古典风格正在此地流行，当时的建筑师和泥瓦工们一定对这种风格的建筑的塑造相当陶醉。城中有名的历史街区非常繁华，餐馆、商店、手工艺品店、面包店、艺术画廊、剧院和酒吧的建筑都是这样的古典风格。奥马鲁所呈现出来的外在完全超出了我的预期！真是太惊艳了！再来上一品脱原汁原味的蒙特斯（Montieth）啤酒，我这个在历史街区中逛到口渴的游客感到满足得不能再满足了。

情迷奥马鲁

欢迎——在自然环境中观赏世界上最小的企鹅。新西兰的小蓝企鹅是世界上体形最小的企鹅，而南极的帝企鹅是体形最大的！没错！虽然不是很明显，但这么一比较，新西兰的确与南极洲产生了一些关联。从奥马鲁市区步行不长时间，就来到游客中心，也是小蓝企鹅栖息地。接待我们的博物学家向我们解释了这种有趣的鸟儿种种“神秘”的习性。要观赏小蓝企鹅，最好是等夜幕降临的时候，那时它们刚好要返回岸边。小蓝企鹅们在海岸边聚集成群，然后在潮汐中上岸，蹒跚着爬上遍布石头的海岸，走回栖息地里的巢穴区，巢穴区由特别的观察盒组成。游客可以看到小蓝企鹅休息、孵蛋、喂养小企鹅、换羽等情景。白天则只有参加幕后参观团（Behind the Scenes Tour）的游客才能观赏。

沿着海滨路（Waterfront Road）往回开，在海滩路（Bushy Beach Road）左转，顺着这条长路最终能到达黄眼企鹅栖息地。和小蓝企鹅一样，参观这种企鹅的最佳时段也是傍晚时分。黄眼企鹅生性羞怯，很容易受到惊吓，所以要观赏它们一定得悄悄的。黄眼企鹅是世界上的稀有品种之一，是地区性的濒危动物。黄眼企鹅只在新西兰的南部沿海以及偏僻的亚南极岛屿上繁衍生息。这种企鹅的毛利语名字为Hoiho，也就是“喧闹的喊叫者”的意思。它们发出的叫声是一种抖音，听起来很刺耳。它们的寿命最高可达20年。在这个动物保护区里，还生活着许多其他种类的本地野生动物，如海豹、海狮、水鸟、涉禽，有时候还能在海湾不远处看到海豚和鲸。

查墨斯港—达尼丁

被长长的海港环绕其中的达尼丁是个美好的地方。海港风景如画，小城里则有着丰富的自然遗产：美丽的自然景观、种类繁多的植物和野生动物。

这里是南太平洋的暖流和南大洋的洋流交汇的地方，海岸边吸引了数不清的企鹅、海豹、筑巢候鸟，各种野禽和最伟大的海鸟——了不起的皇家信天翁。

查墨斯港是奥塔哥北部海岸的一个深水港，同时也是一个商业捕鱼基地。在这个星期天的早上，起重机、叉形吊车和其他的机械作业设备隆隆作响，开始了一天的工作，但是清晨的安宁氛围却并没有被这声音打扰。我信步登上罗伯特·福尔肯·斯科特船长的纪念碑所在的山坡，一丝稀疏的白云低低地飘动在上面，一切都是这样的平和。第一眼看到纪念碑的时候，我为它的规模之大感到了意外。斯科特5位同伴的名字也同样清晰地刻在碑上，令我感到欣慰，因为这些充满冒险精神的先生同样也在这场征服南极的竞赛探险中丢了性命。1910年11月19日，他们乘坐的“特拉诺瓦号”从查墨斯港扬帆出海。今天，这艘船的锚在此也有它的一席之地：它被牢牢地钉在斯科特纪念碑的旁边不远处，和纪念碑一起俯瞰着整个查墨斯港。毫无疑问，奥塔哥港、山羊岛(Goat Island)和港口附近五彩缤纷的屋顶共同组成了一幅优美的风景画。回到达尼丁后，我开始思考这个城市和南极之间的关联。达尼丁博物馆展出的藏品中，提供了新西兰对南极探险所作出的科研贡献，对我很有帮助。《南极大冰块》（*Antarctica the BIG ICE*）是由奥塔哥博物馆出版的一本书，我在达尼丁购买了一本。这本书制作精良，得名于2007年的同名展览。书的作者是内维尔·皮特，兼有学术性和精美的图片，对于了解南极大有帮助。这真是一本超值的书。

IN MEMORIAM
CAPT. ROBERT FALCON SCOTT C.V.O., R.N.
DR EDWARD ADRIAN WILSON F.Z.S.
CAPT. LAWRENCE E.G. OATES INISKILLING DRAGOONS
LIEUT. HENRY R. BOWERS R.I.M.
PETTY OFFICER EDGAR EVANS R.N.
WHO SAILED IN THE TERRA NOVA FROM THIS
PORT ON NOVEMBER 19TH 1910, AND REACHED THE
SOUTH POLE ON JANUARY 17TH 1912, BUT LOST
THEIR LIVES ON THE HOMEWARD JOURNEY.
"CAPTAIN SCOTT'S LAST MESSAGE,
"I DO NOT REGRET THIS JOURNEY, WHICH HAS SHOWN US THAT ENGLISHMEN
"CAN ENDURE HARDSHIPS, HELP ONE ANOTHER, AND MEET DEATH WITH
"AS GREAT A FORTITUDE AS EVER IN THE PAST. WE TOOK RISKS; WE
"KNEW WE TOOK THEM. THINGS HAVE COME OUT AGAINST US, AND
"THEREFORE WE HAVE NO CAUSE FOR COMPLAINT, BUT BOW TO THE
"WILL OF PROVIDENCE, DETERMINED STILL TO DO OUR BEST TO
"THE LAST. HAD WE LIVED, I SHOULD HAVE HAD A TALE TO TELL
"OF THE HARDIHOOD, ENDURANCE AND COURAGE OF MY COMPANIONS
"WHICH WOULD HAVE STIRRED THE HEART OF EVERY ENGLISHMAN
"WE HAVE BEEN WILLING TO GIVE OUR LIVES TO THIS
"ENTERPRISE."
"YOUR CHILDREN SHALL ASK THEIR FATHERS IN
"TIME TO COME, SAYING, "WHAT MEAN THESE
"STONES?" JOSHUA IV. 21.

查墨斯港
Port Charmers
岩石码头
Weller’s rock Jetty: Weller’
奥塔哥港
Otago Harbour
S H 1
P H 88
达尼丁市
Dunedin City

广受欢迎的自然学家大卫·贝拉米（David Bellamy）将奥塔哥半岛（Otago Peninsula）称为“全世界生态旅游的最佳范本”。所以还是让我们在这里开始自己的发现之旅，去亲自体验一番吧！今天天气略微有点阴，为了不浪费一分一秒，我们决定将一天分成两个部分。也就是说，今天在这个半岛上会有两个日程。首先乘坐城市观光巴士往城外走，来到泰瓦罗瓦角（Taiaroa Head)，这里有里德（Reid）的延绵200万平方米的绵羊农场。农场还兼有副业，就是由游客出资赞助的私人动物保护项目，该项目已经初见成效，企鹅数量从原有的8对夫妻，增加到50对左右。

上午，乘坐八轮驱动的全地形车，进行为期1小时的“自然奇观”线路游，着实让我见到了一些相当震撼的景色。我们停留的第一站，名字是虚构的，叫作“毛利人的足迹”（Maori Footprint），在那个山顶上，能够360度俯瞰半岛全景。太棒了！从海拔189米的山顶下来，我们来到一个鸬鹚栖息点，这里生活着上千只点斑鸬鹚，它们将巢修筑在高而陡峭的岩壁上，下方就是激荡的海浪。继续向前，我们来到一个人工隐蔽点，躲在后面的游客能非常近距离地看到海豹和它们可爱的宝宝。海豹们晒着太阳，在澎湃的海浪里游出游进。沿着海滩小岛走，我们到了另外一处人工隐蔽点，在这里看到了更多待在巢里的小蓝企鹅。接下来，我们又见到了稀有的、羞怯的黄眼企鹅，看着它们摇摇摆摆地走过峭壁环绕的白色沙滩。我衷心地感谢里德一家，这趟旅程太棒了！绝对不容错过！！

午饭吃的是汉堡包和薯条，很美味。

泰瓦罗瓦角是北方皇家信天翁在世界上唯一一个陆地栖息地。这种鸟儿翼展可达3.5米，身姿雄伟，一旦你见过它们以至少140公里的时速俯冲时的样子，就再也无法忘记。泰瓦罗瓦角的奇代尔观察站里，能够为游客提供很多关于皇家信天翁的知识。工作人员首先会为游客播放一部制作精良的录像，名为“皇家信天翁简介”，录像旁白的录制者是大卫·艾登堡爵士（Sir David Attenborough）。导游也会根据影片中的陈述，向游客简单介绍这种鸟儿的趣事。然后，游客自己走一小段路程后，就能到达观景台欣赏这种尊贵的鸟儿了。那种场景真是让人毕生难忘。

我们转向韦勒岩石码头的方向，登上了一艘美丽的传统木船“达尼丁君主号”，这是一艘每天都在海港内巡游的游船。两位船长分别是科琳和费欧娜，她们为我们进行了信息量丰富又幽默诙谐的解说。不仅仅是解说的内容很丰富实用，她们的态度更是充满了热情。今天和我们一起的大概有30位乘客，大家都在期待着巡游时将看到的美景。看那儿！一只皇家信天翁——最大的海鸟，鸣叫着，顺着向上的气流，直冲青天，仿佛已经触到天空中那一小块白云。鸟儿在高空中随意地滑翔着，阳光很温暖，我们在海上的这一个小时特别地悠然平和。浪花拍打着船，现出一种深蓝色——混合着被船头击碎的那种天蓝和蔚蓝。我专心致志地看着海水这种微妙的颜色变化，船长介绍的内容反而听得更清楚了：毛利人世世代代都生活在这里；第一批找到这片隐蔽的奥塔哥海港的欧洲人是海狗猎人，欧洲人随后便在这里定居。今天，170多年之后，我们也在经历类似的过程。

因为泰瓦罗瓦角的海岸线与这里的大陆架基本平齐，那些生活在泰瓦罗瓦角海岸的五花八门的野生动物，实际上离大陆架的边缘也很近。冷暖洋流在此交汇使得丰富的营养物质被翻上海面，深深的峡谷像手指一般朝海岸插去，也使得这里的食物种类异常丰富。涉水鸟能够在奥塔哥港的低潮沙丘上找到丰富的食物，譬如黑胸距翅麦鸡、蓝色岩鹭、杂色长脚鹬（长着纤细的粉红色长腿）、小小的点斑鸻鹬等。生活在西伯利亚和阿拉斯加的东部沙洲燕尾塍鹬会在9月飞到南半球的新西兰过夏天，来年3月才飞回去。海狗在岩石上晒太阳，有时也滑到海水里，去与海浪追逐一番。

这时，我们又看到一只独自翱翔于天空的皇家信天翁，也许是因为下午的风不够，其他鸟儿没法加入到这如杂耍表演一般的飞行展示里来吧。当“达尼丁君主号”向岸边长满青草的信天翁栖息地靠近时，我们又变得激动起来。泰瓦罗瓦角的确是名副其实的野生动物天堂。回到达尼丁后，我独自一个人静静地在脑海里把这一天的旅程又重温了一遍。

奥塔哥半岛与南方大陆的关联

游览福克斯冰川（Fox Glacier）和弗朗茨约瑟夫冰川（FranzJoseph Glacier）并和瓦纳卡湖（Lake Wanaka）稍加寒暄之后，我们就上路了。我计划取道常被人们称为“南部大门”（Southern Gateway）的6号公路，开过哈斯特通道（Haast Pass）后到达哈斯特镇，然后从哈斯特继续向北行驶400公里，到达韦斯特波特（Westport）。

6号公路是公认的世界上风景最优美的公路之一。哈斯特镇坐落在阿斯派灵山国家公园（Mount Aspiring National Park）附近，位于西南新西兰世界遗址区（South West New Zealand World Heritage Area）腹地。这一地区已经被联合国世界教科文组织列为对全世界都具有重大意义的国家宝藏。

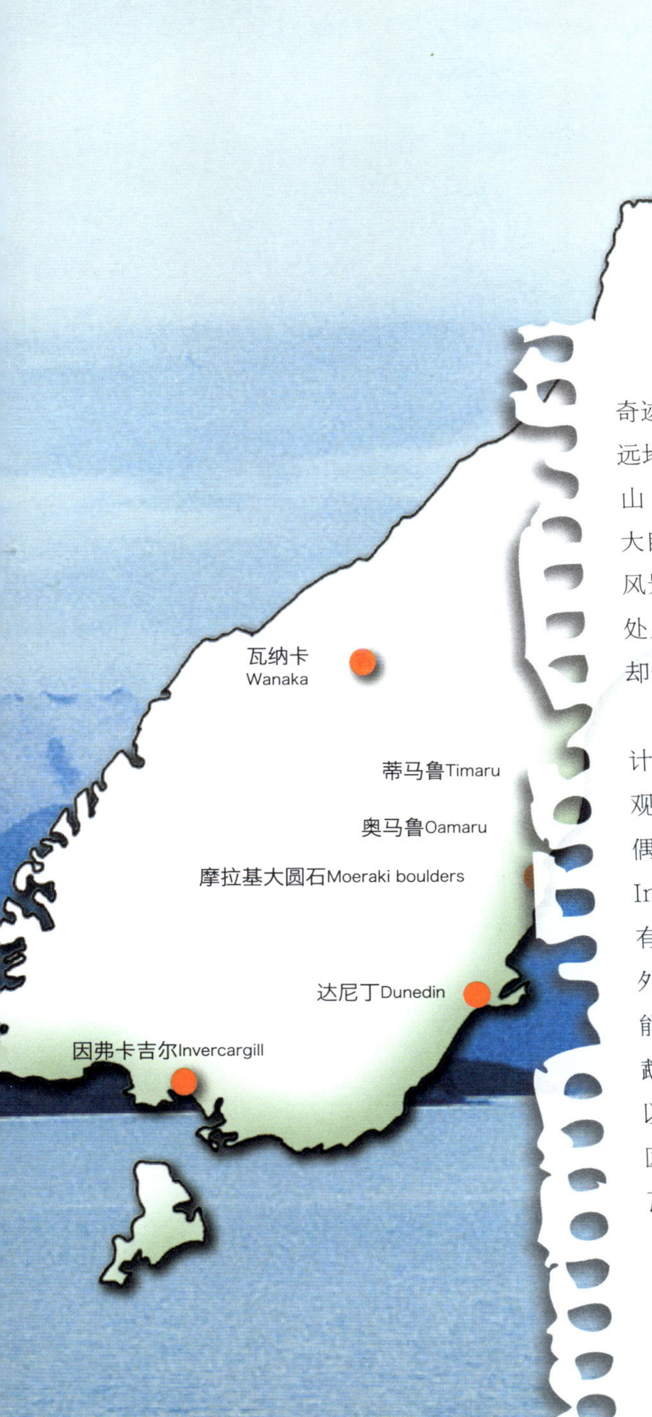

这扇“南部大门”是新西兰道路建设史上的一个奇迹。它从亚高山地带那如画的风景间穿行而过，远远地可以看到阿斯派灵山（Mount Aspiring）和库克山（Mount Cook）的磅礴景象。不同的气候条件和大自然的伟力共同打造了这片崎岖嶙峋的自然奇观。风景醉人，道路的安排设计又十分巧妙，因此尽管身处人迹罕至的荒原之中，行驶在这条路上的驾车游客却会感到非常安全。

我没打算在哈斯特镇作长时间停留，因为按照计划，要赶在午间到达福克斯冰川村，在天黑之前参观冰川。为了填饱肚子，我去找吃饭的地方，非常偶然地来到哈斯特遗产信息中心（Haast Heritage Information Centre）。那里提供的信息非常齐全，有许多关于自然旅游、直升机、喷水推进艇的书籍，此外，我还发现哈斯特是一个观鸟天堂。在低地森林里能够看到扇尾鸽、 蜜雀、铃鸟、斑尾林鸽、长尾小鹦鹉、猎鹰、橄榄色鹦鹉、几维鸟和布布克鹰。这里还可以预定10月份到3月份在奥卡里托参观大白鹭孵育区的旅行。奥卡里托位于弗朗兹约瑟夫冰川北面，靠近瓦塔罗阿。

北岛North Island

拐子角
Cape Kidnappers

内皮尔Napier

送别角是一个鸟类庇护所，生活着将近100多种鸟类。
Farewell Spit is a bird sanctuary, home to nearly 100 species of birdlife.

塔斯曼海湾
Tasman Bay

卡皮蒂岛
Kapiti Island

皮克顿（渡轮服务）
Picton (Ferry)

惠灵顿Wellington

库克海峡Cook Strait

冰山形成了被列为世界遗产的南岛西南部的一部分。
The glaciers form a part of the South Westland, World Heritage site.

韦斯特波特Westport

布莱尼姆Blenheim

凯库拉观鲸Kaikoura Whale watch

格雷茅斯Greymouth

南岛South Island

弗朗茨约瑟夫冰川
Franz Jcsef Glacier

克赖斯特彻奇
Chiristchurch

福克斯冰川村Fox Glacier

奥拉基Aoraki

库克山3754米Mount cook3754m

瓦纳卡Wanaka

昆斯敦Queenstown

米尔福德桑德
Milford Sound

奥马鲁
Oamaru

达尼丁
Dunedin

因弗卡吉尔Invercargill

今天就这样结束了！
冰雪覆盖的高原，
冰川和蔚蓝的天空
组成了一个生态奇迹。
这不也是新西兰与南极的
一处关联吗？
登过了冰山的人，
离到过南极还有多远呢？

不过，在开车去往福克斯冰川村的路上，我提前右拐弯，车子驶入通往冰山的通道上。我把车停在距离冰山表面大约1公里远的地方，然后下了车，沿着河边走到当地政府建立的一个瞭望台上。哇哦！大约600多米的福克斯冰山真是光彩夺目，在傍晚的阳光下，美得叫人窒息！原本有140座冰川从南阿尔卑斯山脉南麓朝着大海漂流，但现在只余两座冰川了。弗朗茨约瑟夫冰川和福克斯冰川一直延伸到山脚的雨林里，是世界上最容易到达的两座冰山。

弗朗茨约瑟夫镇要更大一些，它藏身于山脚的雨林中，为游客提供住宿、咖啡饮料等服务，游客一般需要的东西都可以在这里买到。这是一个繁忙的游客中心，工作人员还会帮助游客选择最合适的方式游玩。我和其他3人都选择了租用直升机观光（Heli Hire），据说这是最适合欣赏风景的直升机观光方式。为什么不呢？我已经很久没有看到雪了。直升机升上高空，飞到冰川上方，然后，我们进行了两个小时的冰川上徒步行走，观赏各种冰窟、冰齿、冰针，当然免不了打一场友好的雪仗。一旦飞机的引擎关闭，这片古老的山峰就立刻陷入了寂静。那是天堂般的寂静！然后我们又乘直升机在马瑟森湖(Lake Matheson)上空盘旋。平如镜面的深色湖水中映着库克山和塔斯曼山（Mount Tasman）的倒影。真是美不胜收。直升机从芮木泪柏丛林和塔斯曼海（Tasman Sea）上空低低掠过，随后我们返回到弗朗茨约瑟夫的飞行基地。正像尊贵的古罗马诗人贺拉斯（Horace the noble Roman）所说：

只有那些能把握今天的人，
才能获得幸福。
心中无所忧虑的人可以坦言：
“就算明天自己身处再大的厄境也无妨，
因为，我已经把握了今日。”

希拉里爵士的故事

飞行员向引擎注入能量，直升机的旋翼开始呜呜作响，拉升着直升机从库克村的飞行基地起飞了。我们要前往库克山国家公园（Mount Cook National Park）去体会一次勇敢的短途飞行。这个公园里有着一处非常壮美的风景——库克山是新西兰最高山，而塔斯曼冰川是最大的冰川。直升机向上飞，掠过一片片的高山灌木丛，飞过默奇森冰川（Murchison Glacier）的冰裂，最后悬停在塔斯曼山（Mount Tasman）和它那29公里长的冰川上方。塔斯曼冰川在山谷中蜿蜒地向东，最后终止于一片散布着冰山的湖泊中。可以看到小划艇和传统的MAC艇在湖面以及变幻无穷的冰川之间穿梭。回到基地的途中，我们的小飞机靠近了新西兰最高山——3754米高的库克山西面的绝壁，然后从塔斯曼峰顶飞过。在飞行过程中，我得知在这个国家公园里，超过3000米高的山峰多达19个。要拍下如此壮观的景象，一个质量过硬的数码相机和一个稳定器，还是很必要的。

阿尔卑斯餐馆提供的简易午餐堪称大餐，我们吃得停不住嘴。早上的飞行带给我一种纯粹的快乐，让我的心里充满了平静感，我把这感觉存放在内心深处，每当有特别的记忆，最终都会保存在那里。我的南极半岛之旅的回忆同样也保存在那里，那种宁静肃穆的美，那叫人屏息凝神的美景，都和这次的库克山之旅尤其相似。这是新西兰和南极的又一个相通之处，这壮美的山峰会存放在我的记忆深处，用一生慢慢品味。

在群山环抱之中的库克山赫米蒂奇酒店（Mount Cook's Hermitage Hotel）是个很适合“发掘真正的自己”的活动大本营。酒店的设施都是五星级的，从这里去参加附近的所有户外活动都很方便。在酒店里，还有能够了解人类登山历史的地方。阿尔卑斯山埃德蒙·希拉里中心博物馆（Sir Edmund Hillary Alpine Centre Museum）和国家公园游客中心（Department of Conservation Visitor Centre）都有很多可取之处，非常值得一看。

我必须在日记里记录一些关于新西兰人最喜欢的儿子——埃德蒙·希拉里爵士的事迹。出生于1919年7月20日的希拉里创造了许多登山传奇。1947年，他与朋友哈利·埃尔斯一起，成功登上标志性山峰——库克山的顶峰。

6年以后，1953年的5月29日，希拉里和同伴丹增一起，成为踏上珠穆朗玛峰顶的第一人，并凭借此举获得女王封爵。1958年，他率领英联邦穿越南极探险队新西兰补给队（New Zealand contigent of the British Commonwealth's half of Vivian Fuchs）成功完成南极穿越。他的勇敢、果敢和低调的领导艺术使得他成为当之无愧的探险队领队。希拉里率领的罗斯海分队按照要求在麦克默多海峡搭建了斯科特基地，而且开创了驾车穿越西部群山到达极地高原后返回斯科特基地的历史。

希拉里写道："1957年10月14日，我和我的分队从斯科特基地乘坐3辆农用拖拉机，带着一架雪上飞机出发前往极地高原。在麦克默多海峡，对乘坐拖拉机穿越南极怀有信心的人寥寥无几。我们隔壁的美国人，还有大部分斯科特基地的新西兰人公开表示，这些拖拉机可能在罗斯冰架上走不出80公里，就要等待救援了。但是，受到的反对越多，我的决心就越强烈，一定要证明他们是错的。"[第33页，《两代人》（*Two Generations*），埃德蒙·希拉里和他的儿子彼得·希拉里（Peter Hillary）著，霍德&斯托顿出版公司（Hodder & Stoughton）于1984年出版。]

希拉里率领的补给队沿途放置补给物资，供由维维安·傅克思（Dr Vivian Fuchs，后被授予爵士名誉）领导的英国队徒步穿越南极使用。面对困难毫不妥协的勇气，为达到目标不遗余力的努力，都让希拉里和傅克思的南极探险成为了不朽的传说，许多人认为他们两人的功劳不啻于早期的南极探险英雄。

凯库拉的故事

与来自世界各地的鲸爱好者一样，我们也来到了凯库拉，这是一个安静的渔村，却有着丰富的海洋动物资源，包括抹香鲸、逆戟鲸、暗色斑纹海豚、赫氏海豚、海狗、胆小的四处游动的小龙虾，以及天空中种类多样的鸟类。“它喷水了！”一般情况下，人们不论何时看到鲸都会发出这样的叫喊。凯库拉是世界上最大的海洋动物和鸟类保护区之一，而且这里的各种动物相距都不远。

从基督堂开车向北，两小时之后就来到凯库拉。这里以优美的自然景观和海洋生物而闻名。小镇坐落在遍布岩石的半岛上，半岛向着太平洋伸出。背景是连绵起伏的山峰，一直延绵到由于太平洋的深谷所抬升的岩石海岸。

虽然从视觉上来看，这里与南极洲截然不同，但凯库拉的延绵群山被白雪覆盖的峰顶，在深秋的阳光下，与清晨空气中的南极有种类似的感觉，都是那样鲜明而清新。

参与观鲸的游客们登上各自的巴士，等着被带往恭候已久的巡游船，此时的观鲸旅游中心充满了期待的气氛。每年都有好几千名游客来到这里，乘船出海，追逐鲸的踪影，享受这种见到巨大海洋动物的激动时刻。这真的是再好不过的生态旅游了。

凯库拉海岸处的海水很深，这样抹香鲸才能终年都靠近岸边。许多不同种类的鲸，比如进行夏季迁移的逆戟鲸，巨头鲸、蓝鲸和南露脊鲸也会不时露面，它们沿着主要的迁移路线从南极向更靠近赤道的水域迁移。抹香鲸可深潜到2000米的海底，并且能在水下待上最多2小时捕食，然后就会浮出水面呼吸。海狗和海豚也会潜水，但潜入的深度较小一些。凯库拉是世界上为数不多的，游客可以与暗色斑纹海豚共同戏水游泳的地方。如果你有时间在凯库拉消磨一个下午，那会是非常有趣的，因为这里的海豚都是自由活动的。

伯德纪念碑

沿着伯德纪念碑的碑尖所指方向，从这里向南飞，飞行5300公里之后，就能到达南极。

在维多利亚山顶，可以将惠灵顿风光一览无余。伯德的纪念碑就修建在这座山顶上。纪念碑是由伯德的朋友和惠灵顿人民献给海军少将理查德·伯德的。纪念碑的设计者和建造者均为新西兰雕塑家多琳·布鲁姆哈尔特（Doreen Blumhardt），其设计灵感来自南极防雪帐篷的形状，碑上的瓦块的色彩象征着南极极光。

理查德·伯德的极地探险开始于北半球，当时这位美国海军军官宣布自己在1926年由斯匹茨卑尔根岛（Spitsbergan）乘飞机飞达了北极极点。但这一功绩受到一些人的质疑。两年后，伯德把目光转向了南极，并率领一支探险队进行南极探险。伯德在罗斯海东南地区建立了自己的基地，即小美洲基地（Little America）。

1929年，伯德成为第一个驾机飞跃到达南极极点并折返的人。他最初两次南极探险时，使用的两艘船都是以新西兰的奥塔哥港为基地的。伯德少将因为其数次南极探险的壮举而成为在达尼丁受到广泛赞许的人物。

惠灵顿本地的雕塑家Tanya Ashken一生热爱自然，她的创作初衷源自于对鸟儿的热爱。她呼吁人类对信天翁应给予更多的保护。

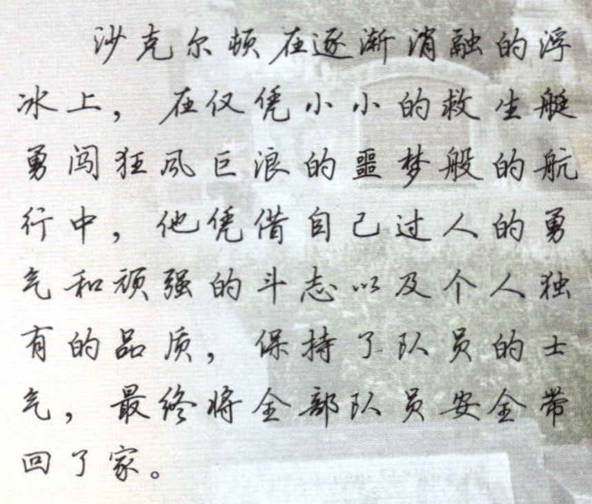

他与新西兰的关联一直延续到许多年之后，直到他再次结束1933年到1935年的探险，从查墨斯港返回。多年后的1956年，伯德被任命为美国“深冻行动”的指挥官，而这一行动的基地最初就设立在克赖斯特彻奇机场。

亨利·奇皮·麦克尼什的墓碑

奇皮夫人是一只虎斑猫，1914年欧内斯特·沙克尔顿爵士进行南极探险时，这只猫也“应聘”随船出海。当船只在威德尔海被冰块围困动弹不得的日子里，这只叫奇皮夫人（实际上它是一只公猫）的虎斑猫成为木匠兼修船工亨利·麦克尼什（Henry McNeish）的亲密伴侣，他们和其余船员一起熬过了长达一年的重重困境。最后，沙克尔顿虽然很不情愿，但却坚决地下令射杀船上搭载的雪橇犬和这只猫。

奥克兰的连接

下一站我们来到奥克兰市中心，凯利塔顿的地底海洋世界是一个体验南极的好地方。这里每年要接待数以千计的游客，已不仅仅是一个海洋馆，更是进行南极体验的好去处。在两个多小时的参观里，我们探访了这个地底奇观。首先，我们爬上了一辆雪地履带式车，逡巡在人造的冰雪世界里和好几十只巴布亚企鹅与国王企鹅之间。接下来，我们参观了等比例复制的罗伯特·福尔肯·斯科特船长的小木屋，亲身体验在那个英雄的时代，南极探险家们的生活和工作方式。通过风洞时，虽然要忍受低温，但仍会觉得冰封世界是如此美丽。有许多大幅照片，告诉我们在地球上这片极其寒冷、极其干燥，以及风极其大的地方——南极洲该如何求生存。还有许多优美的风景照片。看着它们，我们那被冻僵的心终于渐渐温暖了起来。彼得·布莱克爵士（Sir Peter Blake）的声像教学材料《冰之心》（*Hear of Ice*）和《冰》（*Ice*）由马库斯·勒什（Marcus Lush）出演主持，非常值得一看。

中场休息时间！来杯咖啡加冰激凌，休息一下吧！

看着刺鳐优雅地在水下世界游曳是种很快乐的享受。我们踏上一条活动地板，隔着塑胶材质的设计巧妙的通道壁，欣赏着水下居民们。地面在缓慢移动，在这样的通道里，游客们可以全方位地欣赏水下动物们最真实的样子。这种参观方式与以往完全不同，游客看到那些隔着“人造礁石”，离自己只有几厘米远的鲨鱼、海鳗、色彩艳丽的各种鱼类以及一些深水里的奇形怪状的食肉动物的时候，会特别地兴奋。

馆内还提供游泳及潜水服务。游客可以选择与鱼儿和鲨鱼一起游泳，也可以选择浮潜，将由凯利塔顿地底海洋世界的工作人员为您细心安排。这座神奇的海洋世界修建于1985年，如今它已经是作为见证它的创始人凯利·塔顿的想象力和热情的活纪念碑，体现出一种新西兰式的独出心裁。如果需要更详细的资料，请访问海底世界的官方网站： www.kellytarltons.co.nz。

豪拉基湾（Hauraki Gulf）被认为是世界上生态和地理条件最为多样化的海洋公园之一。豪拉基湾里已经确定的海豚和鲸多达22个品种，在这里遭遇到海洋哺乳动物的概率高达90%。与海豚共游在这里不是梦想，观鸟人看到这里多种多样的海鸟会兴奋不已。豪拉基湾的海鸟品种有澳大利亚塘鹅、剪嘴鸥、燕鸥、海鸥以及小蓝企鹅。在这里，游客可以亲眼目睹塘鹅猛地扎进海水里，海豚追逐着猎物，鲸追逐成群的哺育鸟。有趣吗？那就到奥克兰的高架桥港口（Viaduct Port）去订一张双体船的船票吧。

今天我起得很早，昨天大雨倾盆，雷声滚滚，我没能睡好。不过也有好的一面，因为时间早，我们驾驶着这辆野营车，在奥克兰市堵塞的晨间交通里慢慢蠕动着往回开的时候，还是神清气爽。早晨的天空很晴朗，光线清透，所以雨水今天一定会和我们无缘。我对今天的旅程感到很愉快。按照计划，我们要在路上行驶4天才能到达惠灵顿。这样一来，时间就有了一些富裕，可以用来参观一些特别的地方。所以我们沿着汽车道向南开，两个小时后，到了哈密尔顿市（Hamilton City），然后继续朝西开，大概一小时后，来到了怀塔莫洞穴（Waitomo Caves）。

我并不是抱着要寻找新西兰和南极的关联而来这里的，只是想看看为什么这些洞穴会被人们称作“世界自然奇迹”。但是，这些萤火虫聚集的洞穴对我却有一种意外的冲击，类似于看到鬼斧神工的南极冰山的感觉。突然，我感觉自己的摄影技术不够捕捉这里那种超现实的美景和独特的“地心”氛围。我们被导游带上了一艘小船，顺着地底河流来到了一个巨大的教堂似的洞穴里。四壁和洞顶都点缀着成千上万的小小蓝绿色的光点，那是萤火虫发出的。实际上，它们让我想起了南极冰山。洞穴里平静的黑色水面上倒映着一层星星一样的光点。在这些古老的地下山洞里，我度过了一个非常难忘的早晨。

重新上路，这次要去的地方是罗托鲁阿(Rotorua)。这里风景秀美，但却有着最为热情四射的活动项目。罗托鲁阿是新西兰毛利人的聚居地，他们大概在1000年以前从波利尼西亚（Polynesia）来到这里。罗托鲁阿毛利人的热情好客是相当有名的，所有的游客都被邀请来感受、学习和享受他们的生活文化。

我们在城里的汽车营地安顿好，然后去散步，看了看中央花园、博物馆和画廊等。在罗托鲁阿天然的蓝色地热水洗了热水澡，一天驾车的疲惫和疼痛都烟消云散了。

晚上，我们受到邀请去参加一场传统的毛利文化表演，他们在室外位于地面以下的地灶里烹煮食物，好吃得不得了。随后就是音乐节目和毛利人的娱乐活动。我甚至和部落武士们一起跳起了动作像打战一样的毛利舞蹈，惹得大家大笑起来。夜很深了，我才在汽车营地里不知不觉睡去，这漫长又充实的一天结束了。

罗托鲁阿

罗托鲁阿有很多面，每一面都是那么的风格迥异。这里是个钓鲑鳟鱼的好去处，在阿格拉圆顶农场有训练有素的绵羊表演，有间歇喷泉，有泥浆池，也有毛利人独特的手工艺作品。

游客可以选择去教堂，沿湖巡游或是其他各种项目。罗托鲁阿有专门的雕刻学校，只有男人才能进入学校学习，而当地女人是不允许学习雕刻这门神圣的艺术的——足见雕刻艺术在罗托鲁阿人心目中的尊贵地位。

在罗托鲁阿的第二天，下起了毛毛雨。我们驾车穿过怀拉基（Wairakei）南边的松树种植园的树林，仿佛是来到了另外一个世界。这里有许多向地底深挖的地热洞，达到了地下热蒸汽的深度，然后通过管道将这些蒸汽储存并运送到发电厂，将热能转化为电能。我们靠近了之后，看到巨大的蒸汽云在树木上方翻滚着，弥漫了道路。这里还有信息中心，对这些地热工程进行详尽的解释。在便道的这一侧，从岩石下面、树木中间都有蒸汽冒出来。

再往南开上几公里，就是热门旅游小镇陶波（Taupo）。站在湖边看去，这个现代化的小镇映衬在晴朗的天空下，3座活火山的身影显得特别宏伟。海拔2797米的鲁阿佩胡火山（Mt Ruapehu）是新西兰最大型的滑雪胜地，是那些想要一年过两次冬天的北半球滑雪爱好者的游乐场。瑙鲁霍伊火山（Mt Ngauruhoe）海拔2291米，仍是一座活火山。汤加里罗火山（Mt Tongariro）海拔1968米，也是一座活火山，周围是壮观的火山地貌。我曾经和我两个儿子一起，两次徒步在这两座火山间行走了17公里。

华卡帕帕村（Whakapapa Village）是滑雪季的“麦加圣地”。我曾经在这里的雪坡上教我的儿子们滑雪，那是段特别的记忆，让我总忍不住想要故地重游。但是今天不行，因为今天的计划是要在天黑前到达内皮尔。

新西兰的霍克湾

如今的内皮尔是一座非常有格调的城市。城中竖着1931年地震的纪念碑。在这次地震中，内皮尔的大部分城区都遭到了毁坏。在重建时，整座城市都沿袭了20世纪30年代的装饰艺术风格。这么多年来，内皮尔的建筑得到了很好的保护，如今已经变成举世闻名的“不可不到”的旅游城市。

我们在著名的“公济会酒店”享用了美味的晚餐和香醇的啤酒，然后沿着海边空地往回开，来到克利夫顿海滩(Clifton Beach)的宿营地作好过夜的准备，明天早上从这里出发去拐子角参观塘鹅很方便。当然，趁着海潮还没涨起来的时候，沿着海岸线走上8公里，或是搭乘9点准时出发的牵引车前往，都是不错的选择。从早上9点开始的塘鹅观赏之旅比我想象的要有趣得多！拐子角也是一个有趣的观察鸟儿的地方。

从霍克湾地区出发，我们开上了2号公路，朝南一直走，穿过怀拉拉帕（Wairapapa），回到坐落在北岛最南端，港口环抱之中的新西兰首都——惠灵顿。

虽然肩负着家庭责任和工作任务，但我已经不止一次，而是多次发现，受到神灵庇佑的新西兰带给我这么多的幸福和快乐。世上还有别的国家，有如此之丰富的自然奇观吗？那种让人心旷神怡的美景在世界上其他地方。我

都很难看到。新西兰那一片片风格迥异的土地、形形色色的人，使这个国家如此与众不同。我在寻找南极和新西兰的关联，这一问题的答案其实很明显：实际上，和南极大陆之间形成了亲密的纽带关系的，正是新西兰的人民。

拐子角是世界上最容易到达的陆地上的塘鹅栖息地。沿着新西兰的海岸陆架，分布着至少14～15个塘鹅群落，相当于50000～60000对塘鹅。

拐子角是霍克湾南端的一个突然的隆起。拐子角这个词，在毛利人的神话故事中，就是一个他们用来将南岛从海里钓起来的钩子。之所以有“拐子”这个现代名字，是因为曾经有一个毛利人想要绑架“奋进号”的一名塔希提男孩，因此库克船长给他起名为“Kidnappers Island”（Kidnapper即为绑架者之意）。

随着自己不断穿越加拿大和格陵兰的北极地区，我幼时想象的走遍世界的梦想，已经成为了现实。从上学的时候起，这些人迹和“动物迹”都罕至的极地地区就一直吸引着我。北极地区从前似乎是一个不可能到达的旅行终点，但是现在，随着人类越来越多的涉足，北极也不再像从前那么遥远和难以到达，我的童年梦想有望实现了。实际上，我一直怀着一种浪漫的冲动，想要来一场说走就走的北极之旅，虽然我对那里的地理知识知之甚少。

我穿越北极的路线在接下来的日记中会有详细介绍。在探索北极的过程中，我学到了很多知识，遭遇了许多出乎意料的惊喜。这一次，我又踏上了科考船“游隼水手号”，开始了北极探险之旅。

北极熊的世界：体味白色海洋的惊人魅力

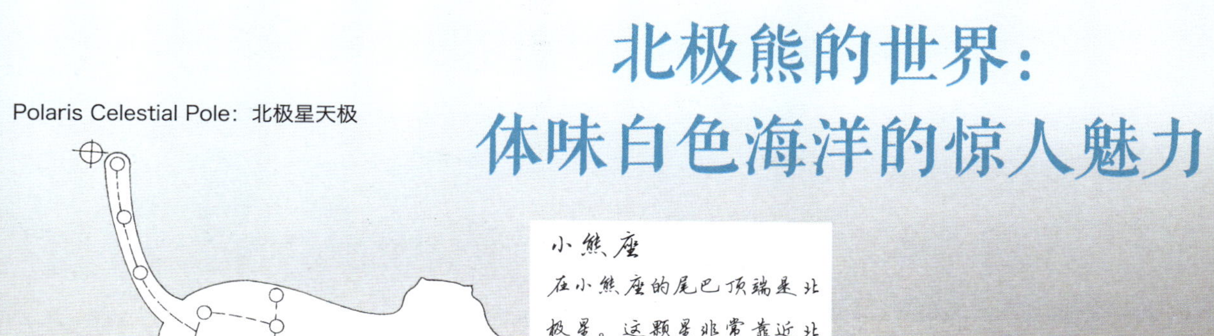

1 2 3 4
行程

加拿大的高北极地区：努纳武特地区
巴芬岛：伊卡卢伊特—戴维斯海峡
纪念岛
迪斯科湾
雅各布冰川
巴芬湾冰的巡游
海伊角——野生动物保护区，
兰开斯特海峡，鸟类保护区
比奇岛：雷索卢特
西北通道的求索

努纳武特——加拿大境内的北极

努纳武特

1999年4月1日，加拿大宣布努纳武特区成立。努纳武特由许多岛屿组成，其中大部分都延伸到北极极点的一块永久性海冰中。现居人口为30000人，面积和西欧（Western Europe）相仿。采矿业、旅游业和渔业是当地主要的经济支柱产业。与人类共享这块广袤的土地和冰原的，还有50多万头驯鹿和不计其数的鸟类。

我们从渥太华（Ottawa）出发飞往加拿大的极北地区时，天空中乌云低垂，雨下个不停。但是，大家登上要飞往位于遥远北方的努纳武特——这块刚刚"入籍"加拿大不久的地区的飞机时，还是忍不住兴奋起来。在3个小时的飞行中，我急切地从云层的缝隙瞥到这块人迹罕至的土地，郁郁葱葱的丛林里，能看到一块块没有树木遮盖的营地，各个营地之间有蜿蜒的林间道路相连。

快要到达伊卡卢伊特（Iqaluit）机场时，云朵再次聚合起来，接着在1520米的高空中，乌云散开了，灿烂的阳光从云中透出来，在机舱里引起好一阵兴奋。对这片偏远大地的第一印象，是它带给了我些许温柔的内心平静，因为我们能够在好的天气状况下降落了。

今天太阳升起的时间是早上3点10分，落山的时间是晚上11点15分。

伊卡卢伊特

我们从飞机上下来，又上了一辆校车。根据安排好的行程，我们这些游客会在伊卡卢伊特镇上环游一圈。为我们开车的司机信誓旦旦地保证，会有很多值得一看的地方，超市、学校、教堂、室内体育馆、不提供啤酒的酒吧（不为当地人提供啤酒，却可以给游客提供），等等。我们在一处高地上，俯瞰了整座快速发展中的小镇。"游隼水手号"在静静地等候我们的到来。这里就是我们探索极北地区的大本营。

参观完信息中心，旁边的博物馆吸引了我们的注意。这里精心展示了鲜为人知的因纽特（Inuit）历史和文化，极具特色。

“游隼水手号”

人在海上，安全第一！

下午4点，我们探险队的成员都聚集在码头，等着正式开始北极之旅。

先要穿上救生衣，然后登上橡皮艇，橡皮艇在海湾里肆虐的大风吹打下，不断颠簸着，我们忍受着在头顶四溅的浪花，登上“游隼水手号”。太好了！我们终于要出海了！

上船之后感觉很棒。先听工作人员介绍乘船的安全注意事项、救生艇使用简介，然后进行救生艇使用演习。晚饭吃的自助餐非常美味，为一个精彩的夜晚开了个好头。阳光断断续续地穿透云层，给巴芬岛那古老的砂岩染上了一层浓重的姜黄中带着棕红色的阴影。随着轮船朝南驶去，沿着弗罗比舍湾（Frobisher Bay）驶向外海，一切渐渐安静下来。

纪念岛

南戴维斯海峡

一大早——6点45分，我们就在船首左侧方向看到了第一头北极熊。为了这第一次照面，大家匆匆忙忙套上长裤和外套就冲了出去。一头北极熊正在浮冰上吃它刚杀死的猎物作为早餐，在熊头顶上方有一只海鸥在盘旋。一头格陵兰海豹在远处警惕地看着，监视着北极熊的一举一动。另外一块浮冰上也有一只新鲜的猎物——又是一次成功的狩猎。这周围还有其他熊。

午餐前，我们已经看到了4头熊——其中一头在休息，在离我们不到50米的浮冰上摆出各种姿势，特别适合拍照。白天的集会总是被不时出现的北极熊所打断。直到午餐后，我们才开始为今天的主要活动——探访纪念岛和寻找海象作准备。

但是天气越来越差了，乌云、寒风和越来越大的浪都在催促我们赶紧登上橡皮艇，橡皮艇快速地向着岸边冲去。在半途中，我们又看到一头北极熊，它正以相当快的速度从一个陡峭的山沟向上爬去，动作灵动敏捷。

能见度很差，海浪越来越大，我们很难看清海面的情况，因此也就很不幸地没有找到海象。因为温度骤降，我们只得回到船上，吃上一顿热乎乎的晚餐，喝酒放松。今天一天见到6头北极熊，已经是“游隼水手号”创立的新纪录了！我们在北极的第一天海上生活挺不可思议的。晚上躺在床上，我一心想的都是明天又会有什么样有趣的体验呢。

巴芬湾

不论这些年曾经对巴芬湾产生过怎样的想象，我从没有真正理解过这里那种荒凉的美，座头鲸那优美的身体弧度，海豹那眨也不眨的圆圆的眼睛……

温暖的海水，薄薄的冰块，这已经不是北极熊所能理解的季节。

白色寂静，静到极致

我无法理解，一个人怎能看着天堂却说没有上帝。

——亚伯拉罕·林肯（Abraham Lincoln）

透出一种神秘的谜一样的美

这里的生命丰富又坚韧……

……北极熊的世界

在漂浮的冰块上
我看到一头北极熊，
它像一头毫无威胁的大狗
高兴地朝我跑来，
想要立刻把我吃个干净。
看到我灵活地跳到一旁，
它变得怒不可遏。
现在的我们从早到晚
尽情在一起玩耍，
可到那时会变得如此无趣，
它什么也无能无力，
我会将我的长矛刺进它的身体。

——昴宿星团（*The Pleiades*）

看着座头鲸追捕爱吃的猎物，真是激动人心的时刻。一大群磷虾慢慢漂浮着朝我们靠近，在它们身后跟着鲸。全身心投入到捕食当中的鲸们对我们视而不见，只是大声吼叫着，出现在离我们的橡皮艇几米远的地方。在我们的小艇边曾几度围绕着6～9头座头鲸，已经有好几群精力充沛的格陵兰海豹从旁经过。

我永远也忘不了这个美丽的早晨。今天我学会了一课，并且会永生铭记，那就是：信任。

观赏鲸

看着它们，观察它们，看懂它们是怎样的生命。

——喂食鲸的终极魔法

迪斯科湾

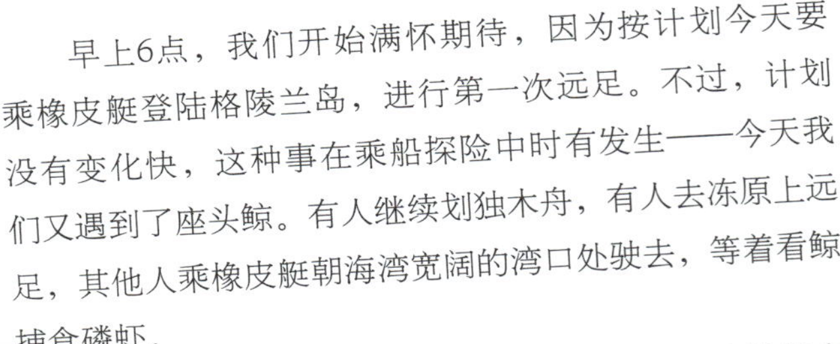

早上6点，我们开始满怀期待，因为按计划今天要乘橡皮艇登陆格陵兰岛，进行第一次远足。不过，计划没有变化快，这种事在乘船探险中时有发生——今天我们又遇到了座头鲸。有人继续划独木舟，有人去冻原上远足，其他人乘橡皮艇朝海湾宽阔的湾口处驶去，等着看鲸捕食磷虾。

我们无法跟着磷虾找到捕食的鲸，只是静静地待在水面上，让鲸适应我们的出现。慢慢地，磷虾朝我们的方向游了过来，鲸们也尾随而来。很快，它们就围住了我们的小艇，在离我们很近的地方浮出水面，那景象真是太刺激了！我们好几次被多到9头驼背鲸围住，还有很多经过的格陵兰海豹也游过来加入了捕猎行动。

鲸有一项常用的捕食技能，它们会吹出泡泡网围住磷虾群，然后迅速有力地从“网”中间穿过，嘴巴大张，吞下一大群磷虾。我们又敬畏又激动，入迷地看着这些优美的庞然大物在离我们的橡皮艇几米远的地方不断冒出来。

仿佛是要为鲸捕食的场面锦上添花似的，附近的一块冰山产生了裂隙并且爆开了。刚开始，我们被猛烈的爆裂吓了一大跳，但很快就激动地议论起来，能在这么近的情况下亲眼见到如此少见的情景真是太幸运了。回到船上，我们每个人都知道，今天早上的这段经历将会永远烙印在我们的记忆里。

巨鲸的难题

我个子很大。
我比三千个人加起来还要重。
但我并不显得笨重，
我在水里会轻轻浮起，
还会被水拥抱。
厚厚的脂肪，也就是鲸油，
为我保暖，冰水也不用怕。
我唱起鲸歌，
呼唤数百公里外的伙伴。
我喝妈妈的奶长大。
我呼吸空气。
我生活在友好的大家庭。
我能轻松游过好几千公里，
只为跟踪猎物。
我这个大个子，几乎没有敌人，
唯一的敌人就是：人类。

——绿色和平组织成员吉尔·史蒂文森（*Jill Stevenson*），写于悉尼

两个大家伙浮了出来，黑色的身躯暴露在阳光下。它们喷出水汽和水的混合物，形成一股柔和的水柱，将储存的废气呼出来。它们靠得很近，鳍划过银色的水面，身体随着海浪有节奏地起伏着。储存够新鲜的空气后，它们的头扎向水中，再次下潜，尾叶高高从水中翘起。它们各自留下一个漩涡，一个泡沫丰富的尾波，然后就缓缓消失在了大海的深处。在附近的其他鲸动作优雅地浮出水面，它们重复着从父辈那里沿袭而来的那一套动作，与它们的亲人们以及像我这样的观察者——分享着永恒的智慧。

在过去的50年中，有超过两百万头鲸被人类杀害。随着高度机械化的商业猎鲸活动不断上演，一个又一个鲸种群被逼迫到了灭绝的边缘。

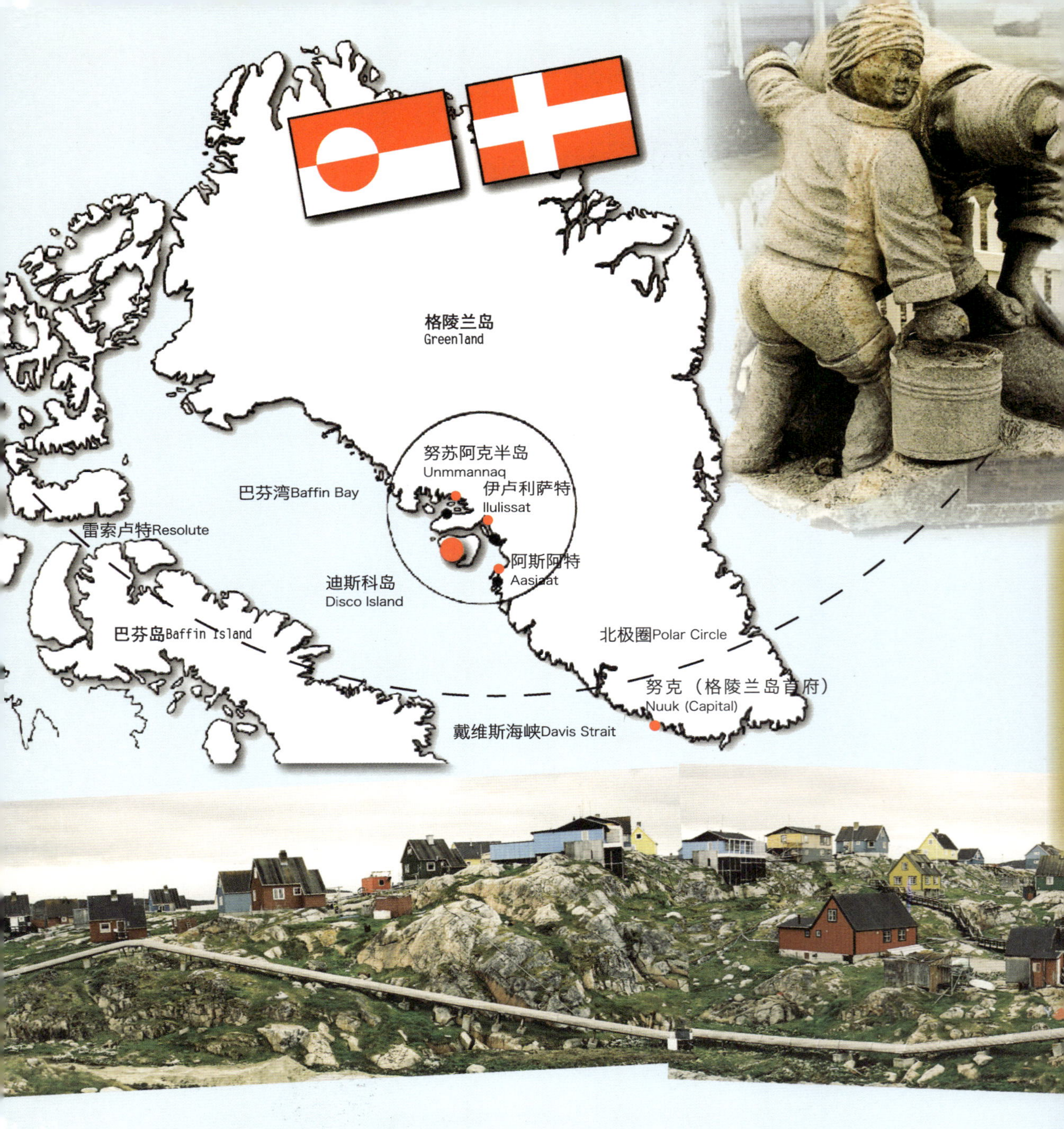

格陵兰岛
Greenland
努苏阿克半岛
Unmmannaq
伊卢利萨特
Ilulissat
巴芬湾Baffin Bay
雷索卢特Resolute
阿斯阿特
Aasiaat
迪斯科岛
Disco Island
巴芬岛Baffin Island
北极圈Polar Circle
努克（格陵兰岛首府）
Nuuk (Capital)
戴维斯海峡Davis Strait

伊卢利萨特镇

我花了3个小时，在伊卢利萨特（Ilulissat）镇周围转了转。先去了海边，然后转悠到这里的海产品市场，这里售卖各种各样的海产品，小贩和顾客正在讲价。回到街上继续逛，有许多店铺，从其中可以一瞥小镇上人们的生活。对于现代格陵兰人来说，生活变化得太快了！衣服的式样，女人们推着婴儿车，霓虹广告招牌，都是我没想到会在此地看到的事物。赤裸的岩石上，伫立着整洁的小房子。人们的住房都涂着很鲜艳的颜色，鲜红和鲜黄、淡绿和深蓝，诸如此类。许多可爱的小狗横七竖八地趴着晒太阳。当教堂的钟声响起时，镇上的狗集体号叫起来，纷纷表示它们都认出了这个声音。

山顶上坐落着资料丰富的博物馆。这里曾经是极地探险家库纳德·拉斯穆森（Knud Rasmussen）童年时的住所，现在展出许多古老的工艺品：绘画、雕刻、老家具、传统服饰、动物标本剥制师制作的爱斯基摩长毛狗标本、老式雪橇以及许多人物传记。

和鲸、鸟类以及人类一样，“游隼水手号”也需要定时补充能量。阿斯阿特（Aasiaat）是我们的船为了继续航行而第一个停靠并补给燃料的港口，所以乘客们得以有机会在岸上消磨半天。我们由当地公关部门和接待部门的人陪同着，参观他们的小镇引以为傲的标志性去处。我们被带着走向社区活动中心大厅和当地百货商店。一路上，有新鲜的田园蔬菜出售，纪念品商店和当地博物馆是必去之地。我却对传统的草屋产生了极大的兴趣。我们那位迷人的导游非常善解人意，她看出了我想要按照自己的速度来拍摄他们的小镇，于是便大略给我指了几个方向，并且在得到我绝对不会迷路的保证后，放松了对我的“看管”。太好了！我又独自一人了——成了一个逍遥自在、无拘无束的游客。露出地面的岩层的地质结构仿佛很有艺术性，值得花些时间好好研究，然后我又发现了一个造船场地，里面堆积着各种船只零件和碎片，以及修到一半的船只。这艘船应该只是暂时被遗忘了，但还是能修好，重新扬帆出海的。沉浸在红火的鲸歌和这个偏远小镇带给我的温暖感觉中，我回到了船上，带着我用胶卷定

格下来的，在阿斯阿特度过的这段时光。

伊卢利萨特是格陵兰岛上的第三个小镇，以捕虾业而闻名。夏天，这里24小时都是阳光灿烂的白天，拖网渔民们不分昼夜地出海打捞鱼虾，因为在数个月的冬天里，船会被凝固在冰面上。那时候，渔民们就会驾着狗拉雪橇来到冰峡湾和迪斯科海湾，在冰面上钻洞，用长长的绳子捕捉大比目鱼。他们一天可以捞到200到300千克的战利品，然后用狗拉雪橇将一天的收获通过山间小道拉回家庭工厂去处理。

下午，我们的船驶向了下一处海岸，离开的时候我们经过了两艘小渔船，船头安装着标枪。大海和它的馈赠，依旧是格陵兰沿岸人们主要的生活来源。鲸和海豹也是猎捕对象之一。我还知道，小须鲸在这里是不受保护的动物，它们依然遭受渔民们积极的捕杀，成为餐桌上的肉。

有人告诉我，因为冰层变得越来越薄了，对猎人们来说往北方深入捕鱼成了问题。冰层变薄，这对被猎捕的北极熊来说同样是个问题。

伊卢利萨特峡湾

世界自然遗产

今天早上醒来，我一眼看见船舱的舷窗外缓缓飘过的冰山。不同规模和形状的冰山静静地漂着。太阳照在它们光滑的像大理石一样的表面上，反射出的光芒，呈现出不同色调的蓝色和绿色。每座冰山都有奇妙和独特的结构。此情此景之下，我飞快地穿上衣服，跑到甲板上，和那里的同伴们一起，对着这场“冰山秀”惊叹不已。船上的博物学家史蒂芬谈起和冰相关的种种趣事，给这幅浪漫优美的画面定了个真实理性的调子。

晚上，“游隼水手号”小心翼翼地朝雅各布冰川（Jakobshavn Glacier）外缘的海水中驶去。被冰堵住的巨大冰峡湾向着内陆地区延伸出将近30公里，与雅各布冰川的表面相接，这里是格陵兰岛每年产生最多冰山入海的地方。

伊卢利萨特峡湾长40公里，从格陵兰内陆冰帽向西流到接近伊卢利萨特市镇的迪斯科湾。2004年，伊卢利萨特峡湾列为联合国世界遗产。约有1/3格陵兰冰盖，以每小时1米的速度流动，最后通过不同出口流入海水中。远远看去，许多冰山仿佛形成了一堵石头墙壁，挡在峡湾的出口处。可是这些冰山最终还是会彼此分开，各自开始一段长达数年的海洋漂流，有时候甚至能看到它们漂到了纽芬兰（Newfoundland）。100年前，海上游轮“泰坦尼克号”（Titanic）不幸撞上的那座冰山很有可能就是从这里的雅各布冰川分裂出去的。

吃完早饭，我们都急切地爬上橡皮艇，开始了在一座水晶仙境里的旅程。说实话，在夏天与冰山近距离接触，感觉真

有点危险。因为冰山在夏天经常会翻转，搅起巨大的海浪。我周围的这些冰山，它们的规模、形状的多样和微妙变化着的蔚蓝光影都让我惊叹。我全神贯注地拍照——但愿能拍下一张能够真实记录这个美妙时刻的照片！这个时候已经顾不上害怕了，就把我的性命托付给正小心翼翼地驾驶着小艇绕开冰山的驾驶员吧。

这里像是世界的尽头
有一部分当之无愧
吸进的空气冷冽
藏着惊人的魔力

今天有远足去参观世界自然遗产雅各布冰原（Jakobshavn Ice Field）的活动，但是我为了善待自己的膝盖，还是选择了乘橡皮艇巡游冰山。我的室友——勇敢地选择了远足的阿伦，回来后给我讲述了他自己的想法。“敬畏感”是他对雅各布冰原的唯一感觉。这片冻原上到处都是鸟儿和鲜花。阿伦是一个热情的鸟类学家，他谈起见到了大批建造在石头上的早期多赛特文化风格的房屋（Dorset house）和图勒风格房屋（Thule house）的遗址。冰原上的鸟儿们，包括雪鹀和麦翁禽都在忙着哺育自己的下一代。

阿伦意识到，数千年前这里应该存在过一种十分坚韧的文化，想到那时候

雅各布冰原

的人们要在如此天寒地冻的环境里生存，他们需要的技术和能力十分让人敬畏。阿伦和伙伴们离开了这个文化遗址，继续向上攀登，当他们爬上一处陡峭山脊的顶端时，眼前忽然出现了一大片冰的世界。目力所及的地方全都是冰，一直排到了天边。只有窄窄的几段水道在这冰的迷宫里穿梭，有4艘小小的渔船，冒着冰川崩解的威胁在水道上航行。阿伦说，有一种虔诚和狂野，将我们和那远古的冰川时代联系了起来。我深有同感。

MINI

海伊角

一大早，乘客们就被电话叫起来，参加早饭前的橡皮艇巡游，前往兰开斯特海峡（Lancaster Sound）入口附近的海伊角鸟类栖息地（Cape Hay Bird Colony）呼吸清冽的早晨空气。我们的橡皮艇和独木舟很快就开始冲破平静的海面，好奇的髯海豹和格陵兰海豹聚在小艇四周，从我们周围不时冒出头来，好管闲事地看我们一眼，又重新扎下水去，一遍又一遍，乐此不疲。冰流一直向海峡外流去，我们划着6艘独木舟，绕开冰流。成千上万的厚嘴崖海鸦从它们在高崖上的栖息地俯冲下来，急于对我们这支海上小船队作一番考察。

我们的晨间探险是一次完美的、出人意料的惊喜之旅。很奇怪的是，刚开始，这些耸立的悬崖看起来光秃秃的，看不出任何鸟类的活动迹象。但是离海岸越近，吸引我们的不再是岩石在水中的倒影，而是崖壁上的居民——飞鸟。这些鸟儿组队四处乱飞，发出怪异却又相当大音量的叫声，令头顶还有些暗的天空顿时变得生动起来。我们小艇的掌舵人——博物学家皮特向我们保证说，我们的出现可能刺激了这些鸟儿，所以它们展翅从崖壁上的裂缝里飞下来，然后它们就要聚集在一起，朝远海飞去寻找食物了。我们缓慢地围绕着这些岩壁漂浮着，我的6位同伴跟我一样兴高采烈。

我这一生中，只有过一次遇见如此之多鸟类的自然旅游经历，那还是在我参观南乔治亚岛的索尔兹伯里平原时，世界上最大的标志性野生动物海滩——当时我看到数不清的国王企鹅，它们浩浩荡荡，根本望不到边。

今天第一次见到鸟类和那时有种异曲同工的感觉。“清道夫”北极鸥群和群黑腿三趾鸥与迎面飞来厚嘴崖海鸦群交错而过，先是向下飞，然后突然一下拔高，飞到它们那岌岌可危的狭窄石头缝里，就这样在岩石表面上不停交错成一张巨大的黑白两色网。北极鸥水平地掠过岩壁飞翔，是在寻找捕捉缺乏保护的幼鸟。也许在一万年前，这样的情景就在不停上演！“游隼水手号”上令人尊敬的鸟类学家是我们的导游，也是我们这些对鸟类知之甚少者的导师，他对这次观鸟的评价为“顶级”。单单在这一大块岩壁上，我们就见到了30万只鸟儿纵横飞翔，堪称奇观！太不可思议了！

乌马纳克

爱德华·克劳斯（1900—1968）
纪念碑上的《乌马纳克之歌》

我美丽的家乡乌马纳克，
我爱你如此深，怎能舍得离开！
特别是在春日里——
冰山消解，顺水漂流，
鸟儿的鸣啭处处可闻，
在漆黑的夜晚，在无波的水中，
呼唤着夏天。

鸟儿的引吭高歌，
让我想起好多快乐的声音——
冰块漂浮在海面，
冰山将自己的样子倒映在海面，
欢快无比！美妙又无法忘记——
你的所有房子和山峰！

我的家乡，高山耸峙，
能见到它已是幸福！
峡湾中央的山峰，
你是那美景之上的皇冠，
我认出了你，只因你是最重要的山峰！

努苏阿克

今天一觉醒来，我就看到努苏阿克半岛（Nuussuaq Peninsula）北部海岸耸立的锯齿状的变质岩山峰。我们的船向东，朝着壮观的努苏阿克半岛上的定居点驶去，这是我们在格陵兰停靠的最后一站了。一大群冰山随着海湾流漂浮着，像是一支海上护卫队一样，将我们围在中间。

很遗憾我错过了早上的课程以及10年前那场海啸的录像，那场海啸对努苏阿克半岛那小小的海港和渔村都造成了严重的破坏。不过，我乘坐橡皮艇经过短短的航行后，在偏远的海滩登岸，在这里参观了一个古老的因纽特人定居点。这里还有一个最近才被发现，并被妥善保护起来的丧葬地，逝者那干瘪的身体上穿着大概出自于1475年的全套民族服饰。遗址是由两个到洞窟探险的因纽特小孩发现的。在一块突出的岩石下面，躺着两具隐蔽得很好的干尸，由于这里的空气寒冷干燥，所以尽管已经过去了500多年，这两具遗体依然保存得很好。在其他一些洞穴里累叠的岩石下面还发现了别的遗体。对我来说，这次参观有着意想不到的精神触动，因为我见到了早期勇敢的探险者们。

我们兵分两路，大部队徒步朝着岩石山峰攀登，我参加了小部队，参观当地博物馆。我们还和一些当地人聊天，在努苏阿克半岛宾馆的院子里喝啤酒。在这里休息真的太棒了！

整个下午，冰山一块接一块地崩裂，在海水里翻滚。我们被这一阵阵的“冰爆”弄得目瞪口呆。很显然，当地人对待这个现象的态度是很紧张的。这些裂冰以一种非常低调的方式提醒了人们，在漂浮的冰山中，蕴藏了多么巨大的力量。今晚，我们开始穿过巴芬湾，朝加拿大的极北地区挺进了。我对明天的到来满怀期待，不知道又会遇到什么样的事情呢？

我总是觉得这片伟大的荒原有一种灵性和解放人心的力量

浓雾笼罩的海面平静得像池塘一样，一小群一小群的蓝色海冰安静地漂浮着从我们身边经过。不知道谁的iPod播放着莫扎特的协奏曲，乐声给这个清晨提供了轻柔的背景。早起的人都在这里发呆、思考，大家都很享受这一刻。我们都看向虚空，都在那个迷人的世界里找到了自己的位置。今天一整天，“游隼水手号”都在从巴芬湾驶往兰开斯特海峡，开得小心翼翼的。大海一直很平静，俄罗斯大厨为我们准备的三餐都非常美味。在这样愉快的氛围中，很多乘客选择参加一些课程，拓宽自己的知识面。第一场讲座由船上的博物学家和历史导游主持，主要讨论因纽特人文化和生活方式的过去与现在对比。接着另一位导游斯科特，给大家讲了波澜壮阔的探险史和一些仍然包围着一层神秘色彩的北极探险故事。其中他尤为感兴趣的，是1845年富兰克林进行的北极探险，因此斯科特讲起来特别有兴致，整个故事非常引人入胜。

下午的一系列讨论也差不多是这样的模式。先是讨论北极熊遭遇的困境，接着是关于气候变化的现状报告。我们为这些北极冰雪世界之王感到同情，因为它们已经深深地触动了我们的感情。

现在，一天之内吸收了这么多的知识，我开始想念我晚餐前的啤健力士啤酒（Guinness）来了。但是不行！我要坚持到讲座结束。最后一场是我们的同伴——约翰和珍妮特为大家准备的超棒的DVD放映，名字叫《极地之旅》。这部电影是由他们以前到南极和北极探险的镜头剪辑而成，非常激动人心，也非常专业。我看得十分投入，并且从中获得了鼓励，我确信，我的这本日记也该结束了。

向北！向北！我们来一场远航，为什么还悠闲地坐着不动？
让我们找一艘结实而舒适的小船，驶向北方的海洋。

——威廉·霍依特
（1792—1879，英国作家）

北极天堂

由因纽特人因努帕苏朱克（*Inugpasugjuk*）向丹麦极地探险家克努兹·拉斯穆森讲述。

从前，有两个人来到天空中的一个洞里。一个叫另一个把他举起来，他从洞的边缘看出去，看到美丽异常的天堂，这个人一下子忘乎所以，甚至忘记了自己曾答应过同伴要把对方也举起来，他自顾自地跑进了宏伟庄严的天堂里。

库纳德·拉斯穆森其人

库纳德·拉斯穆森（1879—1933，全名为Knud Johan Victor Rasmussen）是一位北极探险家和人类学家，他因为第一个乘坐狗拉雪橇穿越西北航道（Northwest Passage）而声名鹊起。

库纳德·拉斯穆森出生于格陵兰岛的雅各布，父亲是一位丹麦传教士，母亲是因纽特人。他对因纽特人的生活有着深入的了解。因为懂得两种语言，他有得天独厚的优势，因此得以记录下那些他从小就很熟悉的当地因纽特人的生活。

拉斯穆森在北极地区进行了很多次探险，研究当地文化、宗教和因纽特人的精神世界，对格陵兰的偏远地区进行勘测。他通过出书和举办讲座，将自己的发现公之于众。拉斯穆森兼具日耳曼民族和因纽特人文化的特殊属性，使他成为将当地的考古和生物内容转为学术性叙述的不二人选。

一位因纽特的萨满教道士曾经告诉过拉斯穆森：“真正的智慧只能在远离人群的地方才能存在，在极度的孤独中才能产生，只能通过痛苦获得。痛苦和清贫是打开人的智慧的必经之路，除此之外别无他途。”

西北航道（Northwest Passage）

今天从与安德鲁——一位来自加拿大首都渥太华的地质学家轻松的交谈中开始。他此行是趁假期进行生态旅游的，但是对于努纳武特西北部的了解比我多多了。几杯啤酒下肚，我们畅快地聊起了我们的这次旅行。我想要更多地了解这块人迹罕至的世界。看来今天我们的船无法从加拿大西北航道中通过了，因为厚厚的海冰可能会堵塞住这条在众多岛屿之间开出来的南北向的航道，所以要拿到这片水运条件险恶的航道的通行证似乎不太可能。这条受阻的西北航道从加拿大北岸经过时，有一个挺浪漫的地方，和绕过了西伯利亚海岸东北航道（Northeast Passage）一样，这两条航道分别离美洲和亚洲海岸都只有100公里。

在阅览室的图书里我找到一些非常有趣的知识。西北航道最初应是由一些商人提议而探索的，他们认为一条绕加拿大北部的航道能够切断欧洲和远东之间9600公里的贸易航道。但是，即使在今天，西北航道也仍是世界上最险恶难行的一条海上通道。

几十年来，发展西北航道的努力已经发生了变化。最后，人们认为，这条航道成为商业航道的可能性几乎为零。不过，人们仍在寻找一条从北大西洋开始，穿过北极东部的兰开斯特海峡的海上通道。

北极熊凭借灵敏的嗅觉就能感觉到远在1公里之外的海豹的呼吸孔，即使是被掩盖在冰雪之下也不会放过。全球变暖和北极冰层的减少，对于北极熊来说是个坏消息。这些水陆两栖的食肉动物是游泳健将，但是在外海，它们游泳不是海豹的对手。北极熊更擅长于在呼吸孔旁边等待，等待海豹浮出水面进行呼吸。如果夏季海冰完全消失的话，北极熊就会找不到食物，它们很可能饿死，从而导致整个物种灭绝。由于全球变暖，现在每年夏天已经有40%～50%的北极海冰融化。也许这个气候变化能让更大的破冰船和运输船通过西北通道，在将来。

大海永远有一种摄人
心魂的吸引力，那种
难以捉摸的吸引力总
是让我深深着迷。

驶入西北通道

朝兰开斯特海峡更深处驶去，雾气散开，太阳高挂，冰山继续在浑浊冰冷的海水上漂浮。德文岛（Devon Island）在遥远的南方，隐约可辨。突然船头甲板上的人看到成千上万的海豹出现在遥远的地平线上。海冰上的小黑点越来越清晰，我们的船长和船员们机灵地将船开到硕大的冰盖中，这样一来，我们可以更近地看到海豹却不会吓到它们。看到这么多的海豹真是太惊人了。船上的人都没有见过这么一大群北极冰上的海豹，所以格外惊奇。见识过这个惊人的场景后，我们去餐厅享用美食、愉快交谈。

早上6点半，我们醒来，今天有一天的登岸活动。早饭刚吃完，我们就看到在附近的一股冰流上，有一只硕大的北极熊。它一点也没有被我们的船所打搅。我赞叹地看着它，等待最好的拍摄角度，但是差一点错过机会，因为这头熊在冰块上漫步，然后就游到旁边另一块冰上去了，那是我的相机拍不到的范围。这头熊很快消失在轮船的尾波中。

那儿有一扇门，我却找不到钥匙。

——奥玛开阳（*OmarKhayyam*），

《鲁拜诗集》（*theRubaiyat*）奥玛四行诗

罗尔德·阿蒙森

到今天为止，我的日记里一直都漏掉了那个我认为是极地探险史上取得最大成就的人的事迹。我在研究加拿大的西北海岛时，留意到1903年的挪威的罗尔德·阿蒙森（Roald Amundsen）的探险。那时，他还是个刚刚开始探险生涯的年轻人，率领着7名队员和一艘7吨重的帆船，寻找一条朝南的航线。他们在威廉王岛的南部海岸度过了两个冬天，又在阿拉斯加北部过了第三个冬天，然后阿蒙森和他的同伴们终于于1907年到达白令海峡（Bering Strait）。从那里，阿蒙森驾着自己的船向南来到旧金山湾（San Francisco Bay）的金门大桥（Golden Gate）。他的航行被认为是第一次穿越西北航线。

我在"游隼水手号"阅览室看阿蒙森的资料，这使我对他有了更全面的了解。作为一个挪威人，他一直就梦想着要到达北极点，但是就在1909年，阿蒙森获悉美国探险家罗伯特·皮尔里（Robert Perry）已捷足先登，于是他决定，自己应该把目标换成到达南极点试一试。

1911年10月9日，一支由4名经验丰富的南极旅行家组成的小团队准备就绪，从位于罗斯冰架上的南极站弗雷门海姆（Framheim）出发了。他们的船是阿蒙森找朋友弗里乔夫·南森借来的。52只南格陵兰犬分成4组拉动4架雪橇。因为正确地使用了雪橇，食物补给点安排合理，标记明显，所以这次探险很顺利，阿蒙森于1911年12月14日到

达南极点。他们搭起帐篷，插上高高飘扬的挪威国旗，休息了4天。阿蒙森还在南极点留了一张纸条给斯科特船长的英国探险队，上面写道：特此奉告……然后，阿蒙森的探险队就带着完美完成任务的激动心情返程了。然而，举世皆知的斯科特船长的悲惨遭遇和发生在他带领的忠心耿耿的英国队员们身上的灾难，让第一个到达南极点的挪威人阿蒙森的成功有些黯然了。

1897年，阿蒙森在比利时探险队的航船上担任大副,第一次参加了南极探险活动。“比利时号”是第一艘在南极度过冬季的船。

在阿蒙森进行西北通道的探险过程中，他证明了地球的磁极位置不是固定的，而是一个会在南极和北极之间游荡的磁点。道格拉斯·莫森——著名的澳大利亚探险家，和2个同伴徒步1600公里，于1909年1月到达南磁极，成为最早到达南磁极的人。今天的南磁极已经转移到离海岸100公里的洋面上。

阿蒙森与飞行员林肯·埃尔斯沃思一起，在1925年5月尝试着驾驶飞机远征南极点。但是由于飞机故障，他们在冰面上紧急降落，并且停留了24天，直到将飞机修理好后，飞回斯匹茨卑尔根岛(Spits Berge)。第二年，阿蒙森、埃尔斯沃思加上诺比尔共同合作，成功飞越了南极点。

1928年，意大利探险家诺比尔失踪，阿蒙森参加了前往寻找飞艇的搜救队，但却就此失踪了。阿蒙森的救援是一次勇敢而慷慨的尝试。

探险：丢失的历史

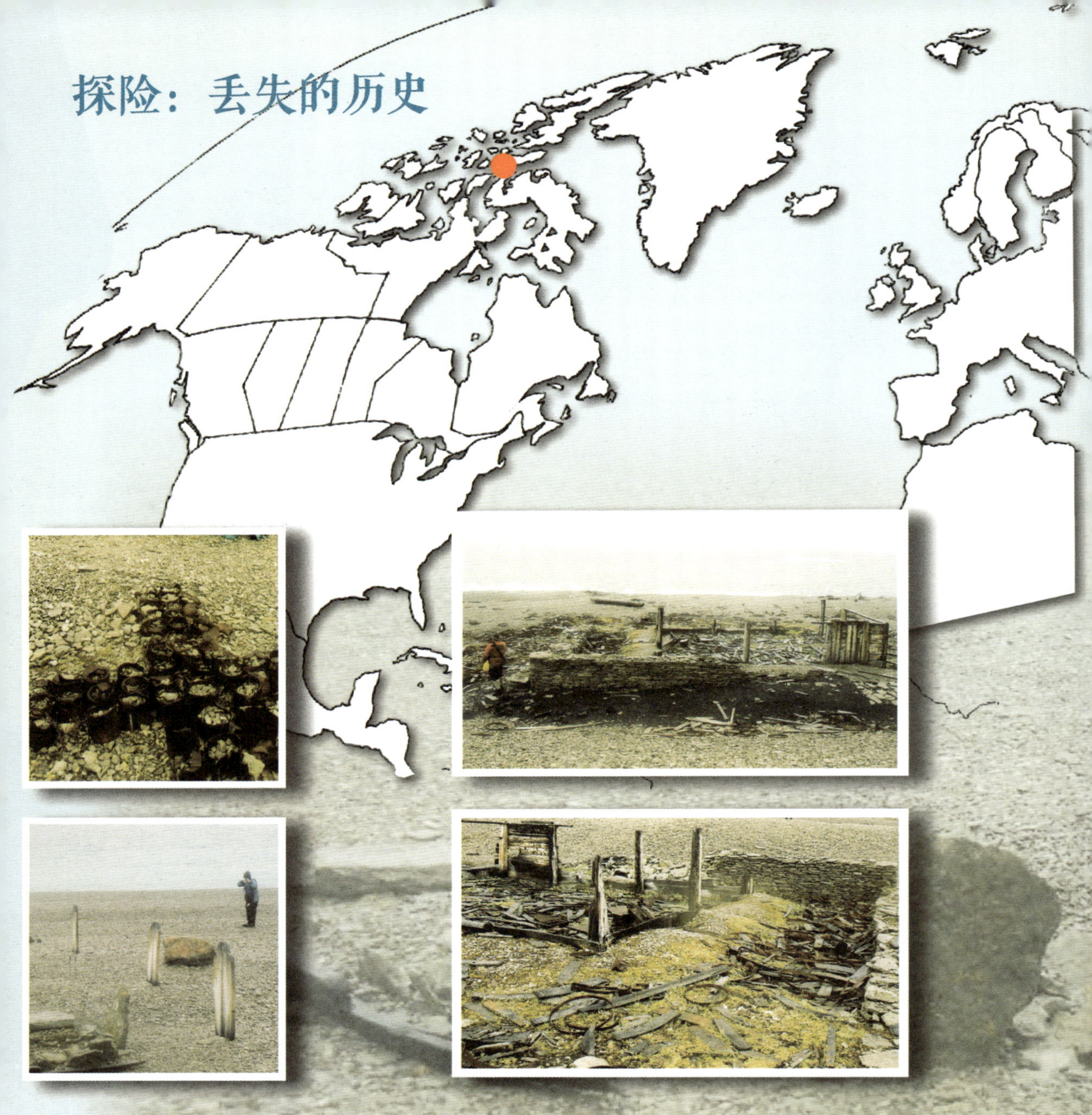

今天我们的目的地是比奇岛（Beechey Island），1845年和1846年，这里曾经是富兰克林探险队著名的冬季停留地。历史书里将这次探险称为：约翰·富兰克林领导的、注定要失败的英国北极探险队。在这之前，他已经参加过3次北极探险，这是第4次，也是他的最后一次，此时的富兰克林59岁。他本打算横穿过西北航道中未经导航标示的那一段。比奇岛就是其中一个重要而且风景迷人的北极基地。正是在这里，时运不济的富兰克林探险队被迫度过了第一个冬天。在那个冬天有3名船员死去了，同伴们埋葬了他们，但此时灾难才刚刚拉开序幕。那之后，富兰克林的两艘船在靠近威廉王岛（King William Island）的维多利亚海峡被冰冻住了，动弹不得，整支探险队的给养不足，包括富兰克林和他的128名船员全部下落不明。

冷风吹过单调的蓝色海面，目力所及除了一些冰块，没有任何活物。橡皮艇把我们送到声名狼藉的比奇岛那荒凉的海滩上。我们要在这里自己体验到底发生了什么事，导致富兰克林和他的整个探险队的128名船员以及两艘英国皇家海军的轮船幽冥号（HMS Erebus）和惊恐号（HMS Terror）全部失踪。虽然我们登上小岛时，已经是空寂一片，但还是有什么在冥冥之中告诉我，那些富于冒险精神的人曾经来过这里。好几百个食物罐头被打开后填满了沙子，堆成一个金字塔的形状，其中放着3个孤零零的墓碑。还有一些食物罐头在沙滩上被摆成十字架的形状。这是否暗示着，罐头里的食物已经被污染了？堆积起来的石头能看出来是两个房间的遮蔽物的样子。也许，早期来这里寻找探险队的搜救人员发现了它们，然后将遮蔽物拆了，拼命想从其中找到能指引那些活着的船员们去向的消息。1950年，有人在这里放了一枚纪念勋章。回到温暖的船上，我喝上一杯期待中的热巧克力，吃了点小饼干。船上的晚餐很快就要开始了，我们又要畅饮美酒，回忆这一路上的点点滴滴。明天，我们就要驶往雷索卢特的康沃利斯岛(Cornwallis Island)。

再见，北极！

因为与世隔绝，所以我的第四次旅程格外与众不同。作为一名乘客，我一直都感到很愉快，因为我跟上了“游隼水手号”的节奏。我品味到了北极的严厉和朴素，和同船的人成了朋友。今天是8月的第1天，对于很多乘客来说，是喜忧参半的一天，因为我们就要离开“游隼水手号”了。行李都已经打好包放在舱门外面。“游隼水手号”已经停泊在康沃利斯岛的岸边。船清理之后，我们就要转移到岸上，坐上一辆大大的黄色公交车，去参观一个古代的图勒遗址，那里有一些重建的房屋，展示着曾经居住在这片灰色的不详大地的人们的品质和个性。地质学家总会不时地从有上百年历史、深深扎根在这片冻土荒原的石头房子里，找到一些古代遗物……

在那里参观了一小时，我们就奔赴机场，搭乘预订好的从渥太华飞过来的飞机。我说“再见”的时候，心里沉甸甸的，很不好受……

现在我就要离开这片土地和海洋了，我已经将它们烙印在了我的灵魂上。

Dos tree-chay-Da-svee-dan-eeya！（俄罗斯语：直到我们再相见！再见！）

本书极地顾问：极之美

南极冰原的消失速度让专家瞠目

卫报2007年9月4日报道

自从30年前，开始用卫星为极地冰原作勘测以来，北极的冰已经减少了1/3，而且冰原消融的速度还在逐年加大。今年夏天融化的冰量是如此之多，以至西北通道可以完全通航。据观察员观察，绕俄罗斯北极的东北通道这个月晚些时候就可以通航。专家称如果冰继续以这个速度消融，到2030年的夏天，北极地区的冰原将完全消失。

后记

旅游业如果策划和管理得当，可以有效地提高人们的环保意识。

人们有机会体验到这些极地前沿的优美风景后，便会自觉地去保护它们，并把环保理念带回家，应该将这些理念应用到在对自己的生活环境及周围地区的保护当中。我们无法保护那些我们根本不了解的东西，要想保护，请先认识！

写给读者

你是不是也一直对南极怀有梦想？当然了，你肯定不是唯一一个有此梦想的人，成千上万好奇的人们也对南极有着同样的向往，想要来一次勇敢无畏的南极探险。可惜的是，受资金、时间所限，以及对自己的环境作一番实际而理性的思考后，人们的南极梦往往就搁置了。我很幸运能够实现这个梦，还不止于此，通过这本书的写作，我希望能够鼓励所有的“做梦人”开始行动，去南极大陆也好，去新西兰也好，总之亲自体验一番原汁原味的南极风貌。

POLES IN PERIL
SERIOUS FOOLISHNESS

图书在版编目（CIP）数据

南极　北极 /（新西兰）贝奈特著；程静译. —北京：中国华侨出版社，2013.11
ISBN 978-7-5113-4258-4

Ⅰ.①南…　Ⅱ.①贝…　②程…　Ⅲ.①随笔—作品集—新西兰—现代　Ⅳ.①I612.65

中国版本图书馆CIP数据核字（2013）第273979号

版权登记号　图字01-2013-8138

南极　北极

著　　者：[新西兰]邓肯·贝奈特
译　　者：程　静
出 版 人：方　鸣
责任编辑：羽　子
封面设计：upper Limit·刘军
经　　销：新华书店
开　　本：889mm×1194mm　1/24　印张：10　字数：150千字
印　　刷：廊坊市兰新雅彩印有限公司
版　　次：2014年1月第1版　2014年1月第1次印刷
书　　号：ISBN 978-7-5113-4258-4
定　　价：39.80元

中国华侨出版社　北京市朝阳区静安里26号通成达大厦3层　邮编：100028
法律顾问：陈鹰律师事务所
发 行 部：（010）82068999　　传真：（010）82069000
网　　址：www.oveaschin.com
E-mail：oveaschin@sina.com

儿童是未来的样子

张娟英◎著

CNS 湖南教育出版社

非常校长张娟英：儿童是未来的样子

长沙城北，湘江之滨。

一所全新的小学崛起于斯。它从头到脚，都是崭新的，在深秋的阳光下，从容而静好。你从“春生楼”与“夏长楼”之间穿过，莫名就有那么一种时间的庄重感，仿佛这片土地上的一切都充满成长的欢欣。

这一天，学校正举办第一届冬运会。天蓝色的塑胶跑道，浅绿色的运动外套，深蓝色的运动裤，在秋日晴朗的天空之下，这些色彩仿佛都是一种明净的语言。

人群中，我们看到那个熟悉的身影。此刻，她面色红润，头发束起，一副英姿飒爽的样子。

她就是长沙市开福区实验小学校长——张娟英。

生命不应该被塑造，而应该被打开

走向学校，映入眼帘的是一块石头。石有阴刻，启功体，曰：“开启你的幸福未来。”

此刻，孩子不是一个名词，更不是这石上的文字，而是操场上这群稚气未脱的小生命。

每一个孩子，都在自己的舞台上神采飞扬。可爱的表情，整齐的队形，统一的服装，洪亮的口号……

“让每个孩子站在舞台的中央。”张娟英看着眼前的孩子们，眼里始终盈满笑意。

她说，做教育愈久，会愈深切地意识到，小学教育为童年而来，童年就是未来的样子，就像操场上的这些孩子，他们每个小生命都在这里自然绽放、惬意成长，这就是我们做教育的全部心愿。

想想看，十年二十年之后，他们都不在这个操场了，但他们最饱满的那粒精神种子却从这里开始萌发。这就是我们为什么说，在这里开启你的美好未来。

采访交谈中，欢声笑语一直在操场边荡漾着。

“儿童的生命不应该被塑造，而应该被打开。”张娟英说。

这个在中岭小学与四方坪小学做过多年校长的女子，于2017年被教育局任命为全新的开福区实验小学校长。

从那一刻起，她意识到，自己年近五十，这或许就是她的“天命”。没有犹豫，她以一颗勇敢的心来迎接这所学校所承载的创新与希望。她清楚自己所承载的希望与压力——这，将是长沙市公办小学中第一所实施“管办评分离”改革的试点学校。

可以想到，所有的目光都投向了这所学校，也投向了她。其中，有观望者，有期待者，有学习者。大家都想从这里看到另一种可能：学校如何从办学模式、教师聘用、经费管理等方面拥有更大的办学自主权。

张娟英内心还是有些自信的。几年前，她曾是中岭小学校长。当初她去的时候，这是一所村小。短短时间，她硬是将它打造成了一所特色鲜明的优质小学。

成绩永远代表过去。人们对开福区实验小学的期待，或许远大于当初。

“实验小学作为首批试点学校，我们将从区属学校中选调优秀教师，确保学校拥有高素质的教师队伍。”教育局领导给了张娟英一颗“定心丸”。

师资是第一位的。紧接着的问题是，你将把这所新学校带往哪里。当学校还是一片工地时，张娟英就在心中无数次勾勒理想的蓝图。三栋教学楼，她分别为其命名为“启明”“春生”“夏长”。这三个富有生命感的楼名，与学校门口“开启你的幸福未来”的大石刻彼此呼应。她说，“开启”，就是启发与唤醒。孩子的今天，就是社会的“未来”，孩子的模样，就是未来的模样。幸福，是做最好的自己。她希望，所有的孩子来这里度过最美好的六年，从这里走向灿烂的未来。

学校建成之后，这里的一桌一椅、一草一木，一直装在张娟英的脑海里。她紧紧依靠教育局领导，协调上下左右，与负责筹建的同事们一起为学校定位。而今，她可以自信地说，开福区实验小学，至少是一所生机勃勃的，很温暖的学校。在这里，她将做有温度的教育。最基本的理念就是：顺应孩子生命成长的规律，张扬孩子的个性。

独立生长，自由开放

“独立生长，自由开放”是张娟英对人的信仰。

她坚信，教育的最终目的，无非是让孩子拥有独立而健全的人格，而生命的本质，就是自由。从独立与自由出发，无论是教学还是管理，张娟英都最大限度地给老师和孩子们以自由的空间。没有民主，没有平等，何来自主？何来温暖？

从扁平化管理出发，张娟英甚至不愿把自己当作传统意义上的一校之长，她更愿把自己当作“教师专业成长的合作者”。她说，老师的优秀不是“管”出来的，而是引领出来的，是鼓舞、发现、成全出来的。

这么多年做校长，她与教师之间，一直是一种相互成全的关系。校园是花园，那是环境的美；校园是家园，才是人文的美。在她心里，校园至少是一个可以畅所欲言的地方。学校管理，面向全体老师敞开，倾听并吸纳老师的想法与创意，学校才会有真正的活力。为此，张娟英要求，在实验小学，无论教师还是行政，一律以“老师”相称，彼此平等。

自主办学的自主空间到底有多大呢？“管办评”的分离又如何落实？“管”是指教育局依法宏观管理学校；“办”是指学校自主办学；“评”是指社会广泛参与评价。道理好说，具体落地如何呢？在开福区实验小学，学校拥有人事、财务、管理等方面更大的自主空间，对于迎检，也有相对独立性，即对某些项目到底是“进校园”还是“不进校园”，决定权更多在学校。

在管理上，目前一般学校管理皆为层级管理，从校长到副校长，从科室、教研组，再到普通老师。实验小学从一开始就采取扁平化管理，全面取消了这些层级。目前，学校设置了“三个中心”，即教师发展中心、学生发展中心、督导中心。其中，督导中心的功能类似于监事会，对校长行使权利进行监督，包括学生会、教师代表大会、家委会。三个中心与教研部、教学部、课程部等共同组成了小学的组织框架。

在人事管理上，学校实行“区管校聘，竞聘上岗，按需设岗”。每个老师都竞聘上岗，全校人员可根据设置岗位数和本人意愿，自主择岗，竞争上岗。学校宏观统筹，结合工作需要和应聘人员的基本条件，确保合适的人在适合的岗位上。

教师管理如此，学生管理亦然。没有孩子的“自我管理”，就难有他们的“自由生长”。在实验小学的班级里，每个孩子都有自己的小岗位。同样，每一个孩子都要竞聘上岗。

一般学校每周都会有值日老师来总结一周情况，实验小学不这样做。他们让孩子们自己管理，自己开会，自己总结。学生发展中心的职责就是全面教给孩子们如何养成良好的行为习惯，如何确保孩子的自我管理落实到位并不断优化……

课程管理也是自主为上。从“独立生长，自由开放”的校训出发，学校成立了学生“自主成长训练营”。满足孩子的爱好与需求，目前已有的个性化课程包括烘焙、茶艺、棋艺……

与个性化满足同步推进的是，以主题来统领学科课程。这个学期的主题是“宝贝去哪儿”，即让孩子们在研学的过程中去追寻、探究。在这个主题之下，数学课有了《好玩的数学》，语文课有了《舌尖上的安全》的主题演讲，音乐老师带领孩子们改编了《爸爸去哪儿》……这种打破学科界限的大课程，将是“自由生长”的一个课程向度。

管理自主、教学自主、课程自主。名为“实验”的这所学校，正在探索学校发展的各种可能。但，孩子不是试验品。他们永远站在学校的最中心。

顺应天性，释放个性

爱挑战新事物、爱跋涉新旅途、爱尝试新角色。张娟英说，骨子里她就是一个求新的人。

十年前，她从城市“出走”到农村，成为捞刀河镇中岭小学的校长。第一天步入中岭小学，她心情有点沉：木质的校牌、黄土的操场、沙石的跑道……

但正是在这里，张娟英看到了孩子天性的力量。

有一次，全市搞督导检查。当看到中岭的孩子忘情地趴在地上打弹子、玩纸板，有人提醒说，这样是不是不太卫生？学校不得不听取意见。从此，孩子的课余生活一下子“文明”了很多。可是，所有的孩子一到下课，都蔫了似的站在走廊上，一副无所适从的样子。张娟英隐隐觉得不对。她想，玩是孩子的天性，为什么不创造条件给他们玩呢？她看到，体育器械区保留的沙坑成了孩子们的乐园。孩子们将那些沙子铲开，堆了一座“小山”，又在泥地上挖出弯弯的“小河”，孩子们在这里建起了自己的快乐堡垒。

让孩子回归大地的怀抱，使他们尽量少沾染一些现代的文明气息，孩子就会多一些生命原初的信心。很快，中岭小学开设了“泥塑课”。所有孩子都可以在课堂上玩泥巴，还有比这更嗨的事儿吗？很多孩子的父母亲就在学校附近的砖厂工作，他们从砖厂带来黏土作为原材料，孩子们居然都做出了自己的艺术作品。

从泥塑课开始，课堂渐渐生动起来。就是从那时候起，“顺应天性，释放个性”成为张娟英的教育信条。

“乡村的稻草、石块、树根、麦秆……都是非常特殊的艺术素材，越是贴近生活又乡又土的材料，越具有开发与创造的价值。”张娟英的思路越发开阔。几年间，她以“弘扬乡土文化、传承艺术瑰宝”为主线，创造性地开设了舞狮舞龙表演、民间泥塑、民间歌舞、民间剪纸、树叶粘贴、民间医药、走近湘绣、民间武术等一系列乡土特色校本课程。

湘绣课上，孩子们低眉敛眸之间，针起针落；剪纸课上，民间气息的作品，一幅幅栩栩如生；一片树叶、一根稻草，都可能魔变为树叶粘贴画……每到周二下午，那是校园最热闹的时候。腰鼓队的锣鼓、武术组的呐喊、民乐组的弹奏、泥塑组的欢乐……特别是当龙狮队的孩子们去湖南省教育电视台录制《欢庆狮舞》的节目时，他们在舞台上的那份自信与张扬让电视编导们感叹：这哪像是一群农村孩子啊！

顺应天性，教育就会呈现最美的风景。乡村如此，城市何尝不是这样？

课堂是大地，阅读是天空

“校长的生命力在课堂，校长首先是教师，是首席教师。”苏霍姆林斯基的话，一直提醒着张娟英。

这么多年来，她做校长，最喜欢的感觉是：她的课堂引导力大于行政管理力。

课堂是张娟英的爱，也是她的快乐。这些年来，作为湖南省教师培训“国培计划”培训专家，她给各个城市不同的教师做培训和讲座。2018 年 12 月，以她命名的长沙市名校长工作室成立，她说，30 多年教育、教学、管理经验累积在那里，就像一座资源丰富的矿藏。传承与发展，分享与交流，更像是她的一种使命。

张娟英感受最深的还是她的儿童观。她说，孩子不仅仅是吸收者，更是一个释放者、创造者。这样的角色定位，源于对孩子学习的动力分析。孩子的“吸收”源于求知欲，而孩子的“释放”源于表现欲。不断地“吸收”与“释放”中，学生自主、自觉的学习习惯逐渐养成，慢慢地形成一种学习能力，由“学知识”上升到“长智慧”，最终获得健全的人格。因此，教师的天命，就是为学生的吸收和创造搭建平台、提供机会。

课堂是张娟英行走的大地，阅读则是她的天空。

她深信“一个人的阅读史就是一个人的精神成长史”。这些年，她的阅读生活方式始终未变。从《中庸》《论语》到《思想录》《文化苦旅》，再到《第五十六号教室的奇迹》……张娟英一直在文字里寻找内心的静谧与美好。

“幽兰发空谷，蔚为王者香。”在四方坪小学“芝兰读书社”成立仪式上，张娟英说，“人活着，需要给自己的心灵找一个家，让自己保持自我、本我、真我”，而只有阅读才能“让我们的灵魂得以从容、洁净”。阅读，就像是耕种心田。

“一事专注，便是动人，一生坚守，便是深邃。”

张娟英将自己的网名取作“涓涓细流”。是的，她期待自己如这细流一般，经过了高山峡谷，不再急促，在平原中缓缓地流经，温柔地转弯，静静地流淌。

采访结束了，我们回看阳光下的开福区实验小学，回看那一行醒目的字：“开启你的幸福未来。”

从来不曾感到未来是如此切近，如此生动，如此神圣。未来不是虚空的未知，而是真实的此刻。因为，儿童，就是未来的样子。

生命为未来而来。张娟英的幸福，如此笃实，又如此崇高。

非常教师网记者：万濛

壹 有花有果有童话

贰 且行且思且表达

壹

有花有果有童话

——守望童年世界

一、成长溯源

贴着大地寻梦

我的童年，我的教育

贴着大地寻梦

我不去想是否能够成功
既然选择了远方
便只顾风雨兼程

——汪国真《远方》

【个人档案】

姓名：张娟英

所在学校：长沙市开福区实验小学

从教年限：30 年

最喜欢的书：《似水流年》《步入诗意丛林》

最喜欢的休闲方式：读小说、自驾游

第一部分　我的管理自传

无论是否成功，人生也会因这一路风雨跋涉变得丰富而充实，在我看来，这就不虚此生。

一　是的，我喜欢出发，喜欢远方

儿时的我身边总有一群小伙伴，每每玩游戏时，我喜欢分配游戏角色、宣布游戏规则、司“开始”的口令，据说，这样的“孩子王”天性就是爱挑战新鲜事物、爱旅途跋涉、爱尝试不同角色。回顾自己的教育之路，正验证着我的这种不羁的“天性”。

15 岁，参加中考，我以全县第二的成绩被县师范学校和湖南省第一师范学院（后文简称“第一师范”）同时录取，但我选择了遥远的省城，离开了家乡熟悉的山山水水，开始了“少小离家”、与教育结缘的求学之路。

第一师范四年求学，我担任过生活委员、团支部书记、学习委员、班长。在不同角色尝试中体悟第一师范严谨、务实的校风，浸润着第一师范深厚的人文气息。

19 岁，当上孩子王，开始了与孩子结缘的教育生涯，也开始了不同岗位的转换、尝试、创新。语文教师、少先队辅导员、班主任、教研组长、教导主任、副校长。从一线教师到行政管理，不同的岗位，在完成规定动作的同时，我总喜欢做一些自选动作，喜欢把工作做出新意。

2008 年，教育局为促进教育均衡发展，鼓励城区优秀中层干部到乡村工作，当局领导找我谈话时，我义无反顾地又一次选择了去远方，我怀揣着办学的理想、背负着教育的行囊，离开了工作十几年条件优越的城区市级示范性学校，来到了广袤的乡村。

我的眼里心里写满了“人”

作为校长，我一直心中有梦，我的梦里，学校充满浓浓的现代气息，有高达伟岸的教学楼、功能齐备的设施、环境优美的校园……然而，第一天来到捞刀河镇，步入中岭小学，看到木质的校牌、黄土的操场、沙石的跑道，还有一群质朴的农村娃，他们围着我，眼中写满了好奇、纯朴和渴望。我看到他们身上流淌着生命原初的充沛之气，他们在阳光下自然、丰盈地舒展，我甚至能在他们身上闻到泥土的芳香、大自然的气息。面对这样一群质朴纯真的乡村孩子，我该给他们一所什么样的学校？我不断思索着，把自己所有的思绪都聚焦在农村孩子的身上，我知道，自己心中那所现代化的“理想学校”在城市的“灯火阑珊处”，而不在乡村的点点星光中，是让农村的孩子来适应我梦中的“理想学校”，还是让我要办的学校顺应农村孩子的天性生长呢？卢梭说过：教育必须顺着自然——也就是顺其天性而为。通过思考，我重新审视自己最初的梦，决定紧贴着大地，让孩子的生命在我的学校惬意地流淌，让每一个生命自然绽放，自然即天性，我将“顺应天性，释放个性”作为我们的办学理念。这一理念也融入到了孩子们的课堂、融入到了孩子们的校园生活中。

“带我到乡下走走”

——开发乡土资源，为有源头活水来

学校办学特色从哪来？这个问题一直在我这个“新手”的脑中萦绕，我没有急于寻求答案，而是不经意地对其他行政人员说：“农村的空气真清新啊，你们几位带我到周边走走吧！”于是我和他们一起参观沙坪湘绣城，观看社区龙狮、腰鼓表演，和民间的剪纸高手、根雕艺人拉家常……“多淳朴的民风啊！”在由衷的感叹中，我感受着学校周边独有的资源优势，感受着捞刀河镇的乡土文化深远的历史渊源和丰厚的底蕴。捞刀河镇丰富的乡土资源和浓郁的民间文化一直影响着我们学校的办学特点，但我们一直是浅表地触摸，我想，办学特色不是阳春白雪，脱离了地方的优势资源是不会有生命力的。乡村的稻草、石块、树根、麦秆……都是非常特殊的艺术素材，越是贴近生活又乡又土的材料，越具有开发与创造的价值。这让我的思路豁然开朗，于是，我和我的团队从乡土资源的利用与开发出发，以“弘扬乡土文化、传承艺术瑰宝”为主线，开设了舞狮舞龙表演、民间泥塑、民间歌舞、民间剪纸、树叶粘贴、民间医药、走近湘绣、民间武术等一系列乡土特色校本课程。

“给孩子一片玩泥巴的天地”

——乡土校本课程，千树万树梨花开

中岭小学在2000年成为长沙市四县五区农村的第一所市级示范性

学校，每年的迎检、接待任务不少。记得一次市里督导检查，检查组的领导看到孩子们趴在地上津津有味地玩着游戏，提醒我说："不要让孩子趴在地上玩，不文明，也不卫生啊!"我也觉得领导说得不无道理，于是，开始禁止孩子们在地上玩的游戏，如打弹子、玩纸板，少先队值日的学生看到这些趴在地上玩的同学不但要扣分，还会没收玩具，孩子们似乎"文明"了很多，但我看到孩子们课间焉了似的，站在走廊上无所适从。终于有一天，一个孩子问我："校长，我们弹子不能玩、纸板不能玩，我们玩什么啊?"是啊，农村的孩子从小就亲近着大地，就连他们就地取材玩的游戏，都或趴着或躺着，与大地亲密接触着。我怎么能剥夺他们亲吻大地的权利呢?

后来，随着办学条件的改善，沙石的跑道变成了红色的塑胶跑道、黄土的操场变成了黄蓝相间的专业轮滑场，就连浓密的香樟树下也铺上了绿油油的草皮，校园内一切裸露的泥土都不见了，唯独剩下体育器械区的沙坑，这时我发现沙坑成了孩子们的天地，他们把沙子铲开堆成小山，在泥地上挖着一条条弯弯曲曲的小河，孩子们在沙坑里有山有水地玩得不亦乐乎！在我们成人的眼里玩泥巴看到的只是脏，但孩子们眼里玩泥巴只有乐。我想：既然孩子们钟情于自然，钟情于生他养他的土地，我们索性顺应孩子玩泥巴的天性，让他们在课堂上尽情、大胆地玩，玩出他们的创意，于是，我们利用校本课程开设泥塑课，很多孩子的父母亲就在学校附近的砖厂工作，他们从砖厂带来粘土，来到泥塑组，孩子们有了自己的用武之地。看他们陈列在学校优秀作品展示长廊的作品，俨然"人人都是艺术家""每个人的作品都是独一无二的"。

学校涌现了一群群心灵手巧的小绣女：来到美丽的捞刀河，你一定会想起有着"中国湘绣之乡"美誉的沙坪镇，学校很多孩子的妈妈都是湘绣大师，而我们的孩子也受到潜移默化的影响，在我们学校就出现了这样一群小湘女，看着孩子们以女子之指，绣女儿之情，低眉敛眸之间，针起针落。我不得不由衷地赞叹她们的心灵手巧！

民间剪纸、树叶粘贴信手拈来，一张彩纸、一把小剪刀，民间剪纸班的同学手起剪落，一幅幅栩栩如生的作品便展现在我们的眼前。上学路上捡来的一片树叶、一根稻草……巧思妙想便成了一幅幅生动而极具创造力的树叶粘贴画，我不得不佩服孩子们的创意和想象力。

还有我们的龙狮组、腰鼓组、民间武术组如一朵朵奇葩盛开在中岭校园。龙狮队编排的节目多次在各级调演，记得一次孩子们到湖南省教育电视台录制《欢庆狮舞》的节目，他们在舞台上的那份自信与张扬征服了在场的每一个人。电视台的编导对我感叹：校长，这群孩子哪看得出是农村的孩子啊！是啊，看着我们的孩子们在“乡土艺术的摇篮”体念着快乐与成功，个性得到健康发展，我是如此的幸福！

“打造乡土特色品牌”

——水到渠成，一枝独秀领风骚

2009 年，教育局开始推进“一校一特”的实施方案，很多校长为自己学校如何打造特色绞尽脑汁，而走进我们学校，无处不感受着乡土文化带来的勃勃生机。“弘扬乡土文化、传承艺术瑰宝”系列校本课程的开发，成为我们学校德育工作的切入点。我们不仅仅是培养学生所谓的技术技能，而是在大力弘扬和继承乡土文化的基础上，对乡土文化进行溯源、挖掘、提炼，在传承的基础上进行创新，让学生了解家乡的历史，了解家乡的文化，以美的家乡教育学生，以家乡的美来感染学生，激发起学生从小热爱家乡、建设家乡的热情。同时，为了提高教师课程开发能力，提升学校办学理念，彰显学校特色文化，让乡土文化有机地融入学校课程文化之中，我们通过打造自己的“乡土”特色品牌，提取有益的元素，提炼文化的内涵，在学校开展弘扬“乡土文化”的活动，把乡土文化的精髓引入课堂教学，把我们的“文化”植入孩子的心田。2009 年，我校成为开福区“乡土文化进校园”校本课程特色校；2011 年，我校打造市级乡村少年宫示范点，将乡土特色文化延伸到少年宫的特色活动中，我们的乡土品牌得到了国家中宣部和省、市领导的高度赞誉，我校的开放活动多次接受国家、省、市各级领导及专家的观摩和指导。2012年，我校成为开福区“乡土文化”特色项目学校。《湖南日报》以《乡土文化校本课程成为中岭小学的新名片》为题进行了专题报道。

一路走来，我们不断收获着山花烂漫般的风景与喜悦。这使我想起当初自己的坚持，当时担任教科室主任的佘沙老师说，乡土文化系列校本课程是否可以更换，主要是师资跟不上。我想，乡土文化是乡村的“根”，也是孩子们的“根”，我希望他们将来长大了无论走到哪，哪怕是漂洋过海，都别忘了自己的“根”。于是我问她，孩子们喜欢吗？她说，孩子们倒是喜欢。既然孩子们喜欢，就是孩子的需求，我们就顺势而为。现在，校园成了孩子们成长的乐园——每到周二的下午，腰鼓队铿锵的锣鼓声、武术组孔武的呐喊声、民间乐器组悦耳的弹奏声，以及泥塑、舞龙舞狮等兴趣小组欢快的喊叫声，回荡在校园上空，飘过人们的耳鼓，传向浩渺的天空……

我也忘不了去年毕业典礼后，一群孩子围着我：“校长，我真不想毕业，要是能一直在中岭小学读书就好了。”“校长，在学校我们觉得越来越快乐。”……是啊，我忘不了这群孩子在篮球场上的拼搏，在舞台上的自信，在轮滑场上的风驰电掣……我很高兴，当孩子们离开学校时，是满眼的依依不舍，是满怀的快乐记忆，是全身心的热爱；我很庆幸，为了孩子的全面发展、终身发展，我没有为他们提供品种单一的菜式、固定的“套餐”，而是为他们端出了品种繁多的“佳肴”。这些“佳肴”将为他们的终身发展源源不断地供给营养。

二　学习，让我破茧成蝶

作为初任校长，如何缩短适应期，更快进入角色，学习是最好的助推器，是学习让我的羽翼一天天丰盈起来，觉得自己第一天准备的“空容器”正一点一点地盛满；学习让我能以奔跑的姿势投入到工作中。学习亦如输血，当你面目可憎、眼花体虚时，给自己输点新鲜血液，会让你通体舒畅、神清气爽。四年初任时间，我有幸参加了省校长高研班、华东师范大学校长高研班、北师大校长高研班的学习，这三次难得的学习机会让我有了破茧成蝶的华丽蜕变。

我努力做一个有“悟性”的学习者：在学习中思考，在思考中寻求方法，在具体工作去实践。

做一个有专业支撑的校长

校长是一个学校的灵魂。苏霍姆林斯基说过：一校之长就是师者之师。校长需拥有着丰厚的学养、扎实的文化底蕴以及个性化的人格魅力。他的风范影响着教师的风格，进而又被学生耳濡目染。行干班上聆听了优秀校长谭菜花《校长如何走好专业发展之路》的讲座，她学者型的风范和睿智的办学思想深深地吸引了我。尤其是她提出的“校长要走进课堂，校长的生命在课堂”的理念，也成了我身体力行的准则。农村小学更需要的是课堂教学的引领，因此我坚持参加各教研组的每一堂教研课，坚持每周的听随堂课、推门课，鼓励教师参加各学科的课堂教学竞赛，我会和参赛老师一遍一遍地打磨、修改教学设计，当年轻教师需要某种课型的教学帮助时，我也会亲自走上讲台，为他们上示范课，在进行课堂教学评价时，我会及时地肯定教师的长处，对不足的地方，我会以提问的方式，引导教师进行反思，在平等、和谐的氛围中进行专业引领，决不趾高气扬，决不咄咄逼人，真心地分享教师的每一点进步与成功，因此，教师也愿意向我敞开教室的门，对我的听课不是“拒之、怕之”而是“亲之、信之”。我想“校长首先是教师，是首席教师”将是我永远的追求。

远离喧嚣，在忙碌中坚守

作为校长，处理学校内部事务及参与外界的活动都会相应地增多。我生性不善社交活动（这也是一种缺陷吧），喜欢远离热闹的场面，在宁静中固守自己的一片天地。在工作、学习中，我经常会剖析自我，寻找自己的教育理想和信念，坚守自己的教育信条，在实际的工作中用思想引领行动，使自己不至于变成一个整天忙忙碌碌的事务型的校长。在忙碌中，我总是提醒自己：每天坚持学习一点，在学习中提升自我；每天坚持思考一点，在思考中反思学校的工作，及时改进；每天坚持记录一点，记录自己的工作感悟，记录让我感动的教师和学生，并在博客中与教师进行沟通、交流，一同分享感动。有了这样的坚守，让我更多地思索学校的发展方向，规划出学校、教师、学生发展的共同愿景。懂得了“有所为有所不为”的道理。追求着做事而不作秀，做人而不“做官”的境界，努力使自己低调做人，高标做事；本色做人，角色做事。在北师大学习时，楚江亭教授提出的“半日不工作”让我深受启发，学习归来后我开始在工作中尝试“半日不工作”，让自己在“忙—茫—盲”的状态中“偷得浮生半日闲”，每周用半天的时间不工作，只学习，看看报纸杂志、读读经典著作，让自己静下心来想一想、写一写：学校往哪走？自己往哪走？这半天时间，我会待在办公室，不接电话、不处理繁杂的日常事务。为使自己免受打扰，我把这“半日闲”时间告诉老师们和行政们。我觉得这样的学习、思考非常必要，既可充电也可好好规划管理，相对于我们天天在事务型的工作状态中的效率高得多，也会收到事半功倍的效果。我不想做那种用三分之一的时间忙于校外的事务，三分之二的时间忙于校内事务型的工作，永远忙碌，总是茫然、盲目的校长。我希望用“偷得浮生半日闲”找回自己的“主心骨”。

学习能使我保持敏锐性，而不至于头脑钝化，只有保持空间上的学无边界和时间上的学无止境，我们才能体会到“学海无涯”“学不可以已”。

第二部分　我的管理故事

“奖罚未必要分明”

——从制度管理到人文管理

2008年，我校开始实施绩效工资方案，对教师的出勤、病假、事假都有严格的规定，迟到、早退直接与绩效挂钩，可谓制度森严，赏罚分明。

记得有一天，我看到新调来的一个老师在办公室悄悄抹眼泪，在与她的交谈中，我才知道，她小孩才两岁，因为新调学校，每天需从城南赶到城北上班，早上6点多就起床，但难免有时路上堵车或小孩生病，这个月又迟到了两次，被扣了绩效，虽说被扣的钱不多，心里却觉得挺委屈的。是啊，这个新老师工作认真负责，而且经常到校比住得近的教师还早，因为客观原因迟到挨罚，是会有委屈的。再想想，我校地处城郊，很多教师家住城里，不少教师还是年轻的妈妈，小孩总有个头疼脑热的，路上也难免堵车，而我们的制度却闪着冰冷的光，缺乏人性的暖，平时，一谈管理，大家说得多的就是用制度管人，而我觉得严格的制度下，教师难免感到束手束脚，约束多，牢骚就多，快乐指数就低，反而会影响工作的推进。于是，我有意识地淡化制度管理，教师客观原因要迟到了，电话里和值日行政说声即可，并通过一系列的引导性、激励性的措施，让教师体验到职业的乐趣和专业的进步，如教师获奖了，我会在会上亲自将证书发到他们的手上；论文发表了，我会在会上诵读教师闪光的教育思想；在教师的《自我反思及工作改进计划》中，我会亲自为他们点评、鼓劲。教师的每一点进步、成长我都会为他们鼓掌、喝彩。“放大、激励、欣赏”，我相信，好教师不是管出来的，而是我们信任、解放、发现出来的。教师感到环境安全适宜个人发展，心情就愉快，工作就有积极性，学校也有了凝聚力和战斗力。“教师的心，学校的根。”现在，在我的学校，无处不让我感受着人文管理带来的扑面春风。

“窃书不算偷书”

——从无书可读到触手可及

开学初，我校语文组对学生课外阅读情况进行了一次问卷调查：其中，农村孩子家里没有课外书籍的占到10%，35%的学生家里仅有1～5本课外书籍。由于经济落后等原因，农村孩子家庭图书资源的缺失普遍存在，家庭藏书远远不能满足学生阅读需要。我校的大部分学生生活在缺乏学习气氛，没有读书习惯也无书可读的家庭环境之中。同时，农村的孩子大多离学校比较远，中午在学校用餐，下午很多学生在校园等远道的家长来接，学生在校的闲暇时光比较长。如何充分发挥学校的资源优势，用书籍充盈他们的课余时间，引发了我们的思考。

“快乐书吧”开吧了

苏霍姆林斯基把大量的图书陈列在教室的走廊上，让孩子触目可见，伸手可及，给了我们很大的启发。我们将综合楼一楼的门厅装饰一新，从室内的颜色布置到植物装饰再到富有童趣的桌子、椅子、书架，我们精心设计、挑选。可以说书吧里的一草一木，一桌一椅无不给人以轻松舒适感。我们为它取名为“快乐书吧”。

开放的书吧开吧了，场面十分热烈，书吧里人满为患，凳子不够，很多孩子就席地而坐，有的趴在地上看着自己喜爱的书，十分随性和放松。

图书“不翼而飞”了

第一周下来，书吧里三十本书只剩下二十本了，十本书不翼而飞，还有很多书出现破损。于是，校图书管理员抱怨：“这样下去，开放式的书吧非关闭不可，一定要搜集线索，严查偷书的同学。”是啊，那些“偷书”的学生的确令人气愤，这样下去，“开放式”的书吧只能变成“封闭式”书吧了。但我想：书吧能使孩子们受益，何乐而不为，为什么不让书吧成为教育学生的一个载体呢？书是崭新地躺在图书室，还是放到书吧，让学生阅读至破损，我们宁愿选择后者。于是利用周会时间，我在会上首先表扬了学生爱读书的好习惯，对那些将书拿回家的学生我们没有批评，只是指出，有些同学太喜欢书吧里的书了，将它带回家独自阅读了，希望大家把它送回来，因为好东西是要大家分享的。周二，回来了三本书，书吧里也贴出了孩子们自己订的《书吧公约》，后来再也没丢过书。每周一，各班的图书管理员到藏书室挑选他们自己喜欢阅读的书籍，周五归还。

现在，在学校大厅里楼梯间的走道上，到处摆放着触手可及的书籍，下课、午间、放学后，都能看到孩子们在书吧里静静阅读的身影。我们知道他们正在享受他们的精神大餐，收获着书中的快乐。

流动小书柜，孩子们自己的图书室

校园开放式书吧也给班级的读书活动带来了启迪，首先是二（2）班的一位同学的家长捐了一个漂亮的书柜。同学们都倾其所有高兴地把自己家里的书籍带来，摆进了书柜。它成了班级最宝贵的一角，也是同学们光顾最多的地方。同学们自己推举认真负责的图书管理员，负责整理书柜、摆放书籍、借阅登记图书。大家自主管理，人人自觉遵守。书柜成了班级的焦点。

我想：从学生把学校的书“偷回家”，再到学生将自己家仅有的几本书带到班级与大家分享，孩子们的行为、思想转变得益于我的“春风化雨”式的教育。当学生犯错误时，教育者不是“严厉批评”，而是正面引导，将收到“润物无声”的教育效果。

“每朵花都会绽放”

——从事必亲躬到甩手掌柜

我校作为市级示范性学校，每年的验收、迎检任务不少，每次迎检任务来了，我们行政几个总是分工合作，而我这个“总管”事无巨细喜欢亲力亲为，而且，做事追求尽善尽美。其他行政分内的事总担心他们做不好，喜欢过问，喜欢越俎代庖，这样下来，其他行政工作也是畏手畏脚，生怕做错了，自己分内的事不敢拿主意，一点点小事也要请示校长，根本无法创造性地开展工作。可以说，校长做得累，其他行政也觉得心累。

记得一次市级校本研训示范性的检查验收活动，从汇报、听课、教师座谈、查阅资料，各项检查有序进行，在最后的反馈时，专家组对我们的校本研训工作给予了高度评价，唯独对有一份师训计划提出了中肯的意见，计划和实际的师训工作资料没有联系，不能相互佐证。于是，检查组的专家前脚刚走，我就在会议室当着全体行政的面，狠狠地批评了教科室主任：“检查前，我一再跟你们强调，细致细致再细致，还出现这样低级的错误……”我看着教科室主任满脸通红，眼眶里蓄满了委屈的眼泪，低头无声地整理着桌上的资料。事后，我才知道，那份计划是其他行政整理的，她是代人受过。这件事，让我自责——我只看到他们工作中的不足，忽视了他们做得优秀的地方，忽视了他们的付出。这也让我深深地反思自己一贯的事必亲躬的工作作风。这次的检查，本应该是教科室主任主抓的工作，我却担心她做不好，将资料整理工作分成几块，让其他行政共同完成，才出现了这种资料佐证相互脱节的局面，同时，因为自己什么行政岗位都经历过，对他们分内的工作职责、工作内容、方法都了如指掌，总免不了拿自己当初的做法来要求他们，甚至在内心拿自己的当初的优秀与他们的现在作比较，其实，这是我这种“万金油”校长所表现出来的弊端，它扼杀了其他行政在工作中的创造性、自主性，无形中捆绑了他们的手脚。有了反思就会有改进，于是，在一次行政会上，我推心置腹地与大家交心了一次，我谈了自己的成长经历，谈了自己在不同岗位上的磨砺与创新，也诚恳地为自己一味地用自己的优秀来要求他们也同样优秀而道歉，我说："我用自己的标准来要求你们是不对的，你们各有各的优势、各有各的个性，你们是独特的，正如世上没有两朵相同的花，我静待你们能形态各异地次第开放。"

这以后，我慢慢尝试着做"甩手掌柜"。是他们各自分内的事，尽量放手，让他们大胆地创造性地开展工作；是他们主抓的工作，有了迎检任务，让他们去独当一面，我克服着内心的"高要求"，为他们的闪光处鼓掌、喝彩。渐渐的，他们的工作在我不再过问下风生水起，原来每一朵花都会开得如此美丽，而我观花赏景的心情是如此的幸福和轻松！

第三部分 我的管理语录

关于孩子

- 我们要容许孩子与自己有不同的想法、不同的做法、不同的认知，你可以不赞赏，但是你要接纳，你可以不同意，但是你要接纳。
- 小心轻放孩子的心。
- 让孩子们快乐、自信等于是抓住了西瓜，仅仅忙于分数和考试只是抓住了一粒芝麻。作为教育者，我们千万不能做"捡了芝麻，丢了西瓜"的幼稚事啊！
- 把视角还给孩子，让孩子平视他们的世界，让我们蹲下来和孩子交流。
- "没有分数，教师过不了今天，但只有分数，学生过不了明天。"让我们一起为学生的明天负责！
- 学生没有问题走进教室，没有问题走出教室，这是属于有问题的教育。教育是发现孩子的过程。

关于教师

- 多读书不一定是好老师；不读书一定不是好老师；读书的老师再差都差不到哪里去；不读书的老师再好好不到哪里去。
- 以前不会认字的叫文盲，现在是不会学习的叫文盲。
- 校长期望教师成为什么，他可能就会成为什么。
- 校长对于教师的发展，就是不断“鼓动他人”“服务他人”“成就他人”，简言之：爱他，帮助他，成就他。
- 校长是一所学校中首先要发展的人，而教师的发展就是一个不断唤醒需求的过程。

关于管理

- 特色打造是一个慢过程。就如教育是慢过程一样。
- 特色对于学校发展来说，是办学质量和品位提升的必由之路。
- 让自己的生活过得有点品位，我们的学校才会有品位。
- 不要在方方面面的全面中“失落”整体，很多学校很全面，但是不发展了。
- 校长，不能只做一个目标的守望者、任务的执行者、安全的追随者（作为校长思考着自身的安全，却缺失了很多自我的东西，也牺牲了孩子们的权利和利益）、环境的适应者，无须有自己的教育思想，我们不能做这样一个“忘我”的人。
- 校长的管理就是让“智者尽其谋，勇者竭其力，仁者播其惠，信者效其忠，文武并用，垂拱而治”。而我们的管理也能如“道家”一般进入到顺其自然无为而治的境界。
- 管理上创新不是让你生，就是让你死，挺过来就是胜利。因此，让我们享受过程，看淡结果吧！
- 走别人没有走过的路，做别人还没做的事，说别人还没说的话。

我的童年，我的教育

最近读张文质老师的《教育的勇气》，读到他童年的经历，触发了我很多共鸣。我们之间很多经历非常相似，如关于大自然的馈赠、关于阅读的启蒙、关于小学课堂的记忆……

大自然的“假小子”

大自然是最好的老师。儿童在与自然的接触中开启了生命的精彩旅程。

小时候，很多人称我为“野小子”，大致是我喜欢在野地里“撒野”，浑身都是男孩子的“味道”吧！上山下河、登高爬树，在野地里奔跑、出汗、日晒雨露，以致皮肤黝黑黝黑的。童年的“野趣”丰盈了我的一生，也影响了我的教育之路。

先说“山趣”。家乡的山，似乎永远与吃相关。那个时候，小孩子几乎没有“零食”，但我们一年四季总能在山上找到吃的，仿如一群觅食的鸟儿。春天，采茶苞：大概是一种茶树叶被真菌感染后赘生成厚实的“苞子”，涩涩的味道中有一股大自然的甘甜。喝茶花中的花蜜，沁人心脾的甜丝丝中带着一股清香。夏天，一种带刺的野苞子成熟了，黄中带红，红中带紫。秋天，毛栗子熟了，一个个毛球炸开露出褐色的栗子。有的大人找到某个“洞穴”，可以收获好几斤的尖栗子，其实那是动物们搬运在家中准备过冬的粮食。那时候，冬天似乎是年年下雪。爸爸有一杆老猎枪，我也跟着在山上的雪地里撵过野兔、追过黄鼠狼。

再说“水趣”。记忆中最多的画面是炎热的暑假，几个伙伴一起，或者是我独自一人，在小河里游荡。河水清澈见底，依稀可以看见鱼虾在脚边游弋，螃蟹在石缝中爬行，但你总是抓不住它们。有时我们会踩到河中溜滑的石头，一头栽倒在水中，于是在水中扑腾扑腾，一种自救的本领就慢慢习得，“狗爬式”的游泳方式无师自通。学会游泳后更是不愿意离开水了。家门前有一口长流水的池塘，我往往在水中一泡就是半天，母亲见骂我没有用，就拿一根长竹竿来扑打水中的我。于是，我从池塘这边游到那边，母女俩都笑了，我是得意的笑，母亲则是哭笑不得的笑。我在这种追逐打骂中体会到的是深深的母爱与生活的趣味。

怀特海说，6～12 岁时生命处在一个打开期、扩张期，很多影响人一生的东西，都是在不断地与自然的接触中体验与习得的。这些大自然的馈赠是书本永远无法给予的。在打造我现在任职的开福区实验小学这所新学校时，我把“崇尚朴素，回归自然”定为校风，朴素是质朴、干净，抱朴见素，大道至简；自然，既是教育意义上的顺应孩子成长的规律，也是真实的大自然。我想让孩子们拥有一所大自然的学校，于是，学校里便有了“百果园”“种植园”“石趣园”……

与大自然建立起来的亲昵感，会浸润一生。每每生活工作出现不顺时，我都会不由自主地回归大自然的怀抱。几年前，在乡村学校，人生处在一个瓶颈期，萎靡感如影相随。那些日子，下班后我独自围着母山的林荫道一圈圈地走着，虫鸣鸟叫，还有那只有让自己静下来才会听到的大自然的箫声……在与自然的融合、打通中，我学着慢慢去接纳自我、接纳现实、接纳他人。一日，在母山的林荫道中遇到一位很久不见的朋友（之前不见是因为彼此心中有了很深的芥蒂），于是两个人一圈一圈地走着。蝉在树上有一波没一波地鸣唱，树下的人有一搭没一搭地聊着，很多事情慢慢释怀。原来，在自然面前，一切的人事纠葛都显得渺小。有人说：越接近自然，人与人之间的关系越亲近。可见，让孩子置身于大自然中是多么必要！它是学会与他人相处、与自己相处的开端。

学校里的“调皮生”

我总觉得自己身上有一股“不羁”。即使在人为物累、心为形役的现在，依然不断地追寻着心灵的自由。这可能是童年的“顽皮”融入了血液，变成了基因。小学阶段我不是老师眼中的“好学生”，“糗事”不断，经常被老师掷粉笔头。记得乡村土砖房的教室的黑板上方墙上有一个燕子窝，大致因为乡下人家认为燕子是有灵性的，可以年年飞回同样的窝，是种福气的征兆，因此，教室里的燕子窝虽然影响教学，却没有哪位老师把它捅下来。小燕子张着红红的小嫩嘴，“啾啾”地叫着，燕子爸爸和燕子妈妈不停地叼来小虫子喂它，我就目不转睛地盯着。有一次，老师站在讲台上，又向神游于燕子世界的我投掷粉笔头，结果没投中。有个“小马屁虫”立马捡起地上的粉笔头送到老师手中，第二次终于打醒了我，教室里哄堂大笑。还有一次，头一天有两个同学摘了好多桃子在教室分享，于是第二天，在我的带领下，七八个同学背着书包就在那片生产队的桃林开始“偷”桃子。不料，被一群大人围住，逮个正着，书包没收，关在一个屋子里，扬言每天就给我们一个桃子吃，于是哭声一片。这事自然被老师严肃批评。还有一次，我因为爬树摘桃子，摔断了两根手骨，绑着绷带近两个月，妈妈说：“你这是好吃摔断的，大家都知道了，长大了谁还会要你啊!”妈妈这话着实吓着了我。我在心里嘀咕：“要是一传十，十传百，都知道我因为好吃摔断了手，长大了估计是嫁不出去了啊。”于是，我羞愧了好久，再也不敢爬树了。

也许是因为童年的这些“调皮”事，现在的我，更能宽容地对待有差异的学生，对待那些“特殊”的学生，更多地关注每一个具体而细微的生命个体，学会接纳所有的孩子，接纳孩子的所有。这或许就是童年的馈赠吧!

二、校园故事

校长眼中的“事”，老师心中的“人”

称我为“朋友”的小男孩

和孩子们谈“喜欢”

校长眼中的“事”，老师心中的“人”

彩虹种植园马上要开园了，后勤三位男老师周六周日在学校加班，将大木板锯成一小块一小块的长条形的木栅栏，美术黄老师负责拉锯、削型，十足的木工师傅。

木栅栏围在各班的园地四周，孩子们每天课余都兴奋地在自己班上的木栅栏上画着、描着、涂鸦着，俨然一个个小画家，看着自己的作品无比自豪。

美术黄老师也不时到现场指导孩子们构图上色，七个班，七种色彩，一切都是如此的美好，只等周四的开园仪式了。

周二中午，二年级的两位家长着急地来校寻找孩子，说放学后孩子一直没回家，于是大家帮着一起找，找遍校园，才在彩虹园找到两个孩子。

周二下午两节课后，教师例会如期举行。会前，两位班主任激愤地反映彩虹园孩子们的画全部被涂得一塌糊涂了，全要不得了。我当时听了也很恼火，首先想到的是周四开园仪式，家长们都要参加，如何弥补这个缺失。“遇事”于是开始归因：美术黄老师为什么没有把颜料、画笔及时收拾好，放在园边，让孩子随手就拿到了？哪个熊孩子在搞破坏？随即把学生部熊老师喊到一边交代，明天在广播里要严厉地批评搞破坏的熊孩子，看是哪个班的。

那天的教师例会开得比较晚，下班，路过彩虹园，暮色中看到黄老师在栅栏边忙碌着，给涂坏了的画面重新调色、上色，于是，我不由得停下来，“黄老师，辛苦了，今天中午要是把颜料收起来就好了”。“嗯，是的，我一时忘记了，不过，孩子们也是一片‘好心’，那两个孩子一直在这边涂色，连中午回家吃饭都忘记了，一心想把这些画涂上他们认为‘好看’的颜色，他们不知道各班有各班的颜色，不知道要涂成七色彩虹哦!”“原来，就是今天家长找的那两个孩子啊，我还以为是熊孩子……”看着黄老师弓着身子在栅栏上一笔一画地涂着，我不禁肃然起敬，我也反思：出了问题，我眼中只有“事”——这件事没做好，原因是什么？还能补救吗？而黄老师心里装着“人”——孩子“好心”办了坏事，但他们是可爱的……

周国平教授说：“教育即生长，生长就是目的，在生长之外别无目的。”“儿童不是尚未长成的大人，儿童期有其自身的内在价值。”原来，一切发生在校园的故事何尝不是生长呢，对孩子的“犯错”，我们需要“容错”“纠错”，孩子是在不停地犯错中成长起来的，对孩子的生长，我们只需静等，只需遵循!

称我为“朋友”的小男孩

新学期，第一周值日，课间巡视，一年级的小精灵们看我挂着红色的值日牌，亲热地叫着“园长妈妈，园长妈妈好”，他们还沉浸在幼儿园的角色中。二年级的“小哥哥小姐姐”们，大多称呼我为“校长妈妈”，有事喜欢“找校长妈妈去”。中高年级的孩子们在校园看到我会问候“校长好！”而我希望他们称呼我“老师”。我也希望在校园中，孩子的视野里只有“老师”，没有“校长”。

某一天，一个小男孩来到办公室的门前，怯生生地说：“老师，我可以和你交朋友吗？”我说：“可以啊！”然后，他一溜烟跑了。第二天，早上，他跑到我门口：“朋友，你上班了啊！”第三天：“朋友，你在上班，我不打扰你了！”诸如此类，他每天都会和我打招呼，必先呼“朋友”两字，说一两句话就走了，最近几天都是中午开校门后来，有时，我关着门在休息，他会推开玻璃窗说一句：“朋友，你在休息啊！”我于是询问老师，这是哪个班的一个“有意思”的男孩，听到我的描述，老师们说，肯定是那个班的“谁谁谁”，看来这个小男孩是个“小有名气”的人。

今天早上，我开门锁时，他已站在我办公室的门口，我清晰地看到他的小脸上青紫了一大块，我连忙问他脸上怎么了。他可怜兮兮地说：“爸爸打的。”这是怎样的“重手”啊，青紫的巴掌印清晰可见，我问：“爸爸为什么打你啊？”他说：“我做作业慢，我再也不喜欢爸爸了，我再也不喜欢跟爸爸玩了。”这是孩子怎样的一种内心的独白啊，又是怎样的对孩子的伤害啊！或许，这是一个“调皮鬼”式的熊孩子，或许，这是个“讨人嫌”的小人儿（刚刚读二年级）。所以他在校园中才会“小有名气”，所以脸上会出现让人心疼的伤痕。也许正因为这些，他才会缺乏应有的“朋友圈”，才会寻找我这个“大朋友”，哪怕是每天就只在我的窗外喊一声“朋友”。

我的小“朋友”，我多希望走近你，和你成为真正的朋友。

作为教育者，我们每天面对一个个具体而微的生命，我们需要尊重差异，呵护差异，努力打开每一个孩子生命的“鲜活”。

和孩子们谈 “喜欢”

本期我在两个四年级班上阅读课，很享受和孩子们静静阅读的时光，而且每节课都有小组分享和全班分享，我只是他们中的一分子，自我戏称：“请分享的同学声音响亮点，让站在最后一排的我这位张同学能听到哦！”我的阅读课不一定会读很多的书，但希望孩子们通过课中静谧的时光，共同感受阅读的美好，让书香浸润孩子的生命；通过分享，学会在同伴中大声发表自己的见解。

读曹文轩的《草房子》第二章“纸月”。书中描写了桑桑和纸月之间男孩女孩的纯情，纸月的到来，让桑桑逐渐懂得羞涩，懂得讲究卫生，懂得思念和保护女孩，同学们故意将纸月的作文本放在桑桑的桌子里，故意取笑他们两个……这一切，何尝不是孩子们正经历着的小学生活呢。在做分享的环节，我们的话题是怎么面对同学之间的这种“喜欢”，教室里平时争先发言的场面没有了，孩子们你看看我，我看看你，抿嘴笑着。看来今天只能我带头发言了：“我，张同学，今天先讲，其实，我们每个同学都会有自己喜欢的对象，我小时候就喜欢我们的班长，因为他成绩好，我们的这种‘喜欢’，有时是因为她（他）成绩好，有时是因为她（他）发言积极，还有的是字写得好，有时因为喜欢，我们会在下课时故意去推她（他）一下，打她（他）一下，故意去捉弄她（他），远远地观察她（他），心里默默地喜欢着，其实，这是我们每个人的生命中都会有的经历，很正常的经历……”孩子们听着我的分享，开始时，抿嘴笑着，慢慢地点头，说到打女生时，有男孩使劲地点头，后来，一个男孩指着一个女生说，我喜欢她，她字写得好。教室里七嘴八舌起来，我已经将他们的话题引开了，小组开始分享。

其实，我们作为老师也会经常谈论孩子们之间的这种喜欢，请不要大惊小怪，请温柔地浇灌孩子生命中美好的情愫！或许，这将是孩子们终身眷恋的一份美好！

三、校长妈妈的话

什么是最重要的

好习惯成就一生

与好习惯牵手，与梦想一起出发

遇见幸福的自己

《播种集》：校长妈妈的一封信

什么是最重要的

亲爱的孩子们，尊敬的家长们、老师们：

新学期好！

天高云淡的秋天正向我们走来，今天有很多的新同学、新老师和家长来参加我们的开学典礼。首先我代表学校对家长的到来表示热烈的欢迎，对新同学、新老师说声：欢迎你们加入到四方坪小学这个大家庭。

同学们，你们觉得秋天是个什么样的季节？（凉爽的、金色的、收获的）是的，秋天是收获的季节。我不知道，春天，我们开展了21天养良习活动，你们是否收获了好习惯的种子？春天，我们开展了“阅读节”系列活动，你们是否收获了书籍的种子？我们还开展了艺术节系列活动，大家是否收获了艺术的种子？春天是秋天的种子，今天是明天的种子，还记得上学期结业典礼时，校长妈妈讲话的题目是“做人比分数重要”吗？今天，我在想，还有哪些是我们童年中重要的？

记得去年的秋季开学后，有一位家长来请假，要带孩子出国旅游十几天，当时学校没同意，我现在想对这位家长说声对不起，因为，今年的暑假儿子高三毕业，一直以来总怕耽误他的学习，没好好带他出去旅游过，这个暑假，我们第一次出国到欧洲游历，真正体会到世界那么大，而我们那么小，因此，我要说，旅游很重要，它可以让我们增长见识，开阔视野，亲近自然，了解历史，我们“读万卷书”，也要“行万里路”。

刚刚，我们学校新成立的器乐团为大家演奏了乐曲，这个暑假，我们很多同学在学校参加器乐、合唱社团活动，上学期艺术节，很多同学走上舞台，展示了自我，因此，我想说的第二点是：艺术很重要。它可以陶冶我们的情操，润泽我们的心灵。

暑假，我校很多同学一直在坚持羽毛球训练，那天我去看他们训练，欣喜地发现他们个个长高了，个个长得很结实，而每年的开学典礼我们总有同学因为假期缺乏锻炼而脸色发白被扶到教室，因此，体育很重要，它增强体质，锤炼我们的意志。暑假我校的机器人社团参加全国机器人大赛，获得三块金牌，有六位同学将代表中国参加在新加坡举办的国际大赛，所以，科学也很重要，它让我们学会探究，勇于创造。

上学期期末我在结业典礼上讲做人，讲到校门口传单洒满地，讲到那些骂人、打架的不好现象，我欣喜发现结业典礼后校门外干干净净，没有一个同学乱扔传单，因此，我要说，良好的行为习惯很重要。爱因斯坦说：忘不掉的才是真正的教育。习惯就是忘不掉的，比方说，见到一个人微笑着打招呼，学会和同学和睦相处，按秩序排队，不大声喧哗、不妨碍他人等，这些东西慢慢在你身上变成习惯，这就是一个人的素质，这就是素质教育。

亲爱的同学们，我们的童年中还有很多很多很重要的东西，它们将如绚丽的彩虹装饰我们的生活，如果我们校园生活只有分数，我们就是“捡了芝麻，丢了西瓜”，得不偿失，把童年中最重要的素养丢失了。将来我们长大了走上社会，最重要的不是分数、名次，而是品行，如能不能友善相处，能不能有责任心，能不能有服务精神等，这些才是最重要的。

祝同学们新学期各方面都有进步，养成一个一个的好习惯，祝家长、老师们工作顺利！

好习惯成就一生

亲爱的同学们：

今天是个特别珍贵的日子，因为我们从四面八方赶来，欣欣然来到这所新学校，一切都是新的，或许，你来到新环境，见到新老师、新同学，心里有点不安、有点慌张、有点惶恐，没关系，我们一起来认识新老师，认识新同学，写下我们在开福区实验小学的第一个心愿。你一定会爱上这所新学校的，因此，我们今天的升旗仪式会围绕“新”字开展几个互动活动，主题就是从“新”出发。

同学们，这是一所什么样的新学校？我想带大家细细地观察观察，进门后大大的文化石上面写着：“开启你的幸福未来。”

我先说说“未来”这个词。今天的你们，就是明天的中国社会，今天你们的模样，就是未来的模样，相信你们就是相信未来。我们希望你们在这里度过最宝贵的六年童年期，从这里走向自己飞扬的青春，走向明亮的未来。

再说“开启”这个词。开启是打开，是启发，是启迪，老师们将带领你们在知识的海洋遨游，由封闭走向开放，由迷茫走向明亮。教育因开启而存在，生命因开启而有光。

幸福是做最好的自己所带来的满足感，我们因幸福而存在，生命因幸福而有质感。

“开启你的幸福未来”将落实在我们教育教学的每一个行为里，落实到教育教学的每一个日子里。

走进门厅，你们会看到“独立生长，自由开放”八个字，这是我们的校训，它告诉我们：每个人的人格是独立的，生命的本质是自由的，成长的状态是开放的。我们要像树一样独立生长，像花一样自由开放。

走进我们的教室，除了前面八个字的校训，后面的墙上还有“好习惯成就一生”几个字，这是我们的学风，我想说，好习惯就是一颗颗种子，菜有菜的种子，花有花的种子，今天是明天的种子，我是自己的种子。人们常说播下一种思想，收获一种行为；播下一种行为，收获一种习惯；播下一种习惯，收获一种性格；播下一种性格，收获一种命运。好习惯成就一生，坏的习惯可以毁掉一个人的一生，良好的习惯是多么的重要！我们要养成哪些良好的习惯呢？如锻炼身体的习惯、主动阅读的习惯、说话与书写的习惯，公民文明礼仪的习惯，等等。曾经有一位教育专家跟我说：张校长，如果一所学校走进去以后，能看到孩子们下楼梯都靠右行，见到老师都问好，地上没有一片纸屑，厕所里没有异味，那就是一所了不起的好学校，那就是最大的特色。同学们，我们静静地想一想，做到以上四点难不难？我们能做到吗？（静思十秒）大家觉得能做到吗？（能），我相信我们的学校会成为一所了不起的学校。

好的习惯也体现在我们的身边，报到那天，我看到很多同学爬到高高的文化石上，确实，我们的文化石像一座花果山，吸引了很多同学像小猴子似的爬上爬下，多有趣啊，但是，这块大文化石是我们的理念石，是学校文化的象征与形象，我们更应该爱护和珍视它，校园内还有其他大大小小的石头散落在花园里，我知道你们天性爱爬上爬下，那就是你们的秘密花园，同学们可以尽情在上面玩耍。

教学楼有四栋，分别为开远楼、启明楼、春生楼、夏长楼，我们在这里开远启明，我们在这里春生夏长，开远楼分别有创客教室、电子书法室、烘焙室、茶艺室、阅览室等功能室，在这些功能室里我们将为大家开设很多的有趣的课程。启明楼的后花园，栽种了很多的果树，我们取名百果园，等到桃李满园时，我们将有丰收节、采摘节等有趣的活动！多么令人期待的学校生活啊！

同学们，新学校为我们打开了一扇宽广的门，打开了一扇明亮的窗，让我们一起开启你我的幸福未来。

与好习惯牵手　与梦想一起出发

2019年开学典礼讲话

亲爱的同学们，亲爱的老师们：

新学期好！又是一年春来早，虽然春寒料峭，但今天的校园格外的温暖与明亮，因为我们满怀愉悦与希望回到了亲切的熟悉的校园，我看到你们欢呼雀跃的身影，听到师生间暖暖的问候。回首过去的一年，课堂上、操场上、舞台上到处活跃着你们快乐的身影，读书、艺术、体育、科技活动中处处展现着你们的奕奕风采，在同学们的努力下，我们收获了一项又一项成绩。在区艺术展演活动中，同学们的舞蹈、诗朗诵均获得特等奖，科技比赛、心理剧比赛、演讲比赛也有很多同学获奖。

今天我们开学典礼的主题是“播种好习惯，成就大梦想”，去年的开学典礼我们讲“习惯养成”这个主题，今天我们说说梦想，说说习惯与梦想的关系。爱因斯坦说：每个人都应有一定的梦想，这种梦想决定着他的努力和前行的方向。是的，梦想就如指南针，为我们指引前行的方向，梦想就如灯塔，照亮前行的道路，它是信念，是期待，是拼搏，是春天娇美的花、夏天浓绿的叶、秋天沉甸甸的果实。我们的祖国，我们的民族有伟大复兴的中国梦，而每个人也有各自不同的梦想，我知道，新学期，同学们有了各种各样的新打算、新心愿、新梦想，今天，同学们把自己的新学期愿望、梦想录下来了，写下来了，今天早上，我站在大屏幕下静静地聆听着大家的心声，四（1）班的张洋同学希望新学期自己变成自立自强、热爱学习的阳光少年；郭小雅同学希望自己成为又美丽又优雅的真正的白雪公主；六（1）班的聂子涵同学希望通过自己的努力考上理想的初中；一（2）班的崔雨萱希望获得更多奖状；还有同学希望作业少一点……报到那天，一（3）班的王炳俊同学在校门口大声说：校长妈妈，你新年的梦想是什么？我要采访你。我想告诉大家，我新年的愿望是，用心关爱每一个同学，做一个同学们喜欢的校长，办一所同学们喜欢的温暖的学校。今天，我们每一个同学都会把自己的梦想卡投入到梦想箱中，结业典礼那天，我们将郑重开启梦想箱，看看我们的梦想实现了没有，实现了多少。

今天我们为什么把习惯与梦想放在一起谈？我们的校风是“好习惯成就一生”，好习惯也能成就你的梦想，良好的习惯是我们实现梦想的基石，梦想也可以是一个个好习惯的养成，一个个坏习惯的纠正。如一（3)班宁雪妍小朋友告诉我：她希望新学期跑得更快一点，长得更高一点，睡得早点，起床早一点，吃饭快一点。我觉得这就是一个个好习惯的养成。

怎样才能实现我们的梦想？首先定一个自己能够实现的梦想，安于小，一个个小梦想的实现就能成就我们的大梦想。其次是坚持自己的梦想，一步一个脚印地往前走，为了梦想去奋斗、去拼搏、去努力，我们为梦想努力、认真的样子是最美的，重要的不是昨天的自己是什么样子，重要的是今天我们努力的样子，是明天实现梦想的路上做更好的自己的样子。今天的努力都是为明天实现梦想编织翅膀，让梦想能展翅高飞。

亲爱的同学们，让我们怀揣着这些小小的梦想，带上轻快的脚步、一颗轻盈的心灵、一张阳光的笑脸，和好习惯牵手，与梦想一起出发！

同学们，你们准备好了吗？（准备好了）

让我们一起出发吧！

遇见幸福的自己

今年秋季开学典礼的主题是："遇见幸福的自己。"这也是学生部基于学校核心理念"开启你的幸福未来"做的一个诠释活动，我于是写了这一篇命题作文。

对幸福的理解可谓"一千个读者有一千个哈姆雷特"，更别说是孩子了，因此，我尽量紧贴孩子，尽量浅显，尽量简短。

亲爱的同学们，尊敬的老师们，上午好：

"一年好景君须记，最是橙黄橘绿时"，在这金风送爽的九月，我们又走进了美丽的校园，相聚在国旗下，举行隆重的开学典礼。首先，让我们用热烈的掌声欢迎新老师、新同学的到来。欢迎大家加入实验小学校园，走进幸福家园。

同学们，我们学校大大的文化石上刻着八个大字是什么啊？"开启你的幸福未来"（齐）。今天，我们的开学典礼的主题是："遇见幸福的自己。"什么是幸福？幸福是什么？刚刚同学们给出了很多很多的不同的答案，一年级的小朋友们说：觉得来到实验小学读书很幸福；高年级的同学说：今天帮助低年级的小同学在校园里"寻宝"，感觉很快乐、很幸福。对幸福的体验每个人都有自己的感受，有时也许是自我的一个小进步，也许是父母给我们的一个鼓励的眼神，也许是老师给我们的一个微笑，也许是同学之间一个贴心的小举动，都会让我们觉得幸福！

今天，校长妈妈也要说说自己对幸福的理解，我觉得幸福是做最好自己带来的满足感，是对自我的满足，是对他人的悦纳，是对爱意的传递，是对温暖的拥抱。

每个人都有每个人的样子，做自己，今天比昨天有进步，让自己一天比一天更好，这是幸福！

每个人都有缺点和优点，我们能接纳自己本来的样子，愉快地接受他人的优点和缺点，这是一种幸福！

爸爸妈妈爱我，老师爱我，同学爱我，我也爱爸爸妈妈、老师、同学，这浓浓的爱意在我们心中传递、流淌，这是一种幸福！

当他人需要帮助时，我们伸出温暖的双手，拥抱彼此。这是一种幸福！

幸福的样子很多很多，如果要我用一些词来形容她的样子，是喜悦、是关怀、是温暖、是愉悦；如果要我用一些句子来描述她的样子，幸福是妈妈的怀抱，幸福是老师的表扬，幸福是沙漠里的绿洲、是夏天的凉爽、冬日的暖阳！

在我们的校园，在我们实验小学的幸福大家庭里，愿我们遇见和蔼的老师，遇见可爱的同学，遇见更好的自己，遇见所有的幸福，让我们一起开启你我幸福的未来。

《播种集》：校长妈妈的一封信

亲爱的孩子们：

我们知道，菜有菜的种子，花有花的种子，种下了种子，它就会发芽、生根、开花、结出许多的果子，再种，就会再发芽生根开花，再结出无数的果子，生生不息，总有希望，总有无穷的收获。

同学们，这些都是可见的种子。还有什么是种子呢？

有人说："习惯是种子""书籍是种子""昨天是今天的种子，今天是明天的种子""我是自己的种子"这些话语多么富有哲理！我们把好的习惯，把书籍，把昨天、今天，甚至把自己都说成种子。为什么要如此说呢？同学们想一想，人世间，还有什么样的事情比种下一颗种子，收获沉甸甸的果实更神奇美妙的呢？

今天，我们为每个同学准备了这本《播种集》，就是要通过我们自己不断的努力，收获好习惯的种子，从本学期开始，我们将分阶段、分主题开展一系列的养良习活动，如果你想获得我们的"银种子""金种子"奖，那么从现在开始行动，养成文明好习惯、学习好习惯、阅读好习惯、环保好习惯、生活好习惯。

2015 年下学期，我们的主题是"文明好习惯"的养成，请你做到以下几点：对待他人礼貌友好，见到老师或长辈主动行礼问好，不同场合用适当的声量表达，尤其是公共场合不大声喧哗、不影响他人，能用优雅适度的言行与人交流，就餐时保持安静，餐具能够轻拿轻放，爱护公物，对他人不文明的行为予以制止，遵守交通规则，上下楼梯靠右行，不追跑打闹，做到语言美、行为美。

接着，我们还将进行学习、阅读、生活等方面好习惯的培养。让我们一起做一颗颗好习惯的金种子、银种子，种在四方坪小学的校园中，让颗颗种子发芽、生根，枝繁叶茂，开花结果，到秋天能收获许许多多的果实，来年，这些果实又变成许许多多的种子。我期待校园中颗颗种子，能影响你，影响他。我期待校园中朵朵花儿，美丽你，美丽他，美丽我们的童年。

孩子们，在播种活动中，你有什么好的建议和想法，我也想收到你们的来信哦!

四、校长周记

小心轻放孩子的心

记取这些闪亮的日子

唯有树大根深 才有枝繁叶茂——精英团队与优秀个体的互溶

新学期，不妨对自我做一些改变——写在实小课堂教学改革之前的一些话

有一种优秀值得相守

在目光暂且无法抵达的时候，让心先到达

小心轻放孩子的心

学校无大事，每天在细碎的、平凡的小事中，呵护着孩子的成长，见证着孩子每一点的进步。

“有一个孩子每天向前走去，他看见最初的东西，他就变成了那东西，那东西也变成了他的一部分。”这是美国诗人惠特曼诗意的表达，或许，今天孩子们看见的我们的一言一行，将会变成他生命中的一部分。

“学校啊，当我把我的孩子交给你，你保证给他怎样的教育？今天清晨，我交给你一个欢欣诚实又颖悟的小男孩，多年以后，你将还我一个怎样的青年？”这是一位母亲张晓风在《我交给你们一个孩子》中的深情呼喊。每天清晨，我站在校门口，看到父亲与小男孩挥手告别，眼里满是温情，我看到母亲为孩子背好书包，嘴里满是叮嘱，我总在想，每一个孩子在父母那、在家庭中都是唯一的宝贝，我们该怎样温柔以待这些宝贝？该怎样小心轻放每一个孩子的心。

教育家陶行知先生说：“我们要懂得儿童，我们必须会变成小孩子，才配做小孩子的先生。”小心轻放孩子的心！需要回归儿童的世界，让我们的言语再温和些，让我们的眼神再温柔些，让我们的双手再轻柔些，让我们的心和孩子的心贴得再紧密些。

昨天在朋友圈看到教学部周喜迎老师写的她与一个一年级孩子的小故事。孩子是那样“无理”哭闹，周老师是那样耐心、温情，“抱在腿上”“牵到教室”，一声声呼唤“宝贝”，为孤单的孩子找到玩伴，她写道：“关注和满足孩子的心理需求，给她一个富足的精神世界，离不开父母的悉心陪伴。而一年级新生入学适应是否良好，也有赖于作为老师的我们是否给予他们多一份细心，多一份关爱。”这让我想起了黄耀红博士的几句话：“人们在妇幼保健院柔声细语之于婴儿，如春雨之于新芽。那是天空对大地的懂得，那是天空对大地的慈悲。在课堂上对孩子们粗暴呵斥，违反天道。”我想：这样的视角赋义师者仁爱，如此清晰、温柔，直击人心。

这也让我想到我们的校风：崇尚朴素，回归自然。它不能只是写在纸上，挂在墙上，而应该内化于我们的心，外化于我们的行为方式，成为我们日常不用提醒的自觉。在教育中秉承大道至简，道法自然的朴素的美学，好的教育无痕无声，呵护生命犹如农夫守候庄稼。“做小事情，有大格局”的教风也体现在我们过日子的方式上。开学周总是那么忙碌，工作繁杂、细碎，但我们总在默默地负重前行。当我们低头默默“做小事情”时，不知不觉中，也成就了孩子，成就了自我，成就了实小。当某一午后凝眸沉思，某一深夜仰望星空，我们一定会看得见远方，会遇见更好的自己，只要我们一直向前向上走着，走着走着，有一天一定会遇见盛典。

记取这些闪亮的日子

在这个冬阳暖暖的日子里，我们来总结一期的工作，回首一起走过的日子，细数我们心手相牵的点点滴滴，每一个细节、每一滴汗水、每一个笑容，甚至是某一句我们发的牢骚，在此刻，都能在我们脑海里一一回放，都能在我们的心中慢慢回味，太多的感动在我的心中涌动。这个学期的主要工作我已经在述职大会上向大家作了总结，今天，我更想把心中涌动的感谢、祝福、新年的愿望送给大家！

感谢大家艰苦卓绝的奋斗、付出、忙碌。一所新学校的起步，必是写满跋涉和艰辛。在所有的部门负责人都担任主课教学，所有的教师除了教学工作外，都有一个服务岗的现状下，我们非常完美完成了自主办学改革系列基础性的工作，对外、对家长开放达十多次，初步实现了“敞开”办学的设想，取得了作为一所新学校开放办学的良好口碑！

我记得，多少个日子我们部门负责人在加班加点完成行政工作，只因她们还承担着满满的主课教学任务，几乎所有的行政工作都是在加班中完成，多少次夜深了，启明楼那几个窗口的灯依然亮着，被大家尊称为“精神领袖”的喻沛副校长精业、敬业、专业，推动项目化研究学习、指导教育教学，成为大家专业成长的引领者、助推者、合作者。刘杜副校长以校为家，作为筹建小组成员，多少个日夜坚守工地，多少个节假日在学校忙碌，后勤工作、安全工作繁杂而细碎，需要的是责任和任劳任怨。督导中心邬卫老师，担任两个班级的数学教学，但监事会、工会、支部支委工作样样能主动承担，做事想事，有章有法，处处做到

"不用提醒的自觉"。教学部的周喜迎老师，教导工作、教学有条不紊，在一年级的测评活动中组织有方，每次的对外展示，担当解说，成为实验小学名副其实的"形象代言人"。教研部的张毅老师，温婉清雅，秀外慧中，不急不躁中总能将工作出色地完成，满怀正能量地笑对繁重工作，从无怨言。学生部的熊旭老师，两个班的数学教学、少队工作、文明创建从无放松，带领孩子们开展的自我管理、自我服务德育项目有声有色。办公室的李文老师，谦虚好学，两个班的数学教学、卫生工作、宣传工作、支部支委工作，井井有条，任劳任怨，亲力亲为。英语杨灿老师担任三个班的英语教学及班主任工作、教研组工作，不愧为经验丰富的名师，班级工作样样出彩，教学工作保质保量。黄鹏辉老师担任全校的美术、书法教学及四年级的班主任，面对一群调皮的"熊孩子"，耐心教导，纠正不良的行为习惯，及时做好家校沟通。五年级班主任张艳波老师，我总是看到她每天早早来到学校，早早走进教室，他们班的早读抓得最好，孩子们最自觉，对待孩子她总是耐心细致，面对孩子们的"参差不齐"，她一步一个脚印地坚实地往前带，因为有她，我们对第一届毕业生充满信心。二年级的彭景艳老师，班级人数多，但她责任心强，工作尽心尽力，毫不松懈，班级路队、集会等常规习惯良好。一年级的余聃、陈祥老师，年轻有活力，工作干劲十足，带班有自己的风格，班级常规有模有样，班级工作、教学工作两人能有商有量，真正做到互帮互助，同生共长。帅气的邹佩能老师，体育、安全、后勤样样做得风生水起，尤其是暑假期间，主动参与新校筹建，无偿地奉献了无数个日夜。美丽的高雨涵老师，担任全校的音乐教学，深得孩子们的喜欢，虽然是才入职的新教师，班主任工作却有模有样，班级各项常规落到实处，值得点赞，两位年轻教师是我们的新生力量，是我们心目中的宝贝，也是校长心中的宝贝。

忘不了课余时间，办公室里培优辅差的身影，用耐心、爱心与智慧春风化雨。忘不了每天的运动场上，师生共跑共跳，因为师生运动、游戏的场域的增加，让孩子们迅速地适应了新环境，爱上了新学校。

忘不了每天中午聚餐时光，我们如家人般谈论着孩子们，谈论着教育教学中的困惑与喜悦。忘不了某一次的会议我们争论着，甚至“面红耳赤”，因为你们是优秀的（优秀的人总是有个性、有思想、有主见的），但最终我们都能从工作的最优出发，达成一致，为着同一目标携手前进。这样的镜头太多太多，这样的人和事太多太多。记得有一次和局长说起我们的生源，说起孩子们的基础，说起我们的辛苦、忙碌、焦虑，局长说：“当我们把一个不及格的孩子带到及格，当孩子们在这所学校遇见更好的自己，这些家长会记得你们的。”是的，我还想说，作为开创者，我们艰辛，我们忙碌，我们努力，我们是拓荒者，孩子们会记得，家长们会记得，历史会记得，实验小学（后文简称“实小”）的校史上会留下我们每一位浓墨重彩的一笔。

新年总有一些新希望。希望新的一年，实小的每一位学子都能在这片土地如树一样“独立生长”，如花一样“自由开放”，在这里树长花开，在这里春生夏长，在这里开远启明，在综合素养不断提升中走向幸福美好的未来。希望我们的老师在实小专业成长，走向新的阶段，开启幸福而完整的教育生活。亲爱的老师们，请允许我把我们第一次的会议上的四句话再次送给大家：有一种缘分值得珍视，有一种优秀值得相守，有一种喜欢无须言语，有一种认同浸润心田。

最后祝大家新年快乐，家庭幸福，身体健康！

唯有树大根深　才有枝繁叶茂

——精英团队与优秀个体的互溶

最是一年春好处，绝胜景色满校园。校园的满园春色，让我想到了我们团队的“姹紫嫣红”。今天先请大家欣赏南极大冒险中《捕鸟》的一个视频，此视频获得2012年感动动物颁奖中“最具团队精神奖”。（观看视频）有人说这是一群狗的故事，但更多的人认为这是一个狼团队的故事。从视频中头狼的下达指令，到分工合作、声东击西、按劳分配，这绝对是一个“分工、协作、团结、配合”的精英团队。这四个词单从字面看，没有一个是针对一个人的，所以单从个人与团队协作的关系而言，团队协作其实就是一个人怎么样把自己融入你所在的团队，怎样服从团队负责人的指挥，怎样配合团队中的其他人做好相关的工作，在团队取得发展和进步的同时，个人也得到相应的历练和提升。而团队协作精神，就是一个人所具备的一种自觉，一种意识、习惯和品质。一个人只有具备了这样的意识、习惯和品质，才深刻理解个人与团队唇齿相依、共生共荣的关系，在工作中才能自觉地从团队的大局着想，把个人发展放于团队发展之中去实现。

让我们来看看最孤傲与优秀的鹰的故事：每当风暴来临之前，大多数动物都急忙找避风港，而老鹰不是，鹰喜欢在风暴来临之前等待，等待最强劲的风，随着强风他挥动翅膀飞上高空。他们高傲地飞翔，略带蔑视地迎接暴风的挑战，毫不惧怕。他的与众不同不仅如此——别的鸟类，如乌鸦，看到地上有死去的动物或是剩下的食物会顺手拿走，对这些东西老鹰却毫不在乎。老鹰从来不吃死了的猎物，他的所有猎物都要是自己擒来的活生生的食物。鹰天生有敏锐的视力，在高速飞行当中，他依然能够快速、准确地发现2公里以内的目标，并用锋利的爪子和嘴捕捉它们，享受着胜利的战果。天生骄傲的老鹰也会有老去的时候，老了以后，鹰拥有的飞行能力、尖锐的眼睛、锋利的嘴和爪子都退化了，他们的攻击性大大减低，大部分的老鹰也随时间离去。可是，总有一小部分顽强的老鹰，留下来和命运做抗争。这一小部分老鹰，会躲进山洞里，用自己的嘴和爪子，狠命地击打岩石，脱皮、流血、疼痛都阻碍不了他们，直到他们把自己的嘴和爪子上老去的硬壳击碎为止。这样他们就能长出新的外壳，重获锋利的武器。然后他们把自己胸前充满油脂的部位啄碎，让油脂流满全身，以滋润皮肤，长出新的羽毛。这样他们又能高高地飞翔和自由地狩猎了。可是老鹰的眼睛却远不如从前，无法辨认目标，这时，他们会迎着太阳光冲上天空，直视太阳，让阳光灼烧他们的眼睛，从而重获新生！

这就是老鹰令人震撼的一生！他们敢于迎接挑战，敢于迎风而上，他们享受奋斗的过程，他们敢于从磨砺中告别旧我，有着浴火重生，凤凰涅槃般的壮丽。

我们的团队毋庸置疑是一个“来之能战，战之既胜”的精英团队，我们团队中的个体也毋庸置疑如鹰一样的独特与优秀，然而优秀的人总是有个性的，特立独行的。这样的个体与团队更需要我们做到：

1. 大度包容。包容所有人的缺点、性格、生活习惯等。为了工作可以不拘小节。

2. 正直向善。这是做人的基本原则，当然也是在团队工作中需要的基本品质。

3. 富有激情。就是要保持良好的精神状态。

4. 积极进取。只有积极进取的人才会努力想办法把事情做好，即便是遇到困难也会想尽一切办法去克服，而不是退缩或者放弃。

如果把团队比作一棵树，团队的每一个成员就是这棵树上的叶子或者枝丫。只有树大根深，才能枝叶繁茂。所以，个人发展只有融入团队中，才能实现，或者说才能实现得更好。古语讲："千人同心，则得千人之力；万人异心，则无一人之用。"只有把个人力量汇集起来，才能形成强大的团队力量，从而达到个人力量难以企及的目标。当我们的团队形成强大的力量，必将为个人发展提供广阔的舞台。我也希望我们团队中优秀的个体能够以下面的"四要"共勉：

一要虚心学习他人。作为团队的一员应该主动去寻找团队成员的优点和积极品质并好好学习，这样团队的协作就会变得很顺畅，工作效率就会提高。

二要做到坦诚互信。团队成员之间建立起相互信任的关系，这是整个团队能够协同合作的关键因素。如果团队成员之间没有充分的信任，就不可能有真正的交流和沟通，整个团队也会成为一盘散沙，高度互信的互动能量，使大家乐于付出，齐心协力。

三要善于交流沟通。良好的沟通交流是一个团队中每个成员必备的能力。交流是协作的开始。团队成员之间在思想、阅历、知识、能力等方面都会有所差异，当你有了好的想法，不妨把它讲出来，听听大家的意见，你的好想法、好建议，要尽快让别人了解与采纳。

四要勇于承担责任。作为团队成员，对自己负责，也是对团队和其他成员负责。团队在运行过程中难免会出现这样那样的失误，如果出现失误时，不敢承担，就会找不出失误的原因，而杜绝同一种失误的再次出现，才利于团队的整体提升。

新学期，不妨对自我做一些改变

——写在实小课堂教学改革之前的一些话

生命的历程中，我们会面临大大小小无数的改变。不管你愿不愿意，改变总会来的。有的人会主动迎接改变，有的人总在犹疑中被改变着。

人们常说，当我们无法改变世界、改变他人的时候，不妨改变我们自己。然而，往往改变自己是最难的！

我们会对做出改变感到不安，对改变后的未来的不确定性有一种天然的恐惧，因为不确定性，因为恐惧，我们抵触着、拖延着，而不断地推迟改变自我，我们离不开惯性的旧模式。

我们害怕改变后的不适感，因为“旧生活”里面有我们的安全感，虽然一切都不是那么好，可是它充满了熟悉的气息，让我们感到安全。跳出我们的舒适区，迎接一个未知的天地，去探索、去“折腾”，对谁来说都不是一件容易的事。因为它需要我们跨越自己内心的关卡，需要我们移除自己设置在那里的阻碍。

改变自我，在想法与付诸行动之间，在决心与行动之间，在今天和明天之间，总隔着一段长长的距离。这距离，就是我们自己。阻止我们改变的最大天敌，正是我们自己。新学期，我们不妨试着对自己进行一些改变，哪怕是小小的改变，哪怕是慢慢地改变，让我们握别昨天的不足，迎接今天的自新。

不妨，对学生和颜悦色些，放弃我们的绝对严格、绝对约束、绝对权威，尝试着，做一个孩子们喜欢的老师，做一个孩子们喜欢我的课堂、喜欢我的学科的老师。让学生喜欢我、爱我、亲近我，而不是怕我、拒我。

不妨，课堂上多“让”点，让一点时间给学生自主学习，我们少“灌”点；让一点话语给学生，我们少讲点；让一点空间给学生，讲台我们少占点。

不妨，课后给学生多一点自由、闲暇的时间，作业少一点，形式活一点，机械抄写少一点，体验、实践、阅读多一点。

……

明天，我们的团队将去东方小学学习课堂教学改革，接下来，我们的课堂将迎接基于我校实际、基于学生发展的改变。

让我们不断地突破舒适区，不断地接近挑战区，成长源于改变，改变就是自我提升成长，让我们一起不断超越，享受人生的最重要的习惯：行动。

我们变了，学生活了，教育的天地广阔了，我们的教育生活、我们的世界也会随之改变。

有一种优秀值得相守

亲爱的老师们：

看着一张张笑意盈盈的脸，我在想，是怎样的一种力量让我们心手相牵，是怎样的一种神奇让我们彼此遇见？

佛说：前世的五百次回眸才换得今生的一次擦肩而过。今天，我们共同走进开福区实验小学，共同开启“我们幸福的未来”。这该是一份多浓厚的缘分啊！我们中的很多人，曾经是同事，分开多年后，今天再次成为同事，这更是一份浓得化不开的缘分，这缘分值得我们珍惜和珍视，“惜缘”比“有缘”更重要。

是一种优秀让我们相守

开福区实验小学是一所区政府、区教育局重点打造的集前瞻性、实验性、创新性于一体的高标准的自主办学试点学校，而冠以“实验”的小学，必有唯一性和独特性。局领导一再强调要保障实验小学优质的师资队伍，因此，在座的各位都是佼佼者，都具有全面的个人素养及独特的教学风格与个性，今年申请调入实验小学的老师很多，局里能同意大家调入，都是人事部门权衡再三的结果。因为有了优秀的大家，“办一所品质学校”成为一种必然。

是一种喜欢让我们相吸

我们中的一些人上班路途遥远，家庭正是上有老下有小的“事多”

时期，却依然义无反顾地投入到这片热土，是一种相互的磁力和引力在牵引着我们，温润而优雅的女教师，阳刚而儒雅的男教师，我们是同一尺码的人，有着同一尺码的喜欢，有着同样的教育情怀与梦想，这种相互的喜欢，“办一所品质学校”必将成为我们共同的愿景与追求。

是一种认同让我们相向

作为自主办学试点学校，政府在人事、财政、管理上给予了我们最大的自主，我们也相应地在校内二次放权，在校内给予大家充分的教学自主、课程开发自主、教学风格自主……校内将取消层级管理，实行扁平化管理，管理的宗旨定位为：服务。为教育教学服务，为师生成长服务——服务他人，鼓舞他人，成就他人。即爱他，帮他，成就他。人人都是学校的主人，人人都有教学岗和服务岗。我们不妨从称呼改起：校内不再有某某校长、某某主任，只有某某老师，在这个大家园里，人人享有充分的话语权，人人都有家的自在与自主，都有当家做主的意识与行动，有了这份认同，才会有对实小的悦纳，对教育教学的倾情，才会有自主办学改革试点工作的顺利推进。

打造品质的开福区实验小学，是一个孕育与生长的过程，白纸上画画，我们都是调色师，仿佛孕育新生儿，充满了期许与热切，因为有了这份缘分、优秀、喜欢、认同，我们相聚、相守、相吸、相向，一定会在实小开启我们幸福完整的教育生活，开启孩子们幸福美好的童年。

在目光暂且无法抵达的时候，让心先到达

亲爱的老师们，“一年好景君须记，最是橙黄橘绿时”，又是一年秋色渐浓，我们又迎来了新老师，增添了新鲜的血液，在此，我提议，让我们重温四方坪小学的教师誓词，和新老师一起，为了孩子们幸福美好的童年，庄严地举起我们的右手，郑重承诺：

“我是四方坪小学的教师，

我知道，照亮学校的永远不是分数与名气，

而是孩子们幸福美好的童年。

从此刻起，

我要怡养丰盈内在的心灵，

我要保持向上向善的姿态，

我要引领儿童精神的家园。

我承诺：

践行‘广博精湛开拓奉献’的四小教师精神，

做可爱可敬的人民教师！”

每当诵读我们的誓词，总有一份感动在心间流淌，总有一份柔软在心间蔓延。为什么在今天的会上重温誓词？是希望新老师和我们一起“不忘初心，继续前行”。

不忘我们的办学理念“生命为本”——敬畏孩子的生命，遵循、顺应孩子生命成长的规律。这是我们最核心的价值追求。

不忘我们的“文化立校”——“生命在场，至高无上”的课堂文

化，广博精湛的教师文化，可爱可敬的学生文化。

不忘我们最喜欢的一句口头禅：优秀是我们的习惯——把工作做好，做到极致，用自己的行动传承“广博精湛”的教师精神，用行动诠释“优秀是我们的习惯”。让“优秀是我们的习惯”成为我们最平常的在学校“过日子”的方式，成为不用提醒的自觉。

不忘我们的管理宗旨：“鼓舞他人”“服务他人”“成就他人”。简言之：爱他，帮助他，成就他。

让校园成为孩子终身眷恋的幸福童年中的那份美好。我们有太多的初心需要坚守，有太多的理想需要我们前行。

这个暑假，我们很多人参与培训，很多人坚守在工作岗位，很多人参与读书活动。就我自己这两天的工作来说吧，前天，八点半周边单位抽签预备会、教师会、工作小组会，下午局开学工作会，直到晚上七点才到家。昨天，早上七点多到校，完成学位抽签工作，十点多，写新教师培训的发言稿，下午，为区新教师讲座，五点多接新教师毛老师回校后，写今天政协调研的发言稿，七点回家吃饭，八点到学校加班完成今天的发言稿。我总在想：为什么我们还能如此投入地工作，满血复活地过好每一天（有时真觉得自己打了鸡血），还能这么有激情地拥抱生活？那是因为爱，因为对这份职业深沉的热爱，我们中的很多老师也如我这样工作着，投入着，热爱着。

我想把昨天下午在新教师讲座中的一点与大家分享和共勉。

前不久看到一个女大学生被一个农民骗到大山里拐卖，刚刚又看到一个女大学生被骗学费，气绝身亡，这都是典型的有知识无智慧。我们这个民族对智慧的诠释可以说是博大精深。智慧在道教学说里是“无为”，在儒家理论中是“中庸”，在兵家典籍中是“谋略”，在法家言论中是“规矩”，在教育里，智慧不仅仅是“爱”，教育的智慧需是温柔、平和且能持久的一种自己暖和，别人感到温暖的明亮，这才是有温度的教育。曾经的我花了近六年的时间想办一所“温暖”的学校，以至于当我离开时，和很多老师处成了朋友，以至于一年后再见到孩子们，他们

第一句话即是：校长妈妈，你下学期还回来吗？现在的我还在继续努力践行着“温暖”二字。在我看来，温暖的学校，必是一个“大家”。每一个家人都享有充分的话语权，有家人的关爱与包容，有家的自在与自主；温暖的学校，是让孩子站在校园的最中央，是最大限度地让孩子保持他本真的样子。上学期，一位一年级的家长和我聊起，孩子捡到一条红领巾，一定要第二天交给校长妈妈，妈妈劝他，交给班主任，别去打扰校长妈妈，孩子说：“不行，我一定要交给校长妈妈。”一位家长在我的空间留言：“早上，目送着女儿背着书包走向校门的背影，又看到校长您从后面走过去，轻轻牵着女儿的小手一起走向校门，我感觉好温暖，一个好校长就是一所好学校。”人都有各种各样的称呼，像我被人称作什么“国培”计划专家、十佳校长、优秀教师等，但我最喜欢的还是孩子们口中的“校长妈妈”。温暖的学校是孩子对老师如家人般的依恋与信任，是师生间暖暖的温度，因此，做有智慧的教师，我用到了暖和、温暖、温度这些词。三尺讲台，倾情以出的境界，或许我们还不曾达到，但我们至少能朝着那个方向努力。做有智慧的教师，办温暖的学校，做有温度的教育，或许是我们永远达不到的高度，但我们要朝着那个方向努力。在我们暂且目光无法抵达的时候，让我们的心先到达。

贰

且行且思且表达

——探索教育之旅

一、有感而发

苹果固然好，土豆也不赖

今天为我们主讲的是一位六十多岁、精神矍铄的老太太，虽说讲的是大家都提不起兴趣的话题——思想道德教育，但“高人一张嘴，便知有没有”。她幽默风趣的语言、鲜活生动的案例一下子就抓住了大家的心。她就是中国青年政治学院的陆士帧教授，一位长期从事青少年思想道德教育研究的知名专家。

首先吸引我的是陆教授的“苹果、土豆”说：“传统的教育目标，是为社会培养合格的人才，是以社会为本的，现在的培养目标，是以人为本的，过去我们的教育爱用‘塑造’这个词，这是一个社会对青少年的一种要求，我把它想象成一个出口苹果，是一个模子，固定的模式，社会为本的模式。而青少年儿童呢，我把他想象成：有的像土豆，有的像萝卜，有的像西红柿，长得都不一样，那我们的教育是干什么呢？就是按照这个标准把这个萝卜弄成出口苹果，我们任务就完成了。问题是过去的一代青少年愿意被塑造，同意被塑造，现在的青少年，不让你塑造。所以有一次，我到一个小学看一个小孩，我说：你看吧，你就像土豆，家长和老师为什么教育你呢？就是想把你弄成一个出口苹果，等你长得像出口苹果一样，你就有远大的前途了。小孩说：那全是大人想的。我说：那你怎么想？他说：我告诉你们，土豆要是长好了，照样能出口。我们今天的教育，可能没有办法把多种多样的人都塑造成同样的出口苹果，那么我们能做的，就是以人为本，推动他个体的发展。”是啊，在我看来，红艳艳的苹果固然好，但如果我们把一个个形态各异的萝卜、土豆都捏成了苹果，这有悖于萝卜、土豆的生长条件和生长环境，自然要求与规律。苹果高挂树枝，土豆深埋大地，但只要我们施以肥沃的养分，细心呵护，它们都能长成个大果实且营养丰富的品种。现在的孩子，他们是能动的、有潜能的、独特的。他们只要做自己，不想为谁而改变，他们需要的是主动发展。苏霍姆林斯基说，“没有自我教育就没有真正的教育”，作为教育者，我们的使命归根结底是推动“苹果、土豆”们自己的发展，培养他们持续性自我发展的能力。

今日青少年的发展，日趋个性化和多样化，社会从一元化转变为多元化，过去人都是喜欢跟别人一样，从服装到发式，大家都跟着主流走，现在的青少年是一定要跟别人不一样，他们喜欢标新立异，喜欢引领潮流与众不同。而我们传统的道德教育和价值观教育，习惯于团体化，习惯于统一标准，这种方式面对活生生的形态各异的“萝卜、土豆”们显得如此的苍白无力，已很难应对个性化需求非常强烈的当代青少年了。

传统的学校教育是工业经济的产物，它强调集体化、标准化批量生产。大家生产出来的杯子都是一样的，如果有一个边上歪一点，它就是次品。而在多元化的社会中，这样的次品放在新的视角下就成了个性化的产品。这就是创新呢，这个不同的视角建立在知识经济基础上。它强调个性化与创造力。道德教育也一样，现在越来越多的孩子，存在个别化的问题，需要我们改变传统的德育“说教”式、“报告”式，不断探索适合个性化发展的方式方法。

如何真正做到以青少年为本？我们可以从改变态度开始，特别是一线老师们，在面对孩子的时候，一定要具备这样几个最基本的取向：第一就是尊重主体，把儿童作为活的、有发展性的主体来对待，变“俯视”为平视。第二就是接纳，我们的老师要有接纳的想法，因为当代孩子，跟你生活在不同的成长环境当中，我们要容许孩子与自己有不同的想法，不同的做法，不同的认知，你可以不赞赏，你可以不同意，但是你要接纳，接纳是当代社会保持和谐、包容理解的前提。对于一线老师来讲，要尽可能拒绝判断，判断是老师的职业病，我们常常会看到一个老师判断孩子的对错直接就下结论。第三叫作自我决定，给更多的机会让孩子自我选择，自我决定，而不是把结论告诉他。第四就是个别化，把每一个青少年都看作唯一的、不同的实体，让他们受到不同的对待，很多老师都喜欢“整齐划一”，不喜欢团体中长“触角”的人，而这“触角”往往是优良的“土豆”品种哦!

回到原点看学生

在教学中，我们总在疑惑：为什么同一位老师在同一间教室教学生，有的学生很快就掌握了新知，有的一知半解，有的甚至摸不着北？为什么学生的错别字更正了几次，还是照样错？为什么低年级的学生把“8”写成“∞”，把“8+9=17”错成“8+9=71”？……我们总在责怪孩子上课不认真、不专心，写字、算题粗心大意。今天听了钱志亮教授的《回到原点看人》的讲座，令我茅塞顿开。

作为教育者，我们的任务是培养人，每天都在和学生打交道，但我们中大多数人并没有真正了解学生，钱教授从回到种群的原点、家族的原点、精卵子结合的原点、脱离母体的原点和教育的原点，透过多学科视角，剖析先天因素对人的影响，让我们更好地了解生命、敬畏生命、承认差异、恪守良知。

其一，回到人类种群原点看人。教育要做的事情就是缩小人与其他动物的共性、扩大人与其他动物的差异性，这样人就更加远离禽兽、更人化，成为真正意义上的人了。而万物之灵的人与动物有本质的区别，人类具有三个属性：

1. 生物属性：这是先天遗传的，具体来说，如人的贪性、惰性和任性。

2. 社会属性：这是环境与教育所得。

3. 精神属性：这是人的主观能动性。

教育的根本任务在于缩小人的生物属性，扩大人的社会属性，无限彰显人的精神属性。

其二，回到家族原点——挥之不去的家族烙印。从基因和遗传的角度来说，孩子的娘：影响智力，决定习惯。孩子的爹：影响智慧，决定人格。孩子的智力50%来自爹娘的先天条件，50%靠后天自己的努力。因此，我们不要奇怪有的孩子天生就是“大拇指”，有的孩子天生就是“小拇指”，孩子无法选择爹娘。所以对待“小拇指”的孩子，我们要多一些宽容吧。

其三，回到生命孕育原点——本可规避的一些问题。

钱教授从怀孕年龄、怀孕季节、孕期营养、病毒、药物、孕期机械损伤、挤压、振荡、高热、粉尘、辐射等方面，谈了这些都可影响孩子后天的学习能力和发展。

其四，回到脱离母体原点——迫不得已的无可奈何。

钱教授从人的出生方式谈到对孩子后天学习的影响。如：助产问题，胎头吸引术可引起孩子多动、弱智，而产钳术对胎儿中枢神经系统会产生损伤，尤其是对大脑的损伤。又如：难产与新生儿窒息，损伤脑干的后遗症是惊厥痉挛——癫痫、行为与语言障碍，损伤大脑的后遗症是学业不良——弱智——多重残疾。而剖腹产的孩子可造成感统失调，孩子就会把“8”字横写，把“8+9=17”写成“8+9=71”，所以让我们对那些“问题”学生多一分宽容吧，他们在出生时已经历了磨难。

其五，回到教育的原点——教育面对的是不同的人。

现在回到我们开始的问题：为什么差不多的孩子，由同一个老师，用同一种方法，在同一个地方，教相同的内容，最后的结果却大不相同？只能说孩子先天因素不一样。因此，教育不但要关注群体的人，更要关注个体独立有尊严的人。教育不但要关注外在的人，更要关注内在的人。

而我们当代的教育却被淹没在利己主义、机械主义、实利主义、集体主义、整齐划一社会化的冰水之中，我们的孩子被培养为一群“异化的人”：有知识无智慧、有成绩无常识、有能力无信仰、有规范无道德、有欲望无节制、有目标无理想、有学位没品位、有技能无灵魂、有个性无合作、有心动无行动的学生。

我们的传统教育否认差异，认为孩子是白纸，任老师来描画，殊不知这纸的质地不同——也许是木浆纸，也许是草浆纸，纸的大小也不同——也许是A4纸，也许是A3纸。我们也爱说："爱拼就能赢""只要功夫深，铁杵磨成针"。岂知那可能天生就不是"铁杵"，是"木杵"。因此，我们必须承认差异的客观存在性，尊重孩子的学习差异，接纳孩子的学习差异，善于发现并了解孩子的学习差异。根据孩子的差异特点采取对应的措施，设法超越差异、缩小差异、因材施教（如个性化教学、处方教学、个别化教学等）。

爱与丰富

三个小时，站在我们的身边，没有PPT，没有讲稿，娓娓道来，妙语连珠，始终与我们处在对话当中，刘铁芳教授说他喜欢这样的交流方式——进入彼此的生命状态，寻找共鸣的生长点，而我也凝神聚气三个小时，仿如看一场只有字幕的精彩的原声电影，用心、用眼、用耳去触摸每一句对白，每一个情节，每一行字幕，生怕一分神，便跟不上节奏与思辨。对于我这样的尚停留在实践层面的“同质生长者”，听刘教授的讲座，真如做了一场思维的体操，且有许许多多的共鸣与共情。走出教室，站在秋风瑟瑟的街边，我不由自主地给隔壁湖大读书的儿子打了个电话，想邀他共进晚餐，他说在寝室看书，不用。我知道儿子已是一个独立的生长体，他更多地需要我的“不打扰”，于是，又给老公打电话，给亲爱的“老万”打电话，在电话里交流听刘教授讲座的感受，两人还真是同一尺码的喜欢。这一切的电话，皆因“爱与丰富”四个字深深地打动了我！

爱与丰富，让我们感性而生动地活在世界之中，让孩子感性而美好地活在世界当中，以打开的方式，感受生命的温度，让自己，让儿童活在爱与丰富当中，接纳世界，接纳他人，接纳自我，接纳生活给予的一切。

我们学校，我们的教育者能给予孩子怎样的爱与丰富？在立“规矩”与“儿童天性”当中，慢一点，再慢一点，让儿童愉悦地“社会化”，消除走进小学后的生命紧张感；增加学校交往的场域，如师生一起游戏的场域，师生一起读书的场域，师生一起运动的场域；让校园、课堂有爱；让我们的老师打开自我，打开自我的基点，不但具有同质性的丰富，还应接触不同领域的异质丰富，读一点不懂的书，接受不同层次的扩展，找到更适合自我丰富的一种方式……爱与丰富，我们可为的太多，不可为的也太多。

其实，对于儿童来说，作为师者的我们并没有想象中的重要，儿童世界或者人的一生更重要的是自我教育。而我们教育者的自我教育，也应该是切实地提升自我，修炼自我，打开自我，保持着一种向上的姿态，保持着一颗向善的种子，努力地践行爱与丰富的教育，过爱与丰富的人生。

教育是一场修行

教育或许是一场漫长的修行，我们修炼着自己，灿烂着周遭。

不知从何时起，感觉不到时光的慢，总觉得日子在飞转，两年的国培仅剩半年了，这期间听了很多很多的讲座，有怦然心动的，也有寡淡无味的。渐渐发现自己对理论性的、学院派的讲座兴趣索然，总觉得那些理论书上有、网上有，教育似乎不缺理论，缺的是理论的践行、落地（其实，对理论形态的浅尝辄止，正是我只会低头走路且走不远的原因）。也时常害怕专家们对现行“应试”批得体无完肤，却不告诉你该如何“戴着镣铐”把舞跳好，越发让我们这些在体制内挣扎的教育人有了“负重感”甚至“负罪感”。在体制无法改变时，我们该如何对孩子“小心轻放”？这大概需要我们好好修为，修炼自己，惠泽孩子。

也发现凡是来自一线的讲座大家都趋之若鹜，碰撞交流更为激烈，大家似乎觉得这些拿来就能用的实践性、可操作性的讲座更接地气、更有用。我亦然，其实从我自身来反思：自己缺的是底蕴，缺的是理论的涵养，这是自己的短板，但人总是对自己的短板无法直面、正视，甚至逃避，所以，学习也是一场修行，修炼好了自己，我们才会给周遭带来光华，灿烂他人。

周六，北京东城区史家胡同小学校陈凤伟副校长给我们带来的《学校课程建构与教师课程力》，无论是理论层面还是实践层面，都有如沐春风的感觉。课余饭后，大家意犹未尽地津津乐道着讲座中的精彩，我也再次有了似曾相识与处处意外和惊喜的感觉。陈校长围绕她们学校的

"和谐"理念，就如何构建课程体系、如何培养教师的课程力给我们带来了理论与实践相结合的"盛宴"。在办学的过程中，我们如何基于孩子们生命成长的需求，如何依据教育哲学、依据学校的办学理念和育人目标构建科学合理的课程体系，应该说，史家胡同小学为我们提供了比较全备的范式。她们学校的课程重构既体现了课程重构的多层次性，如国家课程校本化重构，校本课程个性化重构，以及课程结构、时空、内容、学科的重构，又注重课程重构的特色性，充分认识到课程的非线性、开放性、多元性等特点，经过融合、统领形成了国家、地方、校本课程新体系，集团内几个校区课程体系各具特色，追求"同质异彩"的课程效果。

尤其是她们学校"无边界"课程体系的建构，使学校课程发展呈鸟巢状，以多维联动、有逻辑的体系为标志，将课程、教学、评价、管理以及师生发展融为一体，这是文化建构与创生层次的课程变革。这也让我想到：课程建设永远处在一个没有自我设限的开放状态，具有永在的动力，课程重构不是简单的叠加，不同课程之间具有相互承接、有机融合的内在关联性，通过课程重构，我们赋予儿童走向未来的"通行证"，赋予儿童未来发展的最强劲的动力与最丰富的可能。因此，课程重构何尝不是一场修行，我们修炼着自己，灿烂着孩子的未来。

陈校长在谈到教师课程力的培养时，介绍了她们学校一系列的激励、荣典机制，其实，作为行政，我们的课程领导力、教学领导力应该远远大于行政领导力，陈校长提到的善待教师，我也认同，当我们抱怨教师队伍这也不行，那也不行时，当我们抱怨这个老师有缺点，那个老师有不足时，不妨换一个角度考虑问题，"看别人不顺眼时是自己修养不够"，我们可以从教师队伍中找优势，在教师身上发现优点，这样，肯定会是碧海蓝天般的另一种风景吧，因此，当校长也是一场修行，修炼自己，温暖他人。

作为教者，更需要我们"身是菩提树，心如明镜台"，给予孩子如水般的润泽，直至恒久。

教育的“功利性”与儿童立场的坚守

从八点进入北京西城区皇城根小学到十一点多离开，当车子缓缓启动时，校门口的麦峰校长挥动着右手，与车上的我们一一道别，我也不由自主地隔着车窗玻璃挥动着手，大致是因为喜欢，才会有这挥手一别，很多人，你见一面，听一席话，就会有同频共振的感觉，就会打内心喜欢。

其一，是他的实在、实诚。听过很多的名校办学的专题讲座，总免不了一些华而不实的“高大全”。今天，麦校长却说着一些实话、实在话：“教育是功利的，我一点都不回避教育的功利性，在不回避不放弃教育的功利性的同时，还要有所坚守，否则，承担功利教育后果的永远是孩子。”这让我想起一位专家说过的类似的话语：“没有分数，教师过不了今天，只有分数，孩子过不了明天。”如何在功利性与儿童立场中权衡、退守？有人将这称作“戴着镣铐的舞蹈”，处在教育的功利性与儿童立场两者之间的教育者、舞者，不回避前者，不放弃后者。或许，“戴着镣铐的舞蹈”也能跳出绝美的舞姿。

其二，是他的实学、实力。以往听校长讲座，总是讲策略多、成果多。今天麦校长的讲座却多了几分学术味，字里行间、话里话外，有理有据。听他说自己是李烈校长的徒弟，大致也是“名师出高徒”吧。听麦校长的讲座，你会想到校长的“专业化”，教育家办教育。观照自身，我们身上知识底蕴的缺失，思辨能力的弱化……自身的不足，才是我们的短板，正如麦校长所言：策略可以学习，人才不能复制。教育中，人是起决定性作用的因素。

其三，是他的地气、底气。今天，刘云燕校长在互动时，问麦校长，学校的特色是什么？他列举了学校在各个领域取得的“成绩”，然后说：“那些锦旗、牌子都丢在仓库里，一校一特只是教育功利性的另一种体现，如果要说我校的特色，家长认可、社会认可的八个字‘习惯良好，基础扎实’就是我们的特色。”我想，这样的特色无须多言，是最出彩的名片。看了他们的课间操，对这八个字深有体会。

一所优质的学校，或许，初看并无特色，无“商业味道”的“品牌”，内里却是有生命特质的品质。

让孩子平视他们的世界吧

毛亚庆教授的讲座《学校管理究竟要改进什么》，振聋发聩，让我深深地反思自己管理工作中存在的问题。

我们经常打着“一切为了孩子”的幌子，站在成人的立场、视角对待我们的孩子。看看我们的校园，为了让孩子们的“亮点”能展示出来，我们让每一面墙都成了孩子作品的展示台，可是，那些作品悬挂的位置，恰恰是我们成人平视的高度，我们忽视了孩子需仰视甚至踮起脚才能看到自己的作品。再看看每学期开学的迎新标语：“发挥优势、发展特色，打造一流的……学校”，试问：我们的孩子看得懂吗？为什么不能是孩子们的语言呢？这些迎新标语只是为了成人的“赏心悦目”吧。教室里的队角，成人化的口号，我不知道多少孩子能理解这些口号的意思，为什么我们不能换一些孩子们自己的“创意作品”呢？还有高高的篮球架、排球网，难怪孩子们鲜有人玩，原来那都是成人世界的高度，离孩子们太遥远了。在集会中，我们经常给孩子们定很多条“严禁”的“校纪校规”，从来没有贴近孩子的心灵去聆听他们的声音。最可怕的莫过于我们的考试题，从成人的思维出些怪题、偏题，非把孩子们考倒不可，一次次让孩子在考试中失去自信，让孩子在考试中没有了成就感！

我校新一轮的校园文化布置正在进行，我希望我们的团队把视角还给孩子，让孩子平视他们的世界，让我们蹲下来和孩子交流吧，真正把孩子们放在主体地位上。我也希望我们教育者在称呼“同学们”“学生”

时，改一改变为“我的孩子们”，让孩子感受到成人世界的温暖吧！

蓦然回首，以往的自己，只顾着做一个目标的守望者，任务的执行者，安全的追随者（作为校长思考着自身的安全，却缺失了很多自我的东西，也牺牲了孩子们的权利和利益），环境的适应者却没有自己的教育思想，我且称自己是一个“忘我”的人。

未来的路，希望自己有些自我、有些个性，做一个有点棱角的教育者。

上海市中小学人事制度考察有感

2015年12月，长沙市开福区61位校长参加了华东师范大学组织的为期8天的校长研修班培训。其间，校长们听取了专家专题讲座，实地考察了曹杨二中附属学校、华东师范附属紫竹小学、天一小学、甘泉外国语中学、蔷薇小学5所学校，听取了各学校校长的经验介绍。同时，我们第三小组几位校长还利用课余时间与闵行区浦东第一小学张蕊校长就教师合同制、教师培训、校长教师职级制等进行了广泛深入的交流，并通过有效途径获得了闵行区相关文件等第一手资料，获益匪浅。

一、上海中小学人事制度初探

1. 全员合同制

我们在曹杨二中附属学校考察时，该校校长提道，上海市已经实行了教师全员合同制，且一年一签，有效引进了激励、竞争机制，实现由身份管理向岗位管理的转变，充分调动了教师的工作积极性。在该校考察时，有一个细节值得我们关注，校长在谈到对教师刚性管理和柔性管理相结合时，举例说每个楼道的门厅里都安装了电视，以便教师可以在上班时间将晚上错过的电视剧补上。但我们看到的却是无人在看电视。随机问询遇到的老师，他们回答，大家都在忙着自己岗位上的事，并无闲暇时间看电视。

在是否续签合同、教师是否适应岗位、是否转岗等方面，闵行区教育局在《闵行区教育系统教师适应评价工作流程》中规定：由教育局牵头，第三方评价机构邀请专家组成教师适应性评价小组，专家通过听课等方式对教师进行评价，专家组提出评价意见并反馈到学校。因此，为使对教师的评价客观、科学，他们引进了第三方评价机构，实行评、聘分离。

2. 教师流动、退出机制

在曹杨二中附属学校考察时，校长谈道，一年一签的合同制，使得不能胜任岗位的教师产生流动情况。该校近五年教师流动率达到90%。合理的流动，调整了该校教师队伍结构，缩短了年轻教师成长期，以往一个教师成长为骨干教师需5～8年，现在，3～5年便能成为骨干教师。闵行区教育局《关于加强聘用合同管理建立教师退出机制的实施方案》中明确提出：打破教师“铁饭碗”。在教师（教职工）与学校签订聘用合同后，在双方约定的权利和义务范围内，以定期的教育教学绩效考核结果和相关程序为依据，对达不到聘任要求或者岗位要求的人员依据不同情况采取低聘岗位等级、转岗、待岗培训、终止（解除）合同等措施，从而实现人岗相符，能力与绩效、绩效与薪酬的匹配。对转岗两次以上仍不能适应、年度考核不合格且不同意转岗、连续两年考核不合格、待岗一年后仍没有岗位聘任的将解除聘用合同。

3. 校长、教师职级制

在与闵行区浦东第一小学张蕊校长的交流中，我们了解到：上海市为推行校长由“职务”向“职业”的实质性转变，真正实行专家治校、专家办学，于2000年开始校长职级制试点，并于2004年在全市推广实行。有些学校对教职工也实行了职级改革，在学校内部设置特级教师、首席教师、骨干教师、中级教师和初级教师等职级。实行动态管理，充分调动教职工的积极性。如：2009年在开元学校跟班学习中，我们发现该校所有的教职工封存档案工资，实行职级工资。这次我们参观的紫竹小学，校长在汇报时也提道，他们对教师实行绿色评价。实行校本职级制，分为和风教师、清泉教师、彩虹教师。职级待遇差距达1000至2000元。

4. 校长教师层级培训

在与参观学校的行政交流中我们了解到，上海市为校长教师构建了多层次、全方位可选择的培训体系与平台，为不同阶段的教师提供不同需求的培训服务。《上海市“十二五”中小学幼儿园教师培训工作实施意见》指出，针对不同教师群体实施多层次的培训，如以需求为导向的全员培训，以骨干教师培养为重点的高端人才培训，以农村教师、薄弱学校教师为重点的提升素养培训，以提升创新素养为重点的综合能力培训。

二、对于上海中小学人事制度的思考

1. 全员合同制是教师克服职业倦怠的“动力系统”

全员合同、全员聘任，是教育部要求推进和深化中小学人事制度改革的必然趋势。教职工与学校通过签订聘任合同，确立聘任双方之间的聘任关系，明确双方的责任、权利和义务，就是要打破事业单位用人上的终身制，建立起以聘用制为基础的用人制度，建立起能上能下、能进能出、有效激励、严格监督、竞争择优、充满活力的用人机制。而这种充满活力的激励和竞争机制，正是教师保持职业热情的“动力系统”。同时，建立健全科学合理的考核制度是实施聘用合同制改革的重要基础。为提高考核的客观性、准确性和科学性，上海建立了一些有效的绿色评价体系，引进第三方评价机构，评价内容主要着眼于教师知识水平、业务能力、教育教学能力的提高。使用绿色评价机制不断地促进教师专业的自我成长、自我超越，而教师实现自我成长需求，也是远离职业倦怠的不竭动力。

2. 合理流动是教师保持职业向上状态的“润滑剂”

“流水不腐，户枢不蠹。”上海市实行教师全员聘任制，建立教师流动退出机制，在有利于合理配置教师资源、促进师资力量均衡分布的同时，也把优秀的教师聘“香”了，把业绩一般的教师聘“慌”了，把不合格的教师聘“跑”了。这样的竞争、流动、退出新机制激发了教师职业新活力。当一名教师作岗位交流或待岗培训时，他（她）对岗位的不适应，必将激发其新的向上的“生发点”，重新焕发教师职业追求的激情。

从考察的这些中小学校中我们可以看到，教师队伍竞争明显加强，教师的压力变大了，积极性提高了，活力增强了。流动成为教师专业提升的“润滑剂”。学校也呈现了一种新的教师队伍管理机制——把竞争机制和激励机制引入中小学人事管理之中。

3. 职级制是教师远离职业倦怠的“导航器”

职级制的总体表述为在学校内部打破原有的技术职称体系，构筑根据不同的专业级别，履行相应的专业职责，享受一定的专业待遇的校本教师管理体制和运行机制。职级制为教师专业成长提供了广阔的天地，是远离以往“年纪轻轻，职称顶天”的不合理的职称制度所带来的职业倦怠的有效“导航器”。很多教师在职称冲顶的情况下，进入了成长动力失势（职业倦怠）、职业生涯发展失速的怪圈，实行校内职级制既是教师队伍建设的现实需要，也有利于增强教师的职业认同感，缓解其职业倦怠感，促进其职业发展，提升其职业素养。

4. 层级培训是教师职业发展的“加油站”

层级培训是根据教师年龄特点、知识结构、经验积累、思想认识、任教学科的特征将教师分为不同层级，确定不同的发展目标，实施针对性的培训。而教师职业倦怠形成的原因主要在于：知识和观念更新不够、成长的动力缺失、部分教师素质不强、教育理想与现实的冲突、有关教育和教师的制度不完善。在制度不能调整的情况下，需要通过加强教师层级培训对教师本人进行调节，以帮助教师克服职业倦怠。教师培训是教师更新知识和观念的难得机会，能够增强教师成长的动力，也是增进教师素质的有效方法，是强化教师教育情怀的有效途径。层级培训也是在教师职业生涯的不同阶段为教师充电，防止产生“油尽灯枯”的倦怠感，重新唤醒教师对教学的激情。

不得不说，上海中小学人事制度给了我们很大的启发。推进和深化中小学人事制度改革，是各地教育改革实践的客观要求。我们只有打破用人上的职务终身制和人才单位所有制、工资分配上的平均主义和“大锅饭”，才能充分调动和发挥教职工积极性，使优秀人才脱颖而出，努力建设一支适应素质教育要求，充满生机与活力的高水平、高素质的中小学教师队伍，促进教育教学质量、办学水平和效益的提高。

教育中的“人”，教育者心中的“人”

踏着夕阳的余晖，走在教育行政学院清幽的林荫大道上，一个人静静地走着，静静地思考着，很享受这样静谧的黄昏，这样独处的时光。

每一次的培训事前总有“空杯”的意识，然后让空容器一天天在聆听、反思、顿悟、灵光闪现中充盈着，然后，满血复活地恢复奔跑的姿态。

今天上午聆听了国家教育研究中心副主任张力教授的《“十三五”时期教育改革形势报告》，他从一个非常高的站位向我们分析了下一阶段教育综合改革的高层框架——“以立德树人为导向，以促进公平为关键，以考试、招生制度改革为龙头，以管办评分离为重点”。从这一顶层设计中，我们看到教育把“人”的培养放在首位，教育中的“人”才是最重要的。

或许，自己下一阶段将进行自主办学试点的尝试，我对张教授讲“管办评”分离、改革管理体制和办学体制这方面额外“青睐”，也引发了自己一些粗浅的思考，我觉得“管办评”分离具体体现为：政府依法管理、学校自主办学、社会民主参与。构建政府、学校、社会新型的关系，是政府对学校“简政放权”的具体体现，管事的“婆婆们”少了，“婆婆们”少管点事，少一点折腾，多点松绑，学校办学才会自主，有了自主才会有活力，有了活力才会更有发展力和创造力。这也让我有了触类旁通的思考：我们在进行自主办学试点时是否也可以在学校内部管理上实行“二次放权”，取消层级管理，实行扁平化管理，让教师自主的空间更大，让教育“人”更自由地、个性化地、创造性地开展教育教学工作，成为个性化的专业发展的教师，这样我们教育中的“人”——我们的教师、我们的孩子将享受更多的改革“红利”。

下午两位校长的主题讲座，有一点非常值得推崇，两位校长在确定学校的特色项目时，前期都开展了大量的调研，且都是围绕“人”做调研——学生、家长、教师，而不是行政、校长拍着脑袋想出来的“点子”“特色”，从“人”出发，从孩子出发，把人的需求、孩子的需求作为教育的出发点和落脚点，这应该是我们教育人最本真的价值追求。教育人心中眼中如果只有“事”，没有“人”，那就是背离了我们的初心。

让我们的教育少些“功利”，多些“人”味，摘录专家的只言片语：

1. 教育人只有从容，才会淡定；只有淡定，才会大气；只有大气，才会精彩。

2. 把“我”的目标，变成“我们”的目标。独行快，众行远。

3. 教育是培养普通而完整的人，幸福的人。

4. 空间有多大，舞台就有多大。

喜欢这样的学校

清晨，我们走进了锦江之滨，望江楼侧底蕴深厚的百年老校——四川大学附属实验小学。初见校园，园林参差不齐，芭蕉叶雨打凋零。甚至一棵树孤零零地立在跑道内侧，足球场上，这还真不像“规整”的学校啊。走进校园，学校老师告诉我们，学校就是要打造生态的校园，四季的校园，儿童的校园，看到左手边的百合溪，小桥、溪水、石头、小鱼、蝌蚪浑然成趣，据说，每学期都有孩子因为小鱼小虾、小蝌蚪滑落小溪，一个孩子居然这个学期已有六次跌落水中了，还有百合农场，孩子们在那种植、耕作、玩耍。玩泥巴、玩水是孩子的天性，这里为孩子提供了释放天性的场所。操场的升旗台上极大的背景墙上“等待，让我们天性地成长”赫然在目。我喜欢这样的学校。

操场的西北角，一片芭蕉林，已经倒了的芭蕉树被孩子们踩成了梅花桩，初始，大家提议，为了安全，要把这片芭蕉林砍了，孩子们看到校长拿着相机拍他们在芭蕉林中嬉戏，立马就跑开，以为校长是把他们不文明行为记录下来，后来才发现校长是用镜头记录孩子们尽情玩耍的时刻，让那片芭蕉林保留了下来，成了孩子们的秘密花园。“校园中凡是学生能去的地方，都鼓励他们去，让孩子在校园中自由地释放。”你看，球场上一面墙布满了脚印、球印。有个专家说：“一个学校好不好，就看它的墙壁干净不干净。”这里就有这样一面墙，专供孩子们印脚印、留球印。我喜欢这样的学校。

学校的一面墙、一棵树，老师们都能讲出故事来，校园内一草一树，一亭一溪，一墙一瓦，皆成物语，尤其是百合溪、百合书吧、百合农场，无处不是童心的呵护。校园内某一棵树、某一面墙、某一口井都有故事，用一个一个的故事串起学校的办学理念，串起学校的文化意蕴。我喜欢这样的学校。

大课间，孩子们做操时蹦着跳着，总是不够整齐，课间，孩子们喊着、跑着，总是不够安静。但我能感受到孩子们正和校园内的一草一木共同沐浴着阳光，天性生长着。我喜欢这样的学校。

上海学校之印象

沐浴着朝阳，我们一行 32 人降落在美丽的虹口机场，踏上了为期数天的学习考察之旅。几天来，我们被上海人踏踏实实做教育的精神所感动，为上海几位智慧型校长独特的办学思路和创新做法所折服；我们惊异于上海的发展速度之快，感叹于上海教育的超前性与前瞻性。我想把自己在上海学习考察的部分所见所闻和大家一起分享。

小学校，大教育。

在我们考察的四所学校中，有三所是有着百年历史和丰厚底蕴的学校。对这样的学校我们总设想着学校之大，建筑之豪华，校长之气派。而我们到校后的所见却大大出乎我们的想象。没有豪华气派的建筑，像四川南路小学、储能中学北校区，学校就在古老居民区的最里面，黑体校牌镶在门口石板上。小巧的操场，窄窄的通道，教室紧挨着居民楼。对于十几亩、几十亩的校园，在上海寸土寸金的市区简直就是奢望。"校园太小了！"我们不禁感叹。但置身其中，视野却一下子开阔起来，虽说只有一两幢教学楼，但是楼内洁净舒适，各种功能教室一应俱全。而且，学校在有限的空间里种植了足够多的草木。绿草茵茵，典雅宁静，处处洋溢着蓬勃的朝气，充满着人文气息。别致的文化长廊，特色鲜明的班级文化，使校园真正成了孩子们向往的学园、花园、乐园。通过校长的介绍，我们了解到学校教育的大气、办学成果的丰硕以及社会对学校的高度赞誉。走进学校、走近校长，我们深深感受到他们深邃的教育内涵，这不是短时间内就能解读明白的。上海的校园建设就如教育发展一样，小中藏大，而且透出朴实、自然和率真。

依托资源，彰显特色。

我们参观的四所学校之所以在众多学校中得到社会、家长的广泛认可，很重要的一个原因是打造了属于它们的品牌，办出了它们的特色。这些学校的决策者认真分析学校的办学情况，找出学校的办学优势，依托学校、社区的资源，办出学校自己的特色。四川南路小学，依托社区的一个大型图书馆，开展丰富多彩的读书活动，被上海市教育局授予“阅读明星学校”称号，彰显了校园阅读特色文化：储能中学依托学校原是数学培训基地的优势，数学学科质量在区内遥遥领先，形成了学科特色；黄埔学校依托体育局的优势资源，形成了教育与体育共存的特色管理模式……四所学校依托校内外资源，走出的特色发展之路，使我们对“名校之名名在特色”这句话有更鲜明、更深刻的认识。

管理创新，激发活力。

四所学校在学校管理的方方面面，都能有自己的创新举措，更好地激发了学校的发展活力，如：储能中学的优化教学常规管理，学校内部出台了《常规听课试行办法》《考试系统组织和管理办法》（作为减负增效的管理措施，教师个人是不能私自组织学生进行任何形式的考试的）等制度，尤其是细化教研组和备课组的建设及优秀教研组的评比等管理举措，更是激发了教师参与校本教研的积极性；蓬莱路第二小学在对课堂教学的管理中，不讲花架子，从家常课中提高教师的真功夫、硬功夫，缩短家常课和公开课的差距，在教师中形成了示范引领型的群体；黄埔学校在质量监控管理中，对每个学生的学业成绩进行电子管理监控，哪一科进步了及时肯定，哪一科退步了及时分析，用发展的眼光评价学生。这些创新举措，值得我们慢慢解读与消化。

上海任何成功的经验都不可能是万能钥匙，只有把别人的经验融入我们的实际工作之中，通过研究借鉴，才能体现出经验的真正价值，发挥经验的有效作用。

做一根能思想的苇草

帕斯卡在《思想录》中有言“人只不过是一棵苇草，是自然界中最脆弱的。但是，人是能够思想的苇草。我们全部的尊严就在于思想之中”。今天上午聆听了华东师大教育管理学院李伟胜教授的《用办学思想引领学校发展》的讲座。我想，校园中，应该是每一个生命都充满活力，每一个教育者都充满思想的活力，具备专业的尊严。

李教授讲座从“实现学校转型、理解学校办学理念、逐步推进学校发展”三个层面展开，从接地气的两个教学案例和一个教研案例切入，阐述了用办学思想引领学校发展的有效路径。同时，李教授把办学思想水平分为三个层次：技法、措施、策略见长的办学思想，在此基础上学校呈现三种不同的形态：事物联结型、局部整合型、整体发展型。我想，我们至今还在第一二层上摸爬滚打，而整体发展型的学校才是我们追求的高度：有鲜明的自主办学理念，落实到各个领域，创生学校整体文化，形成教育的整体特色。这是一个缓慢的过程，绝非一蹴而就，当下，我们可以从基石开始打夯，从学校中最基础的点切入。

1. 科学地做好三年发展规划，这个规划绝非校长一人摸着头想出来的，那样的规划最终只会成为“规划规划、纸上画画、墙上挂挂”的纸质稿。规划的制定应该是自下而上的，广泛参与的共同的愿景。

2. 抓好三个团队建设：行政团队、教师团队、学生团队。一个人会走得很快，一群人会走得很远，正如李教授所说，要抱团作战，抱团取暖，不单打独斗。在我看来，只有优秀的团队，才会涌现优秀的个人。现在，我们的行政团队需改变事务型的特征，加强学习力的培养，学习力才是前进的动力与马达。我们的教师团队中有三个优秀首席教师工作室，有优秀的年级组，我总忘不掉五年级组自发将“优秀是我们的习惯”贴在办公室墙上的那一幕，这些是我们团队共同发展的土壤与生发点。接下来，我们要通过不同的团队建设，使个体之间，相互激发，激发每个人的发展活力，形成多个专业发展的团队。

3. 改变课堂。李教授提出的我们是培养听话、乖巧的“绵羊”，还是培养虎虎生气的“小老虎”，关键在课堂，谁站在讲台的前面，谁决定教育的品质。今天下午在曹杨二中附属学校张校长关于课堂变革的九点做法也引发了我们的思考。如：备课改革、问题导学、学生先学、学习小组、展示对话、课型创新等。记得上学期田升老师上了一堂数学课，那堂课课堂看似很闹腾，教师有点管不住，教学任务也没完成，但，孩子们却始终处在探究中，这正是我们的课堂缺乏的。好为人师、越俎代庖、过度的引导等于束缚和扼杀。课堂上最应活跃的就是学生。

4. 改变教研模式。“传统的教研活动方式表面看到的是热闹：一个人在上课，一群人在观课；一个声音在说课，一片声音在议论；一个优点被肯定，一堆教师在附和。一次教研活动之后，一切又回到原点，留在教师印象里的就只有某人上了一节成功（失败）的课。‘热闹’是一个人的热闹，是一个点的热闹——热闹之后我们发现留下的是一片空白。”我们的教研活动是否将“过程”做案例记录下来，如记录一个教案形成过程，一稿教案个人如何设计？二稿、三稿怎么修改？团队的作用在哪生发？等等。

我们只有把这些基础的、细节的、日常的功课做好了，久而久之才会创生一个领域的文化，生成学校的文化因子，自下而上生成学校整体文化，促进学校内涵发展。

李教授的只言片语：

年年做课都相似，处处育人皆老套。每学期凯歌奏响，三五年涛声依旧。让每个学期活出不同的风采，活出尊严和高度。

校长也要有乾坤大挪移的方法让最后一名学生在学校充满尊严感。

由平凡的人们做不平庸的事，创造自我超越的作品，不空喊“追求卓越”。至少，让今天超越昨天，让新作品超越旧作品……

我把实行“人治”的校长比作“手电筒”，他照到哪里哪里亮，照不到的地方也许永远昏暗。

一所学校的亮敞，不应靠校长一把“手电筒”或“探照灯”，而应让每一名教师因拥有足够的学术权力而成为自主的“发光体”。此时，校长代表的行政权力为“发光体”提供源源不绝的“电能”——校长实行的就是“法治”或“文化管理”。

走近“崇文”话优秀

今天，我们在北方春寒料峭的清晨走进了爱意融融的崇文小学，在全国知名校长——白淑兰的身上看到了许多“优秀”所在。

首先，她的优秀在于勤思考。当她从著名的光明小学调到崇文小学，她便开始思考如何抓住寄宿制学校的特点，打造属于崇文小学的特色，她从学校价值取向、生态环境、教育创新、学校传统多维度进行梳理，思考着如何在继承中有新的突破，她没有“一个校长唱一台戏”，而是在如何继承学校传统的底蕴上创新。她也没有独自一人闭门造车，而是把思考的题目交给全体教师，将《面对新崇文我对校长说》的问卷交到老师的手上，通过教职员工的共同思索，大家都普遍认识到寄宿制学校的学生“爱”缺失，找到这个发展的“点”，于是“用爱、用情、用心做教育”成了学校的办学理念，也成了全体教职员工的共识。我想，一个不善思考的校长永远只能与平庸并肩，与优秀擦肩。

其次，她的优秀在于善提炼。从最初的“用爱、用情、用心走进孩子生活”到“用爱、用情、用心走进学校生活”，再到“用爱、用情、用心做教育”，每一次的提炼，都向更高的层次迈进。从教育口号变为教育格言再变为教育的模式、办学的理念。最后“以情移情”成了学校办学理念的核心，成了学校核心文化。我想，一个校长没有一定的理论支撑，没有一定的文化底蕴做不到这样的“水到渠成”。

最后她的优秀在于会策划。学校运动会、六一庆祝会、毕业典礼这些学校的常规活动，我们每年都开展，白校长却将它做得与众不同，

“亲情体育节”“亲情读书节”、六一儿童节的“亲情艺术节”，还有用心设计让孩子一生难忘的毕业典礼。在活动中开放学校，让家长、师生在活动中体验浓浓的亲情！让家长体会学校的教育理念，认同学校的办学思想，从而对教育多份理解、少份责备与苛求。我想，活动就是学校文化的传播，用心设计，才会浑然天成。

白校长一口一声的“咱家”“咱家的孩子”，让我们看到学校“爱”的文化已生根发芽，且枝繁叶茂了，一个能将学校称作“咱家”，将学生称作“咱家的孩子”的校长，她的魅力可谓芬芳四溢了。

二、教育行与思

顺应儿童成长的课程重构

重塑组织职能，激活教师成长动能

第三方评估督导，想说爱你不容易

校本研训有效策略

农村学校如何彰显特色魅力

在个体身上看中国教育四十年

你若盛开，清风自来

开展以校为本的自我反思，促进教师专业成长

如何以学评教　以评促教

让组织处在自主生发的场域——学校品牌建设的内生价值

顺应儿童成长的课程重构

儿童的今天，就是社会的明天。我们认为学校课程重构应该立足儿童未来，为未来社会培养所需的人才。

“有一个孩子每天向前走去，他看见最初的东西，他就变成了那东西，那东西也变成了他的一部分。”这是美国诗人惠特曼诗意的表达，我们该用什么样的课程，留给儿童弥足珍贵的“最初的东西”，并通过“最初的东西”，为儿童未来成长提供丰富的可能性？我们认为课程的重构也应该立足儿童的今天，儿童的视角，儿童的天性。

我们将教育哲学作为课程建设的理论依据，自觉地厘清学校教育理念、育人目标，在此基础上重构了科学合理的课程体系。既体现了课程重构的多层次性，如：国家课程校本化重构，校本课程个性化重构，以及课程结构、时空、内容、学科的重构，又注重课程重构的特色性，学校充分认识到课程的非线性、开放性、多元性等特点，经过融合、统领形成了国家、地方、校本课程新体系。下面我采撷两朵小浪花与大家分享，说一说我们开展课程重构中的两个小故事、小案例。

故事一：玩泥巴的孩子，玩出创意的乡土校本课程。

这个故事还得从我任中岭小学校长时说起，当初，我背负着教育的行囊，毅然离开了工作十几年的城区示范性学校，满怀激情地投身到广袤的乡村。第一天来到中岭小学，看到木质的校牌、黄土的操场、沙石的跑道，还有一群质朴的农村娃，他们围着我，眼中写满了好奇、纯朴和渴望。我看到他们身上流淌着生命原初的充沛之气，面对这样一群乡村孩子，我该给他们一所什么样的学校？我不断思索着，把自己所有的思绪都聚焦在农村孩子的身上，是让农村的孩子来适应我梦中的“理想学校”，还是让我要办的学校顺应农村孩子的天性生长呢？我选择了后者。卢梭说过：教育必须顺着自然——也就是顺其天性而为。自然即天性，我将“顺应天性，释放个性”作为我们的办学理念。并基于中岭孩子、社区、家长的特点，确立了培养“做有梦想、敢拼搏、扬个性的现代小公民”的育人目标。我们将办学理念及育人目标融入课程开发和教育教学各个方面，重新建构了学校课程体系。

记得一次市里督导检查，检查组的领导看到孩子们趴在地上津津有味地玩着游戏，提醒我说：“不要让孩子趴在地上玩，不文明，也不卫生啊!”我也觉得领导说得不无道理，于是，开始禁止孩子们在地上玩的游戏，孩子们似乎“文明”了很多，但我看到课间孩子们蔫了似的，站在走廊上无所适从。终于，有一天一个孩子问我：“校长，我们弹子不能玩、纸板不能玩，我们玩什么啊?”是啊，农村的孩子从小就亲近着大地，就连他们就地取材玩的游戏，都或趴着，或躺着，与大地亲密接触着。正如刘铁芳教授说的：孩子在泥土中摸爬滚打能够更多地让自己少沾染一些文明，更多地接近生命的精气神和生命的自然之气。而我，怎么能剥夺他们亲吻大地的权利呢?

有一天，我发现体育器械区的沙坑，成了孩子们的天地，孩子们在沙坑里玩得不亦乐乎！在我们成人的眼里玩泥巴看到的只是脏，但孩子们眼里玩泥巴只有乐。玩泥巴是孩子们释放童真的重要途径，也是他们幼小心灵上一片最纯的净土。我想，既然孩子们钟情于自然，钟情于生他养他的土地，我们索性顺应孩子玩泥巴的天性，让他们在课堂上尽情、大胆地玩，玩出他们的创意，于是，我们在校本课程开设泥塑课，在我们学校，有些孩子的父母亲在附近的砖厂工作，他们从砖厂带来黏土，来到泥塑组，孩子们有了自己的用武之地。有些家长还拿着他们的作品到砖厂烧制。看着他们富有童趣的作品，我感慨不已。孩子们在这个玩的过程中，他们思考、设计、创作出这么多好看、独特甚至很感人的作品，课后，他们还饶有兴致地向他人讲述自己创作的故事，仿佛“人人都是艺术家”。玩泥巴多好！他们玩出了创意，玩出了童年的快乐！

给孩子们玩的课程我们还开发了很多，我们从乡土资源的利用与开发出发，以“弘扬乡土文化、传承艺术瑰宝”为主线，开设了舞狮、舞龙、泥塑、民间歌舞、民间剪纸、树叶粘贴、走近湘绣、民间武术等一系列特色好玩的校本课程。

记得有一次孩子们到湖南省教育电视台录制《欢庆狮舞》的节目，孩子们在舞台上的那份自信、那份精气神征服了在场的每一个人，电视台的编导对我感叹：校长，这群孩子哪看得出是农村的孩子啊！

一位校长曾问过我：校长，孩子们本来就生活在农村，你还要他们学习乡土文化，是希望他们回到农村吗？我想，乡土文化是乡村的“根”，也是孩子们生命滋养的“根”，是有着生命特色的、有生命体温的资源。我希望他们满怀乡土情怀，在心灵上留下精神的根，让孩子从小对自我、对家乡、对国家有更深的体悟，为孩子将来更自信地融入多元世界打下基底，我且把它看作是对孩子未来美好生命的唤起和兴发吧！好玩的乡土课程也成了我们学校德育课程的切入点，成为课程整合的资源。以家乡的美来感染学生，以美的家乡来教育学生，让孩子从身边的土地，身边的人爱起，长大才能更好地去爱祖国，爱地球村的每个村民。

故事二：《宝贝去哪儿》主题研学课程的重构。

法国教育家卢梭说：大自然希望儿童在成人之前，就要像儿童的样子。而儿童天性中就对大地、泥土、溪水有着天然的依恋。今天，城市孩子对于自然的远离，已然让教育丢失了丰富的生命内涵。大自然才是最好的老师。今年，我来到一所新学校——开福区实验小学，围绕学校“独立生长，自由开放”的校训及“崇尚朴素，回归自然”的办学理念，我们试图通过课程设计，尽量为实验小学的孩子提供亲近自然的机会，亲近植物、泥土、溪水，让他们在这种亲近中获得生命探寻的意义。如何打破时空界限、学科界限为孩子们提供培养探寻意义的“大”课程呢？是否可以建立没有天花板的教室，没有围墙的学校？学校征集孩子们的意见。有一个孩子说：“校长，湖南卫视的《爸爸去哪儿》很好看。我们学校也学学他们，开展《学生去哪儿》的活动好吗?”他的话给了我们启发。于是，我们请孩子们一起参与设计。这样，《宝贝去哪儿》系列研学课程诞生了。

开学初，在食品安全进课堂的活动中，当一幕幕有关食品安全的新闻事件展现在孩子们面前时，孩子们既惊诧又担心：老师，我们身边的食品安全吗？怎样知道食品安不安全呢？如何选购安全食品呢？于是，孩子们一起确立了《宝贝去哪儿》第一季的主题：舌尖上的安全。

一个孩子提议去统一食品厂，就在沙坪，他爸爸在那儿工作，附近还有长沙生态园。于是，我们一起确立了线路及目标。第一站，来到学校附近的统一食品厂，优质食品的欣赏，让孩子们亲眼看到了无菌的生产线，以及出厂前的严格检验流程，很快了解了优质食品与三无食品的区别，了解了食品合格的基本条件。孩子们会真正运用于生活吗？我们进入第二站：超市。孩子们一个个精挑细选、仔细询问，选购了自己心中的安全食品。这些食材，确实合格吗？孩子们心里还嘀咕着。第三站的活动，请食品药品监管所的叔叔现场检验自己采购的食材，有了专业人员的解读，孩子们增长了不少食品安全的知识。最后一个活动就是健康美食制作与品鉴。

在这次研学课程主题探究中，孩子们经历了从认识优质食品，到选购合格食品，探究检测秘密，再到享受健康美食的主题活动。探寻意义在研学过程中无处不在，同时，孩子们自主参与主题确立、路线确定、制作宣传牌、录制主题歌曲等，不仅是这次研学课程的学习者，也是课程的开发者和创造者，儿童的参与，不仅丰富了课程，而且让课程鲜活跳跃。孩子们的设计感、娱乐感得到体现。同时，研学课程也体现了跨学科整合，数学学科研究了《宝贝去哪儿》中好玩的数学，音乐学科带领孩子们创作主题曲，语文学科开展食品安全演讲活动、口语交际活动；等等。

课程建设永远处在一个没有自我设限的开放状态，具有永在的动力。课程重构不是简单的叠加，不同课程之间具有相互承接、有机融合的内在关联性，通过课程重构，赋予儿童走向未来的“通行证”，赋予儿童未来发展的最强劲的动力与最丰富的可能。

重塑组织职能，激活教师成长动能

从一个国家到一个组织，治理能力与治理结构的现代化，已经成为当务之急的发展命题。学校作为深度变革中的社会组织，“重塑”势在必行。长沙市开福区实验小学作为区“依法治校，管办评分离”的改革试点学校，通过重塑组织职能，助推教师专业成长，全校呈现了教师积极奋发、团队蓬勃向上的局面。

一、按需设岗，全员竞聘

学校全面实行全员岗位聘任制，坚持“按需设岗、竞聘上岗、按岗聘用、合同管理”的原则，在平等自愿、协商一致的基础上，学校与教职工签订聘用（聘任）合同，明确聘期内的岗位职责、工作目标、任务以及相应待遇。实施竞聘上岗后，学校安排合适的人在合适的岗位上，尽量做到人岗相符：当一个岗位多人竞聘时，学校实施择优聘用。学校制定了教师发展性评价方案，完善考核续聘机制，以及教师退出机制。方案规定：对达不到聘任要求或者岗位要求的人员，依据不同情况采取低聘、转岗、待岗培训等措施。对转岗两次以上仍不能适应、年度考核不合格且不同意转岗、连续两年考核不合格、待岗一年后仍没有岗位聘任的，将解除聘用合同，退回区教育局。全员聘任制打破了学校用人上的终身制，建立起以聘用制为基础的用人制度，也就建立了能上能下、能进能出、有效激励、竞争择优的用人机制，促使教师的竞争意识、主体意识都得到激发。这种充满活力的激励和竞争机制，正是教师保持职业热情的“动力系统”。

二、动态职级，激励成长

学校建立以“教师动态职级制”为主框架的教师专业发展工程。职级制意为在学校内部打破原有的技术职称体系，构筑根据不同专业级别、履行相应专业职责、享受一定专业待遇的校本教师管理体制和运行机制。这是一种非静止、非固定的以促进教师发展为目标的动态管理制度。校内的职级教师类别有：首席教师——首席教师是学校设立的最高专业职级。首席教师在学科某专业领域中有深入研究和权威，德才兼备，在校内外享有专业影响力和区城知名度，是学校发展的核心力量。明星教师（名师）——明星教师在学校发展中起先锋模范作用，在专业领域中能独当一面，且业绩突出，是学校发展的中坚力量。新秀教师——新秀教师是学校青年教师中的佼佼者，有着良好的专业发展潜质，在教育教学中表现出强劲的发展势头，是学校发展的新生力量。同时，我们还制定了职级教师考评标准、考评程序，明确各职级的专业职责及专业待遇，以及职级教师动态管理办法，规定职级教师在每年 6 月完成申报的评定。本着“限额优化”的原则，首席教师一般不超过任课教师总数的 10％，明星教师不超 20％，新秀教师不超 30％。职级教师每学年进行一次考核，当年考核不通过者降一级，连续两年考核不通过者取消职级教师称号。

三、结构扁平，重心下移

学校将管理重心下移，把金字塔状的组织形式压缩成扁平状的组织形式。全校除了校长室和党支部之外，只设 3 个中心——学校发展中心、服务中心和督导中心（含学校监事会）。改革学校组织结构的本质是：做好“加减”法，即增加管理幅度、减少管理层次。过去，从校长室、副校长室到各科室，再到各部门各教研组、备课组，层级多，学校处在一个缺乏内聚力的比较松散的组织状态，而这种扁平化的组织结构，管理的重心下移，通过分权，加快决策速度，实施快速反应，统筹、保障、监督学校各项教育教学活动，使之能够规范化、科学化、标准化。扁平化管理让教师更直接、更快速地参与学校管理，更好地调动教师的主动性、积极性，提高综合管理的效率。同时，管理层级的减少，使教师的各类信息得到直接的反馈，便于决策，使得管理渠道上下畅通。

四、二次放权，高效运行

作为“依法治校，管办评分离”试点学校，上级行政部门在财务、人事、管理上给予学校充分的自主权，我们在校内实施二次放权，给教师课程、教学，包括作业和备课等更多自主权。学校督导中心成立广泛参与的监事会，统筹、保障、监督学校各项教育教学工作的运行。如成立以首席教师、骨干教师为主的学术委员会，负责教师职称初评，特级教师和市区学科带头人、骨干教师的推荐，以及学校首席工作室的设立、管理与评价、职级制评定等工作。为保证学校行政工作与学术工作的良好沟通，学术委员会轮值主席列席学校监事会会议，学校分管发展中心的副校长列席学术委员会议。二次放权，让学校对教师尽可能地敞开，营造了民主、公开、公正的校同生活空间，让每位教师感受到自己为学校进言献策、当家做主的幸福感。

五、项目管理，权责统一

学校实行分布式项目管理制度，即将学校各项活动当作项目对待，对其实施项目管理。学校通过明确项目主体的责、权、利，最大限度发挥各工作项目负责人的岗位作用。各工作项目依据不同的任务特点，确定不同岗位的领导职责，根据实际需求和实施效果，岗位负责人可以动态更替。岗位负责人是所负责领域的最高责任人。以彩虹种植园项目为例，最初，我们基于“春生夏长”的主题开垦了一个种植园，一位老教师认领了此项目，准备种植瓜果蔬菜。某天中午聚餐时，英语杨老师津津乐道地谈起她在家养花的经验，提议种植七彩鲜花，取名“彩虹园”。于是，两位老师互换了项目，从方案细化到主题项目研究性学习培训，到开园仪式，该项目实施得有板有眼。在开园仪式的策划上，虽然行政也有自己的想法，但不能擅自更改，只能“服从”杨老师的意见，全力做好服务工作。在项目化管理中，教师找到新的向上“生发点”，重新焕发教师职业追求的激情。

诚然，在实践中，我们还有些问题需要进一步解决：一是如何规范合同管理；二是如何客观公正、多元评价教师，如何引入第三方评价机构参与评价，使评价更加全面、客观、科学。

第三方评估督导，想说爱你不容易

2018年12月，开福区实验小学迎来了第三方专业评估督导机构入校，开展了一次办学的全面体检，回顾其间所经历的曲折，引发我们诸多思考。

一、第三方评估督导的必要性——转变与固化

1. 顶层设计（政策依据）

2013年《中共中央关于全面深化改革若干重大问题的决定》中明确："深入推进管办评分离，扩大省级政府教育统筹权和学校办学自主权，完善学校内部治理结构。强化国家教育督导，委托社会组织开展教育评估监测。"2015年，教育部发出《关于深入推进教育管办评分离促进政府职能转变的若干意见》，明确："推进管办评分离，构建政府、学校、社会之间新型关系。""以推进科学、规范的教育评价为突破口，建立健全政府、学校、专业机构和社会组织等多元参与的教育评价体系。"具体表述为引入市场机制，将委托专业机构和社会组织开展教育评价纳入政府购买服务范围。党的十八届三中全会也提出"深入推进管办评分离""强化国家教育督导，委托社会组织开展教育评估监测"等要求，为进一步推动教育督导改革发展、有效实施第三方教育督导评估指明了方向。有效实施第三方教育督导评估监测，引入社会专业机构评价教育质量，检验办学质量水平，监督政策实施与落地，更加有利于重构政府、学校、社会的关系，逐步建立起决策、执行、监督既相对分开又相互制约的现代教育治理体系，不断提升教育治理能力和水平。同时，开

展第三方教育督导评估监测，也是深化教育督导改革，构建现代教育督导体系的需要。

2. 区域改革需求

2017 年，开福区实验小学作为开福区委区政府推进“依法办学，管办评分离”改革试点学校，依托人民政府教育督导室对改革试点工作进行指导、监督、评估。至 2018 年 12 月，一年半时间，这所新学校办学成效怎么样？区督导部门认为：评价是督导的重要手段，是督导的手段和方法。科学的教育督导是建立在科学的评价方法基础上的。为了更加客观开展评估监测，区督导部门委托深圳一家专业的第三方评价机构入校开展全面的督导评估，评估结果交给督导部门使用。

3. 学校层面认知矛盾

在如何迎接第三方入校督导评估的中层推进动员会上，大家有了不同的声音。后勤中心主任站在经费紧张的角度认为，花钱请人来听“空话”“批评”不划算；发展中心认为，临近期末了，大家工作都忙，还要准备两天的督评，太折腾了；教导部门认为，让一群陌生的专家来校“翻一个底朝天”，一些隐性的问题都会暴露。最后通过大家充分的讨论，思想上基本达成一致：我们这所新学校需要做一次全面的体检，需要“第三只眼”更客观、科学、专业地为我们把脉问诊。因此，大家在行动上也有了较一致的达成度——尽可能地敞开再敞开，学校是什么样子就是什么样子，不为这次评估“做”任何资料。

二、第三方评估督导的开放性——“敞开”与“讳疾忌医”

于是，学校在与第三方督前沟通中，双方在民主、协商的基础上确定了此次督导的目的：以发展性督导为主，以学校的办学现状及学校自主选择的发展目标为基础，指导学校制订、修订更科学合理的发展规划，帮助学校建立自评和外部督评相结合的运行机制，促进内部现代治理体系的建立，促进学校依法、自主办学。双方有了这样的共识，我们也把“敞开”的理念传达给老师们，但有的部门、老师还是做不到把“本真”亮出来，改变不了传统的上级部门入校检查评估时那种“扬长避短”——将好的一面呈现，将差的一面掩盖，对入校检查评估大家有一种自然的“讳疾忌医”。怎么引领老师们“敞开”？怎么把我们的学校完全“敞开”呢？

1. 评估过程开放性

第一，督前准备的“敞开”：如为第三方提高全面的人员名册，包括师生名册、家长、社区、上级相关科研、教育部门的人员名册、电话，为全面的问卷、访谈做准备；提供学校翔实的已有的文本资料，包括自评报告、学校章程、发展规划、办学基本情况表，甚至是每一盒档案、每一本教案；提供真实的总课表，以往，为更好迎接督评，很多学校会另外“做”课表，标注推荐课等，我们为督评组提供实地督导两天的真实课表，全覆盖听课督评（包括校长）。

第二，实地督导的“敞开”：发展性督导基于的是诊断性评价。讲求评方与被评方的合作建构，只有充分了解对方，才能尽量使之客观。督导过程基于技术获得数据，学校的数据库与评估方完全实现信息共享；基于实证形成结论，基于对话形成思想——不断地对话与追问。如指导学校建立科学合理的发展规划，从目标的实现度这个角度问校长：学校五年发展规划总目标是什么？你认为现阶段完成了哪些目标？目标达成中哪些是你最满意的？七位专家轮番与校长、中层、教师交流、对话，校长整整四个小时处在各位专家不断地追问与对话中，有的问题让校长、中层哑然——问题导向促进发展，于是倒逼着大家去思考、去反思、去进一步规划。作为校长的我，知道了五年规划无梯度，无年度目标，也渐渐清晰了五年内该怎么去分解目标。不仅与人对话，还与文本对话，与课堂对话。学校每一页已有资料、档案、每一本教案都向评估组“敞开”；每一位老师的课堂、每一个学科的课堂向评估组“敞开”。真正做到全程开放，信息共享，思想共融。确保了督导评估的全面性、数据收集的效度与信度。

第三，督评后期的“敞开”：就提出的需改进的问题与校方沟通，进一步让大家提高认识，达成共识。为形成正式督评报告做准备。

2. 参与评价对象的开放性

在学校、专家平等对话的基础上，督评组邀请了学校家委会及社区代表、家长、教育行政部门、教育科研部门人员多元参与评价，大量的老师、家长、学生、社区人员、上级部门人员座谈、电话访问、问卷。因为参与人员的多元，收集的数据、反映的问题也越客观。

3. 评估内容的开放性

一是学校的价值系统包括办学理念、校训、三风、教师观、学生观、质量观，以此督评学校办学思想与价值追求的引领规范能力；二是目标系统包括学校发展定位总体目标、阶段目标、分项目标，以此督评学校愿景设计与目标的定位能力；三是操作系统包括实施路径、推进方法、具体措施，以此评估学校综合运用人财物各种资源达成目标的常规落实能力；四是保障系统包括治理体系、监测评估体系等，以此评估学校自我评估系统以及纠偏提高的持续发展能力。

4. 评估结论开放性

除了督评结束后，向学校中层以上干部口头反馈督导意见。凡是享有知情权的人或者关心学校发展的人都能知道督评结果。

正如督评后大家发出的感慨：开展这样“底朝天”似的体检，真的需要一定的底气和勇气。

三、第三方督导评估利与弊——扬长与避短

1. 督导评估的导向性明确——发展性督导，指向未来

不注重评价对象过去的结果，而注重评价对象的现实表现，特别是未来发展，重在使评价对象“增值”。传统的督导评估按一定的价值标准做出一种价值判断、优劣鉴别。忽略客观事物本身隐含的多维发展的可能性，过去的督导是权力者的管理手段。评估主体丢失，忽视了主体过去和未来的发展趋势和发展的可能性，重视校与校之间的横向比较。重视群体间的共性比较，忽视主体间的纵向比较、个性比较。传统的上级检查评估，更多地注重工作的完成度。而这种第三方发展性的督导，明确存在的问题，为改进问题提供指导与方向，充分发挥督导的诊断改进功能。

2. 更具规范性、科学性、专业性、精准性

第三方评估与督导部门评估并存，有机融合，更专业、更客观、更公正。方式上，多元评价对象的参与，重视发挥评价对象的积极性，由单一评价主体走向多元评判。手段上，强调个性，一把尺子到不同尺子，不仅应用测量评估技术手段，更重视价值观、精神状态和努力程度。实施过程中，评价者与评价对象的互动互促，互相信任，共同协商、研讨。评估与督导部门提前一个月，与学校沟通，了解学校的想法、要求，修改评价相关细则。面对面交流，敞开的过程，使得评估报告犹如诊断书，并为学校发展开出药方。为学校提供一面镜子，打开一扇窗。指导性、引领改进的精准性得到更好的体现。

但是在短短的两天集中评估中，如何在对话的同时让更多的利益相关方参与督导，如何多途径采取信息、多角度观测学校等方面都存在不足，尤其是因为时间紧，个别访谈少，座谈会多，致使“众口一词”多，个体声音少。

四、第三方督导评估结果的运用——墨守与推新

因为临近期末，学校非常忙碌，于是，我们向督导部门提交申请，是否教育局的年度目标管理考核免检（作为自主办学试点校，我们有“协商迎检”的权限），是否可以将第三方督导评估结果作为学校年度考核依据，或者作为部分考核权重，区督导办公室传达学校诉求，得到的答案是否定的：“难道学校可以不完成安全、党建等一系列重要的年度工作吗?”其实，如何综合运用第三方督导评估的结果，进一步强化督导评估监测结果的使用效能，评用结合，建立学校自评和外部督评相结合的运行机制，促进学校依法自主办学，是我们真正落实“管办评”分离的重要举措。推陈才能出新，墨守成规只会永远地拟规画圆。

校本研训有效策略

【明晰论点】

在我国，对于“校本”的内涵，人们已基本取得了共识：“基于学校”“为了学校”“通过学校”是校本的3个特征；“自我反思”“同伴互助”“专家引领”是校本的3个要素。但在教师教育的用语体系中，与校本有关的概念包括“校本教研”“校本培训”“校本研训”。

校本教研：指的是以校为本的教育教学研究，是指将教育教学研究的重心下移到学校，以教师为研究主体，探究教育教学规律，解决教育教学问题的活动，教师根据自己在教育教学中遇到的现实问题进行研究，以解决问题，提高教学水平。

校本培训：指的是基于学校和教师的实际需要，由学校发起的、组织、规划的，以提高教师教育教学和教育科研能力、促进学校发展为目标，把培训与教育教学、科研活动紧密结合起来的教师继续教育形式。

校本研训：是以校为本的教学研究与培训，它将教学研究和培训的重心下移到学校，以课程实施过程中教师所面临的各种具体问题为对象，以教师为研究主体，强调理论指导下的实践研究，既注重解决实际问题，又注重经验总结、理论提升、规律探索和教师专业发展，是保证课程实验向纵深发展的策略。它主张问题即课题，教室即研究室，教师即研究者。

“校本培训”重在培训，“校本教研”重在教育教学研究，“校本研训”兼有“校本培训”和“校本教研”两个方面的内涵，但不是二者功能和特点的简单叠加，更强调由“校本”向“师本”的转变。它是指从学校发展的实际需要出发，就教学所存在的突出问题，以教师为主体，建立研修小组，通过合作解决教学中的问题，取得研究成果，直接应用于学校的教学，从而提高中小学教学质量以及教师专业化水平的研究活动。

在以校为本的研训活动中，教师作为研究者，在自主地进行反思性实践的同时，主动与他人合作（包括学校同伴和教育专业研究者），共同学习、共同研究、共同成长。从教师专业发展理论研究和教师专业发展的实际需求出发，校本研训的基本理念如下：

1. 基于学校：教师任职学校不仅是用人单位，更应是培养单位。学校应为教师提供持久的、系统化、日常化的专业发展支持。

2. 面向学生：教师只有在促进学生全面发展的过程中才能实现和体现自己的专业发展。离开对学生发展的影响而空谈教师的专业发展是没有意义的。

3. 指向教学：教师专业发展必须与教师的教学实践研究紧密结合。教学案例分析和研究是教师专业发展最主要的形式，同时还必须关注教学案例分析和研究后教师的行为跟进与改变。

4. 朝向自我：教师专业发展与教师个人发展的自觉具有密切关系。教师既是学生学习的帮助者、促进者，也是专业自我的积极建构者。有高度“自我”意识的教师，倾向于以积极的方式看待自己，能够准确地、现实地领悟自己以及所处的世界，具有自我价值感、自我满足感、自我信赖感，因此，教师专业自我形成的过程就是教师专业发展的过程。教师专业发展的愿望是教师实现自我价值的真正驱力，也是教师专业成长的动力源。校本研训要坚持从教师的具体情况出发，激发、培育和适应教师学习发展的内在需求，进而建设学习化的可持续发展的教师队伍。教师个人要找准自己的“最近发展区”，在同事的帮助和学校的指导下，确定自我发展目标、具体规划和实施方案，通过参加有针对性的学习培训和教育教学研究、实践活动，促进自身的持续发展。

5. 依托组织：教师专业发展必须基于教师之间的交流与协作。教师专业成长的决定性因素在于校内教师合作关系的建立。因此，教师专业发展必须依托学校组织文化的建设。

6. 抵达理性：教师专业发展必须有专家引领，以避免低水平重复。同时，教师丰富的实践经验只有经过理论的滋养才能从感性的潜意识甚至是无意识上升为理性的自觉，才会对教师个体及群体的专业发展产生持久而深刻的影响。专家面对面的指导、讲座、培训是种显性的引领，教师自觉、主动地研读理论、寻求理论的指导和支持是一种隐性的且更有意义的引领。

校本研训作为一个教师在实践中学习、研究、反思的平台，可以使研、训、教紧密相连。校本研训作为一个提升教师专业成长的过程，缓解了学校面临教师外出培训带来的时间、经费和人员压力。校本研训作为一种以学校为主阵地的培训模式，能够有效整合本校的研训资源，有利于充分调动教师专业化发展的内驱力，有利于促进教师成名、成家，也有助于打造学校的特色。通过校本研训，促进教师的发展，然后以教师的发展促进学校的创新发展，最终是为了一批批、一代代学生的发展，这是校本研训的终极目标。学生既是校本研训的被实验者，更是受益者。学校要以“发展”为主线，全面构建校本研训的有效机制，确保研训活动的有效运行和研训活动的质量。

【思路对策】

教育部原司长朱慕菊说过：“教师要成为研究型的教师，学校要以质量立校，校本研训是必由之路。”校本研训是针对学校师资队伍实际和教育教学现状，着眼于学校未来发展需要进行的教学研究和教师培训。校本研训是教师专业成长的内驱力，同时也是铸就名校的生长点。

校本研训常用而有效的形式有以下几种：

1. 个体性研训

个人自主学习与研究是校本研训最常见的一种形式，通常用的是“自修反思式”。它是立足岗位，在教师自我进修、自我学习的基础上，以自己的教育教学活动为思考对象，对自己所做出的决策以及由此产生的结果进行审视和分析，用教育科学研究的方法，主动获取信息，提高解决教育教学实际问题的能力和提高自我觉察水平，促进教师能力发展的一种培训模式。

（1）自主学习

教师需要持续不断地学习以改变自己的知识结构和从教能力，优秀教师要具有宽泛的科学文化知识和精深的学科专业知识、教育心理科学知识。在职教师要广泛阅读各种专业书籍、教学刊物以及网上文献资料，精读学科专业书籍，研读教育理论刊物，浏览科学文化书报，并积极搜寻当前问题相关的信息，开阔思路，将与教学问题密切相关的文章予以摘抄，以建立解决问题的方案。

（2）教学实践

课堂是教师校本研训的基地。教师在自主阅读中获得的理论或方法只有真正落实到课堂，才能起到实效。教师应该在日常教学中刻苦练习教学技能，并有意识地关注、思考和研究自己的课堂教学。在集中学习相关理论知识后，教师可以将某种教学技能作为切入点，并在有控制的条件下进行训练，集中精力解决某一特定的教学行为，提高课堂教学水平。教师也可根据自己教育教学中碰到的问题，从问题出发想方设法“设计”解决问题的策略，从而进行研究与学习。

（3）自主反思

教师只有通过自身的研究和反思才能发现教学实践中存在的问题。自主反思可包括教后阶段反思、同行观察中反思、培训与学习中反思、专家指导中反思等。校本研训中应充分发挥教师个人的主观能动性，注重培养教师独立参与意识，坚持在实践中反思，在反思中实践。如广东省英德市白沙中学以读书会为组织开展学习活动，鼓励教师写随笔，每两周上交一次。校长和副校长亲阅并和教师进行心与心的沟通，极大地提高了教师的反思积极性和反思能力，养成了良好的反思习惯。

（4）提炼成文

教师通过学习教学理论和进行课堂实践，改善自身教学行为，最终解决了在教学反思中发现的突出问题，对反思对象也由个别的认识上升到整体的认识，由现象的认识上升到本质的认识。当教师对反思对象的领悟达到一定的程度时，就会产生强烈的表达欲望，形成随笔或论文已是水到渠成。在撰写论文的过程中，我们要站在教学改革的前沿，随时观察、总结和积累，查阅有关文献资料，经常与外界交换信息，细心地做好分析、归纳和整理工作，这样不仅可以充实论文的具体内容，还能提升论文的学术价值和社会价值。

就这样，新的一轮“学一做一思一写”又开始了，如此循环往复，教师便能不断反思、不断学习、不断实践、不断创新，从而实现教师的自我成长。

2. 群体性研训

群体性研训主要是在个体研训的基础上，教师把自己在教学中遇到的问题，经过研究再与同科教师集体研究，经过多次研究交流和学习、查资料，最后解决问题并应用于实践，使教师的教学水平不断提高。它通常是一种教师自发的、自下而上的研训活动。

（1）教学观摩分析

教学观摩，即通过课堂教学实况，让受训者亲临现场进行说课、听课、评课活动，以开阔受训者的视野，使之更新教育观念，提高教学技能，这是校本研训中的一种常见的培训模式。在这种团体的教学观摩、教学评比、教学经验切磋与交流中，每个参与者都分享了自己独特的教学经验，同时也都会从别人的经验中借鉴到有益的经验。

微格教学是教学观摩分析的一种，它是指以少数学生为对象，在较短的时间内（5～20 分钟），尝试小型的课堂教学，可以把这种教学过程摄制成录像，课后再进行分析。这是训练新教师、提高教学水平的一条重要途径。

（2）案例研究

案例是一种记载教育教学典型事例的有效手段。课例研究、题例研究本质上属于案例研究，案例研究体现了校本研究的实效性。

案例研究通常意义上是关于一节课或道（类）题的研究，即以一节课的全程或片段（一道或一类题的解题与讲解过程）作为案例进行解剖分析，找到成功之处或不足之处，或者是对课堂教学实践活动中特定教学问题的深刻反思及寻找解决这些问题的方法与技巧的过程。

一线教师拥有丰富的教育实践经验，遇到过许多具有典型意义和研究价值的案例。教师要有挖掘典型案例的意识，要懂得案例研究的基本方法，要形成积累和交流案例的习惯和制度。

（3）叙事研究

叙事研究是指以叙事的方式开展的教育研究。它是教师叙述教育教学中的真实情景的过程，其实质是通过讲述教育故事，体悟教育真谛的一种研究方法。非为讲故事而讲故事，而是通过教育叙事展开对现象的思索，对问题的研究，是一个将客观的过程、真实的体验、主观的阐释有机融合为一体的一种教育经验的发现和揭示过程。

叙事研究是教育行动研究的具体表现形式之一，是记录教师教学生涯和成长历程的重要方式。它体现了校本研究的生成性，其结果表现形式有教学故事、教育访谈、教育随笔等。

（4）小课题研究

说到小课题研究，常常有专家学者说："问题即课题，过程即研究，结果即成果。"小课题研究是与大课题研究相对而言的，是一种重要而可行的校本研训方式，它更强调教师的自觉行动。

小课题研究体现了"小""近""真""实"的特点。"小"就是从小事、小现象、小问题入手，以小见大；"近"就是贴近教学，贴近自己的教学细节情况，不好高骛远；"真"就是要真研究，真讨论，写真文章，真实践；"实"就是实在，不要搞什么大而空的描述预测。例如，如何更有效关注好动生，如何使评课更具有针对性，如何进一步规范作业批改，如何指导学生更好地阅读等。

3. 学校整体性研训

整体性研训是学校依据教育改革和发展的需要而确定的研训主题，如课程培训、师德培训、教材分析和学情分析、集体备课等。它除了一定时间的讲座外，还辅以较多的其他形式，以达教学目的，体现校本特色。学校整体性研训是一种学校行政层面组织的、自上而下的研训活动。

（1）集体备课

教师集体备课是以备课组为单位，组织教师开展集体研读大纲和教材、分析学情、制定学科教学计划、分解备课任务、审定教学计划、反馈教学实践信息等系列活动。它由学校教导处（或教科研室）实施管理，一般由备课组长具体主持并负责具体实施，教研组长指导并参加各小组的备课活动。

集体备课包括活动准备、集中研讨、修改提纲、撰写教案、信息反馈等环节。因为中小学教师的工作都比较忙，每周不可能抽出太多时间来进行集体讨论，因此，集体备课不可能做到每课都备。通常情况下，都会由某位老师担任中心发言人，提出备课内容和大体思路，团体共同研究后分别撰写教案，实施教学。

（2）师徒结对

“师徒结对”，顾名思义就是骨干教师与青年教师结成师徒，“师傅”对“徒弟”实施传、帮、带，引领和指导他们走上专业化的道路。这样有组织、较规范的导师引领制培训，可以充分发挥优秀教师的资源优势，对青年教师进行教学理论、技能以及教科研的传、帮、带，可以很快使年轻老师成长起来。

师徒帮带主要有以下形式：以老带新——利于推广有效经验；以强带弱——利于发扬敬业精神；以新促老——利于树立创新理念。通过师徒结对，结对帮扶，教学反思交流，经验交流，教育教学案例剖析，教案展评，论文评选，说课、听课、评课等对教学过程进行解剖诊断，寻求教学策略，归纳教学方法，总结教学经验，解决实际问题，达成教研目标。这种方式有利于转变老教师的传统教学观念，更新教学方法；也可使新教师端正教学态度，积极投身教学实践，缩短成长周期。

（3）专题讲座

专题讲座式又称直接传授式，是指培训者直接通过语言表达的方式，系统地向多个受训者同时传递培训信息的一种方式，这种方式是目前校本培训中采用的一种基本的行之有效的培训方式。

学校可以选择好主题，确定主讲人，在全校范围或教研组内开展分讲座活动。当教师到校外参观学习回来后，也可以组织相关学习报告会。通过这种形式，老师们可以结合理论学习和工作实践，谈体会、谈感想，交流思想、交流信息、互相切磋、取长补短，共同提高思想认识。开福区四方坪小学几年来坚持利用例会十分钟时间，精推骨干教师主持培训，全体老师尽情分享、聆听、思考。学校始终坚持每月一到两个主题，使例会培训系列化、有序化，如："好书分享，书香四方""'艺'彩四方经典赏析""书香四方点亮自己""书香四方照亮一群人""四方归来享我所获""'艺'四方打开一扇窗""四方漫谈教育故事"等。这样的例会是展示教师才能的舞台，是教师的精神家园，是学校文化的一个亮点，也是校本研训的有效形式。

（4）赛课研课

脱离了课堂，校本研训就成了无本之术，无源之水。如何使校本研训更贴近课堂，贴近学生，贴近教师，这就需要将课堂定为校本研训的主活动场，围绕课堂开展各种活动。

开福区四方坪小学一直坚持开展"三课"活动。①骨干教师示范课。学校每年都会组织高级教师上示范课，开展省、市、区级骨干教师示范课，共产党员示范课等活动。用他们的课堂实践向全校教师传达新的课改理念，引领教师走进新的课堂，感受新的理念，实践新的课堂模式。②青年教师创新课。为了让青年教师快速成长，学校开展了"青蓝工程"师徒结对活动。徒弟每个学期必须上好一堂创新汇报课，向全体教师展示学习成果。③全体教师随堂课。多年来，学校实行"推门听课制”，要求各行政每周听课不少于3节，年级组长、教研组长、备课组长不少于2节，其他老师不少于1节。“三课”活动的有序开展，形成了教师深入课堂研究教学的良好氛围，教师的问题意识凸显，催生了学校课堂教学改革实验。

（5）主题研讨与论坛

赛课、研课等活动如果没有制度化、系统化、常规化的品牌活动作为支撑，将会导致量多而杂的状况，给老师们造成沉重的负担，达不到预期的效果。主题研讨式研训是从教学中筛选出教师关心和感到困惑的教学问题，组织教师进行专题研讨，从而达到破解教学疑难问题和促进教师专业能力提升的目的。它一般包括问题筛选－理论探讨－实践验证－品位提升四个步骤。

如芙蓉区大同小学在“大同杯”青年教师教学比武、教师基本功比武、各学科集中备课等活动的基础上，打造了沙龙研讨特色品牌活动——“大同论坛”。大同论坛在每年下学期进行，每年一主题，主题确定的依据是教改最新动态、本校教师实际，出发点和落脚点为课堂教学。期初给定主题，教师可结合长期的教育教学经历而论，也可就当下发生的实例来谈，充分发挥主观能动性。如，2007年（第三届）：构建和谐的课堂文化；2008年（第四届）：与孩子共成长；2009年（第五届）：共读一本书；2010年（第六届）：大同教育的幸福时光。以教研组为单位，选派出代表参加学校论坛发言，全校老师参与。论坛的程序是：①期初确定主题，提出明确要求。②期中分组研讨，以三个教研组为单位，每位教师围绕主题畅所欲言，边议论边总结，形成人手一篇的论坛发言稿，并选出3～5位代表在全校论坛上发言。③期末集中研讨，三个教研组的代表作典型发言，全校教师参与，加入全校沙龙、总结等环节。④将所有老师的发言整理编撰成册，同时发布在校园网站上。

（6）课题研究

课题研究通常包括申报立项－资源开发－深度研究－共享推广四个阶段。学校根据自身实际情况选择或确立课题，并按课题的管理程序申报立项。在课题研究过程中，学校调动多方面的积极性，努力开发各种资源，确定课题组负责人和课题研究人员。在学习和研究中，全体研究人员注意理论与实践、教学与科研、教师学习与专家指导相结合，把研究中的疑问、困惑进行归纳、筛选，组织交流讨论，沿着“计划一行动一观察一反思一互联互动”的螺旋式的渐进过程，求得问题的解决，同时完成课题的研究报告或论文，并按期结题。课题研究的目的是用一个成功的课题，带动一群专题，培养一批教师。教师带着课题从事教学实践，在实践中通过课题研究拉动和促进自己的学习、研究工作，并促进教学质量和教学能力的提高。

（7）名师成长工作室

“名师成长工作室”是由名师引领下的基于解决教育教学实际问题的研究团队组成，它是行动研究组织，同时也是学习型的合作组织。它的主要任务是以解决教育教学重大的课题研究为载体，在不断的实践、反思、学习和研究中发挥名师的示范、引领、指导和带动作用，并以教学研讨、教学沙龙、讲课评课、示范课、公开课、名师诊断课、专题讲座、教育教学案例分析、带队外出学习等多种形式对青年教师进行业务指导、能力培养。

4. 校际性研训

（1）校际交流

学校应充分创造机会，让教师开阔眼界，学习别人长处。在校际观摩，做到讨论与交流、输出与吸收、学习与研究相结合，教师的能力将逐步得到提高。

（2）访问学者

邀请名师到学校讲学，上示范课，让名师“现场说法”，是教师培训的又一途径。学校可聘请在全国优质课竞赛获奖者来校授课，也可邀请教育教学方面的专家、教授来校讲学，或深入课堂，对教师的课堂教学进行现场指导，或在教师教研学习时间播放有关专家的影音报告。

【案例呈现】

有效校本教研与教师专业发展

我们根据教师专业发展的要求，制定了校本教研的计划，提出了分阶段、科学系统开展校本教研的方案及教师发展性评价方案。在教研保障机制方面，建立了系列校本教研制度——学习制度、反思制度、教研组教研制度、教研评价制度等，努力提高校本教研的质量和效率，在制度的保障下，我们积极组织开展多种形式的校本教学研究。

1. 自我反思

重视教师的个人反思，努力帮助教师学会判断自己教育教学行为的合理性和有效性，进行自我诊断和反思。

（1）开展教学反思

①备课时问自己：是否遇到什么困惑？是否调整了教材？为什么这样调整？让教师反思自己的备课，实际上是引导教师说出自己的“内隐理论”。如年轻教师邓平任教一年级数学，在她备课稿右栏中都有一个“学情预测”。她根据所教两个班不同的学情及时地调整自己的教学设计，将眼光更多地关注学生的个体差异，关注学生全体。

②上课中关注：是否发现了预料之外的问题？怎样及时地处理这些问题？利用这些问题作为课程资源，及时提醒自己在课堂教学过程中多关注“人的问题”。如年轻教师何娜老师在教数学第十册“能被 2、3、5 整除的数”一课中，针对相似类型的问题，在第一次教学设计时，她预设了四次小组讨论。学生第一次讨论积极、热烈到最后一次讨论时却消极、被动。在第一次课例研讨时，教研室罗炜老师给予了专业引领，同伴给予了帮助，使何娜老师对自己预设的过多环节进行了认真的反思。她在反思中写道：“通过罗炜老师及同行的指导，我认识到自己预设的讨论环节缺乏对学生的关注。有的讨论问题缺乏层次性及可问性。难度性不大的次要问题也让学生进行小组讨论，这是一种无效的讨论。”于是，她及时地调整自己的教学设计，将四次讨论改为一次讨论、一次小组合作学习，有效地提高了教学效率。同一课例在另一个班上教研课

时得到了罗炜老师及大家的肯定。

③课后问自己：有哪些比较满意的地方或有什么困惑？这种反思在于通过教师的自我评价、自我表现和自我欣赏而形成恰当的积极的“自我意识”。现在写课后反思、札记、后记已成为我们学校教师的一种习惯，他们能做到随时随笔记下教学中的成功、失败，及时调整自己的后继教学。如我们的年轻教师刘芳老师任教北师大版三年级语文时，她不但及时写每节课的后记，还在每个单元教学后，写单元教学札记，仿佛是一篇篇的小论文，一篇篇的小课程故事。

通过教师对备课、上课、课后的自我反思，唤醒教师的“提问”意识和“解题”意识，使他们在自我反思中捕捉小问题，提升大问题，带着问题走进以校为本的教研活动。

（2）撰写问题文本

鼓励教师做有心人，带着研究状态走进课堂，在研究状态下工作，完成反思文本。每期的开学初，我们都会将《国庆小学小课题报告单》发给教师。教师根据各自教学中发现的问题填写报告单，再在教研组集体研讨时进行归整，找出具有共性的问题，再由教师在教学中有意识地解决共性问题。然后，在教研组集体研讨时，实现问题解决的经验、资源共享。这样就形成了个人→集体→个人→集体的问题解决的校本教研模式。

同时，我们要求教师对一周的工作有认真地回顾与反思，设计了“一周工作自我反思表”。以钟巧老师的反思表为例：

一周工作自我反思表

姓名：钟巧　　　学科：品德与生活

1. 问题档案： 在热烈的小组讨论后，如何使学生重新回到正常的教学活动中来，继续下面的教学活动，也就是如何“收”的问题

续表

2. 问题的主要环节： 在热烈的小组讨论后，经常出现教师不能把学生“收”住的现象
3. 问题的解决： 运用激励性评价，表扬及时“收”住的小组。 逐步让学生养成讨论完后及时举手汇报的习惯
精彩回顾： 在教学《秋天的乐趣》一课时，学生分组集体合作完成用秋天的种子和树叶创作的作品后，我及时对最先完成作品的小组给予激励性的评价并将他们的作品展示出来，让学生进行评价，很快学生就回到了作品汇报与评价活动中，做到了收放自如

（3）反思、实践、学习

从校本教研过程来看，教师养成习惯性研究最好的办法是不断反思，不断实践，不断学习。我们做到了反思有制度，实践有要求，学习有时间，将反思、实践、学习紧密结合起来，形成了反思、实践、学习的循环。尤其是在理论学习环节，我们开展了系列读书活动，如：每人向大家推荐一本好书，推荐一篇美文活动，读后感、读书笔记征集活动等，既丰富了教师的业余生活，又大大提高了教师的理论水平。

①反思→学习→实践：以反思为起点，寻找解决问题相关理论进行学习、探讨再付诸实践。

②学习→实践→反思：以学习为起点，在实践中检验理论，再进行反思。

③实践→反思→学习：以实践为起点，在实践中进行反思，通过反思激发学习理论的动机。

2. 同伴互助

强调教师之间的专业切磋、协作与互助，鼓励教师互相学习、探讨、彼此支持、共同分享。

（1）对话

我们采用两种教师对话方式，一种是浅层次的非制度化的日常交谈，主要指信息的交换和经验的共享；另一种是制度化的交流，指教研活动时间组织的研讨。

（2）协作

课前合作——集体备课：集体备课的资源，教师可共享。

课例研究——共同攻关：我们将教研活动地点设在课堂，有时一个课例由一个教师执教，课后集体评课，指出不足及改进建议，由执教教师进行反思后，再在另一个班执教；有时是同一个课例由不同教师执教，解决教学中出现的某一问题，取长补短，实现经验共享。如四年级胡芳字、吴羽两位语文老师就自发开展了一次课例、两次反思的合作研讨模式。吴羽老师在教学札记中这样描述他们的合作："刚接触北师大实验教材，我有些不知所措，备课不知从何下笔。数学老师同样一堂课在不同的班级上，往往有不同的效果，那么语文老师是不是也可以做这样的尝试呢？我和平行班的胡芳字老师商量，她先在两个班上第一篇课文《师恩难忘》，然后我在两个班上第二篇课文《孔子和学生》。听了胡老师的课后，我真是受益匪浅，开始准备上《孔子和学生》一课。第一节课时我在四（2）班上，学习字词时，我采用的是先让学生自学，然后分组分段、汇报交流的教学方法。课后胡老师给我提出建议，在学生自学前，就提出分组学习、分段汇报的自学任务。这样给学生自学的时间就更充分。第二节课时，我在四（1）班采用了这种教法，学生的自学活动果然开展得更好。就这样，我们轮流备课，上课，每互相听一节课后都给对方提出改进的意见，我上语文课就不再畏难了。"

课后互助——平等对话式的评课活动：评课时，我们让全体教师明确要立足于助，而不是局限于评。如当评课者与被评教师对某一教学环节存在意见分歧时，先由执教教师谈教学设计思路，评课者以提问的方式发表自己的意见，再给被评教师解释与答辩的机会，这样既使执教教师阐述了自己的教学思想，又乐意接受同伴的帮助，改进教学中的不足。

3. 专业引领

加强与教研部门、高等院校和其他校外专业研究人员的联系，定期或不定期地邀请他们参与学校教研活动，努力发挥校内、校外专业人员的引领作用，为教师提供切实有效的帮助，使他们不断提高自己的教学水平。如湖南师大石鸥教授所带的研究生欧阳老师经常周三来我校对五年级一个班进行跟踪听课，开展有关师生互动的调研活动。作为高校专业研究人员，对我校教师的课堂教学起到很好的专业引领作用，五年级语文教师吴红在她的教学日记中写道："说实话，刚开始我有点害怕周三的到来。因为周三欧阳老师要来听我的课，总得有点准备吧。我有点畏难，同时，我也担心他会将一些我教学失误的不良信息反馈给学校行政。可几周过去了，我却越来越盼望欧阳老师走进我的课堂，听我原汁原味的课，因为他首先给我吃了定心丸——绝不与学校行政评价我教学的好与坏。课后，他总是耐心地与我交流意见，提出很多实质性、可行性的建议，使我能不断总结经验教训，调整自己的教学，并尝试新的课堂生活——反思性教学。每一次课后都有新的收获。我感到自己正在飞跃。而在这飞跃的后面，是欧阳老师巨大的手掌推了我一把……"

我们采用了三种专业引领的方式。①扶助引领。这是由下而上的。是学校教师在教育教学中遇到问题，需要上级专业研究人员的扶助、引领。②指导性的引领。这是教师参加上级教研部门组织的带有指导性意见的培训、研修，如通识培训、学科培训。同时，我们还邀请外地专家、同行来校参与教育教学研讨活动，从他们那里获得专业引领。如三年来有全国校长培训班专家，以及大连、广州、辽宁、锦州、湖南省师资培训中心等1200多名专家、同行来我校开展教研活动，在与这些专家的对话与交流中，我们获得了解决问题的理论和实践经验的启发。教师也在这种对话与交流中发现值得研究的新生成教育问题或教育事件，并以此作为后续的教学研究的"研究课题"，从而提升了校本教研的质量。③校内理论学习引领。即由学校教科室、教导处组织的理论学习，进行理论引领。

4. 实施教师发展性评价

研究中我们发现对教师发展性评价能更好地激发教师积极、主动地参与校本教研，因此我们把校本教研与教师发展性评价紧密地结合起来，开展了教师发展性评价的探索。

（1）设计评价工具

对教师的日常工作，我校设计“教师阶段性工作评价表”及“教师专业发展袋”两种评价工具。“教师专业发展袋”内有教师的基于问题的“小课题研究”“收获园”“项目自我评价表”“自我反思表”“学校寄语”等内容。在“教师阶段性工作评价表”中以自我反思评价为主，通过多方面的评价，使教师从多种渠道获得改进教学行为的信息，进而不断提高教学水平。

（2）收集评价数据、证据

通过观察、访谈、检查教师的各种教学资料及“教师专业发展袋”来收集评价数据，注重平时的积累与收集。

（3）制订改进计划

在“教师阶段性工作评价表”“学校建议”一栏，我们依据教师自我评价、自我反思及相关评价数据的收集，指出教师发展优势及工作改进建议，帮助教师明确改进重点，制订改进工作计划及改进工作的具体方法。

这种发展性的评价，强调以诊断问题为基点，以指导教学为手段，以激励教师为目标，充分调动了教师的积极性与主动性，促进了教师的专业发展。

【拓展思考】

校本研训在实效性和针对性上存在突出问题，表现为：一是研训负担重，教师怨声多；二是研训方式死，教师参与差；三是研训效果差，教师应付多。

导致出现这种状况的原因很多，可以归纳为两个方面。一方面由于对校本研训认识上不到位，产生了一些误区，主要表现：一是认为“校本”等于“本校”；二是认为研训即专家讲，教师听；三是认为校本研训就是教研活动，即业务学习、观摩教学；四是认为教师个体不具备研训能力。另一方面是开展校本研训的条件存在缺失。这里的条件，一指校本研训的支撑条件（要素），二指校本研训的支持条件。自我反思、同伴互助和专业引领是校本研训的三个核心要素，环境、制度、管理是校本研训的必要支持条件，这些因素制约着校本研训的有效实施。主要表现：一是教师因职业倦怠或发展不理想等原因，导致教师对自我反思缺乏动机；二是研训计划没有针对性，闭门造车；三是因不科学的研训机制导致教师之间在专业上不信任、不合作、不互助；四是学校无场所、缺设施、短经费、少资源，环境条件难合要求。

农村学校如何彰显特色魅力

每位校长心中都有自己的办学理想和教育理想，要办好一所学校，我认为一定要因校制宜，凸显学校的特色文化，发展学生的个性。特色是学校发展的生命之花，是学生成长的肥沃土壤，是教师创新的活水之源。作为一所农村小学，我们因地、因时、因人制宜，打造乡土气息浓郁的办学特色，让农村的孩子在立体的、多彩的校园中发展个性、快乐成长。

一、因地制宜，让乡土文化浸润孩子

办学特色不能脱离地方优势资源，曲高和寡是不会有生命力的。我校是一所有着优秀传统的农村小学，位于美丽的捞刀河畔。捞刀河镇的乡土文化具有悠久的历史和丰厚的文化底蕴，丰富的乡土资源和浓郁的民间文化一直影响着学校的办学特色。如，学校周边社区中有许多爱好民间艺术的社员，活跃在乡间的腰鼓队、龙狮队中，吸引着学生的目光；作为“湘绣之乡”的捞刀河，刺绣作品享誉中外，妇女们巧手绣出的精美工艺品，成为城里人的抢手货；民间的剪纸、折花、泥塑也激起学生浓厚的兴趣。乡间的稻草、石块、树根、麦秆等都是非常特殊的艺术素材，越是贴近生活又乡又土的材料，越具有开发与创造的价值。我们从乡土资源的利用与开发出发，以“弘扬乡土文化、传承艺术瑰宝”为主线，开设了舞狮和舞龙表演、民间泥塑、民间歌舞、民间剪纸、树叶粘贴、走近湘绣与民间武术等系列特色校本课程。

这些乡土校本课程是依据学生的个性发展以及个体需求开设的，学生根据自己的兴趣爱好进行选修。

案例一：玩泥巴的孩子。玩泥巴让孩子们释放童真。在我们学校，有些孩子的父母亲在附近的砖厂工作，孩子们从砖厂带来黏土，来到泥塑组大显身手。看他们陈列在学校展示长廊的作品，俨然“人人都是艺术家”“每个人的作品都是独一无二的艺术品”。

案例二：心灵手巧的小绣女。来到美丽的捞刀河，你一定会想起有“中国湘绣之乡”美誉的沙坪镇，很多孩子的妈妈是湘绣大师，而孩子也在潜移默化中受到影响。中岭小学出现了这样一群小绣女：以纤巧之指，绣女儿之情。低眉敛眸之间，针起针落。谁不夸她们心灵手巧！

案例三：民间剪纸树叶粘贴信手拈来。瞧，一张彩纸，一把小剪刀，民间剪纸班的同学手起剪落，一幅幅栩栩如生的作品便展现在我们的眼前。上学路上捡来的一片树叶、一根稻草，巧思妙想便成了一幅幅生动且极具创造力的树叶粘贴画。你不得不佩服孩子们的创意和想象力。

还有龙狮组、腰鼓组、民间武术组，如朵朵奇葩盛开在中岭校园。乡土文化的开发，传承了民族文化，给儿童美的经验和感悟，促进儿童的身心发展，以独特形式引导我们下一代处理好人与自然、人与社会的关系。它集知识性、趣味性、参与性于一体，重在培养学生个性，激发创造潜能。乡土文化走进课堂，让学生用自己的眼睛去发现生活美，用自己的手去创造生活美，提升了学生的审美能力和创新能力，满足了儿童求知、求乐、求发展的需要。

“弘扬乡土文化、传承艺术瑰宝”系列校本课程的开发，也成了我们学校德育工作的切入点。我们以培养学生的乡土情怀，激发学生的创作情趣、创新精神和实践能力为目标。对学生进行有益的乡土教育，以家乡的美来感染学生，以美的家乡来教育学生，旨在增进学生校园生活与社会生活的联系，提高学以致用的能力。乡土校本课程的实施凸显了学校特色，丰富了孩子们的文化生活，培养了学生的乡土情怀。它就像朵朵艺术奇葩盛开在中岭校园，并以它特有的内涵加以释放，深深地嵌入中岭这块沃土中。2009 年，我校成为开福区唯一一所“乡土文化进校园”校本课程特色学校。

二、因“时”制宜，让缕缕书香氤氲校园

这里的“时”是指学生在校的闲暇时间。农村孩子的家大多离学校比较远，他们中午在学校用餐，下午放学则在校园里等家长来接。学生在校的闲暇时光比较长，而农村家庭的自购图书非常有限，甚至匮乏。为此，我们充分发挥学校的资源优势，用书籍充盈他们的课余时间。

一、开放式书吧——风景这边独好

苏霍姆林斯基把大量的图书陈列在教室的走廊上，让孩子触目可见，伸手可及，这种方法给了我们很大的启发。我们将综合楼一楼的门厅装饰一新，从室内的颜色布置、植物装饰到富有童趣的桌子、椅子、书架等都进行精心设计、挑选。书吧里的一草一木、一桌一椅，无不给人以轻松、舒适感。我们为它取名为“快乐书吧”。

开放式书吧开张了，场面十分热烈，书吧里人满为患，凳子不够，很多孩子就席地而坐，有的则趴在地上看自己喜爱的书，十分随意和放松。

现在，我们在每一层楼的拐角都放置了别致的小桌子、椅子供学生随意阅读，下课、午间放学后都能看到孩子们在书吧里静静阅读的身影。我们知道，他们正在享受他们的精神大餐，收获着书中的快乐。

二、流动小书柜——孩子们自己的图书室

校园开放式书吧也给班级的读书活动带来了启迪。首先是一个班的一位同学的家长捐了一个漂亮的书柜。同学们都高兴地把自己家里的各种书籍带来，摆进了书柜。空空的书柜变得充实了，热闹了。它成了班级最宝贵的一角，也是同学们光顾最多的地方。同学们还推举出认真负责的图书管理员，负责整理书柜、摆放书籍、登记借阅的图书。他们给每本书都编了号、分了类，并制定了“小书柜管理制度”，人人自觉遵

守。书柜成了班级的焦点。孩子们天天把它擦得干干净净的，一切都安排得井井有条。

但是，班级小书柜的藏书总是有限的，于是我们又将小书柜的书在班级之间进行流动，使孩子们分享到更多的书。

开放式书吧、班级流动小书柜，整合了学校、班级、个人的图书资源，达到了资源共享的目的，使农村学校的学生也能很好地分享丰富的图书资源，丰富了农村孩子的课余生活。

三、因人制宜，在拼搏中让孩子扬帆

从哲学的视角进行透视，学校特色发展的核心和内涵是人的问题。很多校长都在思考一个问题：自己的学校应该拥有什么样的特色。其实这个问题的答案并不在校长的冥思苦想之中，而是在学生与众不同的个性与天性之中。的确，每所学校都应该有自己的办学特色，但这样的办学特色并不是刻意求新求异的结果，而应该是适应和引领学生个性与天性的结果。

我校学生来自农村，他们从小生活在广袤的大地上，大地赋予了他们坚韧的性格和勇于拼搏、蓬勃向上的精神。面对这样一群奋发向上的农村娃，我们将“拼搏”写进校训，并利用特色项目强化、培育这种拼搏精神。如轮滑项目，需要的就是跌倒了再爬起来的韧劲和奋力向前冲的拼劲。我校于2008年建成了专业的轮滑场，为每位孩子购置了专业的轮滑鞋等设备，将轮滑课写进了课程表。

农村学校如何量身打造自己的特色之路是一条鲜花与荆棘并存的道路。唯有不断夯实已取得的成果，并不断用新的思路、新的眼光、新的高度去引领办学，不断挑战自我超越自我，才能一路高歌，阳光灿烂。

在个体身上看中国教育四十年

有人曾说："中国教育是一个天大的问题，不是说我们有多大的本领把它办得多么好，而是我们居然可以把它办得这样糟。"这样的一记闷棍既打在数以万计的教师、教育工作者的身上，也把40年基础教育打入"十八层地狱"，如何客观地看待基础教育40年走过的历程，以及其中的艰辛与成效，我想从2018年12月《未来教育家》的策划与着笔说起。

"教育发展"这个主题本来就宏大，何况是在40年的时间轴上，以什么样的笔触来呈现这样的空间与时间，宽度、厚度与长度。时间是无尽永前的，空间是无界永在的，教育发展是无限可能的，时代的各种印记都会或多或少地折射在教育发展上，这是一个很难述写的"宏大"。

而这一期《未来教育家》的着笔，以小见大，以微见著，以个体走向整体，以现象走向本质。

其一：改革开放40年，如何来回顾和展望我国的教育发展40年的历程，这一期《未来教育家》没有以时序来记录，没有以纵向时间轴串联横向维度的重要节点、事件，而是采撷一个时代，一支笔，一群人，一份坚守，一炬薪传，一所小学校的不同角度来进行40教育的回顾与展望。

一个时代：在柳斌的《中国基础教育四十年》，这一份沉甸甸的报告中，我们依稀可见基础教育走过的艰辛道路及在穷国办大教育的背景下获得的成效，一张"隆回县姚洪镇集资办学大会"的照片，一下子把我们的记忆拉回到那些特定年代：解决教育经费不足经历的曲折过程、素质教育与伪素质教育之争议、三百多万民办教师的身份问题，这一幕幕的记忆如照片般一帧帧回放，我们这一代教育人都亲历其中。40 年，我们办着世界上最大体量的基础教育，虽然至今还存在着地区之间、城乡之间、校际之间不平衡，甚至是严重不平衡，但我们向前的步伐毋庸置疑。我们也在逐步回归教育的本真，基础教育关键在“基础”，“基础”在于为国民素质打下基础，为每一个终身发展打下基础，成为整个国民教育的基础。

一个人：（景山学校首任校长敢峰《我在基础教育改革中的一点感悟》）景山学校是 1983 年邓小平书赠“三个面向”的学校，从敢峰校长这一个体身上，我们看到我们这一代教育人的梦想、追寻、实践与思考。

一支笔，一群人：以在《人民教育》任职 42 年的刘堂江记者的《我眼中的那些教改典型》来铭记一群人的成长印记，这些典型人物，影响着教育发展的脚步。如《手执金钥匙的人们》：催生中国特级教师制度；《任小艾》：吹来了更新教育观念的清风；《跨世纪教育工程》：竖起一面素质教育的鲜艳旗帜；《教育家办学：北京十一学校的探索》：提供了一个新时代教育家办学的样板。正是这些无以数计的“典型”和未呈现出来的默默耕耘的非“典型”，撑起基础教育一片天，成就了基础教育的以人为本，成就了“两基”目标，成就了教育均衡及教育公平。

一份坚守：《李吉林：从小学教师到儿童教育家》让我们看到了真正学习者、实践者如何从一名普通的教师成长为人民教育家以及她身上闪耀的影响后继者的无限光华。

一炬薪传：《落实学校办学自主权是增强教育活力的必然选择》——华南师大附中办学实践的启示。华南师大直属广东省教育厅和华南师范大学，这种行政管理关系为该校办学提供了良好的管理环境。只属于省教育厅，相对于市属、区属学校它们少了管理的层级，因此在办学的过程中少了来自各级的意见，减少了许多微观的要求，拥有了更大的自主作为的空间，校长有了更多的时间与精力专注于学校办学，如果一个校长连自主支配的时间和精力都不能保障，一切只是奢谈，因此，减少对校长的外部干扰，减少微观管理，让校长拥有更多的时间和精力专注于办学是最基本的保障。其二，从华南师大历任校长的迭代传承中我们也能获得启示：校长之间的相交传承有利于办学传统的“迭代相加”，几任校长长期工作在一所学校的工作岗位上，校长之间交相传承，前后衔接，在一种相对稳定的管理环境中，迭代相加，不断完善办学理念、丰富办学思想，学校文化得以薪火相传。一个校长、一所学校的办学思想、办学理念、学校文化的形成，不是朝夕之间一蹴而就的，它必须经历一个孕育、萌芽、生长、成熟的过程。

一所小学校：《一所小学校的历史变迁》——看巴蜀小学几代人的“创造教育”如何与时代要求同频共振。

其二：忠实于个体与真实，没有任何一种记录方式能如此毫无保留地展现个人对于时代所投入的心血与热诚，与过去进行回顾式对话也好，以当下目光审视一段既成历史走过的路也罢，都已最大限度地贴近与还原，既不故作粉饰，也不恣意拔高。

阅读，很多时候，不是我们读懂了文字、书籍，而是文字、书籍读懂了我们，观照了我们的经历、我们的彷徨、我们与这个世界的“格格不入”以及与自我的和解。40 年，作为具体而微的个体，我在教育战线已经走过了 30 年，依稀还记得那个刻着钢板、油印试卷的青涩姑娘，记得那个描着、画着自制幻灯片，上电化教学公开课的青年教师，记得那个央求长沙大学计算机系的家长做 Flash 课件的执着女教师，那时学校还没有多媒体，我带着孩子们来到长沙大学计算机室上语文课，大概是区域内最早尝试多媒体教学的人。记得那个背负行囊从城市来到乡村的出发者，乡村七年，苦且累，却是教育生涯最华美的七年……我们这一代中师人，无悔青春，不愧年华。我们还时常会为教育“饱含热泪”，只因为我们爱得深沉。

人们总认为两点之间线段最近，于是拼命寻找“成功”的捷径，大自然却将河流、道路弯成优雅的曲线，缓缓而行，教育亦然，所有的曲折、艰辛都是缓慢前行的态势。

你若盛开， 清风自来

九月，开学典礼，迎着新学期的第一缕朝阳，在鲜艳的国旗下，我们的教师总会庄严举起右手，郑重宣誓：

“我是四方坪小学的教师，
我知道：照亮学校的永远不是分数与名气，
而是孩子们幸福美好的童年。
从此刻起，
我要怡养丰盈内在的心灵，
我要保持向上向善的姿态，
我要引领儿童精神的家园。
我承诺：
践行‘广博精湛开拓奉献’的四小教师精神，
做可爱可敬的人民教师!”

新学期、每周的升旗仪式，孩子们总用稚气的声音诵读他们的誓词。

开学典礼、新生家长会、全校家长会，我们的家长也会一次一次宣读他们的誓词。

就这样，反复地宣读，春风化雨，用庄重典雅的仪式文化，让誓言植根于心田，让办学的理念变成师生、家长共同的愿景。

基教科这次给了我们一个命题作文，要求谈文化立校，理念办学，站在我校文化墙“文化立校生命为本”八个大字前，我久久地沉思。

文化立校

学校文化是个宽泛而内涵的词，梁漱溟先生说："文化就是一个社会过日子的方式。"鲍传友教授用了一句浅显的话诠释学校文化："文化的实质，是他们怎么过日子的，学校文化就是师生在学校如何过日子的，是学校教育教学的一切行为方式的表现。"在此，我只能言说一下我们师生在校园中过日子的一些小故事，讲述一些不用提醒的自觉，或许，您会感到文化已经柔软地弥散开来。

1. 广博精湛的教师文化——熏染与传承。我们如何抵达专业的深度与广度？老师们最喜欢的一句口头禅是：优秀是我们的习惯。我们学校骨干教师自主成立了芝兰读书社、名班主任工作室、数学名师工作室，每个工作室由首席教师、种子教师、清荷教师组成。每周会举行一次"书香四方，照亮一群人"的读书分享；四月，全体师生会诵读春天的诗；班主任工作室有独具匠心的全校家长会策划，数学工作室有自主申报的示范课。他们用自己的行动传承着"广博精湛"的教师精神，用行动诠释着"优秀是我们的习惯"。行政团队提倡走动式管理，在走动中遇见美好，捕捉优秀，用手机镜头随手记录闪光的瞬间。每周的教师例会，我们没有枯燥的工作总结，而是一组组诗情画意的"精彩回眸"。用镜头记录着"优秀是我们的习惯"。每当一个工作任务完美完成，行政在教师群里为大家点赞时，立马就有教师评论："优秀是我们的习惯。"甚至有办公室的教师把这几个字自发地贴在墙上。"优秀是我们的习惯"成为老师们最平常的在学校"过日子"的方式，成为不用提醒的自觉，这也就是一种教师文化。

2. 可敬可爱的学生文化——播种与希望。"幼儿养性，童蒙养正，少年养志。"孔子曰："少成若天性，习惯成自然"，童蒙养正教育是奠定孩子一生幸福的基础。孩子们人手一册的《播种集》，打开扉页，是校长妈妈的一封信：亲爱的孩子们，菜有菜的种子，花有花的种子，习惯是种子，书籍是种子，今天是明天的种子，我，是自己的种子。我们以这本《播种集》为载体，开展文明、学习、阅读、生活好习惯系列养良习活动。每周五的中午10分钟全校开展好习惯自评、互评活动，周六，家长结合在家情况点评，一个好习惯能保持21天就可以收获银种子，保持49天就可以收获金种子，在孩子们不断收获银种子、金种子时，他们身上品行、习惯越来越凸显着“可敬可爱”。在学习习惯、阅读习惯的养成中，老师们运用了“家校自评手册”、阅读银行存折等做法，可以说，良好的教学质量与孩子们良好习惯的养成密不可分。

3. “家园式”的管理文化——温情与自由。我们把“鼓舞他人”“服务他人”“成就他人”作为管理的宗旨，简言之：爱他，帮他，成就他。学校，是一个灵魂自由的家园。在这个家里，每一个家人都享有充分的话语权，有家人的关爱与包容，有家的自在与自主。“家园式管理”对教职工尽可能地“敞开”，是对教职工最快速地“回应”，每年，我们的教职工大会上，每位老师都会发声，写上自己的民主提案，各部门会根据工作的改进，进行提案答复，教职工最后要写上自己的满意度。每位教师都能感受到自己为学校进言献策、当家做主的主人翁意识。有了家园情怀的认同，大家就有了对学校的悦纳！也就有了对教育教学的倾情付出。

生命为本

敬畏孩子的生命，遵循、顺应孩子生命成长的规律。这是我校校园文化最核心的价值追求。

1. 课堂上，让孩子站在讲台正中央：孩子生命在场，至高无上。引导教师在课堂中以学生为出发点，以学生主体参与为基础，关注孩子的课堂生命状态，关注孩子的生命自然的勃发，使孩子在课堂中生动起来，让孩子的生命在课堂中灵动、鲜活起来。在生命课堂、生本课堂理念的引领下，我们以课题研究促教学，在课堂中落实“以学定教，少教多学，先学后教”的原则，如语文组的对话式阅读教学研究、数学组《以学定教》课题研究。课堂里对孩子生命参与状态的关注，激发了孩子勃发的学习内驱力，可以说我们的教学质量的提升得益于我们生命为本理念的引领。

2. 校园里，让孩子站在校园正中央：让孩子在校园中享有充分的话语权，有归属感，让校园成为孩子幸福童年中的那份美好。如：和校长妈妈说说心里话，给校长妈妈的一封信、我的食谱我做主、自己动手彩绘校园等系列活动，一个个新颖、独特的活动无不体现着我们对孩子世界的平视、尊重，对孩子生命的关爱、敬畏。前不久，媒体报道的《一封写给市长的来自初一学生的信》，写信者就是今年刚从我校毕业的文加质同学。

3. 活动中，让孩子站在舞台正中央：活动是学校文化的重要载体，规模的大与小、花样的多与少都不应是学校文化活动追求的目标，最重要的是孩子们在参与中获得一份愉悦与启迪。这才是学校文化活动的基本出发点。记得去年老师们在讨论艺术节时，提出两种方案：整一台精彩的节目邀请家长、领导观赏；不请外宾，让所有的孩子走上舞台，展示自我。我们选择了后者，确定了“七彩童年，秀出我自己”的主题，为期一周的艺术节，多媒体教室的舞台向所有的孩子敞开，让每一个孩子都走到舞台的中央。艺术节不再只是艺术尖子的舞台，而是所有孩子的节日。每年，我们还有体育节、“悦”读节、科技节、学科节等活动。

开学典礼上我讲话的题目是《什么是最重要的》，结业典礼上我讲话的题目是《做人比分数重要》，我从孩子们身边的小事说起，告诉孩子们：品行、体育、艺术、科学等比分数重要。如果说，我校学生综合素质、学业成绩还可以，我觉得也许是我们文化引领、理念办学的“额外的奖赏”，也许是一种自然而然的“水到渠成”——“你若盛开，清风自来”。

开展以校为本的自我反思，促进教师专业成长

教育家杜威认为，反思是“根据情境和推论对自己的信念或知识结构进行积极的、持久的、周密的思考”，是问题解决的一种特殊形式，反思是一个能动的、审慎的认知加工过程，是对个体观念的再加工过程。在杜威研究的基础上，伯莱克认为，反思是立足于自我之外的批判地考察自己的行动及情感的能力。使用这种能力的目的是为了促进努力思考以职业知识而不是以习惯、传统或冲动的简单作用为基础的令人信服的行动。教学中的反思依赖于理智的思考和批判的态度与方法，是教学主体自我解剖的过程。反思对教师学会如何教学和教师从教学中学会什么具有重要作用。只有经过反思，教师的经验方能上升到一定的高度，对后继行为产生影响。应该说，反思是教师自我发展的重要机制，是加快教师成长的有效途径。近几年来，我校申报了中国教育学会“十一五”规划课题《开展校本教研，促进教师发展》，我们将如何培养教师的反思能力作为重要的课题研究内容。

一、在教育教学反思中诊断自我

在教育教学中我们重视教师的个人反思，努力帮助教师学会判断自己教育教学行为的合理性和有效性，进行自我诊断和反思。

1. 开展教学反思

①备课时问自己：是否遇到什么困惑？是否调整了教材？为什么这样调整？让教师反思自己的备课，实际上是引导教师说出自己的“内隐

理论”。如年轻教师备课时，在备课稿右栏中设计一个“学情预测”栏目，让他们根据所教班不同的学情，及时地调整自己的教学设计，将眼光更多地关注学生的个体差异，关注学生全体。

②上课中关注什么：是否发现了预料之外的问题，怎样及时地处理这些问题。利用这些问题作为课程资源，及时提醒自己在课堂教学过程中多关注“人的问题”。如一年轻教师在教数学第十册《能被2、5、3整除的数》一课中，针对相似类型的问题，在第一次教学设计时，她预设了四次小组讨论。学生第一次讨论时积极、热烈，到最后一次讨论却消极、被动。在第一次课例研讨时，教研组其他老师指出这点，使她对自己预设的过多环节进行了认真的反思。她在反思中写道：“通过同行的指导，我认识到自己预设的讨论环节缺乏对学生的关注。有的讨论问题缺乏层次性及可问性。难度性不大的次要问题也让学生进行小组讨论，这是一种无效的讨论。”于是，她及时地调整自己的教学设计，将四次讨论改为一次讨论、一次小组合作学习，有效地提高了教学效率。同一课例在另一个班上教研课时教学效果大大提高。这样，教师反思自己的教学策略的习惯往往会强化教师的策略意识，增强元认知能力，元认知能力增强了，有助于教师审视整个教学过程，进行全面深入的反思。

③课后问自己：有哪些比较满意的地方或有什么困惑。这种反思在于通过教师的自我评价、自我表现和自我欣赏而形成恰当的积极的“自我意识”。现在写课后反思、札记、后记已成为我们学校教师的一种习惯。他们能做到随时随笔记下教学中点滴的成功、失败，及时调整自己的后继教学。如我们的年轻教师不但及时记录每节课的后记，还在每个单元教学后，写单元教学札记，仿佛是一篇篇的小论文、一篇篇的小课程故事。

通过教师对备课、上课、课后的自我反思，唤醒教师的“提问”意识和“解题”意识，使他们在自我反思中捕捉小问题，提升大问题，带着问题走进以校为本的教研活动。

2. 撰写问题文本

鼓励教师做有心人，带着研究状态走进课堂，在研究状态下工作，完成反思文本。每期的开学初，我们都会将《教师小课题报告单》发给教师。教师根据各自教学中发现的问题填写报告单，再在教研组集体研讨时进行归整，找出具有共性的问题，然后由教师在教学中有意识地解决共性问题。最后，在教研组集体研讨时，实现问题解决的经验、资源共享。这样就形成了个人→集体→个人→集体的问题解决的校本教研模式。

同时，我们要求教师对一周的工作有认真的回顾与反思，设计了《一周工作自我反思表》，如下表：

一周工作自我反思表

姓名：×× 学科：××

1. 问题档案：
2. 问题的主要环节：
3. 问题的解决：
4. 精彩回顾：

二、在学习、实践、反思中提升自我

从校本教研过程来看，教师养成习惯性研究最好的办法是不断反思，不断实践，不断学习。我们做到了反思有制度，实践有要求，学习有时间。将反思、实践、学习紧密结合起来，形成了反思、实践、学习的循环。尤其是在理论学习环节，我们开展了系列读书活动。如：每人向大家推荐一本好书，推荐一篇美文活动、读后感，读书笔记征集活动等，既丰富了教师的业余生活，又大大提高了教师的理论水平。

①反思→学习→实践：以反思为起点，寻找解决问题相关理论进行学习、探讨再付诸实践。

②学习→实践→反思：以学习为起点，在实践中检验理论，再进行反思。

③实践→反思→学习：以实践为起点，在实践中进行反思，通过反思激发学习理论的动机。

三、在发展性评价中认知、改进自我

研究中我们发现对教师发展性评价能更好地激发教师积极、主动地参与校本教研，因此我们把校本教研与教师发展性评价紧密地结合起来，开展了教师发展性评价的探索。

1. 设计评价工具

针对教师的日常工作，我校设计了《教师阶段性工作评价表》及《教师专业发展袋》两种评价工具。

附：《教师阶段性工作评价表》

<table>
<tr><td>自我评价</td><td></td><td>我的工作改进计划</td></tr>
<tr><td>同行眼中的我</td><td></td><td>1. 我的不足：</td></tr>
<tr><td>学生眼中的我</td><td></td><td>2. 改进要点：</td></tr>
<tr><td>家长眼中的我</td><td></td><td rowspan="2">3. 主要措施：</td></tr>
<tr><td>学校的建议</td><td></td></tr>
</table>

在《教师阶段性工作评价表》中以自我反思评价为主，通过多方面的评价，使教师从多种渠道获得改进教学行为的信息，如：“同行眼中的我”“家长眼中的我”“学生眼中的我”，即通过同行评价、家长评价、

学生评价来获取信息，而大家经常如实地提出各种想法和意见，将有利于教师形成对教育教学工作的正确认识，从而有效地修正自己的教学，进而不断提高教学水平。

2. 收集评价数据、证据

通过观察、访谈、检查教师的各种教学资料及《教师专业发展袋》来收集评价数据，注重平时的积累与收集。

3. 制订改进计划

在“学校建议”一栏，我们指出教师优势及工作改进建议，帮助教师明确改进重点，制订改进工作计划及改进工作的具体方法。

这种发展性的评价，强调以诊断问题为基点，以指导教学为手段，以激励教师为目标，充分调动了教师的积极性与主动性，促进了教师的专业发展。

四、用《教师成长档案袋》记录自我反思、成长足迹

在《教师成长档案袋》中，我们以专题的形式存档，设有几个专题：如“我的专业发展计划”“自我反思”“我的叙事研究”“同伴互助”“专业引领”“收获园”等，每个大专题下还设有相关的小专题，每个专题之下，由教师本人通过回忆自己的教育观念、教育行为并对其进行反思，从而记录下自己过去的状况、现在的状况、自己的进步、自己尚需努力之处。可以说，《教师成长档案袋》可以代表教师个人在某一领域发展的历史、现状和未来趋势。《教师成长档案袋》建立的过程是教师对已有经验进行整理和系统化的过程，是对自己成长过程的积累过程，也是教师自我评估、反思的过程。它不仅可以提供关于教师个人的评估反思结果和发展建议，还可以对教师的发展进行定位。

教师作为研究者，成为反思型教师，是时代提出的要求，由上我们可以看到，在以校为本的自我反思中，教师可以综合运用多种方法反思自己教育教学活动，如对观念、计划、行为、态度等进行反思，从而提高自身的教育教学能力，加快自身的成长，反思将是教师成长的不竭动力。

如何以学评教　以评促教

一次尴尬的评课活动

这是一堂二年级的《品德与生活》课例研讨课，年轻的钟老师执教《我的手儿巧》，课前她进行精心的设计，先由猜谜导入，然后在游戏和活动中让学生体验和认识到小手会做事、会认东西（触摸）、会说话（手语）、会表演，动手可以健脑，最后进行拓展活动：小手会创造。课后教研组进行了评课活动。

首先发言的是老教师陆老师："我认为钟老师作为年轻教师在讲台上表现得沉稳，无论教态、语言都很亲切，深得学生的喜爱，教学层次分明，活动和游戏的设计恰当，深深地吸引了学生，学生兴趣盎然。板书也很新颖，一只大大的手掌，每个手指上写上一个小手的功能，符合低年级学生的形象思维的特征。"

接着发言的是陈老师："钟老师是一位素质全面、基本功扎实的年轻教师，这节课设计精心，一环扣一环，节奏感强，不同游戏、活动的安排，吸引了学生的兴趣，活跃了课堂气氛，但学生的参与面不广。我觉得还可以安排一些人人参与、生生互动的活动。"钟老师一边点头，一边记录着老师们的评课要点，脸上溢满了被肯定的喜悦。

接下来发言的是年轻的袁老师："刚才老师们都对这节课的优点谈了很多，我就不重复了，我谈一点我个人的不成熟的想法。我认为这节课教师预设的环节太多，虽然听课者感到很舒服、很精彩，但学生是在往教师课前设计好的框框里钻，是在配合教师完成教学任务，实际上是被动式地在接受，主动性、积极性并没有真正调动起来，主体地位并没有真正确立起来，因为课堂上的每一个教学环节、每一个步骤都是教师事先精心安排好的。”

袁老师的一席话使得会场格外安静，我看到钟老师停住了手中记录的笔，脸上有一丝不易觉察的难堪。我既为袁老师对事物敏锐的洞察力感到高兴，又为他这种直来直去评课感到一丝不安。（年轻的钟老师能接受这种直率吗？）以上两种大相径庭的评课结论引起了会场的沉默，课例研讨活动似乎在此僵住了。

生成研修主题

该以何种方式、从什么角度来评课，引起了我的思考。作为此次课例研讨活动的主持人，我及时地抓住这个新生成的问题，出了几道思考题作为下一次教研活动的主题：在新课程理念下是以教师怎样教，还是以学生怎样学来评价课堂教学？评课是为了展现评课者的水平，还是为了帮助执教教师诊断问题，改进教学，促进教师专业发展？评课时该以怎样的方式与执教教师交流，使之更乐意接受同伴的帮助？我为此提炼了如下研修主题：如何以学生的“学”来评价教师的“教”，平等交流，以评促教。

组织理论学习

为了使老师们对以上研修主题有更深刻的认识，我在第二次校本研修时组织大家进行了一系列与研修主题相关的理论学习。

一、《基础教育课程改革纲要（试行）》中提出的基本理念之一

“改变课程评价过分强调甄别与选拔的功能，发挥评价促进学生发展、教师提高和改进教学实践的能力。”在这一基本理念的指导下，在评价改革过程中应发挥评价促进教师发展的作用。对课堂教学的评价，不只是简单地对课堂教学效果做出结论性的判断，还应利用课堂评价帮

助教师发现、诊断问题，改进教学，促进教师的发展。

二、《新课程与评价改革》中《以学生的“学”评价教师的“教”》

提倡“以学评教”。即以学生的“学”来评价教师的“教”。传统的课堂教学评价以教师为中心，以教论教，评定一堂课的效果也是从教师的角度出发，诸如教态自然、板书规范、语言清晰等，新课程课堂教学评价首先关注的是学生的学，体现了新课程的核心理念——为了全体学生的全面发展。课堂教学强调教学内容与学生生活的联系，强调学生主动参与、合作学习、乐于探究，注重学生在知识与技能、过程与方法、情感态度与价值观等方面的全面发展，新课改评价一堂课的优劣，重要的不是看老师是怎么教的，而是看学生是怎么学的。“以学评教”强调以学生在课堂学习中呈现的状态为参照来评价课堂教学的质量，从课堂上学生的认知、思维、情感等方面的发展程度来评价教师教学质量的高低，具体表现为学生在课堂上呈现出来的四种状态，即学生的参与状态、交往状态、思维状态和学习达成状态。这种评价不仅注重对课堂教学的结果的评价，更注重对课堂教学过程的评价。

三、《校本教研示例与指导》

课堂教学评价评的虽说是课，但教师作为讲课人实际上也处在被评的地位。在课堂教学评价的过程中，评课人与讲课人形成了评与被评的一对矛盾，运用好心理学方面的知识来处理评与被评的关系，发挥课堂教学评价的激励功能，有助于调动教师的教研工作热情，展示教师的教研工作才能。评课者需要保护教师的自尊和改进教学的积极性，同时我们对教师教学的评价要立足于帮，而不是局限于评，是为了帮助教师提高教学实效，而不是为了展现评课者自己的水平。可以采取“平等对话”式的评课策略，即评课者与被评者完全是对话式的平等、和谐的交流。如当评课者与被评者对教学某一环节有分歧时，评课者先是以提问式方法发表自己的意见，再给被评者以解释答辩的机会，在这种平等、开放、问答式的评课方式中，既能使执教教师自由阐述自己的教学思想，又乐意改进教学中的失误。

开展实践研修

通过这一系列的理论学习，老师们已对如何以学评教、以评促教有了初步的认识，于是我们又开展了实践研修，引导老师们在实践中以学评教、以评促教。在活动前我对老师们提出3点研修要求：

1. 参与者发现“以教师的‘教’评价课堂教学”的不足。

2. 参与者能够在交流中思考如何以学生的“学”来评价教师的“教”。

3. 参与者学会如何通过平等沟通，帮助执教教师改进教学。

研修前，我们准备了一堂课堂教学录像及教师个人评课记录表。对参与评课的教师进行了分工，分为：教师素质组（观察教师“教”的基本素质）、教学目标组、方法过程组（观察学生参与状态、交往状态、思维状态）、效果组（观察学生的学习达成状态）、情感态度组。分组的目的是让参与教师从“教”和“学”不同的角度进行评价，评价时有所侧重。接着，观看一段课堂教学录像，参与教师同时进行听课记录。

个人评课记录表

所属组别	教与学行为填写	评价意见	评价标准（角度）	与执教者交流的问题

然后组织参与者自由发言，发表自己对这堂课的评价意见，记录员记录在大白纸上。另一记录员记录与执教者交流的问题。接着引导教师观看以上记录，进行反思，讨论交流以下问题：

为什么不同组的评价者看到不同的师生行为？对同一教学行为，不同的人评价意见不同，这说明了什么？哪一些与执教者交流的问题更能让执教者进行反思，更乐意接受改进意见呢？

通过这次意外生成的校本研修活动，很好地引导了教师在实际中正确进行课堂教学评价，也为我们行政人员如何开展具有实效性的校本教研起到范例作用。

让组织处在自主生发的场域

——学校品牌建设的内生价值

教育是守望，是生长，是一群人的守望中的生长。短短的一年多，四百多个日子，培训师团队十几位专家和我们走过日月星辰，陪我们在品牌建设的路上跋涉前行，在课改的路上探索实践，一路走来，我们在研讨的路上，有过分歧、有过碰撞，更多的是共鸣、共识、共生长。依稀所见的是由内而外的生命拔节，那是由表及里的生命的核变。人们总认为两点之间直线最近，于是拼命寻找“成功”的捷径，大自然却将河流、道路弯成优雅的曲线，缓缓而行，我想：教育亦然，品牌建设亦然，所有的曲折、艰辛都是缓慢前行的态势。

驻点实践期间，培训师团队改变着我们的心智模式，明确着我们的愿景，在言行、态度、环境中给我们团队赋予正向的力量！引领着我们从传统的过去走向有意思有意义的今天。品牌学校建设让我们团队在从命令链到价值链、人际链到共生链中自主生发，形成能量满满的组织场域。我想围绕“引领、赋能、共生”三个词讲述发生在我们之间的三个故事，采撷几朵小浪花讲述品牌学校打造过程中的价值引领。

故事一：引领

我想从许平老师的一个美篇说起，一位语文老师、一位一线老师、一位忙碌着的老师，有一天，静下心来，用诗意的文字、精美的照片将语文组在培训师专家团队引领下走过的点点滴滴一一记录下来，没有人要求她这样做，也没有人布置她这样做，她在开篇自写一首《清平乐·实小课改》：巍巍实小，“三现”课堂好。“发现实现呈现”妙，学生主体师主导。合作探究引领，小组初具雏形，尤喜语文团队，课堂内外双赢。这让我想起了2018年的寒假，培训师团队第一次走进实小，开展为期一天的培训后，石科长对我说：“张校长，老师们的精气神还得提一提，团队不在向上的蓬勃的状态啊！”是啊，我也看到老师们的在会场茫然的表情，个别老师在会场的昏昏欲睡。于是，作为培训师团队，作为校长，我们都在思考如何去引领教师和自己的关系、他人的关系、团队的关系形成一种良性的、正向的一种影响；在言行、态度、环境中赋予他人的正向的力量；在组织发展的愿景中找到自我发展的需求。这些思考中，培训师想到的是引领，引领心智模式的改变，引领个人从组织愿景中找到自己，找到自我发展目标，或许，专家面对面的培训是一种显性的引领，而帮助教师建立自我发展意愿，是一种隐性的更有意义的引领。而教师自我发展的意愿是教师专业成长不竭的原动力和内驱力。2月14日，最美好的一个节日，培训师团队和我们一起，首席石少腾带来的《未来以来》，告诉我们为什么“改变”。王香莲老师以她在一所偏远小山村的《我的成长故事》，告诉我们成长就在身边，就在教育的日常里，与环境的好坏并无大多关系。王者兰老师的《如何进行个人规划》，告诉我们找到自己发展的优势、不足与瓶颈，找到最近发展区，每一个人都能在组织中找到自我，学校发展并非与我无关，组织愿景中一定有个体的发展目标。那一天，当我们郑重地举起右手，宣读我们的行动纲领：“从今天开始，我要向全世界宣布，我要做一个行动的巨人，我要在行动中去学习、去成长，在行动中去纠正、去调整。我要马上行动，立即行动，行动！再行动！”仪式感满满，那一刻，行动的种子，思想的花蕾已经萌芽、开花。这就是培训师团队给予的自我发展价值观的厚植吧。

回到刚刚许平老师的故事，她在美篇的结尾处写：“2019年，开福区实验小学的孩子们跟着老师走过了四时流转的物候变迁，成为课堂学习的主人。我们听到了他们生命拔节的声音，这由外而内的生长就是教育的最大价值和意义。”“三现”恰如春草，更行更远还生。

这样的文字不正是实小教师的心路的磨砺，不正是内心的旁白，不正是教师成长的足音吗？

一个学校一定是有语言密码的，这个语言密码，是我们认同的价值追求以一种柔软的方式落地，我们需要用一种团结，用一种效能来带动和激发团队，这样的语言密码如何打开？那么下面我就跟大家分享第二个故事。

故事二：赋能

赋能往往会和“积极”一词相关联，积极的意义，就是能够彼此激励，彼此照亮着前行。我们常常会想到唤醒一词，如果说第一个故事基于个体需要引领下的自我激发，那么，团队该怎么取火，怎样的人心齐泰山移？如果说对教师的引领是一种帮助教师自我赋能，个体赋能，那对于团队，我们需要的是团队赋能，彼此赋能，成为共生自主发光体。

在研讨如何推进这次展示研讨活动方案前，作为校长，我所担心或者忧患的是，谁能承担研讨课的重任？我怎么把这个重大任务布置下去，布置给谁？在部门会议讨论人选时，发展中心熊旭老师说：“我想试试上一节数学研讨课，对自己也是一种挑战。”李文老师说：“我也想上这节研讨课，在专家指导下更好地成长。”邬卫老师说：“我愿意加入课程整合项目组。”

从“我要你做”到“让我来做”，效能与积极性来自哪里？记得第一次培训师团队进入学校开展前期的调研、把脉、诊断后，从老师层面和行政层面反馈的信息是，团队协调不够，职责不明，做事推诿。专家诊断结论是：制度“血脉未通”。而后，怎么对症开方，培训师团队和我们一起坐下来研讨，我们一起反思和思考，学校的发展是一个群策群力的过程，单单依靠某个大神或者管理的精英是远远不够的，单体的智慧总是有局限性的，发挥团队积极向上的力量，才是推动学校变革、全面提升学校持续发展的重要途径。

于是，从落实团队的执行力着力，杨国军老师带来了《中层执行力的培养》开放式培训，我们在活动、在游戏中感受什么是团队，什么是执行力，什么是团队彼此赋能。短短一年时间，培训师团队帮助我们重新修订制度，明确职责，重制度的引领作用，弱化制度的约束作用。这一年，我们的团队在激励、信任、解放中找到了团队赋能的价值所在。

回到第二个故事，从“要你做”到“我要做”，工作的积极性与效能是完全不一样的，我们的团队有了自动力。以自主生发的方式，而不是行政要求的方式精彩绽放。团队的这种积极的正向的能量正是学校发展的最原初的动力系统。这何尝不是一种价值追求与文化导向呢?

在专家团队的引领、激发下，我们开始了自主、主动地生长，倘若我们团队中每一个或大部分能主动发光，我们相信前路一定会光芒万丈。你若盛开，清风自来，我想这样自然切入到第三个故事。

故事三：共生

“共生”一词一点都不陌生。共生里面一定包含一种内生机制，一定也有我们物理学、生物学里的伴生。当然我想说的共生是教育学的生长，是师生的共生，是专家团队与我们的共生。共生背后一定有相同的价值观和美好的品质。

我想请大家看一段视频《宝贝去哪儿》，这是我们孩子们开展主题项目研究性学习的一段视频，孩子们在结尾处自创一首歌：“我的老师有点不一样，带着我们研学遨游”，是啊，我的老师不一样，到底有哪些不一样? 这一年，我们在培训师团队的引领下，编织梦想校园，每一个孩子都会在新学期郑重写下自己的梦想，在开学典礼上投进梦想箱，每一个老师都成了孩子们的圆梦师，年末，孩子们开启梦想箱，写下梦想实现与否的感想，一个个梦想的实现或圆梦的路上，是孩子们素养的提升、良好习惯的养成；雅言、雅行、雅智、雅艺评价体系的推行，过程性数据、关键事件加榜样引领的评价体系，正是实小致雅少年的养成。1+X主题项目研究性学习课程，形成了整合的主题教育课程群，“三现”课堂的实践、探索，一切的出发点和落脚点都是孩子们走向未来的能力提升。孩子的生长一定伴生着教师的专业生长，学校的内涵、品质生长。在这些过程中，我们与专家团队有过热烈的讨论、碰撞、拉锯、共识，这里面也就伴生着我们和专家团队的共生。

再次，回到第三个故事，“我的老师不一样”——专家团队的不一样的引领，共生了不一样的老师，共生了不一样的课堂，不一样的课程、不一样的校园生活空间，共生了不一样的实小致雅少年。这些共生何尝不是品牌学校打造过程中的价值与意义所在呢?

这一年，我们倾听、学习、实践、反思。当这一切成为一种生态和常态的时候，我们发现我们的生命就赋予了新的生长的力量。

“世界上有两件事，一件事是拿这事把时间填满而已，一件事是拿着感情把整个心灵填满。”人真正的成长便是某个时刻心里有一场海啸。此刻，我听到了来自会场的海啸，来自我们在座各位心灵的海啸，来自我们团队的海啸，来自孩子们的海啸。它正踏浪而来，它正汹涌而来。

三、读书笔记

杂谈读书

只是因为喜欢！

我不知道自己算不算是一个“读书人”，或者说只能算一个“非主流”的读书人，读书，于我而言不是“爱好”，只是因为“喜欢”“兴趣”。我偏爱文学类书籍，这与自己年少时的文学梦不无关系，因为读师范时在《诗歌报》上发表了一首短诗，觉得自己俨然是文学青年，有点“魔怔”，有点“如饥似渴”，师范四年，每个假期都要从图书馆借很多名著回家，有一个暑假留校就泡在图书馆内四十多天，更甚的是毕业那年一些书舍不得还，就到学校图书馆“加倍赔偿”去了（罪过啊）！文学梦、诗歌梦随着青春渐行渐远，但阅读的“兴趣”却一直保留着。说自己读书“非主流”，是因为自己阅读的范围不广，往往有人问我，某某专家、大师的著作你读了吗？最近最热门的某某书你读了吗？此时，我都会惭愧地低下头——还好，今天张文质教授问“在座的谁读过《世界是平的》这本书”，我在台下窃喜——我读过，还在教师会上推荐给老师们读。而当大家谈到热播的某某影视剧很好看，我也会惊奇地发现若干年前我读的是原著，比改编后的精彩得多。前几天在好友的博客里看到他列出的因意识流的分歧、因情色描写而被禁的“世界十大禁书”，天啊，我竟看了七本，可见自己所读之书是如何的“不入主流”了。不过，正因为偏爱读文学类的书籍，也使得我在为人处事、待人接物、管理和工作中多了一份豁达和人文。按老师们的说法，是“比较人性化”的一个人。

有时也会去读别人推荐的热门书，也会有读起来索然的现象，于是也想到有时向老师们推荐一本好书，响应的人、认真读的人不多。大家读的还是自己“喜欢”的书。

读书其实也不要强求，爱不爱好读书，喜不喜欢读书与个人的成长史有关，与童年、少年、青春期有着某些的关联。

所以，对于读书，爱不爱好，喜不喜欢，感不感兴趣，都无须强求，就像娱乐生活中，有人喜欢麻将，有人不喜欢，那么，即使麻将三差一，那个不喜欢的人也不会上桌。

“非主流”读书方式

八小时内，工作空闲时，我也会“主流”式读书，正儿八经坐在办公桌前，读一些教育类、管理类书籍，做一些读书笔记，为的是“学以致用”和给老师们“耳濡目染”，此时的读书不免有功利性在里面，更多的是在家读自己喜欢的、他人眼中的“闲书”！重在自己愉悦，但我很少坐在书桌前读，而是坐在床上读，为这，我家书房和卧室的墙被打通了，联成一体，方便而随性，床头柜上堆放的都是随手可得的好书，睡前阅读是每天的功课和有效催眠剂，有时遇到好书也坐在床上通宵达旦过，那坐床的功夫是练出来的，更不入流的还有如厕，我家厕所的毛巾架上全是书，如厕时间都在半小时左右——只闻书香不闻其臭啊，儿子也被我们带坏了，养成了厕所阅读的坏习惯，我还强烈要求老公新房子装修厕所要做书架。我还喜欢躺在沙发上看书，沙发的靠背上、茶几上总有几本书，为这挨过老人多少唠叨，呵呵，眼睛早就近视了。

共同的阅读史

物以类聚，人也会以书聚，我和老公生活在一起二十多年，共同订阅《小说月报》十多年，每每新杂志到家，抢着、霸着先睹为快，因同读一本书，而多了共鸣和交流的话题，生活也多了一份共同的爱好和情趣。还有一个好友，有一次到我家，看到书房堆得高高的《小说月报》

欣喜若狂，因为她也是小说的爱好者，近几年没订到这本杂志，天啊，她居然从四年前的借起。每周借七八本，到了周日再借再还，看完了还会和你谈读后感，有一次散步，她高兴地说："看了这期的《小说月报》没，有一篇《为你所累》写得真好……"那天散步就听她的复述了。没几天，也从老公那听到了对这篇小说的叫好声，我赶紧看，呵呵，告诉两位，这篇小说还有一个姐妹篇（上篇）更精彩呢！

读书的题外话

为推动全体老师的读书热潮，区里组织过书香教师的评选，说实话，很难评，爱读书的老师多啊，也不好评判谁读得好与差，那就投票吧，结果工会主席拿着投票结果给我，我把自己的名字去掉，让给了年轻教师，觉得他们更需要鼓励。那次书香论坛活动我没去参加，因为学校新教师第二天要参加"片赛课"，那天上午安排了试教，虽然书香论坛活动请了假，但我依然被网上点名批评了，觉得挺难过的，觉得挺对不起大家，给学校抹黑了，还是校长抹的黑。还有一次全区的大会上，点名表扬读书活动开展得好的学校，有十几所吧，当时，就有一个片组的校长问我："你们学校读书活动那么火热，怎么没表扬啊?"回校后，书记又提起，我们学校读书活动怎么没表扬，我说："难道读书是为得表扬吗?"答案肯定是否定的。

我无法想象，一个不阅读的人，他的精神世界是何等的荒芜、苍白，生命因为文字才显丰盈，但是，我们要为自己读书，为自己的"喜欢"读书，用自己喜欢的方式读书，读自己喜欢的书，这样才会得读书的真谛！

愿活成一束光

——读《与点——我的时光之书》

有的书注定是一束光，一把火，郑艳的《与点——我的时光之书》便是如此。是光，便能照亮他人；是火，便能点燃寂寥。

很多时候，捧起一本书，不是我们读懂了文字，而是文字观照了我们自己，文字读懂了我们内心的迷茫，读懂了我们的彷徨，读懂了我们经历的人和事，读懂了我们为什么与这个世界的“格格不入”，读懂了我们内心与自我的“和解”。

《与点——我的时光之书》是一束光，不耀眼，却很温暖。

《论语》中子曰：“点，尔何如?”鼓瑟希，铿尔，舍瑟而作，对曰：“异乎三子者之撰。”子曰：“何伤乎？亦各言其志也。”曰：“暮春者，春服既成，冠者五六人，童子六七人，浴乎沂，风乎舞雩，咏而归。”夫子喟然叹曰：“吾与点也!”郑艳老师的笔名“与点”由来而此，而“浴乎沂，风乎舞雩，咏而归”颇有海德格尔“人诗意地栖居在大地上”的味道。在《与点——我的时光之书》中，郑艳老师“因阅读而写阅读，因游历而写游历，因经世阅人而写世态人心”，她的时光之书，既是有字之书，也是无字之书，是阅书、阅人、阅世界。书中的文字无晦涩难懂、华丽堆砌之感，她的文字朴素而淡定，似涓涓细流，流经高山平原，蜿蜒迤逦，在大地上弯成优雅的曲线。似一池秋水，在阳光下明媚着，于波澜不惊中自有柔软与力量。以善念感召善念，以阳光辐射阳光，缓缓地走进心田，慢慢地润泽着读者的心灵。

当那束光抵达我的心门时，我不禁频频回顾自我的“阅”历。

阅书：偶尔浏览书房满墙的书，发现最近几年所读之书也不少，甚是喜爱的有《自由在高处》《教育的勇气》《让教育回归人性》《人类的故事》《文化苦旅》《日子疯长》《爱弥儿》《巨流河》《看见》等，如果要列一份书单，也还算有一定的长度，遇见好书，可通宵达旦，一气读完，如王跃文系列小说《国画》《梅次故事》《苍黄》《朝夕之间》等都有爱不释手之感。但读书，很多时候浅尝辄止，大有囫囵吞枣之感。曾国藩说读书与看书之不同：“看者攻城拓地，读者守土防隘，二者截然两事，不可阙，亦不可混。”实际是说看书是在扩大知识面，是泛读的范畴；读书是巩固、消化吸收已有的知识，是精读的范畴。我似乎还是在看书的阶段。甚至看书还以个人喜好挑三拣四，一些他人推荐的书，翻几页便觉“肤浅”而束之高阁。郑艳老师在《与点——我的时光之书》列了一份丰厚的书单，她所涉猎的广度、深度都值得我们学习，也让我对自己阅读的肤浅而汗颜。她说：“阅读是心灵的成长。”于是，我将她列的书单，初拟了一个追随她的“阅书”足迹的计划，这几天，在大理的苍山洱海边，我读完了她推荐的王安忆获茅盾文学奖的《长恨歌》，读之亦有荡气回肠之感。

阅人：在书中，郑艳老师写了她身边的很多良师益友，一起热爱着工作、音乐、戏剧、阅读、电影。她身边集结了那么多良善之人，恰恰是因为她身上的向善向上吸引了更多的善的因子凝聚。正如她在书中写的“活在珍贵的人间，幸福无须外求，就在此时、此地、此人、此情、此景。就在自身，当下。爱出者爱返，福往者福来”。我想，人能在人世间与精神相通的友人相互提点、相互敲打地一起生长，是人生的大幸也，有时，我们看人只能看到他或她身上的不足，缺乏一颗包容心，其实是我们自己修炼得还不够。

阅世界：郑艳老师在系列游记中写道：“作为普通人，留意不同地域不同文化中普通人的日常生活场所和生活要素，许多有意思的文化比较细节。而这些细节，带着市井烟火的温度，鲜活在记忆里。”“更好的阅读，更好的出行。在其间，沉淀智慧、勇气、自由意志、生活情趣……以及，有爱的情感。”“对自然的美，对人文的美，不会怦然心动。面对弱者，没有悲悯感，面对环境，缺乏责任心。这样的我们，即便走遍全世界，实质上还是待在自恋、狭隘的井底。”她就是这样的一个行者，带着思考、智慧、情感游走于天地间。

生活中有音乐和书籍，心灵不会孤单，她总在阅读、写作、音乐相伴的日子里丰盈自我。她在《活在自己的世界》写道：幸运的是，多年以来，在自觉和不自觉的努力下，我已经营造了一个属于自己的世界，这就是内心的世界，完整而丰富，外面的世界，是给别人看的，自己的世界，却是为自己活的……内心丰富了，即便处在现实生活的困境里，也能较快地调整，坦然面对。在困境中，在必须放弃的选择中，愈发清楚地知道什么是内心的真正需求。知道什么事情愿意做，什么事情做不到，什么事情不会去做。

反观自我，我们活在太多的“外在”世界，我们“言说”，我们“做事”，甚至大张旗鼓“宣传”，只为让人“听见”“看见”，让人来认可我们。遇到困境，遇到挫折，像祥林嫂似的，到处诉说，寻求同情、帮助、安慰。我想，随着年岁渐长，越应无论外在如何纷扰，我自“岿然不动”，向内生长，在书籍、音乐的浸润下安顿好自己的灵魂，丰盈自我，润泽心灵，真正做到“吾心安处即故乡”。

在旅途中，读着这本时光之书，同伴说他有郑艳老师的微信，于是加了她的微信。她要送我三本原版书籍，世界就那么小，我们竟然同住一个小区，看着她一袭旗袍，温婉优雅地向我走来，正应了文如其人，人亦如其文，与“良人”为邻，是为幸事！

愿我们都能活成一束光，不耀眼，却温暖！

“奇迹”的生发源于人

——读《五十六号教室的奇迹》

第五十六号教室是一间普通得不能再普通的教室，甚至很“简陋”，但它却与“奇迹”两个字搭在一起，我想，教室不能产生“奇迹”，产生“奇迹”的，只能是教师，平凡而伟大的教师。“奇迹”也是指向孩子们行为与心灵的蜕变。读完《五十六号教室的奇迹》这本书，引发了我诸多思考。

雷夫，只是全美一个普普通通的小学老师，他二十多年如一日，坚守在第五十六号教室辛勤耕耘，用自己那颗滚烫的炽热的心全力教育着他的孩子们，并从孩子们的一个一个“奇迹”般的变化中，收获着教师的幸福与尊严。从雷夫身上，我想有这几点值得我们思考与借鉴。

一、关于敬与畏

学生与老师，老师与学生，是相互成全的，有的老师对学生来说，只有畏，没有敬，孩子们心中只有“怕”，一句“老师来了”立马变“脸”，甚至家长说：“老师，我家孩子只听你的，你的话就是圣旨”，孩子们因为怕挨老师的骂而做作业，或者为讨老师的欢喜，在老师提问时，说不符合自己内心的话。不是怕老师骂，而是已经成为一种条件反射，一种习惯——跟着老师的喜好走。这是一种因为“怕”，而产生心灵的歪曲。但雷夫老师，对孩子来说，却是一种因“敬”而生的“畏”。他温暖、善良、热情、平和、真实、勇敢，这些人格魅力无不润泽着孩子们的心灵。

二、关于爱与智慧

优秀的教师，总是对职业、对孩子有着一份深沉的、诚挚的热爱，尤其是对孩子的爱，是教育者的初心，但雷夫老师的爱却是平和且持久的，这是一种具有教育智慧的爱。他对孩子的爱，并不是无原则的。这种爱的原则性体现在他提出的“道德发展六阶段”的独特之处，如第一阶段：我不想惹麻烦。从踏进校门的那一刻起，大多数的孩子就开始接受第一阶段的思考训练，一切行为几乎都以“不惹麻烦”为原则。他们做作业是为了不惹麻烦，他们静悄悄地上厕所是为了“不惹麻烦”，而我们中的一些教师往往是威胁说“不遵守纪律就怎样怎样”，这种思维不断地被强化着。但是，这样教小孩是以恐惧为基础的，而我们要孩子们有良好行为表现的最终目的，是让他们相信这么做是对的，不是因为害怕惩罚才去做。雷夫老师给予孩子充分的信任，让他们在自我教育中认识到：我这样做是对的，我这样做没打扰他人……

三、关于招式与剑谱

我们很多的老师，对待学生出现的层出不穷的问题，疲于应付，手中只有所谓的“一招一式”，或惩罚，或保证，或请家长，往往适得其反，而雷夫老师面对孩子们出现的问题，对传统的招式反其道而行之，手中不用招式，心中只有“剑谱”——那就是给予孩子充分的信任，让孩子自然“生长”。相信是一种力量，正是这种力量，让孩子们的问题在自我教育、自我生长中迎刃而解，一切都是那样的不着痕迹，那样的水到渠成。

读《帕夫雷什中学》有感

寒假，工作室共读的第一本书是苏霍姆林斯基的《帕夫雷什中学》，这本书读得很慢，对于读书，似乎到了一个爱挑刺的阶段，有了一定的批判性思维，不会像年轻时那样全盘去接受整本书的观点，但读这本书，很多的思想、观点触动我的内心，引发自我的反思，让我有了及时记录的冲动。

整本书没有空洞的理论，也没有罗列的事实，以论统实，寓论于实，帕夫雷什中学也被人称为“活的教育学”。

暂记录读完前言及第一章后我的一些思考。

《前言》、第一章《全体教师团结一致是教育教学工作成功的保证》

思考一：校长应该忙在哪些地方？

苏霍姆林斯基说：“校长，首先是教师，是教师中的教师，是教师中的首席教师。”他一直坚持着“学校的领导，首先是教育思想的领导，其次才是行政上的领导”这一观点。他写道：“我竭力做到居于我这个校长工作首位的，不是事务型的问题，而是教育问题。”“做到使学校全体工作人员——从校长到看门工人——都来实现教育思想。”

他是如何践行这一点的，在他的第一章第四小节《我们怎样在校长和教导主任之间实行分工》及第五节《帮助教师完善教育技巧》中都有谈道。他如何深入教学一线亲自授课，坚持每天听课两节，他和教导主任分工帮助不同类型的教师改进教学，对于刚入职的教师分阶段、有主题、有针对性地进行课堂教学引领，针对一个问题，进行八至九节的跟踪听课，与教师一起研讨改进方法，第二阶段是依据此问题的解决技巧，请年轻教师走进他的课堂听课六至八节，这样集中去解决初入职教师的教学问题。对于有经验的教师，也会每年听八至十节课，而他承认在专业上自己不如教师，更多的是与有经验的教师开展问题研讨，共同完成某一主题的研究，帮助教师写出研究报告。对于有经验的教师他写道："校长的任务在于跟他一起去寻找一个可以从那里开始进一步完善教育技巧的创造领域，而且这一领域是无止境的。"教师独立完成自己的研究报告，逐步深入到更广泛的大课题中，有时这种研究会持续好多年。在研究状态下工作最值得我们反思的是："我们不容许使教师的独立研究工作变成写官样文章。尽可能少让教师拟计划、写提纲，不让他做任何书面总结，这已经成为我校的工作常规，教师需要有空余时间去思考科学的新成就，充实自己的知识，总结已有的经验。"给老师自由支配的时间，主要用于读书，教师如不读书，一切的对教育教学的改进措施都将失去意义。

掩卷沉思，我们每天在事务型的日常中忙碌着，茫然着，盲目着，校长更多地在做着上传下达的工作，在路上，在会场，我们也计划着坚守课堂，可在你临进教室那一刻还会有琐事牵绊住你的脚步，在课堂听着课，还会有人将你叫出课堂，其实，这皆因我们的内心没有坚守住，没有摆清哪些是主要的，那些是次要的，一个把自己陷在事务型的日常中的校长不会是一个具有教学、课程引领力的校长。

思考二：校务委员会要讨论些什么?

我们的校务委员会或许在讨论学校的重大决策，或许在总结工作，在布置任务，在讨论如何迎检，在评职评，在评优……我们可以看看帕夫雷什中学的校务委员会在做些什么?

先看组成的成员：教师、少先队总辅导员、图书管理员、长日班的教导员、校医、课外小组辅导员、校长、教导主任、总务副校长、5～7名家长委员会委员。校务委员会主席、副主席和秘书每年改选一次，校长被选为主席，副主席则从教师中产生。

再看看每月两次周一的校务会在做些什么？——专门讨论儿童问题。他们认为，没有任何事情是比讨论儿童问题更必要、更有益、更有趣的了。先由某个教育人员（班主任、课外小组指导老师、少先队总辅导员）讲述自己在集体中的精神生活，这是第一部分。接着，教育人员谈一至两个学生的情况，介绍他们的个性、行为、举动，而且都以生动的实例来阐述这一切。其他熟悉这个学生的老师，或与这个学生接触中遇到困难的老师也发表关于这个孩子的意见，于是，关于这个孩子还有什么不了解的，忽略了的，便渐渐清楚了。最后，由集体指出，这个孩子的教育者需要做些什么，还有谁能担当这个孩子的教育者，以及应该怎样去做。而且，在校务会上那些在集体中并不突出，任何方面都无所表现的孩子常常成为讨论的对象。

这样的校务会，把所有的目光和思绪聚焦在孩子身上，聚焦在每一个具体而微的生命个体上。

校务会的第二部分，一般是关于教育与个性发展方面的某一问题的理论报告，由校长、教导主任或有经验的教师准备，每篇报告都建立在学校教师集体教育工作生动的事实基础上，目的在于改进工作，报告后，是热烈的讨论。报告也好，讨论也好，中心永远是活的孩子。通过这样的讨论，使集体的教育信念更加明确而坚定。

思考三：怎样开展基于儿童的活动？

第一章的第七节：我们的传统。我想在此罗列一下他们的传统活动。6 月，高年级的同学为即将入校的一年级同学举办“首次铃声”节，还有毕业生的“最后铃声”节、老校友会晤节、母亲节、女孩节、春天的歌节、花节、鸟节。新年为最小的同学举行松树游艺会，邀请幼儿在妈妈的陪同下来校参加游艺活动。冬天，堆砌雪城，孩子们在森林边的空地上、草场上，用雪为冬老人建造一座小城，有小房子，有塔楼，孩子们这天在建好的小小雪城旁边吃午饭，这餐冰冷的午饭总吃得格外香甜，日后，这座雪城是孩子们玩耍的天地，直到阳光把它融化为止。8 月 31 日，孩子们美化教室和校园，平整果园，为花坛松土，给花浇水，整个学校是一派节日景象，到晚上，大家聚在一起参加篝火晚会，这就是新学期的开学日。还有春秋两季的“果园周”“首捆庄稼节”“新粮面包节”，夏季“割草节”，每个活动都注重隆重的仪式，在仪式感中让儿童感受浪漫与美感。从这些节日，我们也看出苏霍姆林斯基关于“大自然”的教育观，他认为，大自然是美育的重要源泉，是德育的起步与有效途径，花草树木、阳光空气、风霜雨露、严寒酷暑，都是养心健身之宝，是提高儿童观察、思维、表达能力的最有效的途径。

这也让我想到了陶行知的晓庄学校，生活即教育，远离大自然的教育是苍白而空洞的，大自然是最好的学校，建造没有天花板的教室、没有围墙的学校应该成为我们的追求。

叁

◇ 人生点滴

有喜有悲有烟火

——徜徉诗意人生

人生点滴

诗意地行走

下雨了，独自一人坐在车子里，听雨。车外，或雨雾迷蒙，雾似的雨，雨似的雾，丝丝缕缕缠绵不断；或风追着雨，雨和着风，缠绵悱恻；或毛毛细雨，悄然无声，清幽凄迷。车内的我，心静如水，什么都不想，任雨水冲刷心尘。记起那首《虞美人·听雨》："少年听雨歌楼上，红烛昏罗帐。壮年听雨客舟中，江阔云低断雁叫西风。而今听雨僧庐下，鬓已星星也。悲欢离合总无情，一任阶前点滴到天明。"于我而言，车内听雨，虽无"鬓已星星"，但已心无尘埃。

乡村的夏夜，深蓝的夜幕如绸，漫天的星光如精灵般调皮，偶尔几声狗叫，伴着蛙鸣虫吟，更显乡村夏夜的静谧。那年的夏天，我们几个知己来到一个风景区，是夜，一行六人沿溪而上，倾听山风的絮叨、蛙鸣的清幽、溪流的欢畅，仰头凝望星空，透明如洗，在山风的轻抚下，一切的凡尘杂事抛到九霄云外，不知不觉中，两两轻挽手臂，缠绵细语融入蛙声、溪流声、清凉的山风中。

枫叶红了，独坐其下看红叶无声飘落，以最优美的身姿在风中舞蹈，飘落下来又飞舞向上，写就最后的绝美，似无限眷恋、依依不舍般的深情款款，是对树的痴迷，对树的怀抱的不舍，轻柔而曼妙的身姿是对春的回忆，夏的依恋，秋的决然。枫叶红过一季又季，飘零了一年又一年，虽岁月如刀，红枫依然，年复一年，飞舞如初。去年秋天，我连续五周的周末登岳麓山，与枫来了一次亲密的约会，见证了枫最初的微黄，继而炫目，最后绚烂而陨，艳丽而凄美至极。真应了"西风紧，北雁南飞，晓来谁染枫林醉”“遥看一树凌霜叶，好似衰颜醉里红”。

大雪漫天飞舞。天空以时光的酝酿与凝练完成对大地的承诺，大地以素裹的静谧回赠了天空的凝望。那些精灵，在天空与大地之间妙曼轻舞，交织了所有的深情、咏叹、哀伤与空灵，以及最后时刻被凛冽北风催生的疯狂。那些精灵的轻盈的身姿，以银装，让天空与大地在深情的守候中站成永恒。

阳春白雪、风霜雨露，我喜欢寒来暑往，秋收冬藏，“四时之景不同，而乐亦无穷也”。感谢上苍，对风花雪月我还能敏锐地感知，心灵还未荒芜，我会一直这样活着，且诗意地行走。

远离喧嚣　行走古镇

红绿灯前，须臾，便是密匝的人群，灯亮，如果不疾步如飞，感觉马上将被人潮淹没；地铁站内，人头攒动，摩肩接踵——原来地下的人流比地面更多，如果不随人潮挪动，随时会迷失在人的海洋。呼啸而过的轻轨、刺耳的急刹声、森林般的钢筋铁架……在上海培训的日子，无不让我感受到这座城市的逼仄、紧张、拥挤、粗糙而压力沉重。于是只想远离城市的喧嚣——有了逃一样的感觉。

周末，我和Z君轻装来到如诗如画的江南水乡——上海朱家角镇。夕阳西下，落日的余晖浸润着白墙灰瓦的古镇，小桥、流水、人家更显静谧和安宁。走进古镇，仿佛走进一幅青灰的水墨画中。

那　桥

古镇的桥或拱形，或半月，或平卧，千姿百态，我们首先登上的是“放生桥”。桥据说有400多年历史了，光洁的石板如沧桑的历史年轮，石缝中依稀可见幽幽的青苔，更奇的是从桥两侧的桥墩的石缝中长出几棵苍翠的石榴树，不知是风、是水、是谁人将种子留在石缝中，昭示着放生桥上的勃勃生机。拾级而上，便有阿婆兜售塑料袋中的金鱼——在桥上放生。我和Z各买了两袋金鱼，虔诚地放入水中，看着金鱼欢快地跃入水中，仿如放飞的是我们那份轻快的心情。

小桥横亘在清幽的河上，站在桥上，收入眼里的是河两边的古镇人家，这里家家枕河，户户傍水，鳞次栉比，恬淡古朴，两岸高耸粉墙，瓦屋倒影，悠然自得中真有说不尽的雅致清丽。

那　夜

是夜，我们租一小船，浏览河市风光。船身灯笼摇曳，耳际橹声咿呀，身下流水潺潺，别有一番情趣。河边亮起了万家灯火，水面漾起粼粼波光，波光、灯火交相辉映。岸上酒店茶坊林立，人们或呼朋唤友觥筹交错，或两三知己手握清茶窃窃低语，或情侣对对缠绵小酌。我和Z边赏景边拍照，只想把那刻的美好永远留住，两人不禁感叹：这小桥，流水，人家的夜色，更胜灯影桨声中的秦淮。

那　人

第二天清晨，踏着青黑的石板路，循着甜润的粽香，我们走在窄窄的古镇街道上，糕点铺、粽子店、民俗店一家接一家，一阵阵香味特别地诱人。尤其是现蒸现卖的大闸蟹肥美鲜嫩，特别解馋。小小的门面或做小吃，或做茶坊，或做手工作品，令你不得不佩服小镇居民的商业头脑。

我们被一间门面深深吸引，古老的木门、木柱子，灰白的墙面，青石地面上是一堆堆的野外黄花，或躺或立，灰白的墙上也装饰着或圆或方或十字的黄花，铺天盖地，似诉说着“今日黄花”的无辜与“明日黄花”的悲凉，墙上还挂着巨幅写着“问题即答案”的野外黄花堆积的照片，游人在此无不留步，猜测这许是艺术家的行为艺术，或感叹黄花渐衰的凄美。这时，店面的主人正和一清丽女孩聊天，那女孩齐肩的短发，上身穿纯棉质的浅白小褂，那一排盘扣巧妙地勾勒出她妙曼的身姿，下穿灰蓝的棉质摆裙，裙边几朵手工刺绣的小花无声开放，这白衣蓝裙的女孩和古镇的青砖、粉墙已浑然一体。我们打探得知那女孩一身装扮竟是她自己纯手工制作，她今天放下自己的制衣作坊，穿着自做的手工衣裳只为秀一把自己的风采，而黄花作品的主人，空着当街门面不做商业用途，用以堆积黄花，或许秀的是自己对艺术的理解与追求。当有人问他为啥弄这么多的黄花放在屋内，他只是粲然一笑说：你的问题即答案。

那　景

中午，坐在水边的太阳伞下，点几碟小菜，喝一杯清茶，看着河中穿梭的小船，听着小船橹声咿呀，不禁忘情，不知是人在画中游，还是画在心中移。这时，一老外招呼我们看他的镜头，将坐在水边的我俩摄入镜头。其实，赏景也好，入景也好，重要的是那份放松的心情！当你在喧嚣的城市疲倦了，不妨到朱家角一游！

旅途归来

昨晚凌晨归家，辗转反侧无法入眠：想着放假至今近两周在外面“闲逛”“撒野”不免有点恓惶，挥霍感接踵而来；想着接下来的假期要写的文字、要读的书、要改的稿子又不免焦躁，更觉时光如流沙般从指缝滑落，无助感铺天盖地而来。

每每一到假期，我就心痒痒想去外面“野”几天，百爪挠心般。张爱玲说：“生命是一袭华美的袍。”旅途给予我的或许不只是走过的路、见过的风景以及肤浅的皮囊，而大致是：

其一，在旅途中见人观己。比之沿途的美景，在旅途中见识人更有兴味。

在昆明，遇一滴滴司机，上车后电话中约一人在前面路口见，我以为是要拼车，他说，约路口有文件给同事，途中又有两个电话打进来，均是找他签字的。于是攀谈，知他是某一公司的负责人，公司事不多时及每天下班后的六点至十点，以及每周六周日均在滴滴跑车，几乎没有休息时间。问及收入，每月两万多，我问：“为什么把自己搞得这么累?”他答：“为了老了以后有更好的选择过生活的方式。”我愕然——人啊，总是把美好寄托于将来，把诗意放于远方，而忽略了最为重要的当下！

在丽江几天，我们住在古城幽静的青云客栈，曲径通幽，闹中取静，花草、宠物、秋千，一切古城皆有的小情小调均有。店主是常德小伙子，总见他在布置雅致的大厅里的茶桌上悠闲布着茶道，邀请住客聊天、喝茶，但不见他主动揽客，有客来问房源，他也一副“您请自便”之态，不疾不徐，岁月在他的一冲一泡中似是源远流长。他在长沙已经置房安家，时常也会回长沙几日，反倒没有“落地生根”之感，丽江仿佛不是他谋生之所，而有天荒地老之感——择一城终老，不为身外所累，这大概是令很多人惊羡的一种活法。

其二，旅途是一种释放。平日里，职场上，我们总戴着各种面具示人，只有在旅途中，和生命中最亲的人在路上，在大自然中，一切的亲近感触手可及，一切是敞开的，无所顾忌地“放肆”，那些压抑的、虚头巴脑的都抛掷九霄云外，有一种想怎么撒野就怎么撒野的随性。有半日，在丽江，老公要去找网红店吃烤肉，而我想静静地拥一隅看书发呆，于是分开行动，我坐在名为“发呆岛”的音乐咖啡吧，一杯咖啡，一本《长恨歌》，伴我消磨几许寂寥。人最终都拥有一座孤岛，都会有一种无须他人打扰的孤独，在那座孤岛中，只有自己和自己的内心和解。

其三，旅途是一种回归。疯过了，一切归于正形，在虚度中似乎找到继续前行的动力与马达，找到休整后的“重整旗鼓”。于是，我一早起床，洗洗刷刷半天，洗去外出的尘埃，坐在桌前开启读书写字的时光。

时光不老，仍盼旅途！

从前慢

从前的日色变得慢，

车，马，邮件都慢，

一生只够爱一人。

一生就那么长，什么才是我们真正需要的，慢下来，有一天，或许我们会看见自己，看见来路，看见归途，看见所谓功成名就，看见向往的诗酒田园。

于是，这个国庆假期慢下来的时光里，很想写一写从前的慢，童年留在记忆里的一辈子的、融进基因了的味觉、视觉、触觉以及感觉。

去年的六月在深圳，见到儿时的好友，她说总记得我家门前的坝塘，记得去我家吃的最好吃的鱼。今年的暑假，和另一位小学同学出游，她也说起每每到我家都能吃到美味的鱼，且我妈妈变着花样烹制：清蒸、煎炸、水煮、火焙。

从前，天蓝水清，鱼也格外多，大致是因为那时都还不知农药化肥为何物。田地杀虫，从山上打石灰，在晒谷坪用水“烧”石灰，这时候我们这些“调皮鬼”从家里偷摸一个鸡蛋埋在石灰里，不一会儿，蛋壳炸开，一股石灰的清香便钻入蛋中，用木棍拨弄出蛋来，滚烫得直哈气，却是无比的鲜嫩滑口。待到成年后吃到的石灰蒸蛋，永不及童年那滚烫的石灰烧蛋的味道，那石灰的鲜，蛋的嫩，便成了味觉记忆的一部分。烧过的石灰撒在刚翻新的地里杀虫，夏天夜晚，在田埂上点油灯，星星点点，飞虫自是扑火。至于肥料，都是自制的沤肥，从山上采青苔做育秧苗的底肥。经常一大早我就跟着妈妈上山采苔，一草篮的青苔可以兑六个工分，虽只有五六岁的光景，却因为能为家里挣工分了而无比高兴。最喜青苔的软绵、厚实，在小手掌中沉甸甸的感觉，以致成年后，我在野外看到厚厚的青苔就忍不住要采一把放在手中把玩。冬天，过年前，生产队会将几口池塘用水车抽干，我们叫“干塘”，每家每户都能分到或多或少的“过年鱼”，塘岸上大鱼小鱼堆成很多堆，各家取一堆，也不论斤两，皆是欢喜。更重要的是，大人们从塘底到田地里排成一条长龙，把塘里黑乎乎的淤泥一簸箕一簸箕地从手中往上递运到地里做底肥，长龙似的队伍不时飞出号子声，或某一笑话引发的哄堂大笑。我们小孩子自然也没闲着，在水车旁边、淤泥里捡“漏网之鱼”，河蚌、螺蛳、泥鳅、鲨鳅都有，不在乎收获了什么，收获了多少，重要的是那份捡拾的惊喜与快乐。还有一种肥料是最好的，即“家肥”，每家把鸡、鸭、牛、人粪沤着，定时交给生产队作为庄稼的“追肥”。大致是没有滥用农药化肥，给予了大自然的生灵更广阔的生存空间，鱼儿便随处可见，随处都有。

从前，似乎大家都是过着清苦的日子，家家粗茶淡饭惯了，因此也无攀比之心，无高低之分，鱼成为平常乡野人家能平等获之的“荤食”，只要你够勤快、够机敏。而我家得天独厚，门前有溪渠、坝塘，爸爸和两个哥哥都是捕鱼高手。我总是屁颠屁颠地成为他们的“跟脚”，也俨然是一个捕鱼爱好者了。

每年的春上，早稻插下后，开始晒田。水稻田逐渐晒干的过程中，只剩下插田时留下的大人的一个个脚印里还有水，这时的稻田就成了我们孩子的乐园，一个个脚印里都是一窝窝的小鱼、泥鳅、蝌蚪，活蹦乱跳的。这些小鱼都是春上刚刚孵化的嫩仔鱼，小拇指大小，我们捉了回家后，妈妈便从菜园里摘一两条嫩白黄瓜，扯一把紫苏，和清水一煮，鱼汤泛白如凝脂一般，黄瓜的清甜，紫苏的清香，嫩仔鱼的鲜滑糅合在一起，美味无比。长大后无论在哪吃到怎样的鲜鱼类，总超越不了童年这道菜留给我的“妈妈的味道”，它已经成了我的味觉基因。

家门前有一条灌溉用的水渠，下游的生产队都需要从这条溪渠过水。一到春上，春水便哗哗地欢唱着，因担心别人截留，下游的生产队便派出“守水”人。每每清风徐徐的夜晚，坐在我家的谷坪里，几个大人边有一茬没一茬地唠嗑，边听着哗哗的流水声，偶尔也会说起哪晚遇见了水鬼或是水猴、水獭之类的，看见它坐在石板桥上，见到人来了，扑通一声跳下水，待人走近，还能看到石板桥上留下一个湿湿的屁股印。大人说得有板有眼，我们小孩子既好奇想听，又害怕，只得搬条小凳子坐在大人的中间。很长一段时间，我坚信水中有“水鬼”，且是有模有样的“女水鬼”，记忆中的恐怖便来源于此，因为有了恐惧，便对水也产生了敬畏。

春天时，鲫鱼、嫩仔鱼、长游条、螃臂屎（均为浏阳方言，学名我百度了一下无可查证）便逆着哗哗的春水游到上游产卵，这时，哥哥便将麻漏（一种用麻绳织成的网鱼的工具）插在下游的出水口，麻漏周边用泥巴封严实，再跑到上游用挡水的木板插在进水口，水流便截住了。溪水开始断流，那些鱼儿们便只好顺流而下，乖乖地游到麻漏中，也有聪明的鱼，藏身于浅草中按兵不动，于是我就被派去用双脚一路在浅水中搅水而下，这叫“赶鱼”，就能看着鱼儿在我脚前牵线似的顺水往前逃，哥哥的麻漏便逮个正着。这样一次捕鱼，我们能捞上半小桶鱼，且能炸半碗香喷喷的鱼子，配以辣椒粉，是最好的“下饭菜”。

“打鱼”及“扳鱼”则给予了我最美的画面感，那大概是最初的美感熏陶吧。春夏之交多雨水，傍晚，阵雨过后，河水泛黄，天边一片彩霞，漫天幻化，似万马奔腾，抑或群鸟蹁跹，田野虫鸣蛙和，演奏着大自然的乐声。据说，夕阳西下，鱼在雨后浑黄的水中犹如“瞎子”，这时是“打鱼”及“扳鱼”的好时辰。哥哥背着几十斤重的渔网，网脚串着铅块，先将渔网一分为二抓在手上，然后，一转身，两手同时用力一甩，网便脱手而出，撒出去的网或椭圆，或弧形，逆着夕阳，线条极美，像极了展翅高飞的鸟，从天边的赤红云霞中俯冲而下，没入水中。仰俯之间，鱼儿便开始在网内活蹦乱跳，跃出水面的划拉着鲜活的身姿，应和着岸上欢呼雀跃的我。

“扳鱼”用的是鱼筝，在大网上用竹竿弯成四根支架，将网撑开。夏夜，我和爸爸在小河的拐弯处，将网撑在水中，爸爸卷一根旱烟，在黑暗中忽明忽暗着闪着，萤火虫在草丛中、树丛中忽高忽低地飞着，蛙忽长忽短远近唱和着，河水哗哗谱成这夏夜小夜曲的主旋律。我和爸爸静静地蹲守在岸边的草丛中，大有“蓬头稚子学垂纶，侧坐莓苔草映身。路人借问遥招手，怕得鱼惊不应人”的意境。爸爸的耳朵似乎能听鱼声，待到时机成熟，便开始起网，尽量降低起网的动静，控制速度，一旦四个网脚露出水面，便快速收网，往往在网中最先跳跃的是鲢鱼、草鱼，最能稳住的是鲤鱼，不动声色地直到最后关头才开始扑通。“扳鱼”的过程中，我们也学会了最初的“守望”。

有时候我愿回到从前的慢。

花二题

错过花开

“去年今日此门中，人面桃花相映红。人面不知何处去，桃花依旧笑春风。”三月将尽，校园的那株桃花，在我无数次的凝眸中依然毫无生趣。有帖说，长沙 2012 年春下了两场雨，一场 31 天，一场 29 天，问长沙“晴为何物”，只叫人加条秋裤。上周，还是寒风呼呼，棉衣包裹，今天温度直升至 24 摄氏度，难怪有人戏称长沙是城市中的 VIP，一年四季随机播放。往年，校园的那株桃花总是最先开放，三月桃花开，争花不待叶，然后才是茶花、杜鹃、栀子花次第开放。今年却是三月桃花懒开，季节的反常，让花儿也失去了感知自然的能力。这长长的雨季，让我们错过了花、错过了叶，春天也似乎与我们擦肩而过，看着大街上薄如蝉翼的裙衣翩跹而来，总叫人觉得这个春天如断章，没来得及尽情舒展，已终止。

我依然期待那株桃花在睡梦中醒来，期待“人间四月芳菲尽，校园桃花依旧开”。期待花也好、叶也好、人也好依然敏锐地感知着四季的更替，不再错过绽放的季节！

暗香袭来

清晨，走进校园，一阵悠悠花香袭来，抬眼搜寻，遍寻不着花香来自何方，那艳丽的栽种映山红、粉嫩的红桎木、孩儿面似的茶花均已花落尘埃，辗转成泥，春天色彩的盛宴早已落下帷幕。但在这再无姹紫嫣红的五月，清幽的暗香阵阵袭来，不事张扬，我闻香认路，终在花坛内寻得几株不知名的植物，在浓密的小叶掩映下，偶尔显现几朵鹅黄小花，那花型小得一点都不打眼，常被人忽略，那黄似有似无，淡得经不起细瞅，但越靠近它，那清香越沁人心脾，让人久久驻足。

傍晚，和家人在院中散步，到处弥漫着阵阵花香，我和老公索性循香觅花，在花坛内发现几株叫不出名的小白花，还有高高的柚子树上几点小白花。这花儿，你不注意很难发现，但芳香四溢。

原来，但凡那些开得惹眼，开得张扬，开得体大色艳，开得争奇斗艳的花儿大都不香，而且花期不长，带给人更多的是红颜易逝的伤感，而那些不与争春的小黄花、小白花，虽不打眼，却是暗香袭人，而且花期较长，虽不悦目却很赏心。

这，让我想到女人。生活中，有些女人美得惊人，却红颜易老；有的女人，相貌平平，却由内向外散发着魅力，她的内秀、内敛吸引着周围的人，极似那散发幽香的小花儿。

怀念母亲

写下这四个字，我眼眶已湿热，母亲离开我们已五年多了，但我时常觉得母亲还在人世，也时常心中猛一惊：母亲不在了，真的不在了，我再也无法和母亲牵一下手，话一句家常了。

母亲病了多年，64 岁那年我总认为她会和往年一样好起来的。最后一次回家看她，喂她吃过晚饭，我和老公儿子要回长沙了，母亲最后说：“你怎么就走了啊，你这一走，我们再也见不到了。”当时我还微笑着安慰她：不会的，会好起来的。因那时我根本没想到她真的会离开我们。几天后收到噩耗，无论我怎样呼天抢地，怎样捶胸顿足，我都无法在母亲身边尽一次孝了，没有在母亲最后的日子陪伴她、照顾她，使我抱憾终身，悔恨交加！

时常，在厨房做饭时我会有这样的感觉，突然觉得母亲就站在身后看着我，觉得她还在，心中也会猛然一惊，使劲摇摇头，让自己清醒过来。

时常，看到街上的板栗，总会想这是母亲最喜欢吃的，她要是在该多好，我会买很多很多给她吃。

时常，吃到某样菜时，总想到母亲做的这道菜是世上绝味。回忆里的很多菜肴都有母亲独特的味道，现在回家哥嫂也会做同样的菜肴，却没有了母亲所做菜的味道，原来，我再也吃不到母亲做的菜了，那是世上独一无二的母亲的味道。

时常，在欢庆时刻，总想要是母亲在该多好，我愿将所有的快乐与母亲分享……

含着热泪，写下以上文字，只想告诉自己和身边的人：对身边的人好点吧，真的没有下辈子了！

女人的旗袍情结

很久以前，一个女友约我到某旗袍品牌店量身定做旗袍，虽然心动终因杂事没能与她成行，但能想象她身穿量身定做的旗袍，在细雨蒙蒙中，撑一把油纸花伞，袅袅婷婷地行走在青石板的深巷中，是何等的风情万种、妙曼动人！今年看到她在空间感慨：“旗袍啊！什么时候才能穿你！”看来她心爱的旗袍已束之高阁了。

前几天，另一好友又约我特意从城北赶到城南，就为一袭旗袍。我劝她：买到了合体的旗袍，你不见得会穿的。她说：某日在喧闹的街头看到一女的穿旗袍走过，觉得美得惊艳！于是决心一定要买一款适合自己的旗袍，哪怕收藏在衣柜也可以。

也许，旗袍的美让每个女人都有收藏的欲望。我的衣柜里其实也有一件这样的收藏品——去年在美丽的西子湖畔，花了近大半个月的工资买了一件真丝旗袍。真丝柔顺、温婉，色彩素雅、清朗，款式流畅、明快，让我爱不释手。穿着这款旗袍行走在江南古老的山寺和小镇，那种娇柔和妩媚，端庄与从容，吸引了不少眼光，赢得了几许陌生的赞叹！

回到长沙后，这款旗袍在我衣柜寂寞地挂了一年，总觉得这城市的时尚元素与它的优雅贤淑格格不入。时常也会拿出来独自感受它丝般的柔媚和顺滑，前天，禁不住它的诱惑，鼓起勇气秀了一回：为旗袍素雅的碎蓝花配了一副宝蓝色的耳环，乳白色的高跟皮鞋（这双鞋也是旗袍的专属，只穿过一次），将长发高高盘成发髻，配以从容不惊、娴熟文静的步伐，行走在森林般的钢筋水泥的街道上，但我总没找到穿旗袍的感觉——那种典雅、清丽，那种岁月的味道和流年的暗香。虽然，这天这件旗袍为我赚了不少“好看”“漂亮”“眼前一亮”诸如此类的赞语，但我还是不会在这座城市化进程飞速的城市穿它了。

女人是感性的，穿旗袍不仅仅是为了一种视觉上的享受，更多的是寻找一种做女人的感觉。女人喜欢旗袍，因为它在一寸一厘间揣摩出女人的婀娜之心，穿旗袍的女人因为感性容易怀旧，只因旗袍里深藏着脉脉的情思，女人穿上旗袍或是为了感受一种从肌肤到灵魂的抚慰，或是为了感怀一段心灵深处的回忆，抑或是体味一把剪不断理还乱的古典情愁。

如果你现在还没有一袭收藏的旗袍，那也一定有一个风情万种的旗袍梦！那是女人的梦！

那被雨水溅污的裙裾

在朋友的推荐下，今晚独自一人看完了影片《美人草》，观后如鲠在喉，久久盘桓，总想说些什么。

片中僧侣说的那句佛家偈语“有情是情，无情也是情；有缘是缘，无缘也是缘”，不是我们凡夫俗子能够参透的。有情人却未成眷属比之有情人终成眷属，带给我们的是更多的悲情、伤感、遗憾。但也正是这样的遗憾写就了生活的缺陷美。

当刘思蒙在雨中被打时，叶星雨一身的污泥滚着、爬着也要扑向情人——那就是刻骨铭心的初恋。那是青春。

若干年后，刘思蒙的一个电话，让已近中年的叶星雨换了一条裙子，那是她自己认为最漂亮的一条裙子，出门了。外面下着瓢泼大雨，雨中的她撑着伞，远远地望着那个梦中萦绕的身影，她那条漂亮的裙子被过往的车辆溅上了大片大片的脏水。那一低头，一凝眉间，“裙子上沾满了脏水”成为她不见他的借口。其实，那一低头，一凝眉间是容颜已改，世事沧桑。她回到家，对丈夫说：“我回来了……定国，我回来了。”——那是实实在在的生活。那是岁月。

在什么时候遇到什么人经历什么事似乎冥冥之中早有定数与安排，我们无法刻意去求，刻意去安排，生命无法承受这份刻意。因为每一个人所持的都只是一张单程车票而已，过去的都已过去，即使有回程的路也没回程的票。

我不喜欢影片结局中的那个片段安排：两人已是白发苍苍，面容憔悴，还是那桥头上相遇，一切阻碍都已成过去，终于撑着伞走到一起，怀念过去难忘的岁月。听说，小说的结局更悲情，我更喜欢悲情的结局，它更能冲击我们的灵魂，因为当我们缅怀着与叶星雨、刘思蒙一样青涩，充满激情和痛楚的青春岁月时，就像一场梦。虚无而缥缈，美丽而残酷的梦。我们也许都曾经历过这样或那样的梦，或坚持着这个梦境中最无法释然的部分。可终究是场梦啊，它只能是遗憾。

那一年的他和她都已经走远了，再也回不去了……

夜，如歌

一首歌，能演绎出一段故事、一种意境，有画面，有色彩，有缠绵，有悱恻。古典与现代水乳交融、交相辉映，莫过于王力宏的《花田错》了。《花田错》戏码原是一个发生在花田里的，一位千金小姐与穷书生邂逅的浪漫爱情喜剧，而王力宏这首《花田错》，将京剧元素巧妙地融合在流行元素中，“夜好深了纸窗里怎么亮着，那不是彻夜等候你为我点的烛火，不过是一次邂逅红楼那一场梦，我的山水全部褪色像被大雨洗过”“飞看大雪纷飞却再也找不回，被白雪覆盖那些青翠”“琥珀色的月结了霜的泪”“我的山水全部褪了色”，歌词如古典诗词般优美。词句在力宏口中自由流转，别有一番风味，尤其是“请原谅我多情的打扰”中“请”字使用京剧唱腔，九曲婉转，颇有“弦弦掩抑声声思……说尽心中无限事”的意蕴。荡气回肠尽在这一“请”字中展现，曲风中古典与现代的自由转换，让人有时空错位穿越之感。间奏中二胡的出现，如泣如诉，恰似“转轴拨弦三两声，未成曲调先有情”，让人遐想。在此，传统古典与现代流行，兼容并蓄，所有的爱恨情仇、天荒地老皆不过是歌中“匆匆一瞥不过点缀”，“像迷恋镜花水月的无聊”。

“琥珀色的月结了霜的泪”仿如电影镜头般悠长，那是月下的花田，那是花田里的迷失。“当时空成为拥有你，唯一条件，我又醉，琥珀色的月结了霜的泪，我会记得这段岁月。”“心情就像夜凉如水，手里握着蝴蝶杯单飞不醉不归。”

今夜，春风在草尖低吟，春雨在风中飞舞，我在伞下漫步，湿了衣襟。夜，如歌。

某姐某哥的两三笔

其实，这两位都比我小好几岁，之所以称他们为姐和哥，那是有原因的。

某姐

先说这位姐，我们认识近七年了。记得那次是全省有两个名额去北京师范大学培训一个月，互不认识的两个人约好黄花机场见面，结果见面后她说的第一句话是："我第一眼看你，就知道你是我喜欢的类型。"后来的日子，确实我们有很多相同的地方，诸如品位、感觉之类。某日我听了一场讲座，写几笔感受，她会留言：就是这种感觉。这大致是同一尺码的喜欢。而能够第一眼就看出自己喜欢的类型，这姐眼比较"毒"。

和她交往，你会觉得"人情练达皆文章"。我最喜欢听她讲怎么把一个难缠的"领导"搞掂，怎么把一件难办的事办成，怎么"化敌为友"，然后再"为我所用"。她的跌宕起伏的故事，让你觉得她已经是"人精"。我遇到难事、烂人都会向她请教该怎么处理，她会不厌其烦地告诉我怎么怎么弄，让我化险为夷，所以这姐心比较"精"。

和她吃饭，还没动筷子，她就"先干为敬"，一大杯白酒见底，于是桌上基本怯场。她私下告诉我："这叫先从气势上吓倒对方，女人一般不喝酒，如我，喝酒的都不一般。"也有不怕死的，和她推杯换盏，如我老公，几次被她灌得烂醉，而每次喝醉就断片。那次在资兴，老公二十年没见的女同学也在场，酒醉后，他搂着女同学不放，她就在一旁笑我："看你老公那样，啧啧!"老公酒醒后，不免咬牙切齿，要报仇雪恨。很多人被她搞醉，还是愿意和她"厮杀"酒局。我们俩虽不在同一城市，但慢慢发现我的QQ圈、朋友圈的很多人都是她的好友，平时，你会发现很多人喜欢聚在她身边，如有磁场般，所以，这姐是个"仗义"的人。

有时兴趣来了，我会坐高铁跑到她的城市，她也会在某日来电话：我在长沙了，想到益阳去吃饭。于是两人驱车一百多公里就为和一个气味相投的人吃一餐饭，她说这叫人不发"神经"，就没精神。所以这姐也是性情中人。

某哥

这位哥，才认识两三个月，大致因为他周边无论老少都称他为"哥"，而他在我面前也好为人师，循循教导，于是在心理上，我和其他人一样，叫他哥了。此哥，最厉害之处，是能将人情世故看得通透，他会将他人的心思、为人处世的行为方式，一针见血地点评到位，然后，你心里的一些小心思、小想法，他也能揣摩得八九不离十。所以，这哥其实蛮可怕的，因为你觉得自己在他面前就是透明人，也因为这样，所以你在他面前不必"装"。

此哥，经常嗨天嗨地，也好酒，在喝酒时，胸脯拍得嘭嘭响，长沙的"市骂"也随口而出。你会觉得这人"真俗"，称所有的男女为"哥们"，愿意为哥们肝脑涂地，于是，他的侠义也吸引了老老少少一大批人围在他身边"热闹"着，大致也因为他自己爱热闹吧!

某日，他会发一首歌，推荐给你听，都是淹没在市井、尚未出名的歌手的歌，这些歌，在KTV是搜不到的，也不晓得他在哪淘出来的。初听，并不觉得好；再听，觉得透着淡淡的忧伤；再听，觉得歌里透着丝丝生命的气息。你会好奇，一个大粗人，怎会喜欢这些忧伤的歌，但他就是这样的"怪人"，每过几天推一首歌过来，渐渐地我发现自己的歌单里都是好听的、大家没听过的歌。

某日，他会在我的空间发一些评论，大抵是批评多过表扬，说得头头是道，但我也不得不认可他的“一针见血”，他会和我说诗歌的跳跃性，更甚者他说将来他要出一本情诗集。这真让我大跌眼镜，这样一个俗不可耐的人，居然也写诗。也是“奇人”。

在这两位的面前，我总觉得自己痴长了几岁，在心理上甘尊称他们为姐、为哥。和他们在一起，他们会馈赠一样东西给你，那就是“成长”。这大概是所有人喜欢和他们在一起的原因吧！

做有烟火味的女人

但凡女人，都曾是金枝玉叶、言笑晏晏、巧笑倩兮、美目盼兮，都曾拥有“豆蔻枝头二月初”的青葱年华。但岁月如风，一个凌波微步，你我也就步入了妇人，抑或老妇人的行列。男人们，大概《红楼梦》读多了，被曹雪芹同化——老妇人都是死鱼眼睛，豆蔻女孩才是珍珠。但，女人一定要为自我而活——落花无声，人淡如菊。前几天，和密友谈到娱乐，我问她是否会打麻将，因为在我眼中，她是才女型工作狂，职场的风云人物，麻将于她而言，大概是俗不可耐，没想到她回答我：“打啊，纸牌、麻将我都打，这样才接地气，女人才有烟火味。”于是我想到这个题目，做有烟火味的女人。

有烟火味的女人，不会把工作当作唯一，但工作起来绝不马虎。即使不能成为行业中的优秀者，她也会努力，在工作中成就自我，而且能在工作中享受快乐、自信。

有烟火味的女人，一定爱阅读，不读书的女人，再美的容颜也会落花流水，面目可憎。读书的女人“颜如玉”，腹有诗书气自华，气血通畅，容颜焕发，读书的女人从不妄自菲薄，男人也不敢小觑。

有烟火味的女人，是不缺爱的女人。或是被人爱，或是爱他人，她心思细密，内心丰盈，情感世界丘壑起伏，风光旖旎。心中不缺爱的女人什么都摧不毁她，任凭风吹雨打，她依然言笑春风。

有烟火味的女人，必定是爱家的女人，孩子、老公在她心中重如千金，她会为家人忙碌家务，为家人研修厨艺，家才是她温馨的港湾。

有烟火味的女人，肯定钟情于一项娱乐，或唱歌，或跳舞，或麻将。用娱乐打发慵懒的时光，用娱乐来接地气，但钟情绝不沉迷、痴迷，能自如抽身。

有烟火味的女人。

谨以此小文献给我的两三好友，因为她们就是这样的女人。

此刻，静的冬夜

上午在城步送培，下午舟车劳顿八点多才到家，接着，又是一个已过凌晨的工作夜，手臂的疼痛感一阵一阵地袭来，夜静得寂寂。这样静的冬夜，总会孕育着一些裹挟着浪漫的情愫，适合冥想，适合一个人静静地发一会儿呆。

记得哪位诗人的一两句诗：我遇见你，我记得你，只因我们的灵魂相近。相近的灵魂或许在人群中才会相认、相熟、相吸。

那些灵魂相吸的人，是否在这个冬夜有人陪你静静度过，为你轻轻地打开心灵的一扇窗，与你聊着或平淡或琐碎的一些无关紧要的话题？

是否有人和你一起侧耳倾听这夜的静，把彼此融进这冬的夜，幻化成呼吸的雪，听雪花飘落的簌簌声，然后，红泥小火炉，能饮一杯无？或躺，或卧，偶尔只言片语。雪落时分，是否有人陪你一起寂静？或者，一起感受雪花的颤抖！一起迎接雪花的铺天盖地？

有人说，下第一场雪，定要和相爱的人在一起，才会“白首不相离”，于是，在这寂静的夜，冬的夜，渴望下雪，渴望漫天飞舞的雪。

2018年的一些絮叨

今天的雪融化了不少，几片枯叶从残雪中露出脸，强留着一抹微黄，告诉从她身上踏过的人们，秋收冬藏，四季更替，一切都再平常不过。一天一天、一季一季、一年一年，一切的轮回，如此相似，但我知道，那些藏在平常中的日子啊，那些每一个具体而微的日子啊，是如此的不同。也因着不同而有张力和意义。

那些日子，从风中寄来信笺，给了我成长的邀约。

我不再纠结于好与坏，对与错，对一些奇怪的人和事，给予了极大的包容，因为，那就是世界本来的样子，不会因为你的不理解而改变。

我努力地活成自己的样子，无论自己多么的不完美，多么的卑微，我努力地好好爱自己，因为，只有爱自己，才有能力去爱别人，爱孩子，爱家人，爱一切的人和事，去满怀慈爱地拥抱这个世界。

我有时也会独自大声地朗读诗歌，只是想赶走我的孤寂与脆弱，你永远看到的是我的外在，看不到内心的柔弱与不堪重负。很多时候，你以为的女汉子，只是一个需要呵护的弱女子。

新年的钟声响起来了，窗外的风是否吹起几许残雪飞舞，我依稀听到的嘀嗒声，是雪融的声音吗?

新年一切会更好，更通透。祝福一切的人和事！

秋

深秋，夜已凉
那旷野
野菊还在芬芳
寒秋中是否有萧瑟的破碎
那雨中
青鸟依稀曼舞
冰雨中是否有记忆的滑落
那风中
夏的草帽依旧燃烧
落叶中是否夹着昨日的灰尘
深秋，夜已凉
你看见杏树的繁华
却是满地的疮痍
你看见
美丽、灿烂、璀璨
却是迷惘、沉沦与虚空
你在草尖低吟
你也在
冰封的深谷
你欢欣

你痛彻

你终于

听着到爆裂的巨响

陷入深不见底的悲伤

神性，人性，本能。人皆有动物的本能，也有神性的可能。人性是动物性和神性之间，人性——人心，孟子的四心，是非之心，羞恶之心，辞让之心，恻隐之心，加上平等自由之心。我等普通人能脱离动物之本能，保持人性之美，即善焉！至于神性，可以心神往之。

2019 年 6 月 18 日

昨天石科说：未来已来，不念过往，安好！一些人貌似丰衣足食，却觉得生活无趣。最近读到“出离”两字，不是死寂，而是知道一切本空，一切本幻之后，反倒要活出那个生机，活出那个活力来。

好好吃饭，好好睡觉。

2019 年 6 月 1 日

一早，在车上听到《像我这样的人》，觉得切合当下，于是将歌与其中一句“像我这样庸俗的人，凡事都要留几分”发给好友，再调侃他一句：你就是这样的人。他接着调侃：我是庸俗的人，你不庸俗，再发一个笑脸。其实，可以率真得口无遮拦的，无须防备与盔甲，才算是好朋友，能够直率敲打我们的人，不多了，有这样的人真诚陪伴你我，深刻而温暖。身边有这样的净友，经常冷不丁地敲打你一下，不断帮助你修剪“枝丫”，可以让你朝着有光亮的地方生长。

2019 年 5 月 12 日

神圣，有时是可怕的，它扼杀理性，使之不能怀疑，不能批判，绝对地凌驾于个人生命之上，使得在个体的选择趋同中抹杀“个性”。

2019 年 5 月 20 日

一杯茶、一首歌、一本书。一个人待着。比起热闹之后的疲累，更喜欢灯火阑珊处的安静。

2019 年 5 月 30 日

《何以为家》沉重得让人无法呼吸，镜头犹如纪录片般真实，满目疮痍的裸镜，生活的苦痛感令人窒息。好好珍惜我们现在拥有的，仅有的，哪怕是在我们掌心握不住的，从指缝间慢慢流逝的如沙的岁月。今日的物是人非，依然是昨日的至深至真！

2019 年 4 月 28 日

不是我们了解书，而是书了解了我们，了解我们的眼神为何忧郁，了解我们的内心为何孤独，了解我们为何与这个世界格格不入，了解我们为何与自己不能和解……

2019 年 3 月 17 日

没有大汗淋漓，哪有酣畅淋漓，没有累到极致的登顶，哪有茶的清香甘甜，人们以为两点之间线段最为捷径，大自然却将河流、山路弯成优雅的曲线，一切的平常、粗糙中定有纯粹！

2019 年 2 月 23 日

春天的信息已来多时，而我却依然寒彻心骨。清早，东风从江面穿过，割痛我的脸颊，站在校门口的我，僵硬的双脚麻木中已迈不开步子，我满脸春风地笑着。依稀记着那场雪后，半融化的雪泥中的那片落叶，强留着一抹微黄，告诉我，秋天来过，冬雪来过，而春在冰雨中踟蹰，雨霉了石阶上的苔，湿了风中瑟瑟的秃枝！我依然满脸春风地笑着！

2019 年 2 月 20 日

闭上眼，空气中弥漫着草的青，水的腥，风的柔，天的蓝，阳光的迷离。天气这么好，自然如此馈赠，你还在辜负什么呢？

2019 年 2 月 2 日

这两天读完了《山川岁月长》，散文可以慢悠悠地读着，间或一杯茶，一首曲伴着，所有的食物、阳光、空气、山、水以及爱，岁月之外，一定还会有一种意义，是个体存在的意义，每一个个体无须他者“窥视”，彼此之间允许“留白”，每个人都可以孤独地躲进一个他者无法入侵的黑匣中，这其实是一种“安全”。人类的语言是个繁杂的体系。有时候，最不可靠的往往是语言，它总是离真相很远，谎言不一定是欺骗，誓言不一定是承诺，实话不一定是客观存在，假话不一定是虚伪……

2019 年 1 月 21 日

对于女人的年龄，我到了一个讳莫如深的阶段，最怕饭桌上有人猜我的年龄，然后知道答案后，再补一句，看起来四十出头，其实无论周遭的人如何称赞你看起来年轻，失眠、发胖、肩痛、白发这个年龄该有的都会如影随形，你想和岁月拔河，却动作逐渐迟缓而乏力，心境也渐变，对过去的“耿耿于怀”“锱铢必较”，变得漠不关心，比如人情、爱情、友情，虽没有万念俱灰，却已是心渐如止水，没有激情，却有笑看、旁观、怡然。人生诸多皆如涓涓流水，很容易的你就宽容了以往自己恨之入骨的人和事，没有让你爱恨交加的人，也没有所谓的莫逆。生命正向颓废倾斜，智慧却正臻高地。春阳自是和煦，夏日应该鹰扬，秋高必是气爽，冬日于是映月，年龄如四季各有其辉煌灿烂，如果有一天我们再放眼不见繁花胜景，倾耳再无莺啼燕转，开口只道八卦短长，那才是真的垂垂老矣。依然四体不勤，依然慵懒无比，依然我行我素地意志薄弱下去。

2019 年 1 月 7 日

“宕开一笔天地宽。”思路要宽，要善于展开联想，要突破定势；遇浅能深，遇小能大，遇直能曲，遇劲能婉；另辟蹊径，方能别有一番天地。另一方面，要不断地观察和体验社会生活，提高自己对社会人生的感悟能力。否则，“胸中无沟壑，眼底无性情；虽读天下书，不能道一句”。（王夫之《古诗评选》）即使一笔宕开了，也不知所云。

2019 年 1 月 6 日

最近和几位好友谈写作。

邱磊，发表学术论文无数，且著书几许，我说读他的文字，觉得晦涩，因为我这样的浅层读者还没达到那个理论水平，看他发表在《中国教育》上的文章，更像是给专业人士读的。他拿我的一篇发表的《我的童年，我的教育》进行圈画，说编辑更喜欢这样的叙事文，在叙事某一处进行提炼和升华，让主题更凸现。

叶：文章就是虐心，先虐自己，才能虐到别人。我说，文章先是悦己，然后才悦人。

王：你的文字太直白，这一大段可以用几个字表达。我说，我写实，白描，你写虚，喜辞藻。

其实，文章如一棵树，有的人只见树干，且粗枝大叶，有人喜枝枝叶叶，且喜欢把每一片叶描摹得通透。萝卜白菜，各有所爱，文字没有优劣之分。

几友论文字，不亦乐乎，便记之。

2018 年 12 月 31 日　大雪

天空以时光的酝酿与凝练完成对大地的承诺，大地以素裹的静谧回赠了天空的凝望。那些轻舞的精灵，在天空与大地之间妙曼，交织了所有的深情与咏叹，哀伤与空灵，以及最后时刻被北风凛冽的疯狂。那近似病态的疯狂是彼此的融化吗？那些精灵的轻盈的身姿，以银装，让天空与大地在深情的守候中站成永恒——2018 年的第一场雪，总有一些时光值得纪念。我要在这寂静的雪地，写几行白色的句子，寄往春天，告诉他，雪在这个冬夜，飘然而至，晶莹而剔透。

2018 年 12 月 24 日

这些日子以来，六七点披着夜幕归家，一家人总在等着我晚餐（小感动），饭后半小时，便坐于电脑旁开始敲击键盘，发现自己渐渐习惯了这样的节奏，习惯便成了自然。有时有很多的声音会在你耳畔经过，人最重要的是坚守自己的内心，遵从内心的声音。安宁，欢喜着自己的忙碌！就不会心生抱怨。

2018 年 12 月 16 日

有一种不可言喻的东西总在我心中涌动，大概是我的生命的本真，尘世间的喧嚣、折腾、污糟全影响不到我内心的本真。回归内在的平静，其他的一切不过是春风过处，生活不可否认是具体的、繁杂的，甚至是逼仄、挤压着你，你的情绪或许也会每日每时地起伏着。但一定不要伤及内在的真，精神的静。请在内心保持一些纯粹的东西，如纯粹的美，纯粹的爱，纯粹的情谊。让自己的生命远离计较，人际关系的纷扰，以及一切的阴暗。向阳而生，向纯而生，向静而生，回归生命的本源。愿我们都能保持一些纯粹。

2018 年 12 月 2 日

这样的雾霾天，在办公室忙着细碎的事物，头痛胸闷，多想找一处阳光地，打坐，吸纳，让自己充盈，但你无处可逃，霾似幕笼罩在你的四周，于是，生出无数的小感慨。这一年，转眼就所剩无几了，或许，你经历了荒芜，经历了撕心裂肺，经历了一切工作生活的不顺、打击，但请你依然笑容灿烂地面对世界，告诉世界，你选择相信，相信生活不辜负你的勤勉，相信友情的不离不弃，相信爱情的永恒与美好！世界上只有一种英雄主义，那就是认清生活的真相之后依然热爱生活，你柔软而坚韧，相信美好的事情随处即将发生，依然对生活饱含热爱。你的相信，会让一切变得有意义，会让一切配得上你的努力、你的坚持。总会有一束光，照亮和丰盈我们自己，缝合现实与内心的缝隙。

2018 年 11 月 11 日

不需要一切阿谀、贬损、褒扬来获得安全感、优越感、存在感，平和面对一切，知道自己该做什么，而且更明确自己不该做什么，以及可以不必做什么；你逐渐地成熟了。

2018 年 10 月 14 日

当有一天，我们人云亦云，对外部世界没有自己的观点；我们迟钝麻木，对春华秋实不再敏感；我们闪烁其词，对人事纷争已无异议。如果一切都已设定，无其他可能，这个世界的创造将越来越少。

比生活单调更可怕的是内心的苍白！

2018 年 10 月 11 日

校长在哪，老师的关注点在哪：一二节一年级同课异构，第三节研讨。听课研课，同生共长。中午，少代会，我关注的是孩子们提的 219 份提案，每一份都是孩子们的心声，倾听孩子的声音，才会看到我们的不足，很高兴，各部门对孩子们的意见和建议做出了诚恳的答复和承诺！更高兴的是孩子们有思想有主见，善表达。校训“独立生长，自由开放”应该显现于孩子们的一言一行中。

我们无法回避教育的功利性，或许，到了一定的年纪，会更多反思我们做的一些事，哪些是从孩子出发的，基于孩子的，慢慢地，尽量不去损害孩子的利益，会将孩子们的利益放在做事的出发点和落脚点。最近，也看了自信爆棚的一些人，其实，我们谦卑地活着，才会看见自己，看见他人，看见不足，看见差距。

2018 年 10 月 2 日

费时四小时，征服九嶷山的三分石，“叶公好龙”“语言的巨人，行动的矮子”，途中被两个大小男人奚落、激将，终于爬到险峰，累到极致，也赏风光无限！登山亦如我们的生活，我们的职场，你会遇到无数的未知的羁绊，会有无数次地想放弃，但你选择了坚韧，选择前行，于是，走着走着，终将遇见盛典！

2018 年 9 月 29 日

无论顺境逆境，无论忙碌或困顿，无论卑微或渺小，唯有心灵的力量是巨大的，它可以使你安宁、充沛，明亮而芬芳，让你拥有爱、勇气、坚强、神性，让你的生命发出最亮的光。

2018 年 9 月 28 日

清晨，银杏渐黄，偶尔的飘落，没有春的繁花，没有夏的浓郁，没有冬的萧瑟，有的只是这个季节的精美，或许，是短暂，但在陨落的瞬间不忘空中的妩媚。

2018 年 9 月 25 日

收到《湖南教育》杂志，《我的童年，我的教育》得以发表。我觉得自己身上有一股“不羁”，即使在人为物累、心为形役的现在，依然不断地追寻着心灵的自由，这可能是童年的“顽皮”融入了血液，变成了基因。童年期的一切，丰盈了自己对教育，对孩子的理解，这一辈子，爱上教育，爱上孩子，无悔的选择。如果，再有一次选择，估计还是会选择和孩子们在一起。

2018 年 9 月 21 日

今天，广西来宾市行干班六十多人在我校交流一天，上午为大家作了《名师成长路径与案例分享》的讲座。无论我们有些什么，都可以通过言说，外化出来，分享交流，让更多的同仁认同、践行，这也是教育人的一种“种福”。

2018 年 9 月 19 日

喝酒于我而言，有点深恶痛绝，身体对酒精是高度抗拒的，有一两次被逼无奈碰了点白酒，吐得胆汁反流，皮肤奇痒一周，被医者诊断为“酒精过敏体质”。所以，对酒我是敬而远之的，不过，也不排斥他人饭桌上的推杯换盏，最近看湘西人、邵阳人、永州人喝酒，情态各异。有只有三两量喝出半斤来的，义无反顾地勇往直前，喝倒前大声嘶吼，何其悲壮，这大概是湘西人的质朴与“匪气”；也有无论怎样喝，波澜不惊，众醉独醒，永州人也，大概是“永州之野产异蛇，黑质而白章；触草木，尽死；以啮人，无御之者”的异蛇酒产于此，而滋养一方喝酒人；也有无量却喜欢起哄，一喝就现原形的邵阳人，大致是邵阳大滋养的，酒质就那样。酒桌上也可以有相知相惜的情谊，见性情，见见识，见兴趣，见审美，人性之劣，人性之美皆见。

2018 年 9 月 7 日

在每天匆匆忙忙的脚步中，我听到了滴滴答答的声音，任由你忙碌、焦躁，或是悲伤、愤恨。它依旧不紧不慢地不温不火地在我耳边滴滴答答。于是，我不得不承认时间是最好的药剂，治愈你的“病”，抚慰你的“伤”，涂抹你的“甜”。时间也是你每天必经的那条路边的那道风景，从春走到秋，浓绿至微黄，绚烂至陨落，但你能见证每一天每一叶的变化，也是自然给予生命的“幸”，因此，请拥抱生命中每一声的“滴答”吧！

2018 年 8 月 28 日大雨前

一道闪电，一声闷雷，终究撕破了这灰暗的帘，风雨欲来不来时最难将息，沉闷的天和地啊，我已听到撕裂的声音，空气里的尘土啊，是否随雨蹁跹。那是大地的精灵在舞蹈吗？让风雨来得更猛烈些吧！

2018 年 8 月 19 日

一小片银杏叶的微黄，预示着秋天将铺天盖地而来，亦将掩盖春天已经枯萎的，来不及更换的残枝。来年春天，还会有一起蓬勃的新叶吗？还会有人记得那些曾经的枯萎吗？

我喜欢

我喜欢
那些花儿，草儿
三色堇、紫云英、茇茇草
迷迭香、芫荽、含笑
这些大自然的语言啊
婀娜、迤逦、摇曳

我喜欢
那些山林，溪水
松涛、竹风、涧草
岩花、虫鸣、露影
这些大自然的箫声啊
欢畅、幽静、明亮

我喜欢
那些落日，霞光
风霜、雪月
这些造物的身躯啊
她的眉睫、脚趾
妩媚、多情、魅惑

我喜欢
春天，晒着一冬的被
夜晚，拥着一被阳光的味道
眯着眼，如春墙下的猫
酣然
阳光一丝一丝走进我的梦

我喜欢
那些有趣的灵魂
额的深皱、发的雪白
温暖而睿智
无须言语
我们便能默默交谈

造物啊
你知道我有多喜欢就有多欢喜

人生是一场漫长的告别

法国作家米兰·昆德拉说："这是一个流行离开的世界，但是我们都不擅长告别。"从2008年起，似乎每年的年末，我都会情不自禁地写一篇"絮叨"，仿佛是岁月的一份清单，年岁的一种告别。然而，2019年末，在忙碌的十二月中，有一种"肌瘫"的感觉，全无"絮叨"的激情与冲动，一切似乎被掏空般形销骨蚀。

2020年伊始，这个假期是如此悠长寂寥。太多的悲欢离合，生死速递在这些寂寥的日子中上演，每天刷新的数据、全封闭的"蜗居"让我们感受生命之轻、世事无常，或许，无常才是这个世界本来的样子。

这些日子的"宅"，有一种找不到"出口"的感觉，就像你看见火车轰轰地开进隧道，当你狂奔过去，隧道内却空空荡荡。没有对话，没有倾听，没有对象，孤独开始一层一层地包裹，于是，你看见灵魂开始长苔，情绪开始发霉。

我也拼命地找"笑"，把好多年前的喜剧一股脑儿地找出来，一部一部地看，一边看一边傻笑，然而，傻笑后依稀有着透心的凉，笑中的泪也是一种"悲凉"的撕裂，人性的劣暴露更甚。

于是，逼着自己静下来阅读，读了长篇小说《以爱之名》，很多的理所当然都可冠以"爱的名义"，却是削足适履、饮鸩止渴。正如《百年孤独》的作者马尔克斯说："生命中曾经有过的所有灿烂，原来终究都需要用寂寞来偿还。""无论走到哪里，都该记住，过去都是假的，回忆是一条没有尽头的路，以往的一切都无法复原，即使最狂乱且坚韧的爱情，归根结底也不过是一种瞬息即逝的现实，唯有孤独永恒。”于是，文字越发让我“沉寂”，不断下坠。

很多时候，我静默在窗前的阳光里，看时光嘀嘀嗒嗒从我身边溜走，抚摸着我的指尖、眉睫与发梢，我坐在那里，开始怀念那些曾经的告别与重逢，寻找些许的慰藉与解脱。那些告别与重逢仿佛也被某种神秘所裹挟。那是否就是命运之手呢？在这样的裹挟中，多少人上下沉浮。

我们在漫长的时间中疾驰，一幕幕的遇见即是一幕幕的告别，无须长亭古道，无须折柳挥泪，时间还在夜以继日地往前走，我们一刻不停地和过去挥别。无数个平淡无奇的日子里，很多东西就像在雾中走散了一般，比如年少时的彷徨、青春期的诗意、懵懂的初恋、疯长的日子、荒诞的爱情……一起消散的，还有至亲、朋友、知己。

真是一场漫长的告别。

后　记

美国诗人惠特曼说："有一个孩子每天向前走去，他看见最初的东西，他就变成了那东西，那东西也变成了他的一部分。"作为教育者，我们该用什么样的教育生态，留给儿童弥足珍贵的"最初的东西"，并通过"最初的东西"为儿童未来成长提供丰富的可能性？儿童的今天、儿童的视角、儿童的天性始终是我这样一个普通教育者行走的出发点和落脚点。

本书收录了我已经发表的三十四篇文章及一些教育日常记录——成长溯源、校园故事、校长周记……教育生活的点点滴滴。我的儿童观、教育观就藏在这些教育生活的日常里。它们承载着我对教育的理解、对儿童的理解，那些再平常不过的字里行间都是对孩子心灵的小心轻放，是对儿童本来的样子的坚守。同时，第三部分也收录了我的田园笔记及碎片化的语言——教育者不妨让自己的生活更鲜活些、明亮些，品质生活才会有品质教育。

有一天，《我的童年，我的教育》一文发表于《湖南教育》，接到杂志那天我随手在 QQ 空间记录如下：我觉得自己身上有一股"不羁"，即使在人为物累，心为形役的现在，依然不断地追寻着心灵的自由，这可能是童年的"顽皮"融入了血液，变成了基因。童年的生活，丰盈了自己对教育、对孩子的理解，这一辈子，爱上教育，爱上孩子，是我无悔的选择。如果再有一次机会，我还是会选择和孩子们在一起。

今天的儿童就是明天的社会，儿童的模样就是未来的模样，相信儿童就是相信未来！

张娟英

图书在版编目（CIP）数据

儿童是未来的样子/张娟英著．—长沙：湖南教育出版社，2020.6（2021.10重印）
ISBN 978－7－5539－7364－7

Ⅰ．①儿…　Ⅱ．①张…　Ⅲ．①教育工作－文集　Ⅳ．①G4－53

中国版本图书馆 CIP 数据核字（2020）第 100344 号

儿童是未来的样子

ERTONG SHI WEILAI DE YANGZI

张娟英　著

责任编辑：姚　晟
责任校对：殷静宇
出版发行：湖南教育出版社（长沙市韶山北路 443 号）
网　　址：www.bakclass.com
微 信 号：贝壳导学
电子邮箱：hnjycbs@sina.com
客服电话：0731－85486979
经　　销：湖南省新华书店
印　　刷：湖南省众鑫印务有限公司
开　　本：710 mm×1000 mm　16 开
印　　张：13.5
字　　数：200 000
版　　次：2020 年 6 月第 1 版
印　　次：2021 年 10 月第 2 次印刷
书　　号：ISBN 978－7－5539－7364－7
定　　价：40.00 元